# Vom Drachen ersehnt

## Die Stonefire-Drachen
### Buch 11

Jessie Donovan

Mythical Lake Press, LLC

# Impressum

*Vom Drachen ersehnt*
Englisches Copyright © 2017 Laura Hoak-Kagey
Deutsches Copyright © 2024 Laura Hoak-Kagey
Deutsche Übersetzung von Anna Drago und Katrin Dolle
Mythical Lake Press, LLC
www.JessieDonovan.com

Cover-Art von Laura Hoak-Kagey von Mythical Lake Design

ISBN: 979-8891560482

**Die Stonefire Drachen und Lochguard Highland Drachen Serien sind miteinander verflochten. Da so viele Leser nach der Lesereihenfolge fragen, habe ich sie in dieses Buch aufgenommen. (Diese Liste gilt ab April 2026.)**

# Kapitel Eins

Brenna Rossi zog zum fünfzehnten Mal den roten Stoffstreifen über ihrer Schulter zurecht.

Ihre Paarungszeremonie hätte schon beginnen sollen.

Vielleicht hatte ihr Zukünftiger, Killian O'Shea – der irische Drachenwandlermann vom Clan Glenlough, der seinen Drachen und sein Gedächtnis verloren hatte – es sich anders überlegt. Schließlich war es über eine Woche her, seit sie ihn das letzte Mal gesehen hatte, und der Grund für ihre gemeinsame Zustimmung zur Paarung war eher Zweckmäßigkeit gewesen als Liebe. Wenn Killian sie nicht paarte, müsste Brenna zu ihrem Clan Stonefire in Nordengland zurückkehren; alle nicht irischen Drachenwandler waren auf unabsehbare Zeit aus der Republik Irland verbannt.

Und Brenna wollte mehr als alles andere in Irland bleiben.

Ihr innerer Drache meldete sich zu Wort. *Es gibt eine Reihe von Gründen für seine Verspätung. Denk daran, Teagan nutzt dies als Gelegenheit, den Clan zusammenzubringen und den Stress der jüngsten Ereignisse ein wenig abzubauen.*

*Killian gewinnt durch diese Paarung nur einen Wächter, den er nicht hasst. Die Waagschale ist zu meinen Gunsten geneigt, aber er könnte immer noch leicht einen Rückzieher machen.*

*Wenn man bedenkt, wie er uns das letzte Mal angesehen hat, als wir ihn getroffen haben, glaube ich, dass Killian noch andere Gründe hatte zuzustimmen.*

Die Erinnerung an Killian, wie er langsam ihren Körper begutachtet hatte, bevor er ihrem Blick begegnete, seine Augen voller Hitze, blitzte in ihren Gedanken auf. *Sex habe ich nicht zugestimmt. Der ist nicht Teil unseres Deals.*

Ihr Tier schnaubte. *Es ist nichts Falsches daran, ein wenig Erfahrung zu sammeln und sich dabei zu amüsieren. Nicht alle Männer sind wie Cedric.*

*Nein, bring jetzt nicht Cedric ins Spiel. Er verdient unsere Zeit nicht.*

*Da stimme ich zu. Aber was er getan hat, hat bis heute Auswirkungen auf dich.*

Brenna wollte die Gegenwart nicht mit Erinnerungen an den Drachenmann von vor drei Jahren trüben, atmete tief durch und straffte ihre Schultern. *Egal. Ich werde Killian einmal küssen, wie es erwartet wird. Und dann können wir beide unser eigenes Leben leben.*

*Und jedes Mal, wenn wir in der Öffentlichkeit sind. Der Clan muss glauben, dass dies eine echte Paarung ist, sonst schickt uns das irische Ministerium für Drachenangelegenheiten doch noch weg.*

Nur die Anführerin von Clan Glenlough, Teagan O'Shea, und eine Handvoll anderer wussten von der Farce. *Okay, dann eben auch in der Öffentlichkeit. Aber nicht mehr. Ich muss unser Leben nicht noch komplizierter machen.*

Ihr Tier kicherte. *Du sagst das, als könntest du ihm widerstehen.*

*Natürlich kann ich das. Ich bin schließlich Beschützerin. Die Kontrolle behalten zu können, ist eine der wichtigsten Voraussetzungen für die Arbeit.*

Bevor ihr Tier weiter argumentieren konnte, ertönte ein Klopfen an der Tür, und sie öffnete sich nach innen, um die grauhaarige, faltige und gebeugte Gestalt von Orla Kelly zu enthüllen – Glenloughs ehemalige Clananführerin und Großmutter sowohl von Killian als auch Teagan O'Shea.

Als Orla den Raum betrat, klopfte sie ein paarmal mit ihrem Stock auf, bevor sie sagte: „Ich bin mir nicht sicher, ob mir das Rot gefällt. Es wird nur jeden daran erinnern, woher du kommst."

Jeder Drachenclan trug eine bestimmte Farbe für offizielle Veranstaltungen. Stonefire Rot, Glenlough Grün. „Da mein Akzent mich schon verrät, ist das Rot vernachlässigbar."

„Sobald das hier vorbei ist, wirst du Grün tragen, mein Kind." Orla hielt inne, bevor sie hinzufügte: „Bist du sicher, dass es das ist, was du willst?"

Während eines Führungswettkampfs, der ungünstig verlaufen war und mit einem Drachenkampf, zwei toten irischen Drachenclanführern und einem weiteren im Gefängnis geendet hatte, hatte Brenna vor Kurzem eng mit Orla zusammengearbeitet. Die ältere Drachenfrau war mehr wie eine Großmutter, die Brenna nie gehabt hatte. „Nur so kann ich hierbleiben, Orla."

„Ohne seine Erinnerungen und seinen Drachen ist er ein kleiner Bastard."

Sie hob die Brauen. „So viel Liebe empfindest du für deinen Enkel?"

Orla wedelte mit einer Hand. „Weil ich ihn liebe, bin ich ehrlich. Sein Drache kehrt vielleicht nie zurück. Und wenn Teagan es nicht schafft, Bündnisse mit allen Drachenclans in Irland zu schließen, dürfen Ausländer nicht legal bleiben. Wer weiß, wie viele Jahre kommen werden. Bist du bereit, dich so lange an ihn zu binden?"

Anstatt sich selbst zu erklären, hakte sie nach: „Hat Teagan dich hergeschickt, um mich umzustimmen?"

Orla stützte sich auf ihren Stock und antwortete: „Sie weiß nicht, dass ich hier bin. Ich bin gekommen, weil du eine seltene Frau bist, Brenna Rossi. Du bist talentiert und hast keine Angst, deine Intelligenz zu nutzen, egal, was die Männer denken. Aber ich weiß, dass du für Killian geschwärmt hast, bevor er sein Gedächtnis verloren hat, und ich will nicht, dass du verletzt wirst." Sie neigte den Kopf. „Mehr noch, ich will nicht, dass der Kampfgeist dich verlässt. Ein gebrochenes Herz kann das tun, mein Kind. Das habe ich schon einmal gesehen."

Sie runzelte die Stirn. „Bei wem? Nicht bei dir, nach allem, was ich über deinen verstorbenen Gefährten gehört habe."

„Nein, nicht bei mir, bei meinem Vorgänger. Selbst Männern kann das Herz brechen, wenn ein wahrer Gefährte sie ablehnt."

Brenna glättete ihre Röcke. „Nun, das sollte kein Problem sein. Ich glaube nicht, dass Killian mein wahrer Gefährte ist."

„Aye, nun, du bist alt genug, um deine eigenen Entscheidungen zu treffen. Schließlich hätte eine Frau zu meiner Zeit in deinem Alter schon mehrere Kinder gehabt." Orla richtete sich hoch auf und klopfte mit dem Stock. „Komm zu mir, wann immer du es brauchst, Brenna. Es gibt Dinge, die ich tun kann und Teagan nicht, da sie Clan-Anführerin ist."

„Zum Beispiel?"

Sie zuckte mit der Schulter. „Zunächst einmal kann ich meinen Enkel fesseln und in den Kerker werfen lassen, um ihn zu beruhigen."

Sie schüttelte lächelnd den Kopf. „Das wird nicht nötig sein. Ich kann auf mich selbst aufpassen."

„Das Angebot steht, so oder so."

Ein weiteres Klopfen erklang, und die dunkelhaarige Gestalt von Teagan O'Shea trat in den Raum. Glenloughs Anführerin sah ihre Großmutter an und kniff die Augen zusammen. „Will ich wissen, warum du hier bist, anstatt im Publikum, wie ich dich gebeten habe?"

„Es ist besser für alle Beteiligten, wenn ich Nein sage", antwortete Orla, ohne zu zögern.

Teagan seufzte. „Schön." Sie blickte zu Brenna. „Bist du bereit? Entschuldige die Verzögerung, aber Aaron hatte Probleme damit, Killian dazu zu bringen, Befehle zu befolgen."

Aaron Caruso stammte ebenfalls ursprünglich aus Stonefire. Er war Brennas entfernter Cousin und Teagans Gefährte, obwohl sie ihre Paarung immer noch vor dem Großteil des Clans geheim hielten. „Will ich es wissen?"

„Irgendwas wegen Killian, der seinen eigenen Armreif für dich mitgebracht hat, auf dem etwas anderes als sein Name in der alten Sprache steht."

Bei einer Paarungszeremonie tauschten Drachenwandler gravierte Armreifen aus. Der Brauch sah vor, den Namen des anderen am Arm zu tragen, und der Name wurde in der alten Drachensprache Mersae geschrieben. „Was steht auf Killians Armreif? Weil Aaron sich nur aufregen würde, wenn es unangemessen wäre."

„Es steht einfach ‚Meine' in irischer Sprache darauf."

Sie runzelte die Stirn. „Ich hätte nicht gedacht,

dass du Irisch regelmäßig sprichst. Zumindest habe ich es nicht gehört."

„Wir machen das in der Regel nicht, aber wir lernen es als Kinder. Aber das ist nicht wichtig. Die Proklamation wird für Aufsehen sorgen. Es wird so aussehen, als würde ich mich dafür einsetzen, noch mehr Dinge am Status quo zu ändern als das, was ohnehin schon vor sich geht."

„Ich glaube nicht, dass das seine Absicht ist", erklärte Brenna.

Teagan hob ihre Augenbrauen. „Ach ja?"

Noch vor ein paar Wochen hätte Brenna nie auch nur daran gedacht, Teagan so frei infrage zu stellen. Nachdem sie jedoch vorübergehend Glenloughs oberste Beschützerin war, war es im Grunde Teil ihrer Stellenbeschreibung, Teagan zu hinterfragen. „Killian erinnert sich nicht daran, wer er ist, und reagiert nur auf den Namen, weil er eben derjenige ist, mit dem wir ihn anreden. ‚Meine' ist fast einfacher für ihn."

Teagan neigte den Kopf. „So hatte ich gar nicht darüber nachgedacht."

Sie lächelte. „Du bist im Moment mit mehr Dingen beschäftigt, als jeder Anführer aufgebürdet bekommen sollte. Ich werde es dir dieses eine Mal durchgehen lassen."

Teagan schnaubte. „Ich hätte nie gedacht, dass ich auf jemanden höre, der vierzehn Jahre jünger ist als ich."

Sie zuckte die Schultern. „Das Alter sollte keine

Rolle spielen, solange die Ratschläge oder Informationen gut sind."

„Sobald das hier vorbei ist und du dich in dein neues Leben eingegliedert hast, müssen wir über deine langfristige Rolle bei den Beschützern sprechen." Teagan drehte sich zur Tür. „Komm in drei Minuten auf die Bühne, es sei denn, ich komme zurück. Killian sollte bis dahin in der großen Halle auf dich warten." Sie nickte, und Teagan wandte ihren Blick zu ihrer Großmutter. „Lass uns gehen, Gran. Paarungszeremonien finden immer zwischen zwei Personen statt. Nicht einmal deine Persönlichkeit oder dein Überschuss an Sturheit wird das ändern."

Orla schnaubte. „Ich habe nicht gesagt, dass ich mich einmische, oder? Ich fange an zu denken, dass regelmäßiger Sex dein Gehirn durcheinanderbringt."

„Gran", knurrte Teagan warnend.

„Keine Sorge. Ich werde mich später mit Caruso unterhalten", sagte Orla abwiegelnd.

„Mein Sexleben mit meinem Gefährten geht dich nichts an, Gran."

„Wenn du das sagst", sagte Orla, obwohl ihr Tonfall dem widersprach.

Als die beiden gingen, wurde es still, und Brenna wünschte sich fast, sie kämen zurück. Ihr Geplauder war vertraut, und sie wusste, was sie zu erwarten hatte. Es war auch eine fantastische Ablenkung.

Ihr Tier seufzte. *Es ist eine Paarungszeremonie, keine Hinrichtung.*

Sie ignorierte ihren Drachen und sah auf die Uhr an der Wand. Alles, was jetzt noch zu tun war, war, die Sekunden herunterzuzählen, bis sich ihr Leben für immer veränderte.

Killian O'Shea stand auf dem erhöhten Podest vor einigen hundert Leuten, die er nicht kannte, und gab sein Bestes, sich einen feuchten Kehricht darum zu scheren.

Da er sich nicht an sie erinnerte und nur eine Handvoll von Fotos und kürzlichen Begegnungen erkannte, war das ziemlich einfach.

Als jedoch die Frau, von der er erfahren hatte, dass sie angeblich seine Schwester war, ins Publikum zurückkehrte und seinem Blick begegnete, sah er ein wenig Traurigkeit in ihren Augen.

Sorge, die er nicht verstand, überschwemmte seinen Körper, aber er schob sie schnell beiseite. Er heiratete vielleicht in einer seltsamen Zeremonie eine Frau, die er nicht kannte, aber es war seine Wahl gewesen. Wenn man bedachte, wie selten er in der letzten Woche die Wahl gehabt hatte, wollte er nicht zulassen, dass verdammte Fremde und deren Emotionen seine Entscheidung beeinflussten.

Außerdem musste Brenna, wenn sie mit ihm gepaart war, aufhören, ihm aus dem Weg zu gehen. Er hatte die ganze Woche von der Frau geträumt und sich gefragt, wie sich ihre kleinere Statur wohl unter ihm anfühlen würde.

Ja, er hatte zugestimmt, sie zu paaren, um sie in seiner Nähe zu behalten. Brenna war die Einzige, die nicht versuchte, ihm eine Vergangenheit aufzuzwingen. Er hatte es längst aufgegeben, Clan-Mitglieder zu verfluchen, die dachten, wenn sie schreien oder ihm ein Bild ins Gesicht halten, würde das seine Erinnerungen zurückbringen.

So verbittert er auch war, er freute sich darauf, jeden Tag ein freundliches Gesicht zu sehen.

Da bemerkte er Brenna Rossi, die in einem schlichten, fließenden Kleid aus einem Seiteneingang kam, und alle anderen verblassten. Der rote Stoff machte ihren braunen Hautton noch schöner, wenn das überhaupt möglich war.

Während er ihren Körper betrachtete, knurrte er fast bei dem Anblick, wie sich der Stoff an ihre Kurven und schmale Partien schmiegte. Ihre Hüften waren dafür gemacht, gepackt und gehalten zu werden, wenn er sie von hinten nahm.

Und ihre Brüste würden perfekt in seine Hände passen.

Sosehr er es auch genießen würde, jeden Tag auf ihren feinen Po zu starren, erinnerte ihn das Heben einer Augenbraue daran, warum er dem hier zugestimmt hatte. Sie hielt sich nicht mit Fragen oder Argumenten zurück und versuchte auch nicht, ihn davon zu überzeugen, wer er sein sollte.

So seltsam es auch war, Brenna akzeptierte ihn

so, wie er war. Er war wütend und für alle anderen verloren, aber nicht für sie. Bei der Engländerin vergaß er seine Amnesie und seinen kompletten Erinnerungsverlust. Er lebte nur in den kurzen Momenten.

Er widersetzte sich einem Stirnrunzeln. Verdammt! Er verwandelte sich in einen idiotischen Philosophen.

Er räusperte sich, zog seine eigene Braue hoch, und Brenna verdrehte die Augen. Er würde sie ja weiter anstacheln, wenn der Raum nicht voller Fremder wäre. Ihre Wangen röteten sich, wenn sie wütend war, und es war einfacher, sich darauf zu konzentrieren als auf den Rest der Welt, geschweige denn seine eigene Zukunft.

Sie blieb etwa einen Meter von ihm entfernt stehen, auf der anderen Seite des Hockers direkt hinter ihnen, auf dem die silbernen Armreifen in einer schwarzen Schachtel lagen.

Der Armreif, für dessen Verbleib er sich so sehr eingesetzt hatte, war eine Erinnerung daran, dass er gelegentlich auch eine Schlacht innerhalb des verdammten Clans gewinnen konnte.

Lächelnd hielt sie ihre Hände vor sich, und Killian erinnerte sich an seine Rolle als hingebungsvoller Freund. Er tat sein Bestes, hingerissen zu wirken, als ihre Stimme ertönte: „Killian O'Shea, unsere gemeinsame Zeit war erst kurz, aber von dem Moment an, als du zu uns zurückgekehrt bist, hat sich etwas gefügt. Du bist der Mann, auf den ich gewartet habe. Und während andere nur das harte Äußere und denjenigen sehen, der du früher warst, sehe ich einen starken, intelligenten Mann, der gerade entdeckt, wer er ist. Aus welchem Grund auch immer, du hast mir erlaubt, dich auf deiner Reise zu begleiten, und mich gebeten, deine Gefährtin zu sein. Während ich hier vor ganz Glenlough stehe, mache ich meinen Anspruch geltend. Egal, wie rau der Weg vor uns ist, ich werde an deiner Seite sein." Sie nahm den silbernen Armreif mit ihrem Namen, der dort angeblich in seltsamen Symbolen eingraviert war, und trat näher, um ihn ihm vorsichtig um den Bizeps legen zu können, den, der nach dem Entfernen des Tattoos fast geheilt war. Ein Murmeln flüsterte durch den Raum, aber sie schenkte dem keine Beachtung. „Wirst du meinen Anspruch akzeptieren?"

Er gab sein Bestes, nicht an ihre Worte zu denken, und antwortete nur: „Das tue ich."

Auf sein Stichwort nahm Killian eine von Brennas Händen in seine. Während er die Rückseite mit dem Daumen rieb, blitzten ihre Pupillen mehrmals zwischen rund und geschlitzt. Er fragte sich, was ihr Drache gerade sagte. Wahrscheinlich hatte sie aus Rücksichtnahme das verdammte Tier nach der Erklärung kein einziges Mal mehr erwähnt. Das war eines der vielen Dinge, die er zu ändern hoffte, sobald sie allein waren und zusammenlebten. Über die seltsamen Stimmen in den Köpfen der Drachenwandler zu erfahren, könnte ihm helfen, besser zu verstehen, was er früher gewesen war.

Er schob alle anderen Gedanken beiseite und konzentrierte sich wieder auf den Moment. Es war Zeit, charmant zu sein.

Er hob die Stimme. „Brenna Rossi, du behandelst mich wie einen Mann von Wert. Während ich noch darum kämpfe, herauszufinden, wer ich bin, tust du dein Bestes, mich zu unterstützen. Der Gedanke, dass du gehst, ist unerträglich. Deshalb erhebe ich meinen Anspruch vor der ganzen Versammlung. Wirst du ihn akzeptieren?"

Sie suchte kurz seinen Blick, bevor sie antwortete: „Das tue ich."

Er nahm den kühlen, silbernen Metallring, schob ihn über ihren nicht tätowierten Bizeps und nahm sich einen Moment Zeit, um das irische Wort für ‚Meine' nachzuziehen.

Selbst wenn es eine verdammte Lüge wäre, es war schön, so zu tun, als gehörte ihm etwas. Und in Worten, die er tatsächlich verstand.

Er streckte einen Arm aus und zog sie an seinen Körper. Seine Anweisung war gewesen, ihr einen keuschen Kuss zu geben und sich der Menge zu stellen. Aber als ihre Wärme sich gegen ihn drückte, verwarf er das und fuhr über ihr Kinn. Er hätte schwören können, gehört zu haben, wie ihr Herzschlag sich beschleunigte.

Er bewegte seinen Finger an ihre pralle Unterlippe, strich darüber, und ihre Lippen trennten sich. Mit einem Knurren war er bei ihr und küsste sie.

Da sie den Mund geöffnet hatte, schob er seine Zunge hinein und stöhnte über den süßen Geschmack. Innerhalb von Sekunden fädelte Brenna ihre Finger in sein Haar und begegnete jedem seiner Zungenschläge mit ihren eigenen.

Plötzlich reichte ihr Mund nicht mehr. Mit einer Hand strich er an ihrem Rücken hinunter, dann an ihren Po und schließlich an ihren Ober-schenkel, hob ihr Bein sanft an, bis sie ihn umschlang und er gegen ihre Mitte drückte. Selbst durch ihr verdammtes Kleid fühlte er, dass sie heiß und feucht für ihn war.

Er wollte gerade schon seine Hand unter ihren Rock und über ihren Oberschenkel schieben, als ihn etwas Hartes und Spitzes am Kopf traf. Er ignorierte es und vertiefte den Kuss, nur, um wieder getroffen zu werden.

Er riss seine Lippen von Brennas, knurrte und suchte nach der Quelle.

Direkt unterhalb des Podests stand die alte Frau, die behauptete, seine Großmutter zu sein, Orla Kelly. Und sie hielt einen weiteren verdammten Stein hoch, einen mit einer bösen Spitze.

Brennas Flüstern erfüllte seine Ohren. „Lass mich los. Alle sehen zu."

Die Scham in ihrer Stimme war ihm egal. Er sah ihr in die Augen. „Was spielt das für eine Rolle?"

„Nicht hier, Killian."

„Das hier ist noch nicht vorbei, Brenna. Noch lange nicht."

Er ließ sie los und hob sie schnell von den Füßen. Dann wandte er sich der Menge zu und rief: „Genießt die Feier! Entschuldigt, dass wir nicht bleiben. Wie ihr seht, kann ich die Hände nicht von meiner schönen Braut lassen."

Bevor Brenna mehr als nur quietschen konnte, lief er über das Podest und in den Nebenraum, wo er vor der Zeremonie gewartet hatte. Sobald er durch die Tür kam, stellte er sie auf den Boden, schloss die Tür und drehte sie schnell so, dass ihr Rücken zur Tür gerichtet war.

Er nahm sanft ihren Kopf in seine Hände und sagte: „Ist das besser, Liebling?"

Brenna lächelte langsam, bevor sie ihm das Knie in die Eier stieß.

Andere hätten sich vielleicht schlecht gefühlt, als Killian sich krümmte und sich die Scham hielt, aber Befriedigung strömte durch Brennas Körper und half, die Wut zu lindern. „Du bist ein Bastard, aber ja, das ist besser."

Er sah finster zu ihr auf. „Feigling."

Sie blinzelte. „Wovon zum Teufel sprichst du?"

Killian schaffte es, beinahe aufrecht zu stehen, obwohl seine Stimme noch heiser war, als er sagte: „Wäre die alte Frau nicht gewesen, die mich am Kopf verletzen wollte, hättest du gerne weitergemacht. Ich habe deine Bitte respektiert, dich woanders hingebracht, und du hast mich verdammt nochmal angegriffen."

Sie verschränkte die Arme vor der Brust, in der Hoffnung, dass die Geste Killian davon abhalten würde, sie noch einmal zu berühren.

Ihr Drache schnaubte. *Du bist ein Feigling!*

Brenna ignorierte ihr Tier und hob das Kinn. „Wir waren uns einig, gegenseitig Anspruch zu erheben. Ich habe nie gesagt, dass du mich vor dem ganzen Clan küssen und liebkosen sollst."

Er nickte zu dem Armreifen. „Ich habe gerade das Wort ‚Meine' an deinen verdammten Arm gelegt. Ein Mann müsste schon ein Narr sein, um das zu tun und seine Frau nicht vor der ganzen Versammlung richtig zu küssen. Du wolltest, dass das hier echt erscheint, und ich habe mich daran gehalten, *Liebling*."

„Echt ist eine Sache, aber deine Hand ist unter mein Kleid gewandert. Du magst ja ein Exhibitionist sein, aber ich bin das sicher nicht."

Er richtete sich zu seiner vollen Größe auf, und Brenna liebte und hasste es, dass sie hochsehen musste, um seinem Blick zu begegnen. „Bist du dir da sicher? Meine Nase ist empfindlich, also weiß ich, dass du mich wolltest."

Sie versuchte, ihre Wangen davon abzuhalten zu erröten. „Über Gerüche zu tratschen, ist etwas, das

Drachenwandler tun. Hast du dich entschieden, zu akzeptieren, dass du einer bist?"

Er trat näher, aber Brenna weigerte sich, sich zurückzuziehen. „Du wechselst das Thema, Brenna." Er hob die Hand und berührte kaum ihre Wange. Das Flüstern von Haut an ihrer sandte einen Hitzesturm durch ihren Körper.

Killian lächelte selbstgefällig. „Du willst mich, warum wehrst du dich dagegen?"

Ihr Drache meldete sich zu Wort. *Ja, ja, gib nach. Er wird gut für ein bisschen Stressabbau sein. All dieser Selbsthass und die Frustration werden zum besten Sex unseres Lebens werden.*

*Da wir bis jetzt Sex mit nur einem Mann hatten, ist das nicht weiter schwer.*

*Das ist nicht der Punkt. Küss ihn! Er wird Zeit brauchen, um sich davon zu erholen, dass du ihm das Knie zwischen die Beine gestoßen hast, aber vielleicht wird er seine Finger und Zunge in der Zwischenzeit gut einsetzen können.*

Einer ihrer Träume von vor ein paar Tagen, in dem Killian vor ihr kniete und sie nur mit seiner Zunge kommen ließ, blitzte in ihren Kopf.

Der fragliche Mann beugte sich hinunter, seine Stimme riss sie zurück in die Gegenwart. „Sag mir, was du denkst, Darling. Ich bin neugierig, was deinen Atem stocken und deine Wangen erröten lässt."

Killians männlicher Duft erfüllte ihre Nase, während seine Hitze ihren Körper umhüllte. Es wäre leicht, es ihm zu sagen. Ehrlichkeit hatte ihm immer die beste Reaktion entlockt.

Natürlich würde das bedeuten, ihren Körper mit einem anderen Mann zu teilen. Und wenn ihre Vergangenheit sie etwas gelehrt hatte, dann, dass es dazu führen würde, dass ihr Fokus entgleise und sie sich nach mehr sehnen würde, bis zu dem Punkt, an dem sie anfing, sich selbst zu verlieren.

Ihr Drache sagte, *Diesmal wird es anders sein. Er versucht nicht, uns zu manipulieren, damit er unsere Pflichten und unsere Position übernehmen kann.*

Die Erinnerung, dass Cedric sie mit schönen Worten gelockt und sie schließlich mit Nacktfotos erpresst hatte, die er ohne ihre Erlaubnis gemacht hatte, kühlte jedes Verlangen, das sie empfand. Brenna stieß mit aller Kraft gegen Killians Brust und sagte: „Nein! Sex ist nicht Teil des Deals."

Sie erwartete, dass Killian knurren und sie wieder einen Feigling nennen würde. Doch er sah ihr nur in die Augen und sagte: „Ich weiß nicht, was dein Geheimnis ist, aber ich will es herausfinden."

„Geheimnisse zu teilen ist auch nicht Teil des Deals."

„Nein, das heißt aber nicht, dass ich es nicht versuchen werde."

Als sie Anstalten machte, sich aus der großen Halle zu entfernen, ohne Verdacht zu erregen, ließ ein lautes Hämmern gegen die Tür hinter ihr sie zusammenzucken. Aarons Stimme drang durch die

Tür. „Mach auf, oder ich breche diese verdammte Tür ein!"

Killian öffnete den Mund, aber Brenna antwortete zuerst: „In einer Minute." Sie sah Killian an und flüsterte: „Beweg dich, damit ich die Tür öffnen kann."

Für eine Sekunde dachte sie, er würde sich weigern, um seinen Standpunkt klarzumachen. Aber Killian ging zum anderen Ende des Raums und setzte sich in den Polsterstuhl in der Ecke. Das Bild des sexy, starken Mannes, der sich nonchalant dort ausbreitete, ließ ihren Bauch kribbeln.

„Brenna", knurrte Aaron.

Sie öffnete die Tür und bellte: „Was?"

„Spiel nicht dieses Spiel mit mir, Brenna Rossi."

Killian warf ein: „Du meinst Brenna O'Shea, Aye?"

„Ich habe nie gesagt, dass ich meinen Namen ändern werde." Sie konzentrierte sich wieder auf Aaron. „Und du kannst aufhören zu schreien. Ich stehe direkt hier."

Aaron betrat den Raum, und Brenna schloss die Tür, um ein bisschen Privatsphäre zu haben.

Ihr Drache meldete sich zu Wort. *Seltsam, dass du jetzt Privatsphäre willst, und in der großen Halle hast du dich geradezu an Killian gerieben.*

Da sie sich nicht mit einem eigensinnigen Drachen zusätzlich zu zwei Alphamännern auseinandersetzen wollte, baute sie schnell ein mentales Gefängnis und warf ihr Tier hinein.

Mit Stille im Kopf wandte sie sich Aaron und Killian zu und fluchte. Aaron hatte Killians Haar mit einer Hand gepackt und drückte ihm mit der anderen eine Kralle an die Kehle. Aaron knurrte: „Ich sollte dich jetzt herausfordern, weil du Brenna nicht respektierst. Sie verdient Besseres."

Sie überwand die Distanz, packte das Gelenk seiner krallenschwingenden Hand und zog sie zurück. „Ich kann auf mich selbst aufpassen."

Aaron nahm seinen Blick nicht von Killian. „Er ist unberechenbar, Brenna. Und wenn man bedenkt, wie du da draußen seinen Kuss erwidert hast, bin ich mir nicht sicher, ob du das kannst."

Plötzlich verdrehte sie Aarons Arm hinter den Rücken und zog. Kräftig.

„Was zum Teufel, Brenna?", polterte Aaron.

Sie erhöhte den Druck auf seinen Arm und antwortete: „Lass ihn los!" Nach zwei Herzschlägen stimmte Aaron zu, und sie fuhr fort. „Wenn ich Hilfe brauche, werde ich darum bitten. Aber wenn du glaubst, ich lasse mir von dir sagen, was ich tun kann und was nicht, dann hast du eindeutig den Verstand verloren."

„Wir wissen nicht, wer er ist, Brenna. Und ob du es zugeben willst oder nicht, das ist gefährlich."

Aus ihrem Augenwinkel bemerkte sie, dass sich Killians Kiefer verkrampfte, und der Wunsch, ihn zu beschützen, schwamm durch ihren Körper.

Sie ließ Aarons Arm frei und trat zwischen die beiden Männer. „Traust du mir nicht zu, beurteilen zu können, was gefährlich ist oder nicht? Küssen wird niemandem schaden. Oder hat Teagan jedes Mal Schmerzen, wenn du es tust?"

„Das ist was anderes, und das weißt du auch. Ich liebe Teagan, und sie empfindet genauso für mich." Aaron deutete auf Killian. „Er liebt dich ganz offensichtlich nicht."

Killians Stimme dröhnte durch den kleinen Raum. „Ich liebe sie vielleicht nicht, aber sie behandelt mich wenigstens wie einen verdammten Mann und nicht wie ein Kind. Wenn du glaubst, ich würde die eine Person verletzen, die mich nicht alles infrage stellen lässt, dann bist du eindeutig nicht so intelligent, wie ich dachte."

Aaron machte einen Schritt, aber Brenna blieb zwischen den Männern. „Wenn du mir nichts Clan-relevantes zu sagen hast, solltest du wahrscheinlich gehen, Aaron."

Sie versuchte, den Ausdruck ihres Cousins zu lesen, aber Aaron war genauso gut wie jeder männliche Drachenwandler, wenn es darum ging, sein Gesicht neutral zu halten. „Teagan will, dass ihr beide wenigstens einmal mit dem Clan tanzt, um den Schein zu wahren. Und morgen will sie mit dir reden, Brenna. Da es keine wirklichen Flitterwochen geben wird, gibt es eine Menge Dinge, die sie von denen erledigt sehen will, denen sie vertraut." Sie nickte, und Aaron fügte leise hinzu: „Wende dich an mich, wenn du mich brauchst, Brenna. Egal, was es ist."

Ein Teil ihres Zorns verblasste bei seinem Tonfall. „Natürlich werde ich das."

Aaron sah Killian noch einmal an, bevor er den Raum verließ.

Killian sprach hinter ihr. „Danke, dass du dich für mich eingesetzt hast."

Sie atmete tief durch und sah über ihre Schulter. Die übliche Wut und Frustration in Killians Augen war nirgendwo zu sehen. „Gern geschehen. Aber mach mich noch mal wütend, und ich werde es mir vielleicht anders überlegen."

Einer seiner Mundwinkel hob sich. „Ich würde ja sagen, dass ich das nicht tun werde, aber es macht zu viel Spaß."

Sie kämpfte gegen ein Lächeln an. „Nun, wenn du Spaß suchst, dann erwartet uns unser Tanz."

„Tanzen macht keinen Spaß."

Auch wenn sie sich ihre Bemerkung verkneifen sollte, entkamen die Worte, bevor sie sie aufhalten konnte. „Es bedeutet, dass du mich halten und frei berühren kannst. Ich dachte, das gefällt dir."

Hitze blitzte in Killians Augen auf.

Wenn sie nicht ging, könnte sie etwas Dummes tun, wie die zu ihm gehen und den Bastard küssen.

Sie wollte sich nicht in Versuchung führen, öffnete die Tür und trat in den Flur. „Komm nach, wenn du so weit bist. Ich lasse sie wissen, dass du einen Moment brauchst, um nach unserem Zwischenspiel deinen Akku wieder aufzuladen."

Er grunzte. „Mein Schwanz und meine Eier tun immer noch weh."

„Gut."

Damit stürmte Brenna den Flur hinunter und wieder in Richtung großer Halle.

Ihr Drache würde sagen, sie sei ein Feigling. Und diesmal stimmte Brenna zu. Aber sie musste Abstand wahren. Der Gedanke, die hingebungsvolle Närrin zu werden, die sie bei Cedric gewesen war, ließ ihren Magen brennen. Erst wenn sie ihr Ziel erreicht hatte, entweder die zweitoberste oder oberste Beschützerin eines Drachenclans zu werden, würde sie sich die Chance zugestehen, sich in einen Mann zu verlieben, nicht vorher.

Sie beschleunigte ihr Tempo, setzte ein Lächeln auf und betrat die große Halle.

# Kapitel Zwei

K illian sah Brenna den Raum verlassen, bevor er auf seine Hand hinunterblickte. Aarons Fingerspitze hatte sich in ein scharfes klauenartiges Ding verwandelt, das ihn an die Krallen eines Vogels erinnerte. Wenn man bedachte, dass Menschen sowas nicht tun konnten, hätte ihm das Angst machen sollen.

Aber dass der Bastard eine Kralle ausfuhr und ihn bedrohte, schien nichts Ungewöhnliches zu sein.

Es war eine Sache, dass alle ihm sagten, er sei ein Drachenwandler. Aber es war eine ganz andere Sache, es zu akzeptieren.

Angesichts seines überempfindlichen Gehörs, seines Geruchssinns, seiner schnellen Heilfähigkeit und seiner fast gleichgültigen Haltung gegenüber blitzenden Pupillen und Fingern, die sich in Klauen verwandelten, begann Killian zu glauben, er sei wirklich wie einer dieser seltsamen Drachenmenschen gewesen.

Wenn er sich doch nur an irgendwas aus seinem Leben erinnern könnte, bevor er vor etwas mehr als einer Woche aufgewacht war.

Er hatte aus Wut die Frage, wer er war, vor sich hergeschoben. Er würde einem Bastard wie Aaron Caruso immer noch nicht die Genugtuung geben, ihm sagen zu können, wer und was er war. Brenna hingegen würde ihm die Wahrheit sagen und hoffentlich nicht versuchen, sie zu erzwingen.

Er hätte fast laut darüber gelacht, wie schnell sich der Tag gewandelt hatte. Im einen Moment wollte er Brenna um den Verstand küssen und sie gegen eine Wand nehmen. Im nächsten spielte er mit der Tatsache, dass er doch kein Mensch war.

Nicht, dass er sich vorerst damit beschäftigen würde. Brenna hatte ihn mit einem Tanz verführt. Und obwohl er sich nicht weniger um Formalitäten oder das Befolgen des Protokolls scheren konnte, wollte er doch die Chance nicht verpassen, die starke, schöne Frau an sich zu halten.

Nachdem er den Flur hinunter und zu einem der Seiteneingänge der großen Halle gegangen war, stellte Killian sich in die Tür und nahm sich eine Sekunde Zeit, um die Szene im Raum zu beobachten.

Jeder trug eine grüne Schattierung. Die Frauen trugen asymmetrische Kleider wie Brennas, und die Männer waren in eine Art Kilt gekleidet, wobei ein

Teil des Stoffs über eine Schulter geworfen wurde, quer über die nackte Brust.

Der Tanzbereich war in der Mitte des Raumes, mit Tischen an den Rändern, gefüllt mit Leuten, die aßen, tranken und lachten.

Wenn das, was ihm gesagt worden war, stimmte, konnte sich fast jeder einzelne in diesem Raum in einen Drachen verwandeln. Ein Fehltritt, und eine beliebige Anzahl von ihnen könnte ihn zu Boden drücken und ihn mit Krallen bedrohen.

Aber sein Bauch sagte ihm, dass sie das nicht unprovoziert tun würden. In der letzten Woche hatte er gelernt, seinem Bauch mehr zu vertrauen als allem anderen.

Er schob seine Beobachtungen beiseite und bewegte sich wieder. Brenna wäre eine willkommene Ablenkung.

Da sie die einzige Frau in einem roten Kleid war, war sie leicht zu erkennen, und er ging geradewegs zu ihr.

Als er näherkam, konnte er nicht anders, als auf ihren langen Hals und die Stelle zu starren, wo er ihre Schulter traf. Er wollte nichts anderes, als hinter sie zu treten und an der Stelle zu knabbern, bevor er langsam den Stich mit seiner Zunge leckte. Ihr Geruch wäre dort zweifellos stark, und ihrer war einer, den er nie leid sein würde.

Verdammt, er wollte sie. Mehr als nur seine Erinnerungen, wollte er die temperamentvolle, aber verletzliche Frau nackt und unter sich haben. Er konnte ganz leicht alles außer ihrer weichen, warmen Präsenz vergessen, wenn sie kam und seinen Schwanz melkte, bis auch er explodierte.

Sie mochte denken, dass Sex vom Tisch war, aber Killian wusste, dass sie sich genauso zu ihm hingezogen fühlte wie er zu ihr. Er würde den Grund für die plötzliche Vorsicht vorhin, als sie allein waren, schon noch herausfinden. Jemand hatte ihr wehgetan, dessen war er sich sicher.

Beinahe wäre er gestolpert. Anscheinend war er in seinem früheren Leben in der Lage gewesen, Gesichtsausdrücke und Emotionen zu lesen. Wenn man dann noch die Muskeln und Narben seines Körpers hinzufügte, fragte er sich, ob er einer der Drachenkrieger gewesen war, die ein- oder zweimal erwähnt worden waren. Obwohl sie einen prätentiösen Namen wie Beschützer verwendeten, hatte er keine Ahnung.

Vorsichtig darauf bedacht, sich leise zu bewegen, war er fast bei Brenna, als ihre Schultern sich strafften und sie ihn ansah. „Wenn du versuchst, dich anzuschleichen, machst du das grässlich."

„Vielleicht versuche ich nur auf dem Weg, einige meiner Moves zu üben, um mich auf unseren Tanz vorzubereiten."

Sie ging zu ihm und neigte den Kopf. „Du bist ein furchtbarer Lügner."

Er wollte fragen, ob er früher ein guter gewesen

war, aber er verkniff es sich. Stattdessen legte er eine Hand an ihren unteren Rücken. „Dann solltest du dem Himmel danken, wie viel Glück du hast. Mir wurde gesagt, dass Ehrlichkeit die besten Paare schafft."

„Es gibt auch sowas wie zu viel Ehrlichkeit."

Da es ihm egal war, wer starrte, hob er eine Hand an ihr Haar und streifte einige der kurzen Strähnen. „Wenn ich zum Beispiel erwähnte, dass du ein winziges Muttermal unter deinem Haaransatz hast, und vorschlage, dass wir mal nachsehen, ob Haare daraus wachsen."

„Du hast eins an deinem unteren Rücken, also sollten wir vielleicht zuerst deins überprüfen."

Er lächelte langsam. „Du hast also meinen Rücken angestarrt."

Röte flutete ihre Wangen, und er musste sich zusammenreißen, um sich nicht vorzubeugen und die gerötete Haut zu küssen. „Es ist schwer zu übersehen, da du kein Hemd trägst und so groß bist."

Er beugte sich hinunter. „Du bist selbst eine furchtbare Lügnerin. Ich wette, ich könnte jeden, der vorbeikommt, nach meinem Rücken fragen, und niemand würde das Muttermal bemerken." Er bewegte seinen Kopf, bis er seine Wange an ihre schmiegen konnte, und sagte: „Und weißt du was? Es macht mich glücklich, dass du Dinge an meinem Körper bemerkst. Vielleicht wirst du eines Tages jeden Zentimeter mit deinen Fingern und Lippen erkunden."

Ihr Atem stockte, und Killian nahm das als sein Zeichen, einen Schritt zurückzutreten und seine Hand mit der Innenfläche nach oben auszustrecken. „Sollen wir?"

Sie sah auf seine Hand und musterte sie. Es war ihm schleierhaft, was an einem Tanz so bedeutsam war, aber sie schob schließlich ihre Hand in seine, und er hielt sie fester. „Ich habe keine Ahnung, ob ich mich an die Schritte erinnere oder nicht, also pass auf deine Zehen auf, Liebling."

Der nächste Song begann, und Killian zog Brenna an sich. Er machte ein paar Schritte, ohne nachzudenken. Sein Körper erinnerte sich irgendwie an die Bewegungen, als ihm Schmerz durch den Kopf raste.

Die scharfen Schläge verstärkten sich nur, bis er die Seite seines Kopfes packte und mit einem Brüllen auf die Knie fiel. Killian versuchte sein Bestes, es wegzuschieben, aber in der nächsten Sekunde wurde die Welt schwarz.

Brenna kniete neben Killians Körper auf dem Boden und legte einen Finger an seine Halsschlagader. Bei dem gleichmäßigen, wenn nicht ein wenig schnellen Puls schmolzen ihre anfänglichen Ängste. Sie hatte kaum festgestellt, dass Killian am Leben war, als Teagan, Aaron und Glenloughs Chefarzt Dr. Ronan O'Brien sich ebenfalls um Killian knieten.

Brenna trat zur Seite, um dem Arzt die Arbeit zu ermöglichen, und musterte Killians Gesicht, bis Teagans Stimme ihre Aufmerksamkeit erregte. „Erzähl mir, was passiert ist, Brenna."

Sie atmete tief durch und begegnete wieder Teagans Blick. Die Ausgeglichenheit dort half, ihre eigenen Nerven zu beruhigen. „Ich weiß es nicht. In einer Sekunde haben wir getanzt, und in der nächsten brüllte er vor Schmerz."

„Haben sich seine Pupillen verändert?", fragte Aaron.

„Nein, sie sind rund geblieben. Obwohl er sie geschlossen hat, als er seinen Kopf packte, sodass danach alles passiert sein könnte." Der Arzt sah auf, und sie konnte ihre Neugier nicht zurückhalten. „Glauben Sie, das ist eine Nachwirkung der Drogen, die ihm das Gedächtnis geraubt haben?"

Dr. O'Brien grunzte. „Wahrscheinlich. Das Moos-Gegenmittel, das bei den anderen funktioniert hat, scheint Killian nicht zu helfen. Ich muss ihn auf die Krankenstation bringen und eine Reihe von Tests durchführen."

Ora Kellys Stimme war hinter Brenna zu hören. „Tests sind gut und schön, aber wir brauchen mehr Informationen über das Zeug, das ihm das angetan hat."

Caitlin O'Shea, Killians und Teagans Mutter, sagte leise: „Lass sie ihre Arbeit machen, Mutter. Du bist keine Ärztin."

Brenna sah Teagan an. Auf das leichte Nicken hin, mit dem sie ihr die Erlaubnis erteilte, antwortete sie: „Was Ähnliches ist kürzlich der Schwester eines Mitglieds von Stonefire passiert. Teagan sollte sich an Bram wenden und sehen, ob jemand Dr. O'Brien mehr Informationen geben kann."

Die betreffende Frau war Delia Owens gewesen, die Halbschwester von Stonefires oberstem Beschützer und Mitglied des Clans Snowridge in Wales. Im Gegensatz zu Killian hatten sie sie kurz nach der Injektion von Drogen gefunden, und die Ärzte waren in der Lage gewesen, ihr System durchzuspülen. Es gab einige anhaltende Nebenwirkungen, aber keine war annähernd so stark wie bei Killian.

Teagan meldete sich zu Wort. „Du wendest dich an Stonefire, Brenna, und ich lasse Aaron Snowridge kontaktieren."

Die Bitte war nicht außergewöhnlich. Seit dem Debakel mit den anderen Drachenführern vor Kurzem hatte Teagan Brenna eine Reihe von sensiblen Aufgaben übertragen.

Trotzdem, als sie auf Killians unbewegliche Gestalt hinunterblickte, fragte sie sich, wie er sich fühlen würde, wenn er allein aufwachen würde, ohne sie an seiner Seite. Sie war nicht dumm genug zu glauben, dass sie mehr als nur Bekannte waren, die sich zueinander hingezogen fühlten. Aber jedes Mal, wenn eines der Clanmitglieder von Killian verlangte, sich an sie oder eine bestimmte Sache zu erinnern, machte das Killian nur wütender. Sie hatte zugestimmt, ihn zu paaren, um in Glenlough bleiben zu können, ja, aber sie wollte auch den starken Mann beschützen, der nicht zweimal geblinzelt hatte, als er vor all den Monaten eine neue Beschützerin in den Clan aufgenommen hatte.

Teagan legte eine Hand auf Brennas Arm. „Meine Mutter und Gran können bei ihm sitzen, bis du deine Aufgabe erledigt hast. Ich würde es ja selbst tun, aber ich muss die Nerven des Clans beruhigen."

Brenna sah sich um und bemerkte, dass die Clan-mitglieder dort standen, starrten und flüsterten. Was eigentlich eine Feier hatte sein sollen, um die Nerven zu beruhigen und sie zu entspannen, hatte sich in eine weitere stressige Situation verwandelt.

Wenn sie sie weiterhin akzeptieren sollten, musste sie ihren Job erledigen und anderen erlauben, sich um Killian zu kümmern.

Brenna nickte. „Ich werde mit Bram und Stone-fires Ärzten reden und sehen, was ich herausfinden kann. Lass mich bitte wissen, wenn er aufwacht." Sie senkte die Stimme. „Wenn seine Gefährtin nicht oft nach ihm sieht, wird es Gerede geben."

Teagan sah zu Dr. O'Brien. „Mach, was du tun musst, Ronan, und halte uns auf dem Laufenden. Sobald deine Untersuchung beendet ist, werden meine Gran und meine Mutter bei ihm sitzen."

Dr. O'Brien zog eine Augenbraue hoch und sah Orla an. „Du wirst meine Anweisungen befolgen, oder ich werfe dich raus, Orla. Und keine Waffen jeglicher Art in der Klinik. Ich habe dich vorhin während der Paarungszeremonie Steine werfen sehen."

Orla klopfte mit ihrem Stock. „Gut, gut. Eine der Schwestern kann mich bei Bedarf abtasten. Lass uns einfach losgehen. Ich möchte wissen, was mit meinem Enkel los ist."

Teagan gab zwei Beschützern im Raum ein Zeichen, und sie hoben Killian vorsichtig an den Beinen und Achseln an, bevor sie ihn wegtrugen, Dr. O'Brien folgte ihnen dicht auf den Fersen.

Nach allem, was Killian schon ertragen hatte, hoffte sie nur, dass sich sein Zustand nicht noch verschlechtern würde. Es bestand die Möglichkeit, dass er wieder ohne Erinnerungen aufwachte oder vielleicht den Verstand verlor. Schließlich, als Dr. Sid in Stonefire ihren inneren Drachen verloren hatte, hatte sie fast einen Nervenzusammenbruch erlitten.

Ihr Tier grunzte. *Bis dahin waren zwanzig Jahre vergangen.*

*Denk daran, dass ihr auch keine Drogen injiziert wurden, die absichtlich geschaffen wurden, um Drachenwandler zu verletzen.*

Teagans Stimme hinderte ihren Drachen daran zu antworten. „Gehen wir alle an die Arbeit und denken daran, einander auf dem Laufenden zu halten." Brenna drehte sich in Richtung Ausgang, aber Teagans Hand auf ihrer Schulter hielt sie zurück. „Du gehörst jetzt zur Familie, Brenna. Zögere nicht, mich anzurufen, wenn du irgendwas brauchst."

Mit einem Nicken verließ Brenna die große Halle und ging in Richtung Kommandozentrale der Beschützer.

Im Gehen verdrängte Brenna langsam ihre Gefühle. Egal, was mit Killian passiert war, eine Beschützerin zu sein, war das einzig Sichere in ihrem Leben. Sie hatte nicht für nichts so hart gearbeitet, um Teagans Vertrauen zu verdienen und vorüberge-hend zur obersten Beschützerin von Glenlough ernannt zu werden. Sie musste darauf vertrauen, dass der Clan sie unterstützte.

Zeit, sich an die Arbeit zu machen.

*Killian war an einem See, umgeben von sanften Hügeln, das Gras war hellgrün, und die Sonne stand hoch am blauen Himmel.*

*Ein Schatten lief über ihn, und er sah zu einem kleinen geflügelten Wesen auf, dessen fast ganz blaue Haut in der Sonne glänzte. Die weißen Flecken, die auf der Haut verstreut waren, schillerten im Sonnenschein.*

*Die kleine Kreatur schlug mit den Flügeln und machte eine ungeschickte Landung nicht mehr als wenige Meter von Killian entfernt. Die Schnauze, scharfe Zähne, Flügel, Haut und Krallen waren die* eines kleinen Drachen, vielleicht eines Babys. Nicht, dass er den Unterschied kannte.

Das kleine Ding machte unbeholfene Schritte auf Killian zu und neigte den Kopf. „Wer bist du?", fragte der Drache.

Ohne nachzudenken, streckte Killian eine Hand aus und kratzte den Drachen vorsichtig hinter einem Ohr. Das Tier summte und lehnte sich in die Berührung. „Um ehrlich zu sein, ich weiß es nicht."

Nach ein paar Sekunden sprach der Drache erneut. „Willst du mein Freund sein?"

„Drachen haben Freunde?"

Das kleine Tier neigte wie ein Vogel den Kopf in die eine Richtung und dann in die andere. „Ich glaube schon. Ich habe hier keinen getroffen. Nur ich bin hier, und allein zu fliegen ist einsam."

Bei den Worten des Drachen bemerkte Killian die unheimliche Stille, ganz zu schweigen von der unnatürlichen Stille der Luft und der Oberfläche des Sees. „Wo sind wir?"

„Ich weiß es nicht. Eines Tages bin ich hier aufgewacht und konnte nicht gehen."

Wegen der Traurigkeit in den Augen des Drachen kratzte Killian noch einmal an seiner Haut. Die Vorstellung, dass das Tier traurig war, brachte ihn dazu, etwas dagegen unternehmen zu wollen. „Ich glaube, das ist ein Traum. Wenn ich aufwache, wirst du nicht existieren."

„Bist du dir sicher? Ich erinnere mich an viele Tage hier, bevor du gekommen bist."

Er hatte keine Ahnung, woher die Frage kam, aber er stellte sie: „Was hast du direkt davor gemacht?"

Der kleine Drache schlug einmal mit den Flügeln. „Ich bin an die Grenze gekommen und habe versucht, mir den Weg nach draußen zu kratzen."

„Wo ist diese Grenze?"

„Auf der anderen Seite des Sees. Vielleicht kommst du durch. Ich treffe dich dann da."

Das kleine blau-weiße Tier sprang und schlug ein paarmal mit den Flügeln, bevor es durch den Himmel auf die andere Seite des Sees flog.

Killian rannte um ihn herum und fürchtete sich, das stille, wie Glas aussehende Wasser des Sees zu berühren. Bald erreichte er den kleinen Drachen, und das Tier beugte sich vor und kratzte an etwas, das Luft sein sollte. In der Sekunde, in der es das tat, fühlte es sich an, als würde ihm etwas das Gehirn zerschneiden.

Der Drache sprang zurück, taumelte davon und sprang in den See. Die Oberfläche brach in tausend Glasscherben, bevor sie sich wieder schloss.

Es dauerte ein paar Minuten, bis Killian durch den Schmerz atmete. Sobald er wieder stehen konnte, ging er an die Oberfläche des Sees. Er tippte vorsichtig mit einem Fuß darauf, aber anders als beim Drachen blieb sie solide. Er versuchte, darauf zu stehen, zu springen und sogar auf die Oberfläche zu schlagen, aber nichts passierte.

Da er nicht auf die gleiche Weise entkommen konnte, ging Killian zu der Grenze, an der der Drache gekratzt hatte. Als er jedoch eine Hand hob, um sie zu berühren, fühlte seine Hand nichts als Luft. Er ging problemlos an der angeblichen Grenze vorbei. Doch jeder Schritt vom See weg machte seine Augenlider schwerer, bis er auf den Boden fiel und einschlief.

# Kapitel Drei

---

Brenna musste unwillkürlich lächeln, als Bram Moore-Llewellyns dunkles Haar, blaue Augen und freundliches Gesicht auf dem Bildschirm erschienen, mit Dr. Sid Jackson und Dr. Gregor Innes an seiner Seite. Sosehr sie Glenlough liebte, vermisste sie doch viele Leute aus ihrem Stammclan Stonefire.

Typisch für den Anführer von Stonefire verschwendete Bram keine Zeit mit Smalltalk. „Brenna. Was ist so dringend, Mädel?"

Da sie wusste, dass Bram eine dringende Anrufanforderung nicht beantworten würde, ohne vorher die Leitung zu sichern, erklärte sie schnell Killians Anfall und die anschließende Bewusstlosigkeit, bevor sie fragte: „Habt ihr was herausgefunden, das mit Delias Genesung von den Drogenspritzen zusammenhängen könnte?"

Sid meldete sich zu Wort. „Sie ist wach, aber ihr

Drache verhält sich wie ein junges, schüchternes Kind, als wären sie Fremde und träfen sich zum ersten Mal. Die Ärzte in Wales führen ihre eigenen Tests durch und werden die Informationen später weitergeben. In der Zwischenzeit haben Gregor und ich hier mit Traherns Hilfe sowohl Delias Blut als auch einige der Chemikalien getestet, die neulich auf der Farm in der Nähe des walisischen Clans gefunden wurden." Eine Gruppe von Menschen hatte die drachenschädigende Droge hergestellt und über die dunklen Kanäle des Internets verkauft. „Aber es wird seine Zeit dauern, herauszufinden, welche Chemikalien oder Kombinationen von Chemikalien die Rückbildung der Drachen ausgelöst haben. Und noch länger, um ein Heilmittel zu finden, wenn es überhaupt eins gibt."

Gregor, Sids schottischer Gefährte, fügte hinzu: „Sobald Glenloughs Arzt seine eigene Testreihe beendet hat, soll er uns die Informationen schicken. Wir haben die Anfangsdaten erhalten, aber gibt es noch was an Killians Verhalten, das du uns sagen könntest? Hat er irgendeine Art von Klopfen oder andere Anzeichen von Kommunikation von seinem Drachen erhalten? Selbst das kleinste Detail könnte uns helfen, ein Heilmittel zu finden."

„Ich glaube nicht, dass sein Drache ein Geräusch gemacht hat", sagte Brenna. „Um ehrlich zu sein, haben alle es vermieden, mit ihm über innere Drachen zu reden, sogar ich."

„Gut, dann fang an, ihm Fragen zu stellen,

sobald er wieder zu Bewusstsein kommt", sagte Sid. „Ich weiß, es wird nicht leicht sein, denn den Drachen zu verlieren ist so schon schwer genug, auch ohne die zusätzliche Tragödie, das Gedächtnis zu verlieren. Aber wenn wir irgendeine Chance haben wollen, seinen Drachen zurückzubringen, müssen wir nach dem kleinsten Anzeichen dafür suchen, dass sein inneres Tier noch lebt."

Brenna sagte, was alle anderen denken mussten. „Es ist möglich, dass die Drogen seinen Drachen getötet haben und er nie mehr zurückkehrt."

Sid antwortete zögerlich. „Ja. Aber ich werde nicht so einfach aufgeben. Denk dran, es hat zwanzig Jahre gedauert, bis ich meinen wiedergefunden habe. Ich hoffe, bei Killian dauert es nicht so lange, aber es ist viel zu früh, um irgendeine voreilige Schlussfolgerung über sein inneres Tier zu ziehen."

Sid hatte als Teenager ihren inneren Drachen nach einer Überdosis der Drachenschlafdroge verloren. Erst als sie ihren wahren Gefährten gefunden und den Rausch durchgemacht hatte, war ihr Tier zurückgekehrt.

Das brachte Brenna auf eine Idee. „Was, wenn ich versuche, seine wahre Gefährtin zu finden? Meint ihr, das könnte helfen?"

Gregor runzelte die Stirn. „Vielleicht, vielleicht auch nicht. Obwohl es nicht schaden könnte, sie zu finden und es zu versuchen."

Bram ergriff erneut das Wort. „Weißt du, wer es ist?"

„Ich bin es jedenfalls nicht", sagte sie schlicht.

Besorgnis blitzte in Brams Augen auf, aber sie wurde schnell durch einen neutralen Ausdruck ersetzt. „Auch wenn es helfen könnte, seine wahre Gefährtin zu finden, sind die Chancen dafür gering."

Sie schüttelte den Kopf. „Seine Großmutter hat mir einmal erzählt, dass seine wahre Gefährtin vor Jahren gekommen und wieder verschwunden ist. Ich werde mit ihr reden und sehen, ob es möglich ist, die Frau zu finden. Auch wenn sie ihn wahrscheinlich nicht will, können wir Killian so lange wie nötig zurückhalten, falls ihr Kuss tatsächlich funktioniert, und dann die Frau an einen sicheren Ort bringen."

Ihr Drache knurrte. *Ich mag die Vorstellung nicht, ihn einer Frau zu geben, die seinen Wert übersehen hat.*

*Wir kennen nicht die ganze Geschichte, Drache. Also urteile nicht so hart.*

Brams Stimme hinderte sein Tier daran zu antworten. „Lass mich wissen, wenn du Hilfe brauchst. Wir können vielleicht gerade nicht nach Irland kommen, aber wenn die betreffende Frau irgendwo im Vereinigten Königreich ist, werden wir alles tun, um sie zu finden."

Sid ergriff das Wort. „Aber du solltest wissen, dass der Kuss seiner wahren Gefährtin vielleicht keinen Effekt hat, Brenna. Es gibt alte Geschichten über Drachenwandler, die in lange vergangenen Zeiten ihre inneren Drachen durch Gift verloren haben. Obwohl ich keine wissenschaftlichen Beweise habe, um irgendwas davon zu untermauern, steckt in einigen alten Geschichten ein Körnchen Wahrheit. Wir werden auch ein paar Lehrer und Historiker bitten, uns bei der Suche nach relevanten Informationen zu helfen."

Gregor fügte hinzu: „Und noch eine Sache: Wenn du seine wahre Gefährtin nicht finden kannst, gibt es auch noch eine andere Option. Ich untersuche, wie Menschen- und Drachenhälfte miteinander interagieren. Da Killian jetzt mit dir gepaart ist, darf er nach Stonefire kommen. Ich will nicht sagen, dass Dr. O'Brien nicht qualifiziert ist, aber dank Cassidy in meinem Leben habe ich diese Studie zu einer meiner obersten Prioritäten gemacht."

Sie lächelte. Gregor war der Einzige, der Sid bei ihrem vollständigen Namen ansprach. „Das werde ich mir merken. Nichts würde mir mehr gefallen, als Bram für den Transfer noch mehr Papierkram zum Ausfüllen zu geben."

Bram grunzte. „Es lohnt sich, wenn es bedeutet, dass wir deinen Gefährten retten können."

Stonefires Anführer war einer der wenigen, die die Wahrheit über ihre Paarung mit Killian kannten. Die Tatsache, dass er bereit war, so viel zu tun, um ihr zu helfen, bereitete Brenna ein wenig Heimweh.

Ihr Drache schnaubte. *Natürlich würde er uns helfen. Wir haben jetzt zwei Familien, hier und in England. Killian nach Stonefire zu bringen, könnte kurzfristig besser sein. Niemand kennt ihn dort, und sie würden ihn so akzeptieren, wie er ist.*

*Vielleicht. Aber lass uns mal sehen, ob wir zuerst seine wahren Gefährtin finden können. Das wird wahrscheinlich hilfreicher sein.*

Ihr Tier knurrte. *Mir gefällt nicht, wie leicht du ihn einer anderen Frau übergeben willst.*

*Das habe ich nicht gesagt. Aber wir müssen alle Optionen prüfen.* Sie hielt inne und fügte hinzu: *Und vergiss nicht, er gehört nicht uns. Nicht wirklich.*

*Glaub das, wenn du willst.*

Brenna konzentrierte sich wieder auf Bram und die Ärzte. „Ich rufe morgen wieder an, wenn möglich. Ich kann euch allen gar nicht genug für eure Hilfe danken."

Bram runzelte die Stirn. „Natürlich helfen wir dir, verdammt nochmal. Nur weil Teagan O'Shea dich zum Bleiben bezirzt hat, liegt mir nicht weniger an dir, Mädel. Ganz zu schweigen davon, dass deine Eltern in absehbarer Zukunft aus Italien zurückkommen und mit dir werden reden wollen."

Brennas Vater stammte aus einem italienischen Drachenclan, ihre Mutter kam jedoch ursprünglich aus Stonefire. Sie hatte nicht mit ihnen gesprochen, seit sie mit achtzehn weggelaufen war, um zur Armee zu gehen.

Sie hatte ihre Gründe gehabt, obwohl sie ihren Vater vermisst hatte und es immer noch tat.

Sie schob ihr Bedauern beiseite und räusperte sich. „Sobald sich die Dinge beruhigt haben, rufe ich sie an, versprochen."

„Sieh zu, dass du das tust. Evies mütterliche

Instinkte sind in letzter Zeit um das Tausendfache gestiegen, und sie ist entschlossen, soweit sie kann, alle Familien wieder zu vereinen."

Evie war Brams menschliche Gefährtin. „Ich spüre, dass du mir was verschweigst, Bram."

Als er weiter schwieg, verdrehte Sid die Augen. „Evie ist wieder schwanger, und Bram hat Angst, obwohl man beim Studium von Gina MacDonalds Blut viele Fortschritte gemacht hat."

Gina MacDonald war eine Menschenfrau, die im Clan Lochguard in den schottischen Highlands lebte. Sie hatte ohne Komplikationen ein Halbdrachenwandler-Baby zur Welt gebracht, was für Menschen selten war. Einem Bluttest zufolge hatte sie wohl irgendwann eine Drachenblut-Infusion gegen eine Krankheit bekommen. Dr. Sid und Gregor glaubten, dass es auch bei anderen Menschenfrauen funktionieren könnte, und hatten es mit kleinen Injektionen bei schwangeren Menschen in Stonefire getestet.

Brenna nickte. „Vertrau den Ärzten, Bram. Außerdem ist Evie so stur, wie es nur geht. Am Ende wird alles funktionieren."

„Das hoffe ich", seufzte er. Er setzte sich höher auf. „Aber jetzt reden wir über dich. Du wirst bald von mir hören."

Nachdem sich alle verabschiedet hatten, wurde der Bildschirm dunkel.

Und natürlich beschloss ihr verdammter Drache,

wieder zu reden. *Ihn nach Stonefire zu bringen, ist vielleicht die beste Idee bislang.*

*Richtig, und dann gebe ich meine hart erarbeitete Position hier auf, um mich wieder in die unteren Reihen der Beschützer in Stonefire zu ordnen?*

*Das ist eine schwache Ausrede, und das weißt du auch. Nikki Gray ist jetzt stellvertretende Kommandantin der Beschützer, und sie und Kai werden uns eine würdige Position geben. Ich denke, du machst dir mehr Sorgen darüber, Mum und Dad aus dem Weg zu gehen.*

Als sie noch überlegte, wie sie darauf antworten sollte, piepte ihr Handy. Sie sah nach ihren Nachrichten und fand eine von Dr. O'Brien:

*Killian ist wach und hat nach dir gefragt.*

Brenna schoss aus dem Raum und machte sich auf den Weg zur Krankenstation. Killian zu sehen, würde ihre eigenen Sorgen um einen Bruchteil verringern, aber sie musste auch anfangen, ihm die schwierigen Fragen zu stellen. Sid hätte ihr das nie vorgeschlagen, wenn es nicht wichtig wäre.

Sie hoffte nur, dass Killian es ihr nicht zum Vorwurf machte, den Mann zurückgeholt zu haben, der er mal gewesen war.

Killian konnte nichts anderes tun, als dort zu liegen, während Orla, Caitlin und Dr. O'Brien um sein Bett herumwuselten. Er fühlte sich wie ein Käfer, der unter Glas gefangen war und beobachtet wurde.

Dr. O'Brien sah ihn stirnrunzelnd an. „Ich kann dir nicht helfen, wenn du mir nicht sagst, woran du dich erinnerst. Du hast etwas gemurmelt, während du bewusstlos warst. Hast du geträumt?"

Killian wiederholte seine Bitte. „Ich will Brenna sehen."

Orla beugte sich vor. „Kannst du nicht was tun, um ihn zum Reden zu bringen?"

Dr. O'Brien seufzte. „Zum letzten Mal, nein. Wahrheitsseren sind seit über fünfzig Jahren verboten, und das weißt du."

„Hmph. Besondere Umstände erfordern extreme Maßnahmen", erklärte Orla.

Caitlin, die Frau, die behauptete, seine Mutter zu sein, trat zwischen ihn und Orla. „Nein, Mutter. Killian ist mein Sohn, und ich werde nicht zulassen, dass du ihm irgendwas antust."

„Na, na, die Weichherzige hat also doch Klauen", sagte Orla gedehnt.

Caitlin richtete sich auf. „Es ist nichts falsch daran, freundlich zu sein. Aber selbst, wenn er sich nicht an mich erinnert, werde ich alles tun, um Killian zu beschützen."

Als er Caitlin O'Shea musterte, wollte er unbedingt eine Erinnerung hervorbringen. Der Frau schien etwas an ihm zu liegen, und Schuld floss durch sein Herz, weil er ihr Schmerzen verursachte.

Nicht, dass es seine verdammte Schuld war.

Dr. O'Brien pikste ihn mit einer Nadel und entnahm noch mehr Blut. Er wollte dem Doktor sagen, dass es reichte, aber er hatte kaum die Kraft, auch nur seinen Kopf zu bewegen.

Glücklicherweise stürzte Brennas dunkelhaarige Gestalt in den Raum. Ihre Augen fanden sofort seine, und ein Gefühl der Ruhe kam über ihn.

Obwohl sie fast Fremde waren, war sie vertrauter als alles andere in seinem Leben.

Sie drängte sich an seine Seite und legte ihm eine Hand auf die Stirn. Die warme, glatte Haut ihrer Finger streichelte ihn, und er entspannte sich einen Bruchteil. „Was ist passiert?"

„Ich weiß es nicht. Ich habe geträumt, aber ich kann mich nicht mehr daran erinnern, was."

Sie sah ihm in die Augen und fragte: „Hast du immer noch Schmerzen?"

Er lächelte. „Warum? Wirst du mich wieder gesund pflegen?"

„Killian O'Shea. Jetzt ist nicht die Zeit, mich zu necken", rügte sie ihn. „Erzähl mir alles, woran du dich erinnern kannst, oder ich verlasse diesen Raum und du bleibst allein mit Orla."

„Hey", warf Orla ein.

Killian ignorierte die ältere Frau. „Der Schmerz ist größtenteils weg, obwohl ich schwach bin."

Brenna sah zu Dr. O'Brien. „Wie lange, bis wir die Ergebnisse Ihrer Tests erfahren?"

Der Arzt hörte nicht auf, seine Blutentnahme-röhrchen auszutauschen. „Mindestens mehrere

Stunden. Wir können ihm nur Schmerzmittel geben und seine Vitalparameter überwachen. Während er bewusstlos war, ist seine Herzfrequenz für etwa dreißig Sekunden in die Höhe geschnellt, aber jetzt ist sie wieder normal."

Sie streichelte weiter seine Stirn, und ihr weiblicher Duft drang in seine Nase. Wenn sie nicht wütend oder zornig war, war ihr Gesicht irgendwie weicher. Er wünschte sich, sie würde neben ihm liegen und ihm ein bisschen Kraft geben.

Der Gedanke brachte ihn fast dazu, die Stirn zu runzeln. Sie war aus Notwendigkeit seine Gefährtin. Er sollte keine Erwartungen daran haben, wie sie ihn über die Höflichkeit hinaus behandeln würde.

Sie sah ihm wieder in die Augen. „Ich muss kurz mit Orla reden. Ist es okay, wenn ich das Zimmer für ein paar Minuten verlasse?"

*Nein.* „Warum nicht?"

Ihre Augenbrauen hoben sich. „Dir auch einen schönen Paarungstag."

Bevor er darüber nachdenken konnte, wie er darauf antworten sollte, stellte Caitlin sich neben Brenna und sagte: „Ich werde auf ihn aufpassen."

Er erinnerte sich vielleicht nicht an seine Mutter, aber Caitlins gütige Augen, voller Sorge, vertieften die Ruhe, die Brenna hervorgerufen hatte.

Brenna entfernte ihre Finger, drehte sich um und verließ den Raum, mit Orla auf den Fersen. Er überlegte noch, was er der Frau an seiner Seite sagen sollte, aber sie begann bald, ein Lied zu singen, das ihm bekannt vorkam.

Nicht, dass er hätte sagen können, woher er es kannte. Doch mit jedem Vers schlossen sich seine Augen immer mehr, bis er einschlief.

Brenna führte Orla in das leere Patientenzimmer gegenüber von Killian und schloss die Tür. Da sie nicht wollte, dass Orla um den heißen Brei herumredete, fragte sie nur: „Wo wohnt Killians wahre Gefährtin?"

Sie hob eine graue Braue. „Sag mir zuerst, was du planst, Kind. Dann werden wir sehen, ob ich es dir sage."

Zumindest war Orla nicht böse wegen Brennas Bemerkungen vor ein paar Minuten.

Sie entschied, dass Ehrlichkeit den Prozess beschleunigen würde. „Erinnerst du dich daran, dass ich dir erzählt habe, was mit Dr. Sid Jackson in Stonefire passiert ist?"

„Ja, die Frau, die ihren Drachen verloren und wiedergefunden hat."

„Richtig. Nun, ihr Drache tauchte auf, nachdem sie ihren wahren Gefährten geküsst hatte. Du hast einmal erwähnt, dass Killians wahre Gefährtin gekommen und gegangen ist. Ich hatte gehofft, wir könnten sie finden und sehen, ob ein Kuss hilft, die Wirkung der Drogen auf ihn umzukehren."

Orla stützte sich auf ihren Stock. „Diese Frau wird nur Ärger bringen. Sie ist beim Clan Northcastle in Nordirland."

Vielleicht brauchte sie doch Brams Hilfe, da Clan Northcastle in Großbritannien war. „Wusste sie davon, dass sie und Killian wahre Gefährten sind?"

„Ich bin nicht sicher. Männliche Drachen spüren es immer zuerst, aber Instinkt und Liebe gehen nicht immer Hand in Hand."

„Stimmt, aber wir können Northcastle kontaktieren und wenigstens um ein Treffen an der Grenze bitten. Nicht einmal das MDA würde das für einen Verstoß gegen die Regeln halten, da die Grenze zwischen Großbritannien und Irland ohnehin offen ist."

Orla schnaubte. „Dem MDA ist das vielleicht egal, aber Lorcan Todd nicht."

Sie runzelte die Stirn. „Dem Anführer von Northcastle? Ich weiß, dass die Beziehungen bestenfalls zögerlich sind, aber er wäre doch sicherlich offen für Verhandlungen."

„Nicht in dem Punkt, Kind. Killians wahre Gefährtin ist Lorcan Todds Tochter Georgiana."

Blinzelnd platzte sie heraus: „Was?"

„Aye, das stimmt. Sie hat Lorcan bei einem Besuch vor einigen Jahren begleitet. Als Killians Drache sie bemerkte, habe ich meinem Enkel geholfen, sich von der Frau fernzuhalten. Nicht mal Teagan wusste es, obwohl ich vermute, dass ihr

Drache es gespürt hat. Killian war deswegen jedoch nicht in der Lage, die Verhandlungen zu führen, und Teagan hatte keine andere Wahl, als ihr Geheimnis, dass sie die Anführerin ist, Lorcan zu offenbaren."

Auch wenn Glenlough eine lange Geschichte mit weiblichen Führern hatte, hatten sie immer im Geheimen regiert, mit einem Mann, der als öffentliches Gesicht des Clans fungierte. Die anderen Clans hätten eine Frau in der Führungsposition als Schwäche angesehen und angegriffen. Teagans Geheimnis war der Welt erst im letzten Monat bekannt geworden.

„Es könnte nicht schaden, Lorcan um Hilfe zu bitten", schlug Brenna vor.

Orla klopfte mit ihrem Stock. „Er wird Nein sagen, der Bastard. Schließlich wollte er im Austausch für Teagans Geheimnis meine Tochter Caitlin als seine Gefährtin, damit Glenlough Northcastle nie wieder angreift oder sich gegen sie erhebt. Ganz zu schweigen davon, dass er die doppelte Staatsbürgerschaft haben und nach Belieben zwischen Nordirland und der Republik Irland reisen wollte, ohne dass das MDA sich einmischt."

Brenna fragte sich, warum niemand daran gedacht hatte, ihr mehr über die Geschichte zwischen den beiden Clans zu berichten. „Da Caitlin noch hier ist, wurde das Angebot offensichtlich abgelehnt. Und doch war Lorcan nicht derjenige, der Teagans Geheimnis offenbart hat."

Die ältere Frau schüttelte den Kopf. „Nein. Wir

haben ihm am Ende Ressourcen und ein paar Clan-mitglieder gegeben, um ihn zum Schweigen zu bringen. Teagan fand Beweise dafür, dass Lorcan Schafe von benachbarten menschlichen Bauern gestohlen hatte, und sie gerieten in eine Art Pattsituation. Das MDA hätte Lorcan seine Führungsrolle entzogen, wenn sie von dem Diebstahl erfahren hätten."

Ihr Stirnrunzeln vertiefte sich. „Ich glaube, mir fehlt noch eine Information. Teagans Geheimnis ist jetzt draußen, also hält sie die Karten in der Hand. Warum setzt sie Lorcan nicht unter Druck?"

Orla seufzte. „Eins unserer Clan-Mitglieder namens Sadie ist mit einem Kerl aus Northcastle durchgebrannt. Teagan verhandelt darum, dass Sadie und ihr Junge hier leben können. Bis das erledigt ist, will sie nicht riskieren, den nordirischen Drachen-Clan gegen sich aufzubringen."

„Gut, dann müssen wir was anderes tun. Es ist zwar ein großes Wenn, aber ich kann Bram kontaktieren und sehen, ob er Vorschläge hat. Northcastle und Stonefire stehen sich nicht nahe, aber Northcastle hat nichts gegen den schottischen Drachen-Clan. Vielleicht kann durch sie irgendwas erreicht werden."

„Ich werde mit Teagan darüber sprechen. Für den Moment kümmere dich nur um Killian. Er ist nicht ganz so ein Bastard, wenn du in der Nähe bist. Wer weiß, vielleicht bist du der Schlüssel zu seiner Genesung."

„Ich bin nicht seine wahre Gefährtin, Orla. Der

ganze Clan hat gesehen, wie wir einander geküsst haben, und mein Drache war nicht im Rausch."

Orla schlug noch einmal mit dem Stock auf. „Und? Teagan und Aaron sind auch keine wahren Gefährten, aber sie passen gut zusammen. Schicksal und Instinkt waren in den alten Tagen vielleicht wichtig, um uns am Leben zu erhalten, bei all der Gewalt und dem Misstrauen, aber ich denke, es ist nicht mehr zwingend notwendig für das Glück eines Drachen."

„Du denkst reichlich modern für dein Alter."

Orla zuckte mit der Schulter. „Veränderung ist notwendig, um zu überleben." Sie klopfte härter mit ihrem Stock. „Jetzt geh zurück in Killians Zimmer und plaudere vielleicht mit meiner Tochter. Caitlin kommt nach meinem verstorbenen Gefährten und ist schüchtern. Ob die Verpaarung nun ein Fake ist oder nicht, sie will die Gefährtin ihres Sohns kennen. Dass Killian sein Gedächtnis verloren hat, war nicht leicht für sie."

Sie spürte, dass mehr an der Geschichte war, aber instinktiv wusste sie, dass es nicht Orlas Aufgabe war, es zu erzählen.

Brenna nickte. „Das werde ich, aber ich habe eine Bitte."

„Aye?"

„Ich will alle Informationen, die Glenlough über Lorcan Todd und seine Tochter hat. Ich möchte keine Aufmerksamkeit auf meine möglichen Pläne lenken, und ich bin sicher, dass du weißt, wie man die Akten verdeckt bekommt, ohne erwischt zu werden."

„Wenigstens unterschätzt du mich nicht. Wusste ich doch, dass es einen Grund gibt, warum ich dich mag."

Sie zwinkerte. „Du willst nur, dass jemand auf Nachfrage Waffen reinschmuggelt."

„Hmph. Ich wurde gewarnt, dass mein Stock zu gefährlich ist. Sonst bräuchte ich deine Hilfe nicht."

„Natürlich nicht." Brenna ging zur Tür. „Sprich so schnell wie möglich mit Teagan, Orla. Ich weiß, dass es viele Möglichkeiten gibt, Killian zu helfen, aber je mehr Optionen wir zur Verfügung haben, desto besser."

Ihr Drache meldete sich zu Wort. *Du willst alles in deiner Macht Stehende tun, um ihn dazu zu bringen, diese andere Frau zu küssen.*

*Hör zu, wenn Killian zu seinem alten Selbst zurückkehrt, wird das viele Leute glücklich machen. Und das ist alles, was zählt.*

*Es wird dich nicht glücklich machen. Schließlich hat er uns keines zweiten Blickes gewürdigt, bevor er sein Gedächtnis verloren hat.*

*Das spielt keine Rolle. Ich werde in dieser Sache nicht egoistisch sein. Und ich möchte ohnehin noch viele Jahre lang keinen richtigen Gefährten haben.*

Ihr Tier verstummte. Brenna schob jede Sorge um ihren normalerweise kraftvollen Drachen beiseite, setzte ein Lächeln auf und betrat Killians Zimmer.

Caitlin O'Shea beobachtete, wie sich die Brust ihres Sohnes in einem konstanten Rhythmus hob und senkte, und versuchte, sich nicht schuldig zu fühlen.

Wenn sie vor einigen Jahren nicht so viel Angst gehabt hätte, hätte sie Lorcan zu ihrem Gefährten genommen, und er hätte dazu beitragen können, Glenlough zu beschützen. Die Angriffe wären vielleicht nie gekommen, weder gegen ihre Tochter noch gegen ihren Sohn.

Ihr Drache schnaubte. *Du nimmst mehr Schuld auf dich, als nötig ist.*

*Das stimmt nicht. Die Allianz hätte die anderen irischen Clans in Schach gehalten. Northcastle ist stärker als die meisten.*

*Aber nicht Glenlough.*

*Arroganz wird nichts nützen. So stark wir auch sind, konnten wir Kieran nicht retten.*

Kieran O'Shea war ihr Gefährte gewesen und Vater ihrer Kinder. Er war vor Jahrzehnten bei einem Gefecht mit den nordirischen Menschen getötet worden.

*Die Umstände haben sich geändert. Drachen kämpfen nicht gegen Menschen. Vielmehr versuchen wir, mit ihnen auszukommen. Wir brauchen Newcastle nicht.*

Caitlin hasste es, aufzugeben, aber wenn ihr Drache sich eine Meinung gebildet hatte, war es schwer, sie zu ändern.

Stattdessen nahm sie ein nasses Tuch und wischte Killians Stirn ab. Ihr Sohn war gutausse-hend, aber Caitlin wünschte sich, mindestens eines ihrer Kinder hätte die blonden Haare ihres verstor-benen Gefährten geerbt, um ihr noch ein Stück ihrer früheren Liebe zu schenken.

Ihr Drache seufzte. *Kieran ist von uns gegangen. Wir haben ihn geliebt, aber es ist Zeit, weiterzuleben. Hör auf, jeden Mann zu ignorieren, der uns über den Weg läuft.*

*Es ist komplizierter als das, Drache. Teagan ist Clan-Anführerin. Ich will keine Probleme verursa-chen, und einen Mann zu nehmen, könnte das tun.*

*Du verursachst nie Probleme. Nach fünfund-fünfzig Jahren solltest du vielleicht mal ein Risiko eingehen und ein wenig leben.*

*Warum versuchst du immer wieder, mich zu ändern?*

*Tue ich nicht. Ich versuche, dich dazu zu bringen, zu akzeptieren, wer du bist, anstatt der Schatten unserer Mutter zu sein.*

Caitlin lehnte sich zurück. *Das ist nicht fair.*

*Es ist vollkommen fair.*

Sie wollte knurren und ihren Drachen in ein mentales Labyrinth werfen, aber ein Klopfen an der Tür erregte ihre Aufmerksamkeit. Brenna trat mit einem Lächeln ein. „Irgendwelche Änderungen?"

„Nein. Aber jetzt, da du hier bist, willst du sicher Zeit mit Killian verbringen. Ich kann gehen."

Sie wollte aufstehen, aber Brenna legte eine Hand auf ihre Schulter. „Bleib noch ein bisschen."

Brenna setzte sich neben sie, und Caitlin sah ihren Sohn an. Ein Gespräch zu beginnen, war nie ihre Stärke gewesen, und es war noch schwieriger mit einer Alpha-Persönlichkeit wie Brenna, obwohl sie wusste, dass die Frau ein gutes Herz hatte und freundlich zu Killian war.

An ihre Art gewöhnt, rollte sich ihr Drache nur im Hinterkopf zusammen und sah zu, wie sich die Dinge abspielen würden.

Caitlin war zufrieden damit, an ihrer Hose zu zupfen, und summte eine Melodie. Nach wenigen Minuten unterbrach Brennas Stimme das Lied. „Das habe ich noch nie gehört. Was ist das?"

Sie zuckte mit den Schultern und sagte: „Nur eine Melodie, die ich mir vor Jahren ausgedacht habe. Ich habe Musik immer geliebt, aber ich war nie gut genug, um davon zu leben. Also habe ich mich damit begnügt, meinen Kindern vorzusingen und heute den Kindern in meiner Kindertagesstätte."

Sie spürte Brennas Blick auf ihrem Gesicht. „Ich denke irgendwie, es hat weniger mit einem Mangel an Talent zu tun, sondern eher mit dem Singen vor einer großen Gruppe von Leuten."

Als sie Brennas Blick begegnete, fragte sie: „Warum sagst du das?"

Die Frau lächelte warm. „Ob du es glaubst oder nicht, mein Vater ist ein bisschen schüchtern. Er liebt es, Gitarre zu spielen und zu singen, aber wenn er vor einer Menge stehen soll, die größer als fünf Leute ist, bekommt er Panikattacken."

„Also kommst du nach deiner Mutter."

Brenna lachte. „Größtenteils. Das ist wahrscheinlich der Grund, warum wir im Laufe der Jahre so oft aneinandergeraten sind."

Sehnsucht blitzte in Brennas Blick auf, verschwand aber sofort. Die arme Frau war in einem fremden Land, und es konnte nicht leicht sein, mit ihrem temperamentvollen Sohn umzugehen. „Ich weiß, dass deine Mutter jetzt nicht hier sein kann, mit den Einschränkungen des irischen MDA, aber ich bin sicher, dass wir einen Weg finden, euch wiederzuvereinen."

„Vielleicht." Brenna konzentrierte sich erneut auf Killians Gesicht. „Alles, was im Moment zählt, ist, Killian zu helfen."

Als sie Brennas Gesicht beobachtete, war Caitlins Theorie fast bewiesen. Die Verpaarung mochte eine Farce sein, aber Brenna mochte ihren Sohn, Amnesie hin oder her.

Brenna fuhr fort: „Ich habe vielleicht einen Plan, um dir deinen Sohn zurückzugeben."

Sie dämpfte ihren anfänglichen Schock und fragte langsam: „Bist du sicher, dass es das ist, was du willst?"

Die Augen der jüngeren Frau weiteten sich, als sie ihrem Blick begegneten. „Warum fragst du mich das?"

„Nur weil ich viel ruhiger bin als meine Mutter

oder meine Nachkommen, heißt das nicht, dass ich nicht ein scharfer Beobachter bin. Ich habe noch nie gesehen, dass Killian so von einer Frau eingenommen war, wie er es bei dir auf der Bühne in der großen Halle war."

Brenna schnippte einen imaginären Fleck Dreck von ihrem Oberteil. „Das war ein Kuss, sonst nichts."

„Ich weiß, dass du alles tun willst, um Killians Erinnerungen zurückzubringen, aber vielleicht ist das nicht das Beste für ihn. Schließlich war er vorher ein zurückgezogener Workaholic. Er mag jetzt wütender sein, aber er ist viel entspannter."

Brenna schüttelte den Kopf. „Das spielt keine Rolle. Ein Drachenwandler ohne Drachen ist nur eine halbe Person. Er verdient es, seine andere Hälfte zurückzubekommen."

„Sich dieser Sache zu widmen, ist edel, aber sei nicht dumm."

Das war mit Kieran und seiner edlen Idee passiert, die Kämpfe unter den Menschen im nahen Derry zu beenden.

Am Ende hatten beide Seiten etwas gefunden, für das sie zusammenarbeiten konnten – ihre Stadt von Drachen zu befreien.

Da Caitlin nicht an den Tod ihres Gefährten denken wollte, sang sie eines der Lieder, die sie geschrieben hatte. Die sanften Töne ließen sie ihre Vergangenheit vergessen und das, was hätte sein können.

Und als würde Brenna ihre Absicht verstehen, schwieg sie und hörte nur zu.

# Kapitel Vier

A m nächsten Tag saß Brenna in Killians Krankenhauszimmer, während er schlief, und blätterte durch den Stapel von Informationen über Lorcan Todd, in der Hoffnung, dass sie etwas über ihn und seine Tochter übersehen hatte.

Ihr Drache meldete sich zu Wort. *Da ist nichts anderes. Lorcans Gefährtin starb bei der Geburt, er zog seine Tochter allein auf, und er hat vor fast zehn Jahren die Führungsposition übernommen.*

*Du hast seine Zeit bei der britischen Armee vergessen und dass er oberster Beschützer war.*

*Das sind positive Eigenschaften und nicht erwähnenswert.*

Brenna legte die Papiere ab. *Wenn Teagan mir nur die Erlaubnis geben würde, Bram noch einmal zu kontaktieren. Dann könnte Lochguard eine Art Meeting organisieren.*

*Klar, weil ein einfaches Meeting ja auch ausreicht, um die Kluft zwischen Glenlough und Northcastle zu schließen,* sagte ihr Tier trocken.

*Hör einfach auf. Die erste zivile Begegnung zwischen Feinden ist die wichtigste.*

Killian grunzte und streckte eine Hand in die Luft über sich. Er sagte: „Bleib!"

Sie stand auf und bemerkte, dass Killians Augen immer noch geschlossen waren. Er musste wieder träumen.

Da seine Träume ihr Hinweise geben konnten, widerstand sie dem Drang, seine Stirn zu streicheln.

Er entspannte sich jedoch im Bett und schlief weiter.

Die Krankenschwester namens Ruby kam in den Raum geeilt und ging zum Computerterminal neben Killians Bett. Seine Vitalwerte mussten für eine Sekunde gesprungen sein und die diensthabende Krankenschwester alarmiert haben.

Sie sagte ohne Umschweife: „Irgendwas anders diesmal?"

Seit dem Tag, als er eingeschlafen und noch nicht wieder aufgewacht war, zuvor hatten sie ein Protokoll über seine Handlungen und Äußerungen geführt. „Er hat nach irgendwas gegriffen und ‚Bleib!' gesagt."

Ruby gab die Antwort in den Computer ein und sagte: „Damit hat er bislang also Spiegel, See und ‚Bleib!' von sich gegeben. Das ist nicht sehr viel."

„Nein, aber ich habe eine Idee." Sie beugte sich

zu Killians Ohr und flüsterte: „Nimm mich mit, Killian. Wo bist du?"

Seine Augenbrauen zogen sich zusammen, aber er sprach nicht. Brenna wiederholte ihre Sätze einige Male, bevor sie mit einem Seufzen aufgab. „Nun, ich denke, wir werden es einfach weiter versuchen müssen."

„Ja, nun, Dr. O'Brien sollte jede Sekunde hier sein, um Killians Laborergebnisse zu besprechen. Die werden uns hoffentlich mehr darüber sagen, was los ist."

Sie betrachtete das Gesicht der Krankenschwester, aber sie konnte keine erkennbaren Emotionen sehen. „Sie könnten mich vorwarnen."

Ruby zuckte mit den Schultern. „Das ist nicht meine Aufgabe."

Da es eine der wichtigsten Fähigkeiten einer guten Drachenwandler-Schwester war, sich jeder Art von Persönlichkeit widersetzen zu können, besonders den dominanten, drängte Brenna sie nicht.

Killian rührte sich wieder, und Brenna hatte einen neuen Gedanken. Sie öffnete eines seiner Augenlider, um seine Pupille zu überprüfen. Die obere Hälfte war ganz rund, aber die untere Hälfte lief spitz zusammen wie die untere Hälfte einer Mandel.

Die Schwester war schon an ihrer Seite. „Das habe ich noch nie gesehen."

Killians Pupille kehrte zur Kreisform zurück,

und Brenna ließ sein Augenlid los. „Glauben Sie, er spricht im Traum mit seinem Drachen?"

„Vielleicht, aber die Form seiner Pupille macht mir Sorgen. Das Einzige, was ich in der Vergangenheit gesehen habe, das dem am nächsten kam, war, wenn ein Drachenwandler im Sterben lag."

Ihr Drache knurrte. *Er stirbt nicht.*

*Vielleicht doch, Drache. Ich habe keine Ahnung.*

*So oder so, Sid und Gregor müssen davon erfahren.*

Bevor Brenna antworten konnte, kam Dr. O'Brien herein. „Ist was passiert, Ruby?"

Die Schwester musste den Notrufknopf gedrückt haben. „Es ist besser, wenn ich es für Sie skizziere." Die Krankenschwester zeichnete die seltsam geformte Pupille auf einen Zettel und fuhr fort: „Als Killian sich im Schlaf bewegt hat, hat Brenna sein Augenlid geöffnet, und seine Pupille sah so aus. Haben Sie schonmal sowas gesehen?"

Dr. O'Brien grunzte. „Nein, das heißt aber nicht, dass niemand es gesehen hat." Er richtete seinen Blick auf Brenna. „Ihr Dr. Sid und Dr. Innes haben den Grundstein für ein weltweites Netzwerk von Drachenärzten gelegt, um Informationen und Forschung auszutauschen. Wie weit sind?"

„Ich bin mir nicht sicher", antwortete Brenna.

„Dann finden Sie es heraus!", befahl Dr. O'Brien.

Sie hob die Brauen. „Sollten nicht Sie sich an sie wenden, da Sie der Arzt sind?"

„Wir sind hier unterbesetzt, und ich betreue immer noch die verbleibenden Drachenwandler-Besucher, die als Richter beim Führungswettbewerb fungieren sollten und dabei verletzt wurden. Ich habe keine Zeit, für freundliches Plaudern am Telefon."

Sie wollte sagen, ein solches Netzwerk würde ihm beruflich zugutekommen, aber sie hielt sich zurück. „Wie wäre es dann, wenn Sie mir Killians Laborergebnisse nennen, damit ich den Stonefire-Ärzten ein vollständiges Bild geben kann?"

Er zuckte die Schultern. „Da gibt es nicht viel zu erzählen. All seine Messwerte sind normal, mit Ausnahme seiner Drachenwandler-Hormone. Sie waren höher als üblich."

„Moment mal, Killian hat noch Drachenwandler-Hormone, auch ohne seinen Drachen?"

Dr. O'Brien nickte. „Natürlich. Ob der Drache nun anwesend ist oder nicht, er ist ein Teil unserer biologischen Funktionen. Ähnlich wie wenn ein Mensch einen Hormonmangel hat, dann muss er ihn ausgleichen, um so gut wie möglich leben zu können. Drachenwandler-Hormone sind genauso."

„Ich bin ja kein Arzt, aber würde, wenn man ihm eine höhere Dosis verabreichte, das vielleicht seinen Drachen hervorbringen?"

Dr. O'Brien zögerte nicht. „Wahrscheinlicher, dass es ihn umbringen würde."

„Oh!"

„Noch weitere Fragen? Ansonsten warten Patienten."

Ihr Drache meldete sich zu Wort. *Bin das nur ich, oder ist er in letzter Zeit mürrischer?*

*Um ehrlich zu sein, habe ich keine Ahnung. Ich war zu beschäftigt mit allem anderen.*

„Haben Sie die Ergebnisse nach Stonefire geschickt?", fragte Brenna. „Weil ich weiß, dass Sid und Gregor genauere Details wollen."

„Sobald Teagan dem zustimmt, werde ich es tun."

Sie nickte, und Dr. O'Brien und die Schwester verließen das Zimmer.

Brenna hatte gerade eine SMS an Teagan geschickt, in der sie um ein kurzes Treffen bat, als Killians Stimme den Raum erfüllte. „Du planst also schon, deinen Mann zu töten?"

Kaum waren die sanften Hügel und der glasbedeckte See im Nichts verschwunden, als Killian Brenna fragen hörte: „Ich bin ja kein Arzt, aber würde, wenn man ihm eine höhere Dosis verabreichte, das vielleicht seinen Drachen hervorbringen?"

„Wahrscheinlicher, dass es ihn umbringen würde."

Er hörte dem Rest des Gesprächs vage zu, aber er kam nicht über die Tatsache hinweg, dass selbst

Brenna ihn wieder in den Mann verwandeln wollte, der er vorher gewesen war.

Rational gesehen sollte er nicht wütend darüber sein. Sie fühlte sich wahrscheinlich verpflichtet, denjenigen zu helfen, die sie aufgenommen und akzeptiert hatten. Was gab es für eine bessere Möglichkeit, als eine zentrale Figur zurück in den Clan zu bringen?

Und doch hatte er unterdessen mitbekommen, dass seine alte Version Brenna keines zweiten Blickes gewürdigt hatte.

Nicht, dass das eine Rolle spielen sollte. Anziehung bedeutete nichts über möglicherweise tollen Sex hinaus.

Trotzdem schien sein früheres Leben einsam und leer. Er hatte so das Gefühl, dass er, selbst wenn er seine Erinnerungen und/oder seinen Drachen zurückgewinnen würde, nicht zu dieser Existenz voller Arbeit und nichts anderem zurückkehren konnte.

Wenn er nur voraussagen könnte, wie seine Persönlichkeit am Ende wäre.

Als sich die Türen schlossen und Stille folgte, schob er seine Gedanken beiseite und konzentrierte sich auf seinen Drang, sie zu necken. „Du planst also schon, deinen Mann zu töten?"

Er öffnete die Augenlider, als Brennas warme Hand seine Stirn berührte. Er versuchte, nicht zu viel in die Sorge in ihrem Blick zu lesen, als sie sagte: „Du bist endlich wach."

„Da meine Augen offen sind und ich rede, ist das die einfachste Erklärung."

Seufzend streichelte sie seine Haut weiter. „Du machst es einem ziemlich schwierig, nett zu dir zu sein."

„Nett ist langweilig. Ich bevorzuge Feuer und Wut."

Sie hob die Brauen. „Hast du wirklich gerade Feuer und Wut gesagt?"

„Ich dachte, Frauen mögen poetische Formulierungen. Klingt besser als wütend und schreiend."

„Wenn du willst, dass ich schreie, könnte ich dir den Wunsch leicht erfüllen."

Einer seiner Mundwinkel zuckte hoch. „Das wäre aber eine Verschwendung. Denn wenn deine Wangen rot vor Wut sind, will ich nichts anderes, als dich an die Wand drücken und küssen."

„Killian!", ermahnte sie ihn.

„Was? Ich dachte, Frauen stehen auf Ehrlichkeit."

„Nun, ich werde auch ehrlich sein – die Ärzte wissen nicht, was mit dir los ist, und das ist ein wenig beunruhigend."

„Aber ich vermute, du arbeitest an ein paar Plänen?"

„Vielleicht."

„Und?", hakte er nach.

„Ich warte noch auf die Genehmigung, bevor ich darüber spreche."

„Wenn man bedenkt, dass es um mich geht, habe

ich ein Recht darauf, es zu erfahren." Er hielt inne und fügte hinzu: „Du warst bis heute offen zu mir, Brenna. Fang jetzt nicht an, Dinge zurückzuhalten."

Emotionen kämpften auf ihrem Gesicht, als sie angestrengt überlegte, was sie tun sollte. Er kam sich ein bisschen wie ein Arsch vor, weil er ihre Loyalität infrage stellte, aber wenn Brenna anfing, ihn mit Samthandschuhen anzufassen, war er nicht sicher, was er tun würde.

Ohne Bindungen könnte es einfacher sein, woanders von vorn anzufangen. Dann müsste er sich keine Sorgen machen, was passieren würde, wenn seine Erinnerungen zurückkehrten.

Natürlich könnte er auch bewusstlos in der Mitte des Waldes enden und an Unterkühlung sterben.

Brenna seufzte. „Ich kann zumindest einige Informationen weitergeben. Du hast im Schlaf vor dich hingemurmelt, und wir haben versucht herauszufinden, was das bedeutet."

Er runzelte die Stirn. „Ich dachte nicht, dass Reden im Schlaf als sachliche Aussage verwendet werden könnte."

Sie verdrehte die Augen. „Das habe ich nicht gesagt. Aber manchmal murmeln Menschen nützliche Dinge im Schlaf. Und dein Murmeln hat sich schließlich als Hinweis herausgestellt. Denn als ich dein Augenlid geöffnet habe, sah deine Pupille so aus."

Sie hielt ihm ein Stück Papier hin, und er

runzelte die Stirn, als er die runde obere Hälfte der Pupille sah und den unteren Teil, der spitz zulief. „Was zum Teufel heißt das?"

„Ich weiß es ehrlich gesagt nicht. Aber ich arbeite daran, es herauszufinden. Es ist möglich, dass es mit deinem inneren Drachen zu tun hat."

„Ich denke, ich würde es bemerken, wenn ich einen zweiten Jemand in meinem Kopf hätte", sagte er.

Sie schüttelte den Kopf. „Es gibt andere Möglichkeiten für einen Drachen, seine Gegenwart bekannt zu machen. Schließlich lauert er im Verstand, bis ein Drachenwandler etwa sechs oder sieben Jahre alt ist, und kommt nicht immer nach vorn."

„Warte, wie ist das möglich? Dein Verstand verbirgt was vor dir?"

Brenna schnaubte. „Schau, ich bin kein verdammter Arzt oder Wissenschaftler. Ich sage dir nur, was ich weiß."

„Sagen wir, du hast recht, und es hat mit diesem mysteriösen inneren Drachen zu tun. Bedeutet das irgendwas?"

„Ich bin nicht sicher. Ich werde ein paar Freunde von mir um Hilfe bitten." Brenna faltete das Blatt Papier und steckte es in eine Hosentasche. Nachdem sie schnell auf ihr Handy gesehen hatte, sprach sie erneut. „Ich habe bald ein Meeting mit Teagan. Danach kann ich dir weitere Details mitteilen."

„Und in der Zwischenzeit liege ich einfach hier und starre an die Decke?", fragte er gedehnt.

Sie neigte den Kopf und sagte: „Anstatt dich zu beschweren, wie wäre es, wenn du dich nützlich machtest?"

„Und wie genau? Das Einzige, worin ich gut war, seit ich ohne Erinnerung aufgewacht bin, war, schwere Gegenstände zu heben und dich zu küssen. Und im Moment kann ich beides nicht tun."

„Bist du absichtlich so nervtötend?"

Er zuckte mit einer Schulter. „Das ist genau das, was mir spontan in den Sinn kommt."

„Also, Bastard-Modus ist deine Standardeinstellung. Gut zu wissen." Sie lehnte sich hinunter und hielt seinen Blick. „Wie wäre es, wenn du aufhörtest, dich selbst kleinzureden, und sehen würdest, woraus du gemacht bist? Ob du nun dein Gedächtnis verloren hast oder nicht, du bist intelligent und kannst Dinge herausfinden. Nutz das, um mir und deiner Schwester zu helfen."

„Wie? Ich habe nicht gerade die oberste Freigabe."

„Das vielleicht nicht, aber nicht alles ist geheim. Ich hab da eine Idee." Sie nahm ein Tablet vom Tisch in der Nähe, tippte ein paarmal darauf und drehte es zu ihm um. „Sehen wir mal, wie gut dein Gedächtnis für nicht persönliche Dinge funktioniert. Wir versuchen herauszufinden, wie wir die Sicherheit gegen eine äußere Bedrohung verstärken können, sowohl lebende als auch maschinelle, gegen ein Eindringen über Land als auch aus der Luft. Sieh nach, ob dir irgendwelche Schwachstellen auffallen, und wir können es besprechen, wenn ich zurück bin."

Er hob eine Braue. „Hast du keine Angst, dass ich diese Informationen benutzen könnte, um zu fliehen?"

Sie musterte ihn und sagte: „Ich glaube nicht, dass du das wirst. Erstens würdest du mich nie wieder küssen und das willst du, wie du ständig sagst. Und zweitens, ich glaube nicht, dass du ohne einen durchdachten Plan entkommen könntest. Und in diesem Fall würde es kaum einen Unterschied machen, dir diese Pläne zu zeigen, da du den Umkreis auch allein erkunden könntest."

Aus Neugier nahm er das Tablet und sah sich das Bild an. Er entdeckte sofort eine Schwachstelle.

„Also", fragte Brenna, „wirst du versuchen zu sehen, was dir auffällt?"

„Ich habe ja eh nichts Besseres zu tun", seufzt er.

„Gut. Das ist Killiansprache dafür, dass du fasziniert bist."

Er sah ihr erneut in die Augen und runzelte die Stirn. „Seit wann kannst du mich so gut interpretieren?"

„Ich beobachte dich seit Monaten, Killian. Manche Dinge an dir sind gleich, selbst ohne deinen Drachen oder Erinnerungen."

Killian sollte das Thema meiden, denn Brennas Antwort könnte ihm wehtun. Aber er platzte heraus:

„Welche Version von mir ist besser, jetzt oder vorher?"

„Spielt das eine Rolle?" Sie bewegte sich, bis ihr Gesicht nahe genug war, dass ihr Atem über seine Lippen tanzte. „Ich habe dich gepaart, wie du bist."

Ihre Worte rührten etwas in ihm. Er legte das Tablet ab, hob die Hand und berührte ihre Wange. Brennas Pupillen wurden zu Schlitzen und verwandelten sich zurück. „Was sagt dein Drache?"

„Ich bin mir sicher, ob ich dir das erzählen will."

Er streichelte ihre Haut. „Ehrlichkeit, erinnerst du dich?"

Eine Sekunde lang dachte er, sie würde nicht antworten. Dann lächelte sie und sagte: „Er sagt, dass du dich vielleicht noch erholst, aber wenn wir uns rittlings auf dich setzten und die meiste Arbeit übernähmen, wäre das eine einfache Lösung."

Blut rauschte in seinen Schwanz, als er sich Brennas Körper über seinem vorstellte. Wie ihre Brüste hüpften, während er ihre Hüften nach hob und senkte.

Er knurrte. „Ich würde sagen, das ist eine brillante Idee, aber ich will nicht, dass unser erstes Mal so ist."

„Jetzt bist du also ein Romantiker?"

„Oh, es ist nicht so romantisch, da ich dich unter mir und meiner Gnade ausgeliefert sehen will." Brennas Atem stockte. „Und ich sehe, dass dir diese Idee gefällt." Er ließ ihr Wange los und deutete zum

Tablet. „Ich arbeite daran. Ich muss schließlich in deiner Gunst bleiben."

Brenna trat zurück und verdrehte die Augen. „Und ich dachte, du könntest länger als dreißig Sekunden nett zu mir sein."

Er grinste. „Du hast mich gepaart, wie ich bin, denk dran."

„Ich werde diese Aussage bereuen, nicht wahr?"

„Du wirst es einfach abwarten und sehen müssen. Ein kleines Rätsel sorgt für eine interessante Ehe, findest du nicht?"

„Paarung. Ehe ist der menschliche Begriff."

„Du wechselst das Thema."

„Da unsere Paarung nicht traditionell ist, kann ich nichts dazu sagen." Sie ging weitere Schritte zur Tür. „Ich muss mich mit Teagan treffen. Ich sehe danach wieder nach dir. Sieh zu, ob du wach bleiben kannst, alter Mann."

Sie stürzte aus der Tür, bevor Killian antworten konnte.

Anfang dreißig war nicht alt, aber Killian musste sich über wichtigere Dinge Sorgen machen als den Altersunterschied von mehr als zehn Jahren zwischen sich und Brenna. Er musste ihr nur den Hof machen und sie ins Bett locken. Dann würde sie schon sehen, wie lebensstrotzend er sein konnte.

Aber dafür hätte er später Zeit. Im Moment sah er sich die Pläne auf dem Tablet an. Schon ein Blick auf sie brachte ihm sofort Szenarien in den Kopf, fast

als würde er durchlaufen, was in zwanzig verschiedenen Situationen passieren könnte.

Auch wenn er es sich wahrscheinlich einbildete,
spürte Killian, dass er in der Vergangenheit oft sowas
Ähnliches getan hatte. Ob es ihm langfristig, in
Bezug auf sein Gedächtnis helfen würde, hatte er
keine Ahnung. Er dachte nur daran, dass Brenna ihn
anlächelte, weil er ihr half und bewies, dass er sowohl
ihrer als auch des Clans würdig war.

Er blinzelte. Er war kein verdammter Hund, der
seinem Herrn gefallen wollte.

Nein, er würde es für sich selbst tun. Killian
musste vielleicht irgendwann neu anfangen, und je
besser er seine Fähigkeiten und Grenzen verstand,
desto einfacher wäre es, sich einem zukünftigen
Arbeitgeber vorzustellen.

# Kapitel Fünf

Zwei Tage später saß Brenna Teagan O'Shea gegenüber und wartete auf eine Antwort.

Glenloughs Anführerin lehnte sich in ihrem Sessel zurück und seufzte. „Ich bin mir nicht sicher, ob mir eine der Optionen gefällt."

„Nun, da weder Dr. Sid noch Gregor viel aus der Ferne tun konnten, wäre es einfacher für sie, persönlich zu helfen. Da sie wegen des vorübergehenden Banns des irischen MDA gegen ausländische Drachenwandler nicht hierherkommen können, wird es hoffentlich den Prozess beschleunigen, wenn ich Killian nach England bringe."

„Und wenn ich dem nicht zustimme, ist die andere Option, einen Weg für ihn zu finden, Lorcans Tochter zu küssen?"

Brenna zuckte mit den Schultern. „Ich weiß nicht, ob es funktioniert, aber es besteht eine kleine Chance, dass das es tun könnte."

„Sagen wir mal, das tut es. Wäre das für dich in Ordnung?"

Ihr Drache meldete sich zu Wort. *Wäre es nicht.*

Brenna ignorierte ihr Tier und antwortete: „Ich habe meine Hilfe dabei versprochen, Killian zurückzubringen, und das Versprechen halte ich."

Teagan hob eine Braue. „Ich glaube, das ist alles Mist, aber ich werde keine Zeit damit verschwenden, zu streiten. Du bist eine erwachsene Frau. Außerdem ist meine wichtigere Frage: Bist du bereit, deine Position als vorübergehende oberste Beschützerin in Glenlough aufzugeben? Du magst von Geburt Engländerin sein, aber du hast dich während der jüngsten Probleme des Clans mehr als bewiesen, und ich halte dich jetzt für einen Teil meines Clans."

Früher hatte sie sich mehr als alles andere Akzeptanz gewünscht. Aber ein wahrer Beschützer zu sein, bedeutete, die Pflicht über die meisten persönlichen Wünsche zu stellen.

Brenna ignorierte die Emotion, die in ihr hochstiegen, und antwortete: „Ich habe zwei Tage damit verbracht, darüber nachzudenken. Ich gebe meine Träume nicht für immer auf, aber ich bin einundzwanzig Jahre alt und kann es mir leisten, vorerst zurückzutreten und mich in Zukunft in eine ähnliche Position zu bringen."

Teagan beugte sich vor. „Es ist zwar lobenswert, an deinem Gelübde festzuhalten, aber ich werde dich nicht dazu bringen, deine Karriere aufzugeben, um es durchzuziehen. Ich liebe meinen Bruder, aber so wie er gerade ist, bin ich mir nicht sicher, ob er deine Hingabe verdient."

Sie richtete sich in ihrem Stuhl weiter auf. „Er ist eine Pflicht wie jede andere, was bedeutet, dass ich es bis zum Ende durchführe."

Teagan öffnete den Mund, schloss ihn aber schnell wieder. Sie nahm ein Stück Papier und legte es vor Brenna. „Unterschreib das, und ich schicke es per Fax an das MDA. Du solltest in ein oder zwei Tagen die Erlaubnis haben, Stonefire zu besuchen."

Brenna starrte auf das Papier hinunter und zögerte. Sie hatte ein tapferes Gesicht für Teagan aufgesetzt, aber der Gedanke, Glenlough zu verlassen, machte ihr Herz schwer. Solange sie mit Killian gepaart blieb, konnte sie zurückkehren. Wenn er jedoch entkäme und eine Trennung beantragte, könnte es Monate oder Jahre dauern, bis sie zurückkommen konnte, abhängig von der Laune des irischen MDA.

Ihr Drache grunzte. *Ich glaube nicht, dass Killian abhaut. Er flirtet und starrt uns die meiste Zeit an.*

*Lust ist keine Loyalität. Ich wünschte, du würdest dich daran erinnern.*

Ihr Tier schnaubte. *Egal, du verbirgst einen tieferen Widerwillen – unsere Eltern wiederzusehen.*

Brenna wollte nicht, dass ihr Drache recht hatte, nahm einen Stift von Teagans Schreibtisch und unterschrieb mit ihrem Namen. „Da. Ich werde mit den Vorbereitungen anfangen und erzähle Killian die Neuigkeiten. Wann willst du dich verabschieden?"

Traurigkeit füllte Teagans Augen. „Ich bin mir nicht sicher, ob es ihm so oder so wichtig ist."

Sie nahm Teagans Hand und drückte sie. „Er starrt oft auf das Fotoalbum, das du ihm gegeben hast, und verweilt bei Bildern von dir, deiner Mutter und deiner Großmutter mehr als bei den anderen. Er weiß vielleicht nicht warum, aber irgendwo tief im Inneren erkennt er, dass du ihm wichtig warst."

„Vielleicht. Aber keine Sorge, Aaron wird mich dazu bringen, mich von meinem Bruder zu verabschieden." Teagans Pupillen blitzten. „Da kommt mir eine Idee. Aaron ist ein brillanter Koch, und wir könnten ein Abschiedsessen mit der Familie veranstalten. Auf diese Weise kann jeder, selbst wenn es peinlich wird, seinen Mund mit Essen füllen und sich so beschäftigt halten. Kannst du Killian überzeugen, später in unser Cottage zu kommen?"

„Das wird nicht einfach, aber ich werde einen Weg finden."

„Gut." Teagan nahm das unterzeichnete Dokument. „Ich schicke das sofort ab. Du solltest lieber gehen, denn du musst Lyall O'Dwyer über sämtliche beschützerrelevanten Dinge informieren, damit er deine Position einnehmen kann, und du musst Killian von den Neuigkeiten erzählen."

Lyall war einer der erfahrensten und loyalsten Beschützer in Glenlough.

Sie erhob sich und nickte. „Danke, Teagan, dass du meine Bitte verstehst."

Teagan lächelte. „Sei mir gegenüber nicht zu dankbar. Schließlich ist es um einiges besser, ihn nach Stonefire zu schicken, als ihn Lorcans Tochter küssen und einen möglichen Krieg verursachen zu lassen."

Ihr Drache knurrte. *Und es bedeutet, dass er niemand anderen küssen wird.*

*Da er uns seit der Paarungszeremonie nicht geküsst hat, scheinst du mir etwas optimistisch, dass er es überhaupt tun will. Nach unseren Nachrichten will er vielleicht nichts mehr mit uns zu tun haben.*

*Und wessen Schuld ist es, dass er uns nicht wieder geküsst hat? Du bist ihm absichtlich aus dem Weg gegangen, hast ihn nur gesehen, wenn andere dabei waren.*

Brenna gestand schließlich ihre Bedenken, sonst wäre der Drache vielleicht nie still. *Mich an ihn zu binden, ist gefährlich. So werde ich meine Pflicht nie so erfüllen, wie ich es gerne möchte, denn ich werde ihm nicht helfen wollen.*

*Er ist in einem Meer von Menschen verloren, an die er sich nicht erinnert. Freundschaft würde mehr nützen, als du ahnst.*

Brenna war der gleichen Meinung, wollte aber nicht riskieren, dass aus Freundschaft mehr wurde. Killians Zukunft war unvorhersehbar, und sie musste auf ihr Herz und ihre Gefühle achten. Vor allem, nachdem sie in der Vergangenheit schonmal von einem Mann besessen gewesen war und daraufhin für Cedric ihre Pflichten in der Armee vernachlässigt hatte.

Brenna konzentrierte sich wieder auf Teagan und winkte zum Abschied. „Wir sind gegen sieben da. Und sag Aaron, er soll keinen Fisch machen. Den kann ich nicht leiden."

„Gut, dass du mir das sagst und nicht ihm, sonst würde er den absichtlich kochen, nur um dir eins auszuwischen. Ich schwöre, er lebt, um die zu ärgern, die ihm wichtig sind."

Die Liebe, die in Teagans Augen erstrahlte, wenn sie von ihrem Gefährten sprach, ließ einen kleinen Funken Neid in ihr aufflackern. Vielleicht bekam sie eines Tages das, was Aaron und Teagan hatten – Liebe zwischen Partnern, die sich gegenseitig besser machten.

Brenna wollte keine Zeit damit verschwenden, an etwas zu denken, das weit in der Zukunft lag und verließ den Raum. Sie würde sich zuerst um die Beschützer kümmern. So hätte Killian weniger Zeit, sich eine Ausrede einfallen zu lassen, warum er nicht zum Essen kommen könne.

Denn selbst wenn sie ihn fesseln und in eine Schubkarre werfen müsste, um ihn zu Teagans Cottage zu bringen, würde sie es tun. Teagan und ihre Familie verdienten eine Gelegenheit, sich zu verabschieden.

Ihr Drache meldete sich zu Wort. *Lustig, dass du*

*das jetzt denkst. Du hast dich vor drei Jahren nicht von Mum und Dad verabschiedet.*

*Nur weil Mum uns eingesperrt und zu Verwandten nach Italien geschickt hätte, um uns davon abzuhalten, der Armee beizutreten.*

*Ich vermute, das alles ist jetzt nicht mehr wichtig. Aber da du das Dokument unterschrieben hast, musst du dich ihnen stellen.*

*Ich werde mich damit befassen, wenn die Zeit gekommen ist.*

Killian betrachtete wütend Teagan O'Sheas Cottage in der Ferne. „Es gibt keinen Grund für sie, sich von mir zu verabschieden. Ich erinnere mich an niemanden von ihnen."

Brenna passte sich an sein Tempo in Richtung Cottage an. „Das ist nicht der Punkt. Das ist für sie, nicht für uns. Und wenn du nicht teilnimmst, gehst du nicht, Ende der Geschichte."

Er grunzte. „Vielleicht möchte ich auch gar nicht gehen."

Sie sah ihn von der Seite an. „Du warst vorhin ganz aufgeregt, als ich dir erzählt habe, dass wir nach England fahren."

Die Tatsache, dass er irgendwo anders hinginge, wenn auch nur kurz, würde ihm Zeit geben, die Dinge zu klären. So gut er auch verstand, dass seine angebliche Familie ihm helfen wollte, aber dass ihn alle mit Samthandschuhen anfassten und so taten, als wäre es für sie in Ordnung, machte ihn verrückt. Die Großmutter war die Einzige, die sich nicht scheute, ihre Meinung zu äußern, aber selbst sie erinnerte ihn oft daran, wie er gewesen war.

Doch er hielt seine Wut in Schach und täuschte Langeweile vor. „Ich bin nicht aufgeregt. Du hast meine Freude darüber, meine Frau endlich wiederzusehen, mit Freude über diese verdammte Reise verwechselt."

Brenna war die meisten vergangenen Tage nicht bei ihm gewesen, weil sie verschiedene Dinge bei den Beschützern zu erledigen hatte. Ihm gefiel gar nicht, wie sehr seine Stimmung davon abhing, ob die Frau in seiner Nähe war oder nicht.

Seine einzige Hoffnung war, dass die Stonefire-Ärzte ihre dummen Tests durchführten, seinen Fall für unheilbar erklärten, und dann würden alle ihm erlauben, sein eigenes Leben zu bestimmen.

Brenna antwortete: „Ich habe dich gepaart, ja, aber das bedeutet nicht, dass ich dich von vorne bis hinten bedienen werde."

„Es gibt einen Unterschied, zwischen mich hingebungsvoll lieben und mich meiden. Du hast Letzteres getan."

„Ich hatte viel zu tun. Das passiert."

Ihr Tonfall signalisierte, dass das Gespräch beendet war, aber Killian wollte nicht zulassen, dass sie dem Thema für immer auswich. Er nahm sanft ihr Handgelenk und beide blieben stehen. „Die

Leute werden reden, Liebling. Du solltest besser anfangen, mir Aufmerksamkeit zu schenken."

Sie neigte den Kopf und sagte: „Vor deiner Familie? Bist du dir sicher, dass du das möchtest?"

Er beugte sich hinunter und flüsterte ihr ins Ohr: „Und wenn ich Ja sage?"

„Dann würde ich dich für verrückt halten." Sie zog an ihrem Handgelenk, und er ließ es los. „Lass uns einfach das Abendessen hinter uns bringen, okay?"

Brenna drehte sich um und marschierte zur Cottage-Tür.

Etwas war passiert, aber er war sich nicht sicher, was. Vielleicht würde ihr ein Besuch ihrer Heimat in England die Freiheit geben, ihm aus dem Weg zu gehen, da Stonefire höchstwahrscheinlich beschützen auf ihrer Seite wäre und niemand auf die Idee käme, ihre Schein-Paarung irgendeinem MDA-Beamten zu verraten.

Oder sie hatte zu Hause vielleicht einen Mann, für den sie schwärmte und der alle Gedanken an Küsse oder mehr mit Killian verbannte, und sie konnte versuchen, den namenlosen Kerl für sich zu gewinnen.

Was auch immer es war, ihm gefiel die kühle Distanz nicht, die sie zwischen sie beide gelegt hatte. Wenn man bedachte, dass sie in einem Auto und einer Fähre sitzen und dann noch einmal Auto fahren mussten, um Stonefire zu erreichen – scheinbar nutzten Drachen selten Flugzeuge –, gäbe ihm das die Möglichkeit, einige ihrer Geheimnisse zu erfahren.

Nicht, dass ihn irgendeines ihrer Geheimnisse interessieren sollte. Sie war ein Mittel zum Zweck und nichts mehr. Schon, er würde sie gern ein- oder zweimal ficken und gehen, aber das war's.

Er erreichte die Haustür eine Sekunde hinter Brenna, und die Tür schwenkte nach innen. Aaron Carusos dunkelhaarige, gebräunte Gestalt sah Killian direkt an. Ohne Umschweife sagte der Mann: „Führ dich zu sehr wie ein Bastard auf, und ich schmeiße dich aus diesem Haus. Verstanden?"

Killian knurrte, aber Brenna trat zwischen sie. „Du könntest versuchen, zu sagen, dass dies für alle Beteiligten schwierig ist, anstatt Drohungen auszusprechen, Aaron." Sie blickte zu Killian. „Und denk dran, du hast versprochen, dich zu benehmen. Das war der Deal für die Abreise morgen statt in ein paar Tagen."

„Solange dieser Kerl auf seine Manieren achtet, werde ich dasselbe tun", schnaubte Killian.

Er erwartete, dass Aaron ihn herausfordern würde, aber der Mann nickte nur. „Das sollte Teagan glücklich machen."

Brenna schob Aaron zur Seite. „Dann lass uns rein. Ich komme um vor Hunger."

Da er kaum eine andere Wahl hatte, folgte Killian Brennas Führung. Die Stapel von Gegenständen auf Tischen und Bücherregalen im Flur beachtete er gar nicht, als er sich für das bevorstehende Abendessen wappnete. Wer wusste schon, was ohne Ärzte oder Passanten, die zusahen, passieren könnte.

Sie betraten das Esszimmer, und alle Augen richteten sich auf ihn.

Caitlin, Orla und Teagan saßen um einen Tisch. Er bemerkte kaum, wie Brenna in einen der leeren Stühle rutschte, bevor Teagan sich äußerte. „Du kannst dich auch setzen, Killian. Es sei denn, du hast vor, den ganzen Abend zu stehen?"

Er verschränkte die Arme vor der Brust. „Da ich gar nicht hier sein will, bin ich versucht, genau das zu tun."

Brenna verdrehte die Augen. „Setz dich, Killian. Wie ich Teagan kenne, wird sie das Abendessen hinauszögern, bis du sitzt. Mit deinem Trotz verlängerst du den Abend nur unnötig."

„Trotz ist scheinbar das Einzige, was mir noch bleibt", sagte er und rutschte auf den Sitz neben ihrem.

„Trotz verursacht auf lange Sicht nur noch mehr Probleme, Killian", sagte Caitlin. „Es ist in Ordnung, wütend zu sein, aber du solltest es nicht an anderen auslassen, die es nicht verdienen."

Es lag ihm auf der Zungenspitze zu sagen, dass er kein Kind war, aber Caitlins gütige, geduldige Augen hielten ihn davon ab. Von all seiner angeblichen Familie war sie die netteste und verständnisvollste, und sie hatte seinen Jähzorn nicht verdient.

Aaron verschwand durch eine Tür, und Teagan

sprach wieder. „Hör zu, ich verstehe ja, dass du nicht hier sein willst. Wir sind nur Leute, die du auf Bildern gesehen hast, ein Teil von Erinnerungen, die du nicht mehr hast. Aber ich habe unterschrieben, dass du den Clan für eine Weile verlässt, also bitte ich nur darum, dass du dich ein oder zwei Stunden benimmst und aufhörst zu streiten. Ich wäre auch wütend, wenn ich mich nicht erinnern könnte, wer ich war. Aber Wut löst deine Probleme nicht. Hoffentlich können die Stonefire-Ärzte das.“

Er hob eine Braue. „So direkt warst du seit dem ersten Tag, an dem ich dich ohne Erinnerung kennengelernt hab, nicht zu mir. Warum jetzt?“

Sie zuckte die Schultern. „Ich habe nichts zu verlieren. Du wirst bald das Problem von Stonefire sein. Und der sanfte Ansatz hat bei dir offensichtlich nicht funktioniert, also versuche ich was anderes.“

Bevor er antworten konnte, meldete Orla sich zu Wort. „Ich weiß, dass du ein erwachsener Mann bist, aber sei vorsichtig auf der Reise. Wir wissen immer noch nicht genau, wer dich entführt hat oder warum, und es besteht die Möglichkeit, dass sie versuchen, dich oder sogar Brenna auf eurer Reise zu schnappen.“

Er sah sich im Raum um. „Ich würde doch annehmen, dass unser Transfer nicht öffentlich bekannt ist.“

Teagan winkte das mit einer Hand ab. „Das nicht. Aber sowohl das britische als auch das irische Ministerium für Drachenangelegenheiten weiß von dem Transfer. Angesichts der holprigen Geschichte des britischen MDA und des Verrats in den letzten Jahren würde ich nicht ausschließen, dass es in der einen oder anderen Agentur einen Undercover-Spion gibt. Vorbereitung und Vorsicht werden in solchen Fällen nur eingeschränkt etwas bewirken."

Aaron kam zurück und brachte einen Braten auf einer Platte. Er stellte ihn auf den Tisch, grunzte und sagte: „Die verdammten Drachenjäger oder Drachenritter scheinen nicht aufzugeben, egal, wie oft sie gefangen oder verhaftet werden."

Teagan lächelte ihren Mann an. „Wir haben es geschafft, die Jäger davon abzuhalten, im nördlichen Teil der Republik Irland eine Basis zu errichten. Das ist doch schon mal was."

Egal, wie sehr Aaron ihn wütend machte, Killian musste zugeben, dass er und Teagan sich umeinander sorgten. Allein sie zu beobachten, bereitete ihm Zahnschmerzen von der zuckrigen Süße.

Brenna drückte seinen Oberschenkel unter dem Tisch, und er sah sie an. Ihre Lippen formten ohne Ton: „Sei nett."

Orlas Stimme drang über den Tisch. „Also, was werdet ihr beide wegen eurer Paarung in England unternehmen? Kann man denen vertrauen? Denn ich muss zugeben, dass ihr beide fast immer so ausseht, als wolltet ihr den anderen unter keinen Umständen berühren. Und dann macht ihr plötzlich kleine Gesten, wie gerade, um Killian zu beruhigen.

Was geht da eigentlich zwischen euch beiden vor? Ich will die Wahrheit."

„Mutter!", ermahnte Caitlin sie.

Brennas Blick richtete sich auf Orla. „Ich dachte nicht, dass eine Analyse meines Privatlebens Teil der Agenda ist."

Orla schnalzte mit der Zunge. „Wenn der Ruf meiner Enkelin auf dem Spiel steht, ist sie das."

Teagan klatschte in die Hände. „Hört auf! Ich vertraue Brenna, und das sollte reichen, Gran."

Orla schüttelte den Kopf. „Ich sage immer noch, dass es einfacher gewesen wäre, ihn das Todd-Mädchen küssen zu lassen."

Killian runzelte die Stirn. „Wovon sprichst du?" Teagan tauschte einen Blick mit Aaron aus, und Killian bemerkte, dass Brenna unnatürlich still an seiner Seite wurde. „Sag mir mal jemand, was zum Teufel ihr mir verheimlicht. Ich habe das Gefühl, dass es um mich geht, richtig? Dann verdiene ich, es zu erfahren." Brenna zog ihre Hand von seinem Bein, aber er griff ihr Handgelenk. „Was ist mit Ehrlichkeit passiert?"

Sie begegnete endlich seinem Blick, aber er war unlesbar. Für eine Sekunde dachte er, sie würde schweigen. Dann räusperte sie sich und sagte: „Auch wenn es nur eine Theorie ist, könnte ein Kuss deiner wahren Gefährtin deinen inneren Drachen zurück-bringen."

„Und ihr habt zufällig eine Datenbank mit

wahren Gefährtinnen zur Hand, um diese Frau zu finden?", verlangte Killian zu erfahren.

Brenna schüttelte den Kopf. „Sowas gibt es nicht. Aber du hast vor Jahren entdeckt, wer sie ist, und hast Abstand gehalten."

Er runzelte die Stirn. „Warum? Ist sie eine schreckliche Person?"

Teagan sprang ein. „Georgiana Todd ist eine reizende Frau. Aber sie ist die Tochter eines aktuellen Feindes, des Anführers des Clan Northcastle in Nordirland. Wir hatten auch damals Streit mit Northcastle. Sie zu küssen, würde einen Haufen Ärger mit sich bringen."

Killian ließ Brennas Handgelenk frei und stand auf. „Und ihr habt entschieden, diese Entscheidung ohne mich zu treffen? Das ist ein Scheißzug, wenn man bedenkt, dass es meine Situation innerhalb von Sekunden beheben könnte."

Brenna stand auf und drehte sich zu ihm um. „Seltsam, dass du jetzt wütend darüber bist, obwohl du ständig betont hast, nicht wieder der Wichser werden zu wollen, der du vorher warst."

Er beugte sich vor und flüsterte: „Ich bin müde von diesem halben Leben, das mir jeder aufzwingt. Lass mich entweder diese Frau küssen, oder lass mich einen neuen Weg einschlagen, so wie ich bin."

„Die Stonefire-Ärzte können dir besser helfen als ein Kuss. Ich würde lieber darüber verhandeln", erklärte Brenna.

Brenna war nahe genug, dass ihr Atem sein Kinn

kitzelte. Obwohl er wütend war, war sein Körper sich ihres Geruchs und ihrer Hitze bewusst, so nahe an ihm.

Hätte sie ihn nicht verdammt nochmal verraten, würde er sie küssen.

Caitlins Stimme brach den Zauber. „Ich stimme zu, dass ihr die Stonefire-Ärzte aufsuchen solltet, aber ich könnte Lorcan Todd dazu bringen, Killian seine Tochter einmal küssen zu lassen und eine Art Vertrag mit unserem Clan zu schließen."

„Nicht, Caitlin!", warnte Orla.

Killian zwang seinen Blick von Brenna zu der Frau, die behauptete, seine Mutter zu sein. Sie fügte hinzu: „Es ist die einfachste Lösung, die ich vor Jahren schon hätte wählen sollen. Ich bin es leid, mich zu verstecken und alle anderen Mitglieder meiner Familie dem Clan helfen zu lassen."

„Wovon sprichst du?", fragte Brenna.

Caitlin atmete tief durch und sagte: „Lorcan Todd hat einmal eine Allianz vorgeschlagen, unter einer Bedingung – dass ich zustimme, seine Gefährtin zu werden. Da er immer noch keine hat, ist er vielleicht weiterhin offen für den Antrag, zumal er mir heimlich jedes Jahr an meinem Geburtstag Blumen schickt."

„Mam –" begann Teagan.

„Nein, Teagan. Du hast genug zu tun mit dem Versuch, das MDA zu beruhigen und alle irischen Clans dazu zu bringen, einen Friedensvertrag zu unterzeichnen. Northcastle wird ein wichtiger

Verbündeter sein, und wenn wir sie im Rücken haben, könnte das den Rest Irlands davon überzeugen, sich uns anzuschließen. Ich muss das tun und ihren Clan-Anführer paaren."

Killian ergriff das Wort: „Das würdest du für mich tun?"

Caitlin lächelte warmherzig. „Natürlich würde ich das. Du bist mein Sohn, Killian."

Orla knurrte. „Woher weißt du, dass Lorcan dich nicht misshandeln wird? Wir wissen wenig über ihn, abgesehen davon, dass er ein Dieb ist."

Caitlin schüttelte den Kopf und antwortete: „Er schickt jedes Jahr Karten zu den Blumen, und sie sind immer nett. Wenn wir jünger wären, würde ich fast denken, dass ich seine wahre Gefährtin bin und er versucht, mich zu umwerben."

„Warum hast du das nie erwähnt, Mam?", fragte Teagan.

„Ich bin sehr diskret, Teagan. Das weißt du. Außerdem hatte ich Angst, dass ich, wenn ich es erwähne, weggedrängt werden könnte. Ich war einfach nur feige."

Teagan beugte sich vor und berührte die Hand ihrer Mutter. „Ich würde dich nie zwingen, was zu tun, das du nicht willst, Mam. Du musst das nicht tun."

Caitlin begegnete wieder Killians Blick. „Aber ich muss es tun, um Killians willen."

Eine Frau, zu der er weniger als höflich gewesen

war, war jetzt bereit, ihr Leben komplett umzukrempeln, um ihm zu helfen.

Wenn er sich nur an sie erinnern könnte!

Ein Knall hallte in seinem Kopf, und er schlug sich die Hände über die Ohren. Leute sprachen, aber ein weiterer Knall ertönte, und sein Schädel fühlte sich an, als würde er bersten.

Er rutschte kaum auf die Knie, bevor ein noch lauteres Geräusch in seinem Kopf widerhallte und die Welt dunkel wurde.

# Kapitel Sechs

Brenna kniete neben Killians Körper und überprüfte seinen Puls. Als sie das regelmäßige Schlagen spürte, stieß sie den Atem aus, den sie angehalten hatte. „Er lebt!"

Caitlin schloss sich ihr an und kniete auf Killians anderer Seite. „Ich dachte, Dr. O'Brien hat ihn gehen lassen."

„Hat er", antwortete Brenna. „Aber er sagte auch, Killians Zustand sei unvorhersehbar. Da dies jetzt schon zweimal passiert ist, könnte es einen Zusammenhang zu dem geben, was das Problem verursacht hat."

„Lass mich wissen, wenn sich was ändert. Ich werde Dr. O'Brien anrufen", sagte Teagan, als sie und Aaron in die Küche kamen.

Caitlin strich ihrem Sohn das Haar von der Stirn. „Dann ist es entschieden, ich wende mich an Lorcan und arrangiere den Kuss. Ich ertrage es nicht, dass mein Sohn so leidet."

„Und wenn es nicht funktioniert?", fragte Brenna leise.

„Ich vertraue auf deine Stonefire-Ärzte. Die Frau weiß, wie es ist, einen Drachen zu verlieren, sie wird mehr als jeder andere ihr Bestes tun, um sein Tier zurückzuholen", antwortete Caitlin.

Brenna riss ihren Blick von Killians Gesicht, um Caitlin zu mustern. Die stille Frau erwies sich als stärker, als ihr ursprünglich bewusst gewesen war. „Alle sagen, Teagan und Killian haben ihre Stärke von ihrer Großmutter, aber ich denke, dass einiges auch von dir stammt."

Caitlin schüttelte den Kopf und sagte: „Nein. Jede Mutter würde dasselbe für ihr Kind tun."

Es lag Brenna auf der Zunge zu sagen, dass das nicht stimmte, aber sie hielt sich zurück.

Killian rührte sich, und Brenna konzentrierte sich auf ihren Gefährten. Seine Augen flatterten auf, sein Blick traf ihren. „Warum bin ich auf dem Boden?"

„Erzähl uns, was passiert ist, und ich könnte es herausfinden."

Er rieb sich die Schläfe und sagte: „Ich weiß nicht. In meinem Kopf war ein lautes, dröhnendes Geräusch. Das Nächste, was ich weiß, ist, dass ich hier aufgewacht bin."

Brenna hielt inne. „Was für ein dröhnendes Geräusch?"

„Ich bin nicht sicher. Fast, als würde jemand einen Topf gegen eine Tür schlagen. Warum?"

Ihr Herzschlag beschleunigte sich. „Ich möchte dir keine Hoffnungen machen."

„Aber?", hakte er nach.

„Aber Dr. Sid hat jahrelang ein solches Schlagen in ihrem Kopf ertragen, bevor ihr Drache sich schließlich befreite."

„Ist sie nicht diejenige, die ihren Drachen zurückerobert hat, indem sie ihren wahren Gefährten geküsst hat?"

„Ja."

Sein Blick wanderte zu Caitlin. „Dann brauche ich deine Hilfe. Ich weiß nicht, wie ich das wiedergutmachen soll, aber wenn ich es durch den Kuss einer Frau beenden kann, werde ich alles Nötige tun, um es zu probieren."

Caitlin sah Brenna an, eine Entschuldigung in ihren Augen. „Ich werde Lorcan sofort kontaktieren."

Brennas Drache meldete sich zu Wort. *Das ist eine schlechte Idee.*

*Nein, es ist im Moment der beste Weg nach vorn.*

*Und wenn der Rausch losbricht?*

*Dann ist es eben so.*

Ihr Tier schnaubte. *Eines Tages wird dir klar werden, dass es einen hohen Preis hat, immer edel zu sein.*

*Das zu tun ist das Richtige, Drache.*

Da sie keinen Streit wollte, warf sie ihr Tier in

ein mentales Gefängnis. „Meinst du, du kannst aufstehen, Killian?"

„Ich habe Kopfschmerzen, aber ich werde leben."

„Bist du dir sicher?", fragte Caitlin. „Vielleicht sollten wir auf den Arzt warten."

Killian lachte höhnisch. „Nichts für ungut, aber er hat keine Ahnung, wie er mit meinem Zustand umgehen soll." Er setzte sich langsam auf. „Das Beste, was du tun kannst, ist Lorcan so schnell wie möglich um Hilfe zu bitten."

Mit einem Nicken stand Caitlin auf. „Das werde ich sofort machen."

Bevor jemand anderes ein Wort sagen konnte, verließ Caitlin den Raum.

Eine Sekunde später schlug Orla ihren Stock auf den Boden, offensichtlich scherte sie sich nicht darum, dass es Killian zusammenzucken ließ. „Ich habe das Gefühl, dass meine Tochter mich bald brauchen wird. Da mir scheinbar niemand zuhören will, bin ich sicher, dass Brenna mit der Situation fertig werden kann."

Bevor Brenna mehr tun konnte, als ihren Mund zu öffnen, war Orla ebenfalls weg.

Da Drachenwandler über ein überempfindliches Gehör verfügten, hatte Teagan zweifellos alles aus der Küche gehört. Die Tatsache, dass die Frau nicht in den Speisesaal zurückstürmte, sagte Brenna, dass sie die Idee wohl billigte. Oder sie zumindest akzeptiert hatte.

Brenna streckte eine Hand aus und half Killian

auf die Beine. Er stolperte eine Sekunde, und sie packte seine Arme, um ihn zu stabilisieren.

Das Berühren seiner Haut schickte einen Schauer durch ihren Körper und erhöhte sofort ihre Körpertemperatur. Killian zu erlauben, eine andere Frau zu küssen, wäre nicht einfach. Vielleicht könnte sie eine logische Entschuldigung finden, warum sie nicht dabei zusehen musste.

Ihr Drache schlug gegen sein Gefängnis, aber es hielt. Brenna konzentrierte sich wieder auf die Gegenwart und flüsterte Killians Brust zu: „Du könntest bald wieder ein ganzer Mensch sein."

Er legte einen Finger unter ihr Kinn und zwang sie, den Blick zu ihm zu heben. „Selbst wenn mein Drache zurückkehrt, bin ich mir nicht sicher, ob ich dich vergessen kann, Brenna."

Sie wollte das Unmögliche nicht in Erwägung ziehen und lachte. „Spielt es eine Rolle? Vor nicht einmal fünf Minuten warst du noch wütend auf mich, weil ich dir Informationen vorenthalten habe."

Er streichelte die Unterseite ihres Kinns und flüsterte: „Und bis zu einem gewissen Grad bin ich es immer noch. Aber egal, was mit der Frau aus Northcastle passiert, ich bezweifle, dass es so sein wird."

Er senkte den Kopf und küsste sie.

Wäre Brenna eine stärkere Person gewesen, hätte sie ihn weggestoßen. Ihre Zukunft war nicht dazu bestimmt, sie mit ihm zu verbringen.

Aber als Killian einen Arm um ihre Taille

schlang und sie gegen seinen Körper zog, seufzte sie, und seine Zunge glitt in ihren Mund.

Jedes Lecken, Streicheln und Knabbern machte ihren Körper wärmer, und sie fädelte die Finger einer Hand durch sein Haar und vertiefte den Kuss.

Er hob ihr Bein und rieb sich an ihrer Scham. Keuchend unterbrach sie den Kuss, aber Killian nahm nur wieder ihre Lippen und hörte nicht mit der Bewegung seiner Hüften auf.

Die Reibung ihrer Hose gegen ihre Klitoris brachte sie immer näher an den Orgasmus. Alles, was sie brauchte, war noch eine Minute und sie würde kommen. Natürlich würde sie es vorziehen, Killian nackt und in sich haben, aber da das ihre letzte Chance sein könnte, ihn zu küssen, zog sie ihn näher und rieb sich schneller an ihm.

Sie war so nah dran. Sie grub ihre Nägel in Killians Kopfhaut, und er knurrte und biss ihr in die Unterlippe. Gerade als sie sich revanchieren wollte, drang Teagans Stimme durch den Raum. „Ich bin mir nicht sicher, ob das die beste Zeit dafür ist."

Brenna beendete den Kuss und versuchte, sich zurückzuziehen, aber Killian ließ den Griff an ihrer Taille nicht los. Er flüsterte: „Schäme dich nie dafür, einen Mann zu wollen, Brenna."

Als er so nahe bei ihr stand, seine harten Muskeln gegen ihre Front gedrückt, konnte sie nicht denken. Solange seine Hitze und sein Geruch sie umgaben, wäre sie nicht effizient in der Entscheidungsfindung, ganz zu schweigen von der Erfüllung ihrer Pflichten.

Und ohne Zweifel, wenn sie wieder allein mit ihm wäre, würde sie nachgeben und seine Aufmerksamkeit erneut begrüßen.

Sie musste Killian entkommen, um ihm richtig zu helfen.

Sie schob noch einmal, und endlich ließ er sie los. Nachdem sie Killian eine Sekunde lang angestarrt hatte, sah sie zu Teagan. „Tut mir leid, aber ich kann nicht länger auf ihn aufpassen. Ihr werdet jemand anderes finden müssen."

Sie drehte sich um und eilte aus dem Raum und dann aus dem Cottage.

Ihre Lippen waren immer noch etwas geschwollen von Killians Kuss, und sie widersetzte sich dem Drang, sie mit ihren Fingern zu berühren. Sie war schon einmal geküsst worden und sollte ihn vergessen können.

Und doch konnte sie es nicht. Wenn überhaupt, sehnte sie sich nach mehr.

Genau wie das, was passiert war, als sie neu in der Armee angekommen war, was bedeutete, dass sie alles für Killians Berührung tun würde.

*Nein.* Das erinnerte sie daran, wie Lust sie dazu bringen könnte, dumme Dinge zu tun. Sie würde ihre Fehler nicht wiederholen.

Sie strengte sich noch mehr an und rannte zu ihrem Haus in Glenlough. Der Wind an ihren

Wangen half, ihren Körper zu kühlen, und bekräftigte, was getan werden musste.

Killian war nicht für sie bestimmt.

Georgiana Todd war eine viel bessere Option für ihn. Nicht nur konnte die Frau Killian möglicherweise wieder ganz machen, der Gefährtenrausch würde Brenna auch zwingen, sich von dem Mann fernzuhalten. Es war die beste Lösung für alle.

Und doch schlug ihr die Vorstellung auf den Magen.

*Nein.* Sie würde nicht noch einmal zulassen, dass ein Gefühl ihr Leben entgleisen ließ. Killian würde Georgiana küssen, und Brenna zog weiter, Ende der Geschichte.

Die Tür hatte sich hinter Brenna kaum geschlossen, als Teagans Stimme seine Aufmerksamkeit erregte. „Du bist ein Bastard, Killian." Er begegnete ihrem Blick, und sie fuhr fort. „Diese Frau schwärmt seit Monaten für dich, und jetzt wirst du bald deine wahre Gefährtin küssen und machst ihr falsche Hoffnungen. Ich sollte dich schlagen, weil du sie so behandelst."

Er ignorierte den Stich von Teagans Worten. „Du weißt nichts von meinen Motiven."

Teagan hob ihre Augenbrauen. „Dann klär mich auf."

Er strich mit den Händen durch seine Haare und

knurrte. „Glaubst du, ich will eine namenlose Frau küssen, vielleicht in dieses Rauschchaos geraten und am Ende eine Fremde schwängern? Glaub mir, wenn ich die Wahl hätte, wäre das das Letzte, was ich will."

„Und was willst du?"

„Spielt es eine Rolle? Die Dinge wurden bereits in Gang gesetzt, und wenn wir sie ändern, wird es alles nur noch schlimmer machen."

Sie winkte zu der Tür, durch die Brenna gegangen war. „Ich bin sicher, was du willst, ist ihr wichtig. Du kannst so sehr den Bastard spielen, wie du willst, aber du wirst weicher, wenn Brenna in der Nähe ist."

„Also was? Du hast ständig darüber geredet, dass ich meine Erinnerungen und meinen Drachen brauche. Ich stimme deinen Plänen endlich zu, und jetzt bin ich der Bastard? Seit ich so aufgewacht bin, hast du mich auf diesen Weg gebracht. Wenn jemand schuld ist, dass Brenna verletzt wird, dann du, Teagan."

Als er in die grünen Augen starrte, die seinen eigenen so ähnlich waren, fragte sich Killian, ob Teagan ihm gegenüber ehrlich wäre oder ihn einfach fortschicken und behaupten würde, sie habe Clanangelegenheiten zu erledigen.

Schließlich war nicht alles ihre Schuld. Aber er war zu aufgebracht, um rational zu sein.

Als sie sprach, war ihre Stimme leise. „Du hast recht. Ich vermisse nur meinen Bruder, und ich habe vielleicht alles aus den Augen verloren, um ihn zurückzubekommen."

Er blinzelte. „Das hatte ich nicht erwartet."

„Es stimmt aber. Auch wenn Aaron jetzt eine der Säulen meines Lebens ist, solltest du auch eine sein. Und doch bist du nicht wirklich hier, und das bringt mich um."

Bei der Traurigkeit in ihrer Stimme verblasste Killians Wut. „Ich bin nicht absichtlich so."

Teagan nickte. „Ich weiß." Sie räusperte sich. „Sag mir, was möchtest du? Und sag mir nicht, was ich hören möchte. Sag mir die Wahrheit!"

Er überlegte sich seine nächsten Worte, bevor er antwortete: „Ich glaube, ich möchte versuchen, meine Erinnerungen zurückzubekommen. Aber wenn es damit nicht klappt, dass ich diese Todd-Frau küsse, gebe ich den Stonefire-Ärzten zwei Wochen, um zu helfen. Danach erlaubst du mir, ein neues Leben zu beginnen, so gut ich kann, was bedeutet, dass du aufhörst, dich in mein Leben einzumischen oder mir zusätzliche Einschränkungen aufzuerlegen für das, was ich tue oder sage."

Sie verschränkte die Arme vor der Brust. „Bis jetzt scheint das vernünftig. Sonst noch was?"

„Ich denke, es ist das Beste, wenn Brenna so weit wie möglich Abstand von mir hält. Wenn sie in der Nähe ist, will ich sie. Und das wird sie nur verletzen."

Teagan schüttelte den Kopf. „Das wird schwieriger werden, Killian. Brenna ist der Grund, warum du überhaupt nach Großbritannien reisen darfst. Wenn sie nicht geht, könnte das MDA pingelig sein und sagen, du musst in Irland bleiben; sie würden die Ausrede lieben, meinen Clan nach den jüngsten Ereignissen bestrafen zu können. Oder, wenn sie dich allein erwischen, könntest du sogar im Gefängnis enden."

Vor einer Stunde hätte er wahrscheinlich geflucht und gesagt, er würde sich selbst etwas einfallen lassen. Aber Teagan war ehrlich und versuchte, ihm zu helfen. Er schuldete ihr mehr als das. „Wenn ich in ihrer Nähe sein muss, kann ich nur eines tun."

„Und das wäre?"

„Ich muss lernen, meine Emotionen zu kontrollieren, damit Brenna nicht weiß, wie sie mich beeinflusst. Kannst du mir ein paar Tricks beibringen?"

Die Frau musterte ihn eine Sekunde, bevor sie sagte: „Auch wenn ich froh bin, dass du um Hilfe bittest, bin ich nicht sicher, ob wir Brenna das antun sollten."

Er widersetzte sich einem Knurren. „Hast du andere Vorschläge?"

Aaron schloss sich ihnen an und sagte: „Wie wäre es, ihr einfach die Wahrheit zu sagen? Täuschung geht normalerweise auf spektakuläre Art und Weise nach hinten los. Brenna ist erwachsen. Leg die Regeln fest und versuche, sie zu befolgen."

Teagan verdrehte die Augen. „Weil deine Regeln

am Anfang ja auch so gut funktioniert haben mit dem ‚das ist nur Sex für eine Nacht'-Scheiß."

Aaron runzelte die Stirn. „Wenn ich mich recht erinnere, hat Killians Anruf die Nacht unterbrochen. Wer weiß, was passiert wäre, wenn er es nicht getan hätte. Ich hätte mich vielleicht an unsere Regel gehalten."

Teagan kniff die Augen zusammen. „Richtig, ich bin mir sicher, dass es so gelaufen wäre." Sie sah wieder zu Killian. „Es kann nicht schaden, dich ein wenig zu trainieren. Schließlich wird es einfach, Abstand von Brenna zu wahren, bis ihr abreist, und Gran kann dir mindestens eine Coaching-Sitzung geben, bevor ihr am Morgen aufbrecht. Wenn meine Mutter erfolgreich mit Lorcan verhandeln kann, dann habt ihr vielleicht nur ein paar Stunden in der Gesellschaft des anderen. Ich bin mir sicher, dass ihr dem anderen jeweils wenigstens kurze Zeit widerstehen könnt."

Der Gedanke, jemand anderen als Brenna zu küssen, gefiel ihm nicht, aber er schob das Gefühl beiseite. „Und wenn es nicht funktioniert, diese Frau aus Northcastle zu küssen?"

Teagan zuckte eine Schulter. „Dann fürchte ich, musst du nach Stonefire gehen und mit Brenna besprechen, was dort passiert."

„Meine Wahl ist also entweder, eine Fremde zu küssen und am Ende vielleicht ein Kind zu haben, oder wochenlang mit der Frau zu leben, von der ich Abstand halten soll", sagte Killian.

„Ich fürchte ja", sagte Teagan. „Aber wenn der Kuss mit Georgiana Todd nicht funktioniert, wer weiß, was passiert. Vielleicht kann Brenna doch die deine sein."

„Ich habe nie gesagt, dass ich sie für immer will", grunzte Killian.

Aaron trat ein paar Schritte näher an Killian heran. „Du wirst verdammt nochmal meiner Cousine nicht wehtun. Denn wenn du das tust und wieder hierherkommst, werde ich dir das Leben zur Hölle machen."

Teagan trat zwischen sie. „Hört einfach auf, ihr zwei. Wenn ich je Kinder habe, hoffe ich, dass es Mädchen sind. Das Letzte, was ich brauche, ist noch mehr Testosteron in meinem Leben."

Killian zog sich auf die andere Seite des Raumes zurück und ging auf und ab. „Und was passiert jetzt?"

Teagan lehnte sich gegen Aaron. „Du wartest hier, bis unsere Mutter uns kontaktiert. Dann können wir anfangen, konkretere Pläne zu schmieden."

Unfähig, stillzustehen, ging Killian im Raum auf und ab. Er konnte den Tag nicht abwarten, an dem er sich nicht mehr auf so viele Menschen verlassen musste, nur um sein Leben zu leben.

Das Gehen gab ihm Zeit, sich an seinen Kuss mit Brenna zu erinnern. Was hätte er nicht darum gegeben, das täglich zu haben.

*Nein.* Sie verdiente Besseres als einen Mann,

der jeden Moment bewusstlos werden konnte und vielleicht nie wieder aufwachen würde. Das Beste für jeden war, dass Killian Teagans Anforderungen erfüllte und an der Kontrolle seiner Emotionen arbeitete. Er bezweifelte, jemals in der Lage zu sein, seine Sehnsucht nach Brennas Berührung vollständig zu verbergen, aber er wollte sein Bestes tun.

Caitlin O'Shea saß in einem der privaten Konferenzräume in der Kommandozentrale der Beschützer und zupfte an ihrem Hosenbein.

Zu warten, ob Lorcan ihre Nachricht beantworte und sie per Videokonferenz kontaktieren würde, war nicht einfach. Sie hätte mit einer Ablehnung umgehen können, wenn Killian nicht wäre. Sie würde fast alles tun, um sicherzustellen, dass ihr Sohn wieder glücklich sein konnte.

Sie rutschte auf ihrem Sitz hin und her und verkniff es sich, noch einmal auf die Uhr zu schauen. Es war weniger als eine halbe Stunde her, seit sie Northcastles Hauptkontaktnummer angerufen hatte. Die Frau am anderen Ende hatte die seltsame Nachricht weitergegeben.

Ihr Drache meldete sich zu Wort. *Wenn es nach mir ginge, wären wir geflogen und hätten das MDA riskiert.*

*Du bist nicht gerade hilfreich.*

Caitlin zupfte wieder am Stoff ihrer Hose und fing an, eine Melodie zu summen.

Ihre Mutter hatte angeboten, sich zu ihr zu setzen, aber sie hatte abgelehnt. Schließlich war das hier ihre Entscheidung und ihr Leben. Sie wollte nicht zulassen, dass jemand anderes für sie sprach.

Die Videokonferenz-App meldete sich und zeigte den Namen Northcastle an. Eine Sekunde lang erstarrte sie. Den Anruf anzunehmen, bedeutete möglicherweise, ihr Leben zu entwurzeln und in einen Clan voller Fremder zu ziehen.

Dann erinnerte sie sich an Killians Schmerzensschrei und seine Bewusstlosigkeit, und das stärkte ihre Entschlossenheit. Ihr Sohn hatte sie jahrelang beschützt. Sie musste das jetzt für ihn tun.

Sie drückte auf Annehmen und erkannte sofort das Gesicht, als Lorcan Todd erschien.

Sie hatte ihn in den letzten Jahren nur ein paarmal gesehen, aber sein kurzes, hellgraues Haar und seine ungleichen Augen – ein braunes und ein blaues – waren unverändert. Ebenso sein kräftiger Kiefer und seine breiten Schultern.

Mit anderen Worten, er war so gutaussehend, wie sie ihn in Erinnerung hatte.

Ihr Drache meldete sich zu Wort. *Ich verstehe immer noch nicht, warum du ihn so viele Jahre verschmäht hast.*

*Nicht jetzt, Drache.*

Lorcan hob seine silbernen Augenbrauen. „Ich muss sagen, dass ich überrascht war zu hören, dass du mit mir reden willst, nachdem du meine vorherigen Kontaktversuche ignoriert hast."

Da sie jahrelang zwei willensstarke Kinder großgezogen hatte, schaffte Caitlin es jetzt, sich hoch aufzusetzen und ihre Stimme dazu zwingen, stark zu sein. „Jetzt spreche ich mit dir."

„Das tust du. Willst du mir sagen, worum es geht? Wenn ich etwas über deine Familie weiß, dann, dass ein Anruf von euch immer mit einer Bitte einhergeht."

Sie entschied, direkt auf den Punkt zu kommen, bevor sie noch ihre Nerven verlor. „Du hast mal einen Vertrag zwischen unseren Clans angeboten, unter ein paar Bedingungen. Ich möchte wissen, ob dieses Angebot noch gilt."

„Teagan lässt ihre Mutter jetzt also für sie sprechen?"

„Sei nicht respektlos meiner Tochter gegenüber. Ich bin sicher, du würdest es bei deiner nicht so hinnehmen."

Er musterte sie kurz, und Caitlin fragte sich, ob sie gerade ihre einzige Chance verloren hatte, ihrem Sohn zu helfen. Anders als ihre Mutter und Tochter hatte sie keine Erfahrung mit politischen Verhandlungen. Wenn Lorcan das suchte, könnte sie weit überfordert sein.

Lorcans tiefe Stimme erfüllte ihre Ohren. „Ich habe immer gespürt, dass da Stahl hinter der Sanftheit steckt. Ich bin froh zu sehen, dass ich recht hatte."

Bevor sie sich zurückhalten konnte, platzte sie heraus: „Nur, wenn es um meine Kinder und Familie geht."

„Und das, Caitlin, ist nicht negativ. Wir sollten immer auf unsere Kinder aufpassen."

Ihr Magen zog sich zusammen. Vielleicht würde Lorcan ihrem Plan doch nicht zustimmen.

Er fuhr fort: „Wenn du meine vorherige Bedingung gemeint hast, einen Vertrag im Austausch für eine Paarung, bin ich offen für die Idee. Aber ich werde es nicht erzwingen. In dem Bereich habe ich meine Lektion gelernt."

Sie runzelte die Stirn. „Was meinst du damit?"

„Vielleicht erzähle ich es dir eines Tages, aber nicht jetzt. Was möchtest du, Caitlin? Sag es mir einfach direkt."

Lorcans Augen waren sanft, als ob sie sie dazu überredeten, ihm ihre Geheimnisse zu erzählen. Sie hatte so das Gefühl, dass die Eigenschaft ganz nützlich war, wenn er seinen Clan führte. „Was ich dir jetzt sagen werde, muss ein Geheimnis bleiben. Wenn ich Wind davon bekomme, dass du es weitererzählt hast, dann wird alles, was ich vorschlagen werde, null und nichtig." Er nickte, und sie fuhr fort. „Killian hat sein Gedächtnis und seinen Drachen verloren. Deine Tochter könnte der Schlüssel sein, ihn zurückzubringen."

Er runzelte die Stirn. „Wovon sprichst du?"

Sie atmete tief durch und antwortete: „Killian wurde einen Tag lang entführt und unter Drogen gesetzt. Er kam zurück, wie ich es beschrieben habe, ohne Erinnerung und ohne inneres Tier."

„Das tut mir leid, Caitlin, wirklich. Aber wie passt meine Tochter in das alles hinein?"

„Nun, wir wissen von einer Drachenwandlerin, die ihren Drachen verloren hat, dass sie ihn wiedererlangt hat, indem sie ihren wahren Gefährten küsste. Ich weiß nicht, ob Georgiana es je bemerkt hat oder nicht, aber sie und Killian sind wahre Gefährten. Oder zumindest waren sie es. Ich weiß nicht, wie die Dinge jetzt stehen, da sich mein Sohn verändert hat."

„Und du willst, dass Killian meine Tochter küsst."

„Ja."

Er hielt inne und sprach endlich wieder. „Deshalb ist Killian vor einigen Jahren verschwunden, als ich mit meiner Tochter im Schlepptau deinen Clan besucht habe. Er hat Abstand gewahrt, und deshalb musste Teagan sich offenbaren."

Sie schüttelte den Kopf. „Er wollte keinen Ärger machen, also haben wir Killian versteckt."

„Du hättest mir einfach die Wahrheit sagen sollen."

„Weil ich mir ja auch sicher sein kann, dass das so gut gelaufen wäre", sagte sie trocken.

Lorcans Mundwinkel zuckte hoch. „Also, da ist ja doch mehr an dir als nur ein hübsches Gesicht, Caitlin O'Shea."

Sie kämpfte darum, bei Lorcans Worten und der

Wertschätzung in seinen Augen nicht rot zu werden. „Wir sprachen gerade über meinen Sohn und deine Tochter."

Sein Gesicht nahm sofort wieder einen neutralen Ausdruck an. „Sie wird den Rausch nicht wollen, das kann ich dir sagen."

„Killian auch nicht. Aber es ist schon mal vorgekommen, dass zwei Drachenwandler ihren wahren Gefährten geküsst haben und dann lange genug voneinander ferngehalten wurden, dass er verblasste."

Zugegeben, beide Beteiligten hatten wochenlang, vielleicht sogar monatelang unter körperlichen Schmerzen gelitten, und ihre Drachen mussten wahrscheinlich anfangs mit Medikamenten zum Schweigen gebracht werden.

Sie hielt inne. *Was mache ich denn da?* Wie konnte sie Lorcan auch nur bitten, seine Tochter solchen Schmerzen auszusetzen?

Sie öffnete den Mund, um sich zu entschuldigen, aber Lorcan kam ihr zuvor. „Und als Gegenleistung dafür, dass ich dem zustimme, willst du dich als meine Gefährtin anbieten?"

Sie nickte, und Lorcan verstummte.

Wäre sie eine stärkere Person gewesen, würde sie die Idee abweisen und den Anruf beenden. Aber mit jeder Sekunde, die verging, dachte sie, dass ihr Opfer Killian vielleicht doch helfen würde.

Es war eine große Bitte. Aber sie hatte keine andere Wahl.

Lorcan sprach schließlich wieder. Ich muss mit meiner Tochter reden. Das hier ist ihre Entscheidung."

„Natürlich."

„Dann warte auf meinen Anruf. Ich werde jetzt sofort mit ihr reden und dir eine Antwort geben."

Der Bildschirm wurde dunkel, und Caitlin sackte in ihrem Stuhl zusammen. Sie war nicht näher dran, Killians Zukunft zu sichern, als zuvor. Noch dazu musste sie noch einmal mit Lorcan reden. Das nächste Gespräch könnte noch schwieriger sein, wenn seine Tochter Nein sagte.

Ihr Drache meldete sich zu Wort. *So schlimm ist er gar nicht. Und das stimmt nicht, über Killians Zukunft. Lorcan hätte sofort Nein sagen können.*

*Vielleicht. Ich fühle mich immer noch schrecklich für das, was seine Tochter vielleicht ertragen muss, wenn die wahre Verbindung noch existiert.*

*Vielleicht nicht, und dann schwindet unsere Anzahl an Lösungen.*

Caitlins Telefon piepte, und sie sah kaum auf die Nachricht ihrer Mutter. Sie wollte nichts erzählen, bis sie eine Antwort hatte.

Da sie jedoch auch nicht über eine Entscheidung jenseits ihrer Kontrolle grübeln wollte, brauchte sie eine Ablenkung.

Sie suchte nach Informationen über die Gegend um Belfast, wo sich Northcastle befand. Auch wenn es in der Nähe einen riesigen See gab – Lough Neagh – in dem sie schon immer hatte schwimmen wollen, ging ihr durch die Nähe von Belfast und seinen etwa einer halben Million Menschen, die dort oder in der Nähe lebten, jede Menge gefährlicher Situationen durch den Kopf. Schließlich war ihr Gefährte durch Menschen gestorben.

Und nicht nur das, es gab eine Drachenjägerbasis nicht weit vom Clan Northcastle.

Vielleicht wäre es eine schlechtere Idee, dorthin zu ziehen, als sie ursprünglich gedacht hatte.

Ihr Drache meldete sich zu Wort. *Lorcan schützt seinen Clan. Die Dinge werden anders sein, aber vielleicht brauchen wir einen Tapetenwechsel.*

*Wovon sprichst du?*

*Nun, unsere Kinder sind erwachsen, und bald werden hoffentlich beide ein erfülltes und glückliches Leben führen. Mutter ist damit beschäftigt, Teagan zu helfen, und unser Gefährte ist vor langer Zeit verstorben. An einem neuen Ort zu leben, könnte uns helfen, einen neuen Zweck zu finden. Schließlich ist fünfundfünfzig jung genug, um noch vieles zu tun.*

*Was ist mit den Kindern, auf die wir aufpassen? Ihre Eltern verlassen sich auf die Kindertagesstätte.*

*Deine Assistenten sind mehr als in der Lage zu übernehmen.*

*Du willst nur deine Flügel ausstrecken und reisen.*

*Vielleicht.*

Die Videokonferenz-App klingelte erneut. Sie drückte auf Annehmen, und Lorcans unlesbares Gesicht zeigte sich.

„Und?", fragte Caitlin. „Lass mich bitte nicht warten."

Er grunzte. „Solange Killian keinen Rausch erwartet und ferngehalten wird, bis er verschwindet, hat Georgiana zugestimmt, zu helfen. Ich nehme an, du willst, dass das so schnell wie möglich erledigt wird?" Sie nickte. „Ich habe es überprüft und weiß, dass er mit einer englischen Drachenwandlerin gepaart ist und frei reisen kann. Ich werde heute Abend die Anfrage beim MDA wegen unserer Paarung einreichen. Jemand schuldet mir einen Gefallen, also solltet ihr beide übermorgen kommen können."

Ihr Herz setzte einen Schlag lang aus. „So schnell?"

Lorcan hob die Brauen. „Hast du es dir anders überlegt?"

Obwohl er ihr eine Wahl gab, hatte sie nicht wirklich eine. „Nein."

„Dann je früher, desto besser." Seine Stimme wurde weicher. „Und keine Sorge, du wirst Zeit haben, dich zu akklimatisieren. Und während du das tust, kannst du dabei helfen, die Details des Vertrags zu klären."

„Aber Teagan ist die Verhandlungsführerin, nicht ich."

„Sie wird die endgültige Genehmigung erhalten. Du jedoch wirst bei der Ausarbeitung des Abkommens mitwirken."

Sie blinzelte. „Du willst, dass ich dir helfe? Ich habe keine Erfahrung mit sowas."

Er lächelte warmherzig. „Deinen Clan zu kennen, ist ein Gewinn, Caitlin. Du wirst es schon gut machen. Wenn es sonst nichts gibt – ich habe viel zu tun, um das alles in Gang zu setzen."

Sie schüttelte den Kopf. „Nein, das ist erst einmal alles."

„Gut. Dann schicke ich die letzten Details an Teagan. Ich freue mich darauf, mit dir unter entspannteren Umständen zu sprechen, Caity. Gute Nacht."

Der Bildschirm wurde schwarz, und Caitlin gab ihr Bestes, ihr pochendes Herz zu zähmen. Lorcan war per Videokonferenz immer ganz geschäftsmäßig und gab nur selten einen Blick auf den Mann, der ihr Blumen und Nachrichten geschickt hatte. Sie hoffte nur, dass seine weichere Seite mit der Zeit mehr hervorkäme. Ansonsten stand ihr ein weiterer Willenskampf in ihrem Leben bevor.

Und sie war nicht sicher, ob sie die Kraft hatte, mit einer anderen Alpha-Persönlichkeit umzugehen, besonders mit einer, mit der sie den Rest ihres Lebens verbringen sollte.

Brenna beendete ihr hundertstes Zähneknirschen; sie lag auf dem Rücken und starrte an die Decke ihres Schlafzimmers in Glenlough. Vor ein paar

Wochen hatte sie nichts mehr gewollt, als dass Killian sie küsste. Und hier war sie, lief vor ihm weg und versuchte, Wege zu finden, wie sie Abstand halten konnte.

Ihr Drache grunzte. *Ein Teil von mir denkt, es liegt daran, dass du nicht nach Northcastle gehen und riskieren willst, Cedric zu sehen.*

Cedric Templeton war der Mann, der Brenna während ihrer Armeezeit manipuliert hatte. *Das stimmt nicht. Er ist mir vollkommen egal. Aber zu sehen, wie Killian eine andere Frau küsst, ist zu viel.*

*Dann gibst du also endlich zu, dass du ihn auch willst?*

Sie hatte diesen Kampf mit ihrem Drachen seit Tagen geführt, um die Wahrheit zu leugnen, aber nicht mehr. *Ja. Aber das bedeutet nicht, dass ich nicht tun werde, was ich getan habe, um mein Herz und meine Zukunft zu beschützen.*

*Selbst wenn Killian die Frau küsst, kann ich mir nicht vorstellen, dass er dem Rausch zustimmt.*

*Wenn die alte Version von ihm zurückkehrt, vielleicht doch. Vergiss nicht, er war edler, als wir es je waren, und hat die Pflicht äußerst ernst genommen.*

Ihr Drache schüttelte den Kopf. *Und wenn ich daran denke, dass das einer der Gründe war, warum er dir überhaupt ins Auge gefallen ist!*

*Vielleicht. Aber nachdem ich die weniger zurückhaltende Version von ihm gesehen habe, ... bin ich mir nicht sicher, ob ich den alten Killian jemals wieder so ansehen kann. Er ist jetzt so viel lebendiger als zuvor.*

*Lebendig auf eine Weise, von der du wünschtest, du wärst es. Du versuchst dich selbst davon zu überzeugen, dass Arbeit die Antwort ist, aber manchmal ist sie das nicht.*

Ein Klopfen an der Haustür ihres Cottages hallte durch das Haus. Sie sagte zu ihrem Tier: *Wir beenden diese Diskussion später.*

Mit einem Seufzer stand Brenna auf und ging zur Tür. Wenn Killian auf der anderen Seite wäre, war sie nicht sicher, wie sie sich verhalten würde.

Sie atmete tief durch, öffnete sie und blinzelte, als sie die Frau sah, die dastand. „Caitlin?"

Die ältere Frau lächelte. „Darf ich reinkommen?"

Brenna trat beiseite und deutete in Richtung Wohnzimmer. „Natürlich. Aber ich kann nicht sagen, dass mir gerade nach Gesellschaft ist."

„Ich glaube, so geht's uns beiden", bemerkte Caitlin. Brenna wollte gerade auf weitere Details drängen, als Caitlin fortfuhr: „Lorcans Tochter hat zugestimmt, Killian zu küssen."

Sie musterte den Blick der Frau. „Ich bin mir nicht sicher, warum du mir das erzählst. Ich habe Teagan doch gesagt, dass ich nicht länger auf ihn aufpassen will."

Caitlin neigte den Kopf, ihr langes, schwarzgraues Haar fiel über eine Schulter. „Ich glaube, du verstehst, warum ich dir diese Neuigkeiten erzähle."

Brenna scharrte mit den Füßen. Sie war es gewohnt, dass Leute Antworten forderten oder

Befehle gaben. Sie war sich nicht sicher, wie sie auf Caitlins freundlichen, aber fragenden Blick reagieren sollte.

Zum Glück ergriff die ältere Frau wieder das Wort. „Teagan wird dir alle Details geben, aber du wirst mich und Killian übermorgen begleiten. Bevor du sagst, dass du das nicht willst, solltest du wissen, dass du der einzige Grund bist, warum Killian im aktuellen Klima ohne besondere Erlaubnis nach Nordirland reisen darf."

Anstatt darüber nachzudenken, Zeit allein mit Killian zu verbringen, geschweige denn dabei zuzusehen, wie er eine andere Frau küsste, konzentrierte sie sich auf Caitlins Rolle. „Die Tatsache, dass du hier bist und mir das sagst, heißt, dass du den Anführer von Northcastle paaren wirst."

Sie lächelte. „Ja. Ich habe weder die Fähigkeiten, eine echte Schlacht zu führen, noch habe ich irgendeine Art politischen Scharfsinn. Aber ich kann wenigstens das tun.

Brenna berührte den Arm der älteren Frau. „Ein Clan braucht alle möglichen Mitglieder, Caitlin. Wenn es nur Kämpfer und Politiker gäbe, bin ich sicher, dass wir inzwischen ausgestorben wären."

Caitlin lachte. „Du hast wahrscheinlich recht." Sie wurde wieder ernst. „Ich habe kein Recht, was von dir zu verlangen, aber ich hoffe, du gibst meinen Sohn nicht auf. Ich glaube, dir liegt was an ihm, und er braucht das jetzt dringend."

Es kostete sie all ihre Kraft, nicht wegzusehen. „Er hat doch dich."

„Das ist nicht das Gleiche. Wir sehen immer wieder, wer er war. Du akzeptierst ihn so, wie er jetzt ist. Für einen Mann, der in der Welt verloren ist, ist das eine gewaltige Sache." Brenna öffnete den Mund, um zu antworten, aber Caitlin fuhr fort: „Aber keine Sorge, du musst ihn erst übermorgen sehen."

Brenna sollte Caitlin danken und sie bitten zu gehen. Killians Zustand sollte keine Rolle spielen.

*Lügnerin*, knurrte ihr Drache.

Brenna ignorierte ihr Tier und sagte: „Du lässt mich wissen, wenn Killian wieder bewusstlos wird?"

Oder Schlimmeres – doch das blieb ungesagt.

„Natürlich. Dr. O'Brien wird die Stonefire-Ärzte auch über die Situation informieren. Je mehr Informationen sie haben, desto wahrscheinlicher ist es, dass sie ihm helfen können."

„Also glaubst du nicht, dass der wahre Kuss der wahren Gefährtin funktionieren wird?"

„Ich weiß es nicht, ehrlich gesagt. Aber ich wäre lieber vorbereitet." Caitlin nahm ihre Hand und drückte sie. „Du bist eine gute Frau, Brenna. Ich hoffe, du kannst in Glenlough bleiben und helfen, auf meine Familie aufzupassen."

Als sie Traurigkeit in Caitlins Augen sah, nahm Brenna die Frau in die Arme. „Das werde ich, aber du wirst zu Besuch kommen und wahrscheinlich öfter anrufen, als jeder von ihnen will."

„Vielleicht", flüsterte Caitlin.

Sie löste sich von ihr. „Hör zu, es war anfangs schwierig für mich, hierzubleiben. Ich habe alles aufgegeben, was ich kannte, und wusste nicht, wann ich nach Stonefire zurückkehren könnte. Aber jetzt fühlt sich Glenlough wie mein Zuhause an, und ich kann mir nicht vorstellen, ewig wegzubleiben. Vielleicht empfindest du eines Tages genauso für North-castle. Ich würde vermuten, dass du Lorcan nie gepaart hättest, wenn du ihn nicht irgendwie für einen guten Mann hieltest."

Die ältere Frau nickte. „Ich glaube, das ist er. Ich habe nie was Schlechtes gehört oder irgendwelche Warnzeichen von meinem Drachen bekommen, wenn ich früher mit ihm zu tun hatte. Aber letzten Endes können wir nur abwarten und sehen, was passiert."

Brenna ließ Caitlin los. „Soll ich den Kessel für Tee aufsetzen?"

„Nein, nein, das ist nicht nötig. Ich habe vor meiner Abreise noch viel zu tun." Sie hielt inne und fügte hinzu: „Danke, Brenna, für deine Ermutigung. Ich liebe meine Familie, aber sie gehen mit Situationen anders um, als ich es in den meisten Fällen tun würde. Manchmal braucht man nur eine Umarmung und ein Paar Ohren, das zuhört."

Lächelnd sagte sie: „Mein Vater ist genauso. Vielleicht wirst du ihn eines Tages kennenlernen und in ihm einen Verbündeten gegen uns Alpha-Persönlichkeiten gewinnen."

Brenna und Caitlin verabschiedeten sich. In der Sekunde, als Brenna die Tür zuschob, lehnte sie sich dagegen und schloss die Augen. *Allmählich wird mir klar, wie sehr ich, indem ich meiner Mutter aus dem Weg gegangen bin, Dad im Stich gelassen habe.*

*Wir werden Zeit haben, es wiedergutmachen.*

*Ich hoffe es. Ich vermisse ihn.*

*Und Mum, obwohl du es mit deinem letzten Atemzug noch leugnen wirst.*

Da sie nicht an die Streitereien denken wollte, die sie über die Jahre mit ihrer Mutter geführt hatte, öffnete Brenna die Augen und ging auf ihr Schlafzimmer zu. Sie würde wahrscheinlich kein bisschen schlafen, aber sie wollte es wenigstens versuchen. Sonst würde sie die Nacht damit verbringen, über das zu grübeln, was kommen würde.

Natürlich könnte sie, wenn sie doch einschlief, von Killian träumen.

Sie war sich nicht sicher, was schlimmer wäre.

# Kapitel Sieben

Zwei Tage später saß Killian mit seiner Mutter auf dem Rücksitz eines Autos und versuchte, Brennas Profil auf dem Fahrersitz nicht anzusehen.

Für etwas mehr als zwei Stunden hatten sie alle auf der Fahrt zum Clan Northcastle geschwiegen. Selbst die Überquerung der Grenze von Irland nach Nordirland war ereignislos gewesen. Auch wenn es keinen offiziellen Grenzkontrollpunkt zwischen den beiden Ländern gab, hielten das MDA und die örtlichen Polizeibeamten doch oft Ausschau nach Autos, die vom Glenveagh-Nationalpark aus kamen. Ihm war gesagt worden, dass viele Leute angehalten und überprüft wurden, um sicherzustellen, dass Drachenwandler nicht versuchten, ohne Genehmigung zu reisen.

Er sollte dankbar sein für die reibungslose Reise.

Ein kleiner Teil von ihm hatte sich jedoch eine Komplikation gewünscht. Er freute sich nicht darauf, Georgiana Todd zu küssen.

Während er die Kurven von Brennas Gesicht musterte, wollte er, dass sie sich umdrehte oder ihn im Rückspiegel ansah. Doch das tat sie nicht. Er hasste es verdammt nochmal, wie sie ihn in den letzten beiden Tagen ignoriert hatte. Schon, es war zum Besten, dass sie Abstand hielt, denn das machte es ihm leichter, sie nicht zu verletzen, aber das hieß nicht, dass es ihm gefiel.

Als er zugestimmt hatte, sie zu paaren, hatte er eine völlig andere Vorstellung davon gehabt, wo sie jetzt stehen würden. Er hatte sie kaum zweimal geküsst, verdammt noch mal.

Sein Blick bewegte sich zu ihrem Hals, und er wollte sich nach vorn beugen, um die weiche Haut zu küssen. Danach würde er ihr Ohrläppchen zwischen die Zähne nehmen und daran zupfen. Ihr leises Einatmen würde ihn ermutigen, mehr zu tun.

Er hielt inne. *Nein.* Er musste sich an den Zweck der Autofahrt und das Opfer seiner Mutter erinnern. Sie gab ihr Leben auf, damit er die Chance bekam, seinen Drachen und vielleicht seine Erinnerungen wiederzuerlangen.

Als er auf die Uhr im Armaturenbrett des Autos blickte, dachte er, dass sie jeden Moment ankommen sollten. Er konnte seine Gedanken noch ein paar Minuten von Brenna fernhalten und dann tun, was getan werden musste.

Er zwang sich, aus dem Fenster auf die vorbeiziehenden Häuser, Tankstellen und gelegentlichen Geschäfte zu starren. Der Clan Northcastle lag außerhalb von Belfast, aber es waren immer noch viel mehr Menschen hier als zu Hause in der Nähe von Glenlough. Auch wenn es bei Weitem nicht überfüllt war, erstickte ihr derzeitiger Standort ihn. Er bevorzugte die offenen Landschaften zu Hause.

Ja, trotz allem hielt er Glenlough für sein Zuhause.

Brenna ließ das Auto abfahren, und bald verschwanden alle Häuser und Geschäfte. Nichts als Bäume und Laub füllten die Seiten der Straße für gut fünfzehn Minuten. Nach einer weiteren Abbiegung hielt das Auto vor drei Meter hohen Mauern an. Der Stein sah älter aus als die in Glenlough, was sein konnte, da Teagan erwähnt hatte, dass Northcastle der älteste Clan in ganz Irland war, zusammen mit dem in der Nähe von Dublin im Süden.

Die Tore schwenkten nach innen, und Brenna fuhr direkt hinein, wo ein Mann sie anwies, das Auto abzustellen. Sobald sie das getan hatte, saßen alle schweigend da. Zum Teil, weil sie darauf warteten, dass Northcastle ihnen ihre Anweisungen gab, und wahrscheinlich aber auch, weil jeder von ihnen darüber nachdachte, was kommen würde.

Er sah Caitlin an, aber ihr Blick war auf das Fenster auf ihrer Seite des Autos gerichtet. Ihr Kiefer sah verkrampft aus, und die übliche Weichheit ihrer Augen war Anspannung gewichen.

Instinktiv nahm er ihre Hand. Sobald sie auf die Berührung hin den Kopf umdrehte, flüsterte er: „Danke!"

Sie lächelte. „Hör auf, das zu sagen! Ich habe meine Entscheidung getroffen, und ich bin stolz darauf." Sie hob eine Hand und berührte sanft seinen Arm. „Aber du sollst wissen, dass, egal, was heute hier passiert, ich dich immer lieben werde. Und nein, nicht nur den Geist dessen, wer du warst. Du wirst immer mein Sohn sein, Killian, egal in welcher Gestalt du bist."

Er bemühte sich, eine Antwort darauf zu finden. Eine weitere Person akzeptierte ihn endlich so, wie er war, und er würde auch sie verlieren. So wie er Brenna verlieren könnte, wenn er es nicht schon getan hatte.

Ein lautes Klopfen an der Fahrerseite unterbrach den Moment. Brenna sah sie an. „Das ist unser Zeichen."

Sie stiegen aus dem Wagen und sahen sich einem Mann gegenüber, der etwas über zwei Meter groß war, mit blonden Haaren und blauen Augen. Die Tätowierung an seinem Bizeps zeigte, dass er ein Drachenwandler war.

Der Mann ergriff das Wort: „Ich bin Adrian Conroy, der zweite Befehlshaber der Beschützer von Northcastle, und ich werde heute eure Eskorte sein."

Killian war versucht zu sagen, er sei ihr Babysitter, aber er wollte Caitlin keinen unnötigen Konflikt bereiten. Schließlich sollte das ihr neues Zuhause sein. Sein Jähzorn könnte ihr in der Zukunft viel Herzschmerz bereiten.

Adrian fuhr fort: „Hier entlang."

Der große Mann ging in Richtung des dem Tor am nächsten gelegenen Hauses, einem zweistöckigen Steingebäude.

Killian erwartete, dass die Leute herumstehen und sie anstarren würden. Es gab jedoch nur wenige Leute, die er sehen konnte, und die Handvoll Männer, an denen sie auf dem Weg zur Tür vorbeikamen, schenkten ihnen kaum Aufmerksamkeit.

Die Bevölkerung von Northcastle behandelte es entweder als alltäglich, oder der Clan war in hoher Alarmbereitschaft, was bedeutete, dass die anderen Mitglieder drinnen blieben, bis Entwarnung gegeben wurde.

Killian spürte, dass er in der Vergangenheit etwas Ähnliches befohlen hatte, aber er drängte es schnell beiseite. Jedes Mal, wenn er versuchte, sich an etwas aus der Zeit vor der Amnesie zu erinnern, verursachte es normalerweise einen Blackout. Er hatte nicht vor, einen auf dem Land eines fremden Clans zu riskieren. Immerhin hatte er seine Folgerungen für sich behalten und wollte nicht, dass Glenlough ihn isolierte oder irgendwas anderes Extremes tat, um ihn wachzuhalten.

Adrian führte sie schließlich in einen großen Konferenzraum und deutete auf den Tisch. „Brenna und Killian, setzt euch. Caitlin, du kommst mit mir."

Killian öffnete den Mund, doch Brenna kam ihm zuvor. „Wohin bringst du sie?"

Adrian hob eine blonde Braue. „Sie soll die neue Gefährtin unseres Clanführers werden, und du vertraust mir nicht, dass ich auf sie aufpasse?"

Brenna wich nicht vom Fleck. „Ich kenne dich nicht, also frage ich noch einmal: Wohin bringst du sie?"

„Nicht, dass es dich was angeht, aber Lorcan will sie zuerst allein sehen. Es sei denn, du willst Caitlin blamieren, indem du sie dazu bringst, ihren neuen Mann in eurer Anwesenheit zu treffen?", fragte Adrian.

„Kein Grund, so abfällig zu sein. Ich mache nur meinen Job, genau wie du", erklärte Brenna.

Killian sah zu, wie der große Mann Brennas Gesicht studierte. Der Kerl lächelte mit einem Zwinkern und sagte: „Weibliche Beschützer sind selten, aber mit dir und Faye MacKenzie denke ich, wir könnten ein paar gebrauchen."

Killian drückte seine Finger in eine Faust und widersetzte sich dem Drang, den Bastard zu schlagen. „Das ist meine Gefährtin, der du da zuzwinkerst."

Adrian wandte seinen Blick zu Killian. „Und du bist hier, um eine andere Frau zu küssen, also glaube ich, du hast wenig Mitspracherecht in der Sache."

Brenna trat vor Killian. „Hört einfach auf, ihr zwei. Ich verstehe ja, dass es eine Geschichte zwischen euren beiden Clans gibt, aber das wird nichts bewirken."

Caitlin meldete sich zu Wort. „Brenna hat recht." Seine Mutter richtete sich höher auf. „Bringen Sie mich zu Lorcan, Mr. Conroy. Ich bin bereit."

Der nordirische Drachenmann führte Caitlin aus dem Raum. In der Sekunde, als die Tür zufiel, wandte Brenna sich gegen ihn. „Du musst auf dein Temperament aufpassen, Killian. Du erinnerst dich vielleicht nicht daran, aber diese Leute liegen schon eine ganze Weile mit Glenlough im Klinsch."

„Der Mann hat mit dir geflirtet, Brenna. Ich konnte das nicht unkommentiert lassen, sonst würde ich schwach erscheinen."

Sie verdrehte die Augen. „Jetzt klingst du schon eher wie ein Drachenwandler."

„Es ist mir scheißegal, wie ich klinge. Bis wir irgendeinen Trennungsvertrag unterzeichnen, bist du meine Gefährtin, und ich werde dich verteidigen."

„Ich kann auf mich selbst aufpassen. Oder muss ich dich an unseren Paarungstag erinnern und was passiert ist, als wir allein waren?"

Er schloss die Distanz zwischen ihnen. „Nur, weil du auf dich selbst aufpassen kannst, bedeutet das nicht, dass man sich nicht ein wenig um dich kümmern könnte."

„Wovon sprichst du?"

„Du arbeitest hart, und ich habe noch nicht gesehen, dass du irgendeinem Hobby nachgehst. Ich denke, du brauchst jemanden, mit dem du entspannen kannst."

Sie kniff die Augen zusammen. „Wenn das eine Einladung ist, meine Kleider auszuziehen und mich mit deinem Penis in mir zu ‚entspannen', denke ich, ich werde irgendwie widerstehen."

Er knurrte. „Es fällt dir vielleicht schwer zu glauben, aber ich denke an mehr als an Sex."

Sie musterte ihn. „Zum Beispiel?"

Wenn er schlau wäre, würde er nicht antworten. Er sollte Brenna aus dem Weg gehen und sich ihr nicht öffnen.

Aber es machte ihn wütend, dass sie dachte, ihm läge nur etwas an ihrem Körper und was er damit anfangen könnte. „Zum Beispiel, dass ich gern mit dir im See schwimmen oder dir sogar beibringen würde, Motorrad zu fahren."

Sie blinzelte. „Du kannst fahren?"

Informationen über Motorräder überschwemmten sein Gehirn. „Ja, und ich repariere sie auch. Obwohl ich glaube, dass ich es schon eine Weile nicht mehr getan habe."

„Was sonst noch?"

„Ich würde gern wieder mit dir tanzen und hoffentlich nicht bewusstlos enden."

Sie lächelte. „Ich dachte, du hasst das Tanzen."

„Es schien lächerlich, bis ich dich in meinen

Armen hatte, und dann fühlte es sich an, als hätte ich es schon hunderte Male getan."

Sie zählte alles an ihren Fingern ab. „Schwimmen, Motorräder, Tanzen und Küssen. Das sind alles Dinge, die du genießt."

Er musste sich anstrengen, sich von Brenna fernzuhalten. „Ja, und noch mehr, wenn ich bei dir bin."

Sie biss sich in die Unterlippe, bevor sie sagte: „Killian, sowas kannst du nicht sagen."

„Warum nicht?"

„Nun, zum einen hast du recht: Ich arbeite zu viel. Und wenn du deine Erinnerungen wiedererlangst, sobald du Georgiana geküsst hast, wirst du wahrscheinlich wieder in deinen alten Workaholic-Zustand übergehen. Wenn wir beide zusammenarbeiten, würde es nicht gut enden, und wir würden uns wahrscheinlich innerhalb von zwanzig Jahren oder weniger gegenseitig töten."

Er sollte schweigen, aber er fragte: „Und was, wenn der Kuss nichts ändert?"

„Dann sind da noch die zwei Wochen, die du den Stonefire-Ärzten versprochen hast."

Er wollte nicht so weit weg von Brenna sein, lehnte sich näher, und sie trat einen Schritt zurück. Sie setzten den Tanz fort, bis sie an einer Wand stand und er schließlich flüsterte: „Und danach? Was passiert, wenn ich immer noch so bin?"

„Ich ... ich weiß nicht."

Er lächelte langsam. „Lass mich das klarstellen –

ich werde dich zu einem richtigen Date einladen und dich davon überzeugen, mir eine Chance zu geben."

Als sie einander in die Augen blickten, breitete sich ein Gefühl der Richtigkeit in seinem Magen aus. Sich für immer von Brenna fernzuhalten, war einfach keine praktikable Option. Zumindest, bis sie ihm ehrlich gesagt hatte, dass sie ihn nicht wollte. Er kannte sich selbst gut genug, um zu wissen, dass er ihrer Bitte dann nachkommen würde.

Doch gerade, als er eine Hand hob, um ihre Wange zu streifen, hallte Adrians Stimme im Raum wider. „Es ist an der Zeit, die Einzelheiten darüber zu besprechen, was mit Georgiana passieren wird."

Mit einem inneren Fluch zwang Killian sich, sich von Brenna abzuwenden. Mehr denn je wollte er nur den verdammten Kuss hinter sich bringen, damit er mehr über die Frau erfahren konnte, die ihn faszinierte. Nach ihrem Gespräch wusste Brenna mehr über ihn als er über sie. Er hatte immer noch nicht herausgefunden, wer sie in der Vergangenheit wahrscheinlich verletzt hatte.

Er setzte sich Adrian gegenüber und hörte sich die Regeln und Anweisungen des Mannes an. Nicht einmal sah er zu Brenna. Denn wenn er es getan hätte, könnte er seine Nerven verlieren und die Drachen aus Northcastle damit verärgern, dass er Georgiana ablehnte.

Caitlin wackelte mit den Fingern vom Kleinen zum Zeigefinger und wieder zurück, als sie Adrian Conroy einen Flur hinunter und dann eine Treppe hinauf folgte. Sie sollte dankbar sein, dass sie Lorcan privat für ihr erstes Treffen traf, aber ein Teil von ihr sehnte sich danach, ihren Sohn und Brenna im Raum zur Unterstützung zu haben.

Ihr Drache meldete sich zu Wort. *Du hast mich.*

*Ich weiß, Liebes, aber das ist nicht ganz dasselbe.*

*Ich bin mir nicht sicher, warum du nervös bist. Wenn er was versucht, übernehme ich die Kontrolle und beschütze uns.*

Die Worte ihres Tiers halfen ihr, ihre Spannung um einen Bruchteil zu lockern. *Lass uns hoffen, dass es nicht so weit kommt.*

*Ich gebe ihm eine Chance, aber nur eine. Wie wir jetzt mit ihm interagieren, wird den Ton für unsere Zukunft bestimmen.*

Als die Worte ihres Drachen bei ihr ankamen, blieb Adrian vor einer Tür stehen und klopfte an. Caitlin bat ihren Drachen, für eine Weile still zu sein, und atmete tief durch, als Adrian die Tür öffnete und sie hinein folgte.

Sie musste sich zusammenreißen, um ihren Blick nicht zu senken und den Augenkontakt zu vermeiden. Nicht, dass Lorcan schwer zu finden gewesen wäre. Er stand am anderen Ende des Raumes, in der Nähe eines Fensters, das Licht hob seine Gestalt hervor.

Seine ungleichen Augen fanden ihre, und ihr

Herzschlag beschleunigte sich. Nachdem sie ihn während der Videokonferenz schon für attraktiv gehalten hatte, raubte es ihr jetzt den Atem, mit ihm im selben Raum zu sein. Er trug die traditionelle Drachenwandler-Kleidung: ein kiltähnliches Kleidungsstück mit einem dunkelgrünen Stoffstreifen, den er über seine Schulter geworfen und mit einer Brosche befestigt hatte. Die Kleidung zeigte seine muskulöse Brust, die mit grauem Haar bestäubt war. Ihr Blick wanderte hinauf zu seinen breiten Schultern, dem stoppeligen Kiefer, und sie begegnete erneut seinem Blick.

Mehr als seine körperlichen Eigenschaften, war es die Freundlichkeit, die in seinen Augen glänzte, bei der sie sich ein wenig entspannte.

Als er auf das Geräusch hin lächelte und seine weißen Zähne zeigte, verlor sie all ihre Gedanken.

Lorcan lachte. „Du siehst aus wie ein Hirsch, der von Scheinwerfern überrascht wurde, Caitlin. Ich versichere dir, dass ich dich nicht überfahren werde." Er winkte Adrian zu, und sie waren sofort allein.

Sobald der junge Mann weg war, fand Caitlin ihre Stimme. „Ich war nicht darauf vorbereitet, dich in feierlicher Kleidung zu sehen."

„Du solltest sehen, was du bekommst, Caity."

Sie neigte den Kopf. „So hat mich noch nie jemand genannt."

Er machte einen Schritt auf sie zu, aber Caitlin hatte nicht den Drang, sich zurückzuziehen. „Es passt zu dir, finde ich. Caitlin ist ein bisschen zu förmlich für so ein schüchternes Mädel."

„Ich hoffe, du denkst nicht, dass schüchtern schwach bedeutet."

Belustigung tanzte in seinen Augen. „Natürlich nicht. Jeder Clanführer, der das glaubt, versteht die Leute nicht. Vor allem, da du selbst einen Clan-Führer und einen ehemaligen oberen Beschützer großgezogen hast."

Bei der Erwähnung ihrer Kinder erinnerte sich Caitlin daran, warum sie in Nordirland war. „Sind die Dokumente fertig, dass ich sie unterschreiben kann?"

Lorcan blinzelte nicht bei dem Themenwechsel. „Ich hoffe, dass das hier mehr ist als nur eine Trans-aktion, Caity. Du sollst Gelegenheit bekommen, mich kennenzulernen, bevor du mir dein Leben widmest."

„Eine arglistige Person würde das zu ihrem Vorteil nutzen."

„Ich glaube nicht, dass du das tun wirst."

Die Sicherheit in seinen Augen verwirrte sie. Es schien ungerecht, dass er sie so viel besser lesen konnte als sie ihn.

Ihr Drache flüsterte, *Gib der Sache Zeit.*

Sie legte eine Hand auf einen der Plüschsessel im Raum und fragte: „Warum ich? Ich bin mir nicht sicher, ob ich deine Aufmerksamkeit in den letzten Jahren verstanden habe, seit dem Besuch in Glen-lough mit deiner Tochter."

Er hob die Brauen. „Du erinnerst dich nicht, oder?"

Sie runzelte die Stirn. „Woran soll ich mich erinnern?"

Lorcan trat einen Schritt näher, aber Caitlin rührte sich nicht. Aus irgendeinem Grund war es nicht erschreckend, mit dem Mann allein zu sein, wie es wahrscheinlich bei einem anderen Fremden gewesen wäre.

Seine Stimme füllte den Raum. „In den späten 1970er Jahren begannen sowohl die Menschen als auch die Drachenwandler der Probleme zu über- drüssig zu werden. Es gab für ein paar Jahre einen kurzen Waffenstillstand zwischen Northcastle und den irischen Drachenclans. Glenlough und North- castle hatten eine Art Feier, in der Nähe des Giant's Causeway."

Sie erinnerte sich vage an die Party, da sie zum ersten Mal jemanden aus Northcastle getroffen hatte. „1978."

„Ja, du warst sechzehn und ich neunzehn. Ich fand dich am Rande der Versammlung sitzen und auf die Felsformation starren, die als die Chimney Stacks bekannt sind. Ich kam hoch und erzählte dir die Geschichte von Finn McCool, dem Riesen, der mit seiner Frau auf dem Damm gelebt hat."

Eine Erinnerung nagte an ihrem Hinterkopf. „Derjenige, der eine Brücke nach Schottland baute, um seinen Rivalen herauszufordern, sah, wie groß der Rivale war, floh zurück nach Irland, und seine

Frau versteckte ihn, indem sie ihren Mann als Baby verkleidete."

„Richtig, und als der schottische Riese die Größe des Babys sah, rannte er nach Hause, da er fürchtete, wie groß der Vater war."

Das trübe Bild eines großen, schlaksigen Jungen mit nicht übereinstimmenden Augen und braunen Haaren kam ihr in den Sinn. „Du sagtest, dein Name sei Lorry."

„Aye, nun, zu der Zeit nannten mich alle so. Aber die größere Frage ist: Erinnerst du dich, was als Nächstes passiert ist?"

Caitlin hatte die Erinnerungen an diesen Abend lange verdrängt, da Glenlough und Northcastle innerhalb eines Jahres wieder Feinde geworden waren.

Nicht, dass sie nicht noch wochenlang darüber nachgedacht hätte. „Du hast mir noch ein paar Legenden erzählt und mich dann geküsst."

Es war Caitlins erster Kuss gewesen, und sie hatte nicht gewusst, was sie tun sollte. Der junge Lorcan hatte sie geduldig geführt, bis sie seiner Zunge erlaubt hatte, das Innere ihres Mundes zu streicheln.

„Deine Wangen sind ganz rosa, Caity."

Sie räusperte sich und antwortete: „Nun, erste Küsse neigen dazu, einen besonderen Platz in jemandes Herzen zu haben. Aber du kannst nicht behaupten, ein Kuss habe dich dazu gebracht, dich all die Jahre nach mir zu sehnen."

„Auch wenn der Kuss brillant war, ist noch mehr dran."

Sie neigte den Kopf. „Dann erzähl es mir."

„Nun, du warst jung. Zu jung und konntest es unmöglich wissen. Aber mein Drache sagte, du seist meine wahre Gefährtin. Aber er wollte warten, bis du aufgewachsen bist, bevor er was unternahm."

Sie blinzelte. „A-aber es heißt, deine verstorbene Gefährtin sei deine wahre Gefährtin gewesen."

Er zuckte die Schultern. „Ein Drachenwandler kann mehr als eine haben. Ich habe Rebekah mehr als ein Jahrzehnt nach dir gefunden, Caity."

„Warum hast du nie was gesagt?"

„Wir waren bald nach der Party wieder Feinde, ganz zu schweigen davon, dass du mit neunzehn Kieran gepaart hast. Ich hatte keine andere Wahl, als mich fernzuhalten."

Sie stieß ihren Drachen an. *Wusstest du das?*

*Nein. In so jungen Jahren habe ich nicht auf sowas geachtet.*

Lorcan gewann erneut ihre Aufmerksamkeit. „Aber wenn du glaubst, ich will dich nur wegen eines Kusses von vor fast vierzig Jahren hier haben, dann irrst du dich."

Ihre Herzfrequenz sprang in die Höhe. „Warum dann?"

Lorcan verkürzte den Abstand zwischen ihnen und sagte: „Es gibt nur wenige Menschen, bei denen ich mich wohlfühle, und du bist einer davon. Und nicht nur wegen der Party, sondern du warst nett zu meiner Tochter und mir, als wir vor einigen Jahren zu Besuch waren. Ich habe schnell erkannt, dass du das Mädchen von der Versammlung in der Nähe des Damms im Jahr 1978 warst. Da auch dein Gefährte nicht mehr da war, dachte ich, wir sollten vielleicht unsere eigene Runde machen. Deshalb habe ich angefangen, dir Blumen und Nachrichten zu deinem Geburtstag zu schicken, um zu sehen, ob das, was hätte sein können, wahr werden würde oder nicht."

Seine raue Stimme stellte etwas mit ihrem Inneren an, ganz zu schweigen davon, dass Caitlin sich leicht in den Tiefen von Lorcans Augen verlor. Es gab dort ein Verlangen, ja, aber eine Sehnsucht, die sie verstand, eine, die nur jemand erkennen konnte, der seine frühere Liebe verloren hatte und insgeheim wollte, dass wieder jemand etwas für ihn empfand.

Lorcan hob seine Hand und strich sanft eine Haarsträhne hinter ihr Ohr. „Also, was sagst du, Caity? Die Zeit, Kinder zu bekommen und aufzuziehen, ist vorbei. Ich will eine Gefährtin an meiner Seite." Er berührte ihre Wange, und ihr stockte der Atem. „Und ich kann mir keine bessere vorstellen als das Mädchen, das ich vor all den Jahren geküsst habe. Du bist süß, mit einer verborgenen Stärke, und ich brauche das dringend in meinem Leben." Er senkte den Kopf, bis er eine Haarbreite von ihren Lippen entfernt war. „Lass mich dich noch einmal küssen und dir zeigen, dass wir passen."

Caitlin war von Natur aus nie eine spontane

Person gewesen. Sie plante und organisierte gern. Das machte das Leben einfacher.

Aber als Lorcans Lippen so nahe an ihren warteten, war sie neugierig zu sehen, ob ihre Erinnerung dem Mann in Fleisch und Blut gerecht wurde. Schließlich war sie zu alt für einen Gefährtenrausch. Ein Kuss würde ihre Zukunft nicht bestimmen.

Sie brachte ihre Lippen näher, und sobald sie einander berührten, raste Elektrizität durch ihren Körper.

Lorcan küsste sie sanft, bevor er an ihrer Unterlippe knabberte. Er setzte seine Liebkosung für ein paar Sekunden fort, bevor er ihre Lippen öffnete und um Erlaubnis bat. Ohne zu zögern, öffnete sie sie. Als seine Zunge in ihren Mund drang, ließ sein Geschmack sie stöhnen. Es war lange her, seit sie geküsst worden war, aber nur ein Mann hatte so gut geschmeckt.

Caitlin wollte nicht an ihren toten Gefährten denken und konzentrierte sich darauf, ihm Schlag für Schlag zu begegnen. Als Lorcan knurrte, ließ die Vibration einen Schauer über ihren Körper laufen.

Die Reaktion brachte den Drachenmann in Aktion. Er schlang einen Arm um ihre Taille und neigte ihren Kopf, um besseren Zugang zu erhalten. Jeder Schlag seiner Zunge gegen ihre ließ die Jahre verblassen, bis 1978, als sie ein Mädchen gewesen war, das in seinem ersten Kuss schwelgte.

Ihre Begegnung war damals vielleicht schlabbriger gewesen, aber der Rausch der Hektik und das

Verlangen, das sie damals empfunden hatte, waren dasselbe wie heute.

Sobald sie Lorcans Nacken packte, unterbrach er den Kuss und legte seine Stirn gegen ihre. Sein Atem kitzelte ihr Kinn, als er sagte: „Also, passen wir zusammen, Caity?"

Ihr Atem war genauso angestrengt wie seiner. „Im Leben geht's um mehr als Küsse, Lorcan."

„Dem stimme ich zu. Aber für den Anfang ist es gut."

Als sie beide Luft schnappten, musste sie unweigerlich zugeben, wie schön es sich anfühlte, in den Armen eines starken Mannes zu sein. Vielleicht sogar eines Mannes, auf den sie sich stützen könnte, oder einen Verbündeten gegen ihre Mutter oder Kinder.

Ihr Drache meldete sich zu Wort. *Küss ihn noch einmal. Nur um sicherzugehen, dass wir passen.*

*Du bist nur gierig.*

*Warum hältst du dich dann zurück?*

*Weil es lange her ist und ich nicht sicher bin, ob ich es richtig machen werde.*

Ihr Drache schnaubte. *Du wirst es schon gut machen.*

Lorcans Stimme hinderte sie daran zu antworten. „Was sagt dein Drache, Caitlin?"

„Ich bin mir nicht sicher, ob ich dir das erzählen will."

Er lehnte seinen Kopf zurück, und sie vermisste sofort die Wärme seiner Stirn an ihrer. Er sagte: „Es gibt wenige Dinge, die ich von dir verlangen werde, aber ich will, dass es zwischen uns Ehrlichkeit gibt. Selbst, wenn ich es nicht hören will, sag es mir."

Sie lächelte. „Selbst wenn mein Drache sagt, du bist der schlechteste Küsser aller Zeiten?"

„Und das, meine Liebe, ist eine Lüge. Clan-Führer sind ziemlich gut darin, sie zu erkennen."

Ihr Drache schnaubte. *Sag es ihm einfach.*

„Nun, er denkt, wir sollten uns noch einmal küssen, nur um sicherzugehen, dass wir wirklich passen."

Lorcan lachte leise, der tiefe Klang beruhigte Caitlins Nerven. „Ach ja, sagt sie das?" Er schloss den Abstand zwischen ihren Lippen und gab ihr einen schnellen, groben Kuss.

Er zog sich viel zu früh weg. „Das wird reichen müssen, Caity. Unsere Kinder warten auf uns, und ich nehme an, wir alle wollen ihren Kuss so schnell wie möglich hinter uns bringen."

„Natürlich." Caitlin trat zurück und glättete ihr Oberteil und ihre Hose.

Der Mann starrte sie kurz an, bevor er sich zur Tür drehte. „Komm! Mal sehen, ob wir deinen Sohn reparieren können."

Sie mochte die Idee, Killian zu „reparieren" nicht, aber es lohnte sich ihrer Meinung nach nicht, deswegen zu streiten.

Ihr Tier seufzte. *Du wirst lernen müssen, deine Gedanken auszudrücken. Er wird sie hören wollen.*

*Vielleicht mit der Zeit. Im Moment werde ich nicht Killians Chance aufs Spiel setzen.*

Als ihr Drache verstummte, folgte Caitlin Lorcan aus der Tür. Es war Zeit zu sehen, ob ihr Opfer etwas bewirkte.

Nicht, dass es ein großes Opfer wäre, in Lorcans Nähe zu sein, wenn sie ehrlich wäre. Sie hoffte nur, dass er nicht nur für kurze Zeit charmant zu ihr war und sich später in einen grausamen Mann verwandelte, sobald sie mit ihm gepaart war.

# Kapitel Acht

**B**renna hätte im Konferenzraum bleiben und dem Kuss nicht zusehen können. Stattdessen stand sie jedoch direkt vor der Gefängniszelle, in der Killian mit Adrian Conroy und einem Arzt war, der eine Spritze gefüllt mit einem Beruhigungsmittel parat hielt für den Fall, dass der Kuss mit Georgiana den Rausch auslöste.

Wegzubleiben wäre feige gewesen. Nicht nur das, sie würde nicht wissen, was passiert war, bis jemand sich bequemte, es ihr zu sagen.

Ihr Drache meldete sich zu Wort. *Es wäre egal, wenn es dir nicht so wichtig wäre.*

*Mein Wunsch, dass er geheilt wird, sollte keine Überraschung sein.*

*Nein, ich glaube, du willst nicht, dass es funktioniert.*

Sie ignorierte ihr Tier und sah Killian an. Aber er

hatte ihr den Rücken zugekehrt und bewegte seine Füße, während er auf Georgianas Ankunft wartete.

Soweit sie wusste, konnte das das letzte Mal sein, dass sie die drachenlose Version von Killian O'Shea sah.

Und ein kleiner, egoistischer Teil von ihr wollte diese Tatsache betrauern.

Von der Steintreppe hallten Schritte herüber. Brenna blickte in ihre Richtung. Lorcan ging voraus, mit einer Frau, die nicht viel älter als Brenna war.

Die Frau mit blonden, lockigen Haaren fast bis zu ihren Ellbogen näherte sich, und erst als sie nahe genug war, bemerkte Brenna, dass sie die gleichen Augen wie ihr Vater hatte – ein braunes und ein blaues.

Die verschiedenen Augenfarben betonten nur ihre Schönheit. Brenna hatte es immer aus Bequemlichkeit vorgezogen, ihr Haar kurz zu tragen, auch wenn die meisten Männer lange Haare zu bevorzugen schienen. Vielleicht war Georgiana eher Killians „alter" Typ. Und vielleicht wollten die beiden doch den Rausch erleben.

*Nein.* Sie würde nicht daran denken.

Caitlin bildete die Nachhut. Lorcan und Caitlin stellten sich links und rechts von Georgiana, die Killian angestarrt hatte, ohne zu sprechen. Brenna wusste, dass die Frau keine Beschützerin war, aber sie verbarg die Emotionen von ihrem Gesicht sehr gut.

Lorcan war der Erste, der sprach. „Das ist deine letzte Chance, einen Rückzieher zu machen, Georgiana."

Brenna musste sich bemühen, die leise Antwort der Frau zu hören: „Nein, es ist schön, einmal nützlich zu sein."

Sie spürte eine Geschichte hinter diesen Worten, aber Killian sprach, bevor sie zu viel darüber nachdenken konnte. „Danke im Voraus für deine Hilfe."

Georgiana nickte, ihre Locken hüpften. „Ich hoffe, es hilft. Ich kann mir mein Leben ohne Drachen nicht vorstellen."

Lorcan grunzte. „Genug hinausgezögert. Bringen wir es hinter uns."

Georgiana sah ihren Vater an. „Muss er hinter Gittern bleiben?"

„Ja", antwortete Lorcan.

Caitlin mischte sich ein. „Schon gut, Georgiana. Ich bin sicher, Killian versteht die Vorsichtsmaßnahme."

Killian trat ans Gitter seiner Zelle und drückte die Mitte seines Gesichts zwischen die Metallteile, seine Nase und sein Mund ragten in den freien Raum. „Wann immer du bereit bist."

Brennas Herzfrequenz beschleunigte sich, jede Sekunde schien, als wären es Wochen. *Das war's.* Die alte Version von Killian könnte kurz vor der Rückkehr stehen.

Georgiana näherte sich den Stäben. Da sie

kleiner war als Killian, stellte sich die Northcastle-Frau auf ihre Zehenspitzen, bevor sie ihre Lippen auf Killians drückte. Nach einem keuschen Kuss trat sie zurück, und alle Augen konzentrierten sich auf Killian.

Ein paar Sekunden lang runzelte er die Stirn und sagte nichts. Dann bog er den Rücken und brüllte. Adrian schlang schnell seine Arme um Killian, um ihn zu halten. Erst da bemerkte Brenna Blut, das aus einem seiner Ohren lief. „Irgendwas stimmt nicht. Sein Ohr."

Der Arzt in der Zelle fluchte und schob die Spritze in Killians Bizeps. Selbst nachdem alles injiziert worden war, setzte sich Killians Brüllen fort, ebenso wie das langsame Rinnen des Blutes.

Würden sie ihn für immer verlieren?

Mit einem letzten Schrei sackte Killian in Adrians Armen zusammen, und der Northcastle - Beschützer legte ihn sanft zu Boden. Während der Arzt seine Untersuchung durchführte, kamen sowohl Brenna als auch Caitlin näher an die Stäbe und warteten darauf, dass der Arzt etwas sagte.

Der Arzt sprach, ohne seinen Fokus von Killian zu nehmen. „Er lebt, aber ich muss ihn sofort auf die Krankenstation bringen."

Brenna bemerkte Adrian kaum an seinem Handy, wahrscheinlich rief er um Hilfe. Sie konnte ihren Blick nicht von Killians blasser, immer noch unbeweglicher Gestalt wenden.

Jede Bewusstlosigkeit schien schmerzhafter zu werden. Es konnte nur eine Frage der Zeit sein, bis es ihn tötete.

Ihr Drache meldete sich zu Wort. *Das wissen wir nicht. Vielleicht war es zu viel, dass sein Drache sich befreite. Wir sollten nicht so schnell Schlüsse ziehen.*

*Ich werde in dieser Sache nicht optimistisch sein.*

Lorcans Stimme erregte ihre Aufmerksamkeit, aber sie wandte sich nicht zu ihm. „Georgiana sagt, ihr Drache sei unberührt, und es gibt keinen Gefährtenrausch."

„Was ist dann mit ihm passiert?", flüsterte Brenna.

Caitlin antwortete: „Ich wünschte, ich wüsste es."

Sie hatte Killians Mutter ganz vergessen. Sie wandte sich ihr zu und zog sie in eine Umarmung. „Hoffentlich müssen wir nicht zu lange warten."

Ein paar größere, muskulöse Typen, die wahrscheinlich Beschützer waren, drängten sich in den Raum. Brenna ließ Caitlin los, damit sie aus dem Weg gehen konnten. Die Männer hatten Killian bald vom Boden gehoben und trugen ihn die Treppe hinauf, der Arzt direkt hinter ihm.

Sie wollte ihnen folgen, aber Lorcan trat in ihren Weg und sagte: „Dr. Cahir Silver wird alles tun, um ihm zu helfen. Es ist am besten, ihm nicht im Weg zu stehen und stattdessen mit mir zu kommen."

Wäre sie auf dem Land eines Verbündeten gewesen, hätte Brenna ihn beiseitegeschoben und wäre

Killian gefolgt. Doch sie würde keinen Krieg riskieren. „Warum?"

„Weil mein Clan unsere Seite der Abmachung erfüllt hat und es Zeit ist, an Glenloughs zu arbeiten", antwortete Lorcan sachlich.

Sie deutete auf Caitlin. „Ihr Sohn hatte gerade Schmerzen und ist jetzt bewusstlos. Haben Sie ein bisschen Mitgefühl."

Lorcan hob die Brauen. „Ich bin mir dessen, was gerade passiert, sehr bewusst. Eine Ablenkung wird die Zeit jedoch schneller vergehen lassen, und das bedeutet, dass Dr. Silvers Prognose eintrifft, bevor Sie es wissen."

Sie öffnete den Mund, um dagegen etwas einzuwenden, aber Caitlin trat nach vorn. „Ist okay, Brenna. Er hat recht. Mit Lorcan zu warten und zu arbeiten, ist nicht viel anders als im Wartezimmer der Krankenstation zu sitzen und Däumchen zu drehen, bis ich was höre."

„Bist du sicher, dass du in der Verfassung bist, zu arbeiten?", fragte Brenna.

Lorcan sprang ein. „Es ist nur ein Vorentwurf. Wir werden ihn noch einmal überprüfen, wenn alle bei klarem Verstand sind."

So gern sie auf der Krankenstation warten wollte, Brenna wollte Caitlin nicht im Stich lassen. Und auch nicht nur, weil sie Teagan versprochen hatte, sich um ihre Mutter zu kümmern. Sie wusste, wie es war, das neue Gesicht in einem fremden Clan zu sein, und anfangs ein vertrautes Gesicht bei sich zu haben, wie sie es mit Aaron gehabt hatte, könnte den Übergang einfacher und weniger beängstigend machen.

Sie nickte zustimmend und sagte: „Okay, aber sobald Sie irgendwas wissen, teilen Sie es uns mit."

„Aye." Lorcan deutete auf die Treppe.

Als sie sich alle auf den Weg zu einem Konferenzraum im obersten Stockwerk machten, konnte Brenna nicht anders, als die Szene mit Killian in ihrem Kopf durchzuspielen. Wenn Blut aus einem Ohr floss, war das nie ein gutes Zeichen; es konnte auf einen Gehirnschaden deuten.

Ihr Drache meldete sich zu Wort. *Oder es könnte sein Drache sein, der sich befreit.*

*Ich wünschte, wir wüssten mehr darüber, wie innere Drachen funktionieren.*

*Sobald es Killian gut geht, fahren wir nach Stonefire, und Dr. Sid wird es herausfinden.*

Sie wollte sagen, *falls* es ihm gut geht, aber behielt den Gedanken für sich. Sie hoffte nur, dass dieser letzte Anfall Killian nicht zu einem Leben in Bewusstlosigkeit verdammen würde, und er wie ein Gemüse vor sich hinvegetierte.

*Killian stand am Rand des Spiegelsees, die unheimliche Stille signalisierte, dass er wieder in seiner Traumwelt war.*

*Er suchte die umliegenden Hügel ab und wartete*

darauf, dass der kleine Drache auftauchte. Die Minuten vergingen, aber niemand kam.

Plötzlich war ein lautes Hämmern unter der Oberfläche des Sees zu hören, und Killians Augen schossen dorthin. Zunächst reflektierte der Spiegel die Hügel und den Himmel. Doch bald blitzten die schattenhaften Umrisse eines Drachen auf, bevor er verschwand. Das Schlagen setzte wieder ein, aber der Schattendrache kehrte nicht zurück.

Nachdem ungefähr fünf Minuten vergangen waren, hallte eine kindliche Stimme hinter ihm wider. „Der Schattendrache kommt jetzt ziemlich oft an die Oberfläche des Sees."

Er drehte sich langsam um und fand den kleinen blauen Drachen mit den großen weißen Flecken ein paar Meter entfernt. „Weißt du irgendwas von ihm?"

„Er ist immer wütend, und ich habe Angst, zurück in den See zu gehen."

Killian erinnerte sich an seinen letzten Besuch, als der kleine Drache in den Spiegel getaucht war und die Teile sich wieder zusammengesetzt hatten, sobald sie zerbrochen waren. „Was ist auf der anderen Seite?"

„Ich würde es dir ja zeigen, aber ich habe Angst vor dem Schattendrachen."

Er hatte keine Ahnung, warum, aber herauszufinden, was auf der anderen Seite des Spiegels lag, schien äußerst wichtig. „Wir müssen ja nicht dorthin gehen. Sag mir einfach, was da ist."

Der kleine Drache schwankte von einem

Hinterfuß auf den anderen. „Es ist hauptsächlich eine riesige Höhle, mit vielen Felsvorsprüngen, die man hinaufklettern kann. Dann kann ich springen, meine Flügel ausbreiten und hinabgleiten."

Er runzelte die Stirn. „Hauptsächlich eine Höhle?"

„Ja. Mit Tunneln und Verstecken."

„Warum solltest du dich verstecken müssen?"

Der Drache schüttelte sich und faltete die Flügel gegen den Rücken. „Es ist sicher und ermöglicht mir, ohne Angst zu schlafen. Obwohl immer, wenn du diese Seite des Sees besuchst, rumpelt der Boden ein wenig, fast wie ein Signal."

Wenn er wirklich träumte, war das der kohärenteste, den er je gehabt hatte. „Besucht dich sonst noch jemand?"

Der kleine Drache schüttelte den Kopf. „Nein. Ich wünschte, sie würden es tun. Es ist ziemlich langweilig, selbst mit all den Tunneln und Vorsprüngen auf der anderen Seite." Der Drache musterte ihn. „Vielleicht kannst du öfter zurückkommen. Beim nächsten Mal kann ich mir ein paar Spiele ausdenken."

„Soll ich zurückkommen können, wann immer ich will?", fragte Killian langsam.

„Ich habe keine Ahnung. Aber wir können jetzt spielen. Ich wollte schon immer um die Wette den Hügel runterrollen. Möchtest du es versuchen?"

Killian blickte auf den See. „Was ist mit dem Schattendrachen? Kommt er raus?"

„Noch nicht. Ich bin mir nicht einmal sicher, ob er auf diese Seite kommen kann."

Bevor er seine Meinung ändern konnte, drehte sich Killian zum See und ging zum Rand. Er atmete tief ein und setzte vorsichtig einen Fuß auf das Glas. Er stützte sein Gewicht darauf, und der Spiegel hielt. Er machte noch ein paar Schritte, bevor der Schattendrache im Spiegel unter ihm erschien.

Killian gab sein Bestes, keine Angst zu zeigen, und musterte die schattenhafte Figur. Obwohl sie zuerst schwarz erschien, war es eigentlich ein Dunkelblau. Etwas an der Gestalt und Größe des Tiers kam ihm bekannt vor.

Dann schlug der Drache gegen den Spiegel, und die Schwingungen wanderten über Killians Wirbelsäule. Er wollte nicht riskieren zu sterben, da er keine Ahnung hatte, ob es an diesem Ort endgültig war oder nicht, und zog sich in sichere Entfernung vom See zurück. Der kleine Drache meldete sich wieder zu Wort. „Möchtest du jetzt spielen?"

Als er sich die kurze Schnauze des kleinen Drachen, die speckigen Bäckchen und die glänzende Haut ansah, kam ihm auch an der kleineren Version etwas bekannt vor. „Ich habe nur noch eine Frage." Der Drache neigte den Kopf, und Killian fuhr fort. „Bist du verwandt mit dem Schattendrachen?"

„Ich weiß nicht. Ich bin zuerst allein auf der anderen Seite des Spiegelsees aufgewacht."

„Und doch kennst du meine Sprache und kannst reden."

Er neigte den Kopf in die eine Richtung und dann in die andere. „Darüber habe ich noch nie gedacht. Ich bin einfach mit dem Wissen aufgewacht."

Ähnlich wie das, was Killian passiert war. „Was weißt du sonst noch?"

Der Drache seufzte. „Du hast gesagt, das wäre die letzte Frage. Ich möchte spielen."

Da Killian nicht die einzige Informationsquelle, die er hier hatte, vergraulen wollte, deutete er auf den nächsten Hügel. „Dann lass uns unseren Wettkampf machen. Wenn ich gewinne, stelle ich weitere Fragen. Wenn du gewinnst, versuchen wir es noch einmal."

Der kleine Drache hüpfte von einem Hinterfuß auf den anderen, seine Flügel ausgebreitet, um sein Gleichgewicht zu halten. „Ich werde gewinnen, wirst schon sehen. Ich habe geübt."

Als der Drache sprang und ungeschickt flatterte, um sein Gleichgewicht zu halten, lächelte Killian. „Ich habe oft an Wettkämpfen teilgenommen und normalerweise gewonnen."

„Gegen wen?"

Killian versuchte, sich daran zu erinnern, aber die Erinnerung wollte nicht kommen. „Ich weiß es nicht."

„Gut, dann beeilen wir uns und sehen, wer besser ist."

Der kleine Drache flog auf die Spitze des Hügels und starrte ihn an. Nachdem Killian einen letzten Blick auf den Spiegelsee geworfen hatte, stürmte er den Hügel hinauf und bereitete sich vor, indem er sich hinlegte. „Los!"

Sie rollten beide, und Killian schaffte es, zuerst den Boden zu erreichen. Doch gerade, als er seine Frage stellen wollte, verschwand die Szene in einem hellen Licht.

Killians Augen öffneten sich, und er keuchte. Verschiedene Leute, die er nicht kannte, standen über ihm.

Eine Frau sagte: „Er ist wach und stabil."

„Gut", sagte ein Mann, bevor er sein Gesicht näher an Killians senkte. Er erkannte ihn als Dr. Silver aus der Zelle. „Erinnern Sie sich, wer Sie sind?"

„Ich bin Killian O'Shea. Was ist passiert?"

Der Arzt legte seine Finger auf Killians Gesicht und öffnete sein Auge weiter, um es zu untersuchen. „Erzählen Sie mir, woran Sie sich als Letztes erinnern."

Da er nicht dachte, dass sein Traum zählte, antwortete er: „Der Kuss mit Georgiana."

Dr. Silver ließ sein Auge los und beugte sich zurück. „Gibt es noch eine andere Präsenz in Ihrem Kopf bei Ihnen?"

Eine kindliche Stimme sprach in seinem Kopf. *Das bin ich. Das ist viel besser als der langweilige See und die Hügel.*

*Baby-Drache? Bist du das?*

Die blau-weiße Gestalt aus seinem Traum materialisierte sich in seinem Kopf und richtete sich auf. *Bin kein Baby, nur jung.*

Er lächelte über den Tonfall seines Drachen. *Okay, junger Drache. Ich wünschte, ich hätte einen Namen für dich.*

*Warum? Ich bin ein Teil von dir, also muss ich auch Killian sein.*

*Ein Name wäre einfacher für mich.*

Dr. Silver unterbrach das Gespräch. „Ihre Pupillen waren gerade geschlitzt. Erzählen Sie mir, was passiert ist."

Killian hatte Angst, der Arzt würde ihn für verrückt erklären. „Wo ist Brenna?"

„Sie ist bei Lorcan. Und jetzt beantworten Sie meine Frage."

Er wollte dem Arzt sagen, er könne ihn mal, aber der Drache sprach wieder. *Er versucht nur, uns zu helfen. Sag es ihm.*

*Und dann nennst du mir einen Namen?*

*Vielleicht. Ich muss darüber nachdenken.*

Killian konzentrierte sich wieder auf Dr. Silver. „Ich habe einen jungen blau-weißen Drachen in meinen Träumen gesehen. Aber diesmal scheint er auch in meinem Kopf zu sein, wenn ich wach bin. Was hat das zu bedeuten?"

„Ich weiß es nicht, aber ich kenne Leute, die es wissen könnten." Dr. Silver sah zu einer der Krankenschwestern. „Behalte ihn im Auge. Ich muss telefonieren."

Bevor Killian noch eine Frage stellen konnte, war der Arzt weg. Er knurrte, und der kleine Drache sprach erneut. *Warum bist du immer so wütend?*

*Weil keiner mir sagt, was gerade los ist.*

*Vielleicht gibt es einen Grund, warum sie warten?*

Killian tat sein Bestes, um die Wut aus seiner Stimme zu halten, als er fragte: *Warum bist du hier?*

*Ich weiß nicht. Aber ich hoffe, ich muss nicht wieder zurück. Ich glaube nicht, dass der Schattendrache hierherkommen kann. Und all diese neuen Leute zu sehen, ist viel interessanter. Wie diese Frau. Ihre Pupillen sind geschlitzt wie meine. Ist sie ein Drache? Oder haben alle Drachen im Kopf, wie wir?*

Killian widerstand einem Seufzer. *Hör auf, so viele Fragen zu stellen.*

*Warum? Ohne sie werde ich nie lernen.*

Als das kleine Tier weiter plauderte, rieb Killian sich die Stelle zwischen den Augenbrauen. Kleine Drachen und Schattendrachen könnten ihn in den Wahnsinn treiben.

Oder vielleicht hatten sie das schon.

Er musste mit Brenna reden. Sie würde sich die Fakten anhören und dann eine Schlussfolgerung ziehen, der er vertrauen würde. Wenn sie dachte, er bräuchte Hilfe, würde er ihren Rat befolgen.

Als er versuchte, sich aufzusetzen, drückte die Krankenschwester sanft gegen seine Brust, bis er aufhörte, sich zu bewegen. Die Frau hob eine dunkle Braue. „Sie bleiben in diesem Bett, bis der Arzt Sie gehen lässt."

Der Drache sagte, *Sie ist beängstigend.*

Killian wollte sich nicht von seinem Vorhaben abbringen lassen und konzentrierte sich auf die Schwester. „Dann sagen Sie Brenna und meiner Mutter, dass ich wach bin und nach ihnen frage. Oder ist das auch nicht erlaubt?"

Ihr Drache machte Tss. *Versuch, nett zu sein. Das funktioniert besser.*

*Und das weißt du wie?*

*Es fühlt sich einfach richtig an.*

Killian atmete tief durch und zwang seinen Tonfall, freundlicher zu sein. „Könnten Sie bitte meine Gefährtin und meine Mutter rufen? Sie machen sich sicher Sorgen um mich."

Nach einer langen Sekunde lächelte die Schwester. „Ich schätze schon." Sie sah zu einem Mann im Raum, der die gleichen blassblauen Sachen trug wie sie selbst. „Calvin, ruf Lorcan an und sag ihm, was los ist. Und sag ihm, dass der Glenlough-Mann nach seiner Gefährtin und seiner Mutter fragt."

Calvin nickte und verließ den Raum.

Die Krankenschwester tippte wieder etwas in ein Tablet ein, und Killian entschied sich, die Zeit zu nutzen, um den Drachen in seinem Kopf noch weiter zu befragen, bevor Brenna ankam. *Wirst du von jetzt an alles kommentieren?*

*Vielleicht. Ich war einsam. Ich mag es, nützlich zu sein.*

*Ich habe nicht gesagt, dass es nützlich ist.*

*Die Schwester mochte meinen Vorschlag. Also, ja, ich war nützlich.*

Killian widersetzte sich dem Grunzen, denn er wollte die Aufmerksamkeit der Krankenschwester nicht auf sich ziehen. *Mach weiter so, und ich finde einen Weg, dich zurückzuschicken.*

*Bitte nicht! Ich will nicht, dass der Schattendrache mich frisst.*

Die Angst in der Stimme des Drachen milderte seine Stimmung. *Hat er das schon mal versucht?*

*Noch nicht, aber er ist einmal in den Tunneln aufgetaucht und hat nach mir gegriffen. Ich hab' es geschafft, zwischen seinen Beinen durch und aus dem Tunnel zu rennen. Kleiner zu sein war gut. Und dann bin ich durch den Glassee. Er konnte mir nicht folgen.*

*Warum sollte er nach dir greifen?*

*Ich glaube, er hatte Hunger.*

Dr. Silver kam mit einem Tablet in der Hand zurück. Der Arzt sagte ohne Umschweife: „Killian, ich habe zwei Ärzte hier, die vielleicht helfen können. Erzählen Sie ihnen, was passiert ist."

Er drehte das Tablet in Killians Richtung. Die Gesichter von Dr. Sid Jackson und Dr. Gregor Innes von Stonefire – Brenna hatte ihm schon einmal Bilder gezeigt – begrüßten seine Augen. Die Frau, Sid, sprach zuerst. „Ist es wahr? Gibt es eine Drachenpräsenz in Ihrem Kopf?"

Da Brenna diesen Ärzten vertraute, beschloss er, sich nicht zu weigern und nur die Wahrheit zu sagen. „Vorerst, obwohl er noch jung ist. Ich dachte, es wäre ein Baby, aber er sagte, er sei einfach jung."

Sid zögerte nicht. „Also sprechen Sie mit dem Drachen? Was hat er gesagt?"

Er runzelte die Stirn. „Ich soll unsere ganze Unterhaltung wiederholen?"

Gregor sprang ein. „Wie viele hatten Sie denn schon?"

„Mehrere in meinen Träumen. Aber dies ist das erste Mal, dass ich mich im Wachen mit ihm unterhalte, zumindest, seit ich ohne meine Erinnerungen aufgewacht bin."

„Sie haben meine Frage nicht beantwortet", sagte Sid. „Was hat er zu Ihnen gesagt?"

Killian seufzte. „Ich weiß nicht, meistens bittet der Drache mich zu spielen oder schlägt vor, dass ich nett sein sollte. Oder er erzählt von dem Schatten-drachen."

Sid runzelte die Stirn. „Was zum Teufel ist ein Schattendrachen?"

Killian erklärte, was er in seinem Traum gesehen hatte, und fügte hinzu: „Der kleine Drache sagt, er wollte ihn fressen."

Gregor flüsterte Sid etwas ins Ohr, bevor er auf Killian zurückblickte. „Ich glaube, Sie sollten nach Stonefire kommen. Dr. Silver ist ein guter Arzt, auf jeden Fall, aber er hat die zwei Persönlichkeiten eines Drachenwandlers nicht erforscht, wie ich es getan habe. Es gibt Dinge, die wir besprechen und an denen wir möglicherweise arbeiten müssen."

Dr. Silver drehte das Tablet zu sich zurück. „Ich bin mir nicht sicher, ob ich Killian schon gehen lassen kann."

Sids Stimme füllte den Raum. „Ich verstehe. Aber je früher wir ihn sehen, desto besser. Eine Verzögerung seiner Behandlung könnte dazu führen, dass er den Drachen verliert, den er gerade wiedergewonnen hat."

Killian wartete nicht auf Dr. Silvers Antwort und sagte: „Ich habe eine Frage. Wenn mein sogenannter Drache zurück ist, wo zum Teufel sind dann meine Erinnerungen?"

Dr. Silver schwang das Tablet wieder herum. Sid hob die Brauen. „Erstens: Nur weil Sie wütend sind, werde ich nicht schneller arbeiten. Und zweitens haben wir einige Theorien, benötigen aber mehr Informationen, bevor wir sie weitergeben können." Killian öffnete den Mund, um mehr zu verlangen, doch Sid unterbrach ihn. „Wenn Sie glauben, mich zu beschimpfen und zu verfluchen würde helfen, dann haben Sie noch nie mit einem richtigen Drachenwandler-Arzt zusammengearbeitet. Ich habe mit viel Schlimmerem zu tun gehabt, Killian O'Shea. Also sparen Sie uns viel Zeit und hören Sie auf, es hinauszuzögern."

Sein Drache meldete sich zu Wort. *Sie hat recht. Schreien und unhöflich sein machen sie nur wütend.*

*Nicht jetzt, Drache.*

Gregor stieß einen Pfiff aus. „Da *ist* wieder ein

165

Drache in seinem Kopf. Seine Pupillen wurden zu Schlitzen."

„Wenn Sie alles, was ich sage, hinterfragen, bin ich mir nicht sicher, ob es die Mühe wert ist, nach Stonefire zu fahren", antwortete Killian.

„Genug", sagte Dr. Silver. „Ich werde Killian so schnell ich kann gehen lassen, aber nicht vorher. Ich werde nicht riskieren, dass er unterwegs stirbt."

Gregor antwortete: „Natürlich, Cahir. Schick mir einfach eine SMS, sobald du glaubst, dass er bereit ist."

Dr. Silver ging mit dem Tablet aus dem Raum, und Killian konnte nichts mehr von dem Gespräch hören.

Sein Drache meldete sich zu Wort. *Ich freue mich darauf, die Ärzte kennenzulernen, die so lustig sprechen.*

*Sid ist Engländerin und Gregor Schotte. Sie haben Akzente, keine Sprachbehinderungen.*

*Trotzdem ist es anders. Vielleicht gibt es ja auch noch andere Leute, die lustig reden.*

Er musste unwillkürlich über den Enthusiasmus des jungen Drachen lächeln. *Wenn du sie verstehen kannst. Manche Leute haben Probleme mit starken Akzenten.*

Bevor sein Drache ihn bitten konnte, das zu erklären, füllte Brennas Stimme den Raum. „Hast du mit deinem Drachen geredet?"

Langsam drehte er den Kopf und begegnete

Brennas Blick. „Mit *einem* Drachen. Ich bin mir nicht sicher, ob es meiner ist oder nicht."

Sie ging zu seinem Krankenhausbett. „Wie fühlst du dich dabei?"

Wieder typisch für Brenna, an seine Gefühle bei der Tatsache zu denken, dass er einen sprechenden Drachen in seinem Kopf hatte. „Ich weiß es nicht. Er ist ein glücklicher, fröhlicher kleiner Kerl, das ist mal sicher."

Seine Mutter erschien neben Brenna. „Du warst auch ein glückliches Kind, Killian."

„Was ist passiert?", platzte Brenna heraus.

Caitlin lächelte traurig. „Sein Vater ist gestorben, und Killian hat es zu seiner Mission gemacht, uns alle zu beschützen."

Ihr Drache meldete sich zu Wort. *Ich mag nicht, wenn sie traurig ist.*

*Ich auch nicht.*

Seine Mutter strich ihm einige Haare von der Stirn. „Vielleicht ist das hier deine zweite Chance. Ein Weg, der Mann zu sein, der du sein solltest, wenn dein Vater nicht gestorben wäre."

„Vielleicht", sagte Killian. Er räusperte sich und begegnete wieder Brennas braunäugigem Blick. „Da ist noch mehr." Er erklärte die Sache mit dem Schattendrachen und fragte: „Ist es normal, solche Träume mit zwei Drachen zu haben?"

„Nein, aber da all das durch die mysteriöse Droge verursacht wurde, die dir in den Körper inji-

ziert wurde, überrascht es mich nicht, dass dir unge-
wöhnliche Dinge passieren."

„Der See, die Tunnel und alles ist also ein
Ergebnis der Drogen?"

Brenna schüttelte den Kopf. „Nein. Unsere
inneren Drachen reden in den ersten fünf bis sieben
Jahren unseres Lebens normalerweise nicht mit uns.
Während dieser Zeit haben sie ein Versteck in
unserem Kopf. Normalerweise ist es eine Art Spiel-
platz mit Höhlen, Tunneln und sogar unterirdischen
Seen."

Er runzelte die Stirn. „Warum hatte ich dann
auch einen Außenbereich?"

„Sid und Gregor hätten eine bessere Vermutung
als ich, aber es könnte mit dem Verlust deines
Drachen zusammenhängen. Soweit wir wissen,
könnte der Schattendrache ein Teil deines früheren
Ich sein."

Der kleine Drache meldete sich wieder zu Wort.
*Mir gefällt die Idee nicht. Der Schattendrache ist
beängstigend. Ich will nie Angst haben, nur stark
sein.*

Lorcans Stimme hinderte Killian daran, zu
antworten. „Sobald Cahir Sie gehen lässt, fahren Sie
nach Stonefire. Ich schicke Adrian und Calvin mit
Ihnen, damit Sie einen zusätzlichen Beschützer und
eine Krankenschwester haben, falls was schiefgeht."

Killian sah zu Lorcan. „Ich dachte, Sie hassen die
englischen Drachenwandler."

Lorcan zuckte mit einer Schulter und antwortete: „Ich habe Caitlin geschworen, dass ich Sie beschützen werde, und ich werde dieses Versprechen halten."

Als Lorcan Caitlin anstarrte, floss eine Welle des Beschützerinstinkts durch Killian. Er wollte bleiben und sicherstellen, dass seine Mutter sich eingewöhnte.

Sein Drache schnaubte. *Nicht nötig. Er mag sie. Sieh dir nur das Verlangen in seinen Augen an.*

*Jetzt bist du also ein Experte in Gesichtsausdrücken?*

*Nur weil du nicht hinsiehst, ist das nicht mein Problem.*

Brennas Stimme unterbrach seine Antwort. „Danke, Lorcan. Ich weiß, Sie tun das für Caitlin, aber Bram wird es auch zu schätzen wissen."

Lorcan grunzte. „Also, ich sollte wohl besser alles in Gang setzen." Sein Blick wanderte zu Caitlins. „Komm zu mir, wenn du bereit bist, Caity."

Seine Mutter nickte und die Mitglieder des Northcastle-Clans ließen ihn mit Brenna und seiner Mutter allein.

„Caity?", hakte Killian nach.

Die Wangen seiner Mutter wurden rosa. „Ist bloß ein Spitzname. Jetzt erzähl mir mehr über diesen kleinen Drachen in deinem Kopf."

„Ja", warf Brenna ein. „Er scheint dich zu einem netteren Menschen zu machen, und ich weiß nicht, wie es mir dabei geht."

„Ich habe nicht vor, ein Kind anzuschreien, und

der einfachste Weg, es zum Schweigen zu bringen, ist, seine Vorschläge anzunehmen."

*Ich bin gar nicht so jung*, sagte sein Drache.

*Pst.*

Brennas Pupillen blitzten auf, und sie lachte. „Sei vorsichtig, sonst hast du am Ende noch einen verwöhnten Drachen. Und meiner sagt, das ist für einen starken Drachenwandler inakzeptabel."

Er schnaubte. „Scheinbar will jetzt sogar dein Drache ein Mitspracherecht bei meinem Verhalten haben."

Sie verdrehte die Augen und setzte sich auf den Bettrand. „In diesem Fall würde ich auf ihn hören. Deinen Drachen zu verwöhnen, wird dir das Leben schwer machen, vor allem, wenn du in Zukunft irgendeine Art von beschützerähnlichen Pflichten übernehmen willst. Du brauchst einen Partner und kein verwöhntes Kind."

„Gibt es eine Art Handbuch, das ich lesen muss?", fragte er.

„Gibt es, aber sie sind für Kinder. Es ist wahrscheinlich besser für dich, mit Tristan MacLeod in Stonefire zu arbeiten. Er hat ein Händchen dafür, Leuten mit ihren inneren Drachen zu helfen. Er hat mit Dr. Sid gearbeitet, als ihrer zurückkam, und Sid und ihr Tier scheinen sich jetzt zu verstehen."

Brennas Augen leuchteten auf, wenn sie ihm etwas mehr über ihre Clan-Mitglieder erzählte. Sie hatte ihn gepaart, um in Glenlough bleiben zu können, aber es war klar, dass sie ihren Heimatclan vermisste.

Der kleine Drache meldete sich zu Wort. *Vielleicht wird es auch unser neues Zuhause sein. Es gibt Berge in der Nähe ihres Clans. Ich würde gerne auf einem sitzen und nach unten schauen.*

*Dafür müsste ich fliegen, da ich nicht wandern und vielleicht unterwegs ohnmächtig werden möchte.*

*Ich könnte vielleicht beim Fliegen helfen. Wir können es versuchen, sobald wir da sind.*

Da er nicht daran denken wollte, sich in einen Drachen zu verwandeln, konzentrierte er sich auf Brenna. „Ich treffe mich mit diesem Tristan, aber ich kann nichts versprechen."

Schnaubend beugte sie sich vor. „Vielleicht muss ich Tristans Gefährtin Melanie um Hilfe bitten, damit ihr beide miteinander auskommt. Er war früher so mürrisch und wütend wie du. Aber Mel hat ein gutes Händchen bei ihm. Das kann jede Art von Streiterei verhindern."

„Ich kann mich zurückhalten."

Aus dem Augenwinkel bemerkte er, wie seine Mutter lächelte. Er sah sie an. „Was?"

Caitlin neigte den Kopf. „Du hattest schon immer Probleme damit, eine Herausforderung abzulehnen. Es waren zwei Jahre in der Armee nötig, um endlich dein Temperament auf ein überschaubares Maß zu zügeln."

„Ich bin mir sicher, dass Disziplin irgendwo in

mir steckt, besonders mit meinem guten Drachen", sagte er.

Sein Drache schnaubte. *Es ist nichts falsch daran, nett zu sein und das Richtige zu tun.*

*Die meiste Zeit. Aber manchmal ist es gesund, mal Dampf abzulassen. Oder jemanden zu schlagen.*

Brenna hinderte ihn daran zu antworten. „Es gibt vielleicht einen Weg für dich, etwas von deiner überschüssigen Energie loszuwerden, Killian. Ich bin sicher, Kai Sutherland, der oberste Beschützer von Stonefire und mein ehemaliger Chef, wird sich was einfallen lassen. Es kommt nicht jeden Tag vor, dass ein Mitglied des Stonefire-Clans sich mit einem irischen Drachenwandler streiten kann, ohne einen Krieg zu beginnen."

„Versuchst du, lustig zu sein?"

Sie grinste. „Vielleicht."

Bei ihrem schönen Gesicht und ihrem Necken wollte er nichts anderes, als sie an sich ziehen und sie wieder küssen.

Da er das gerade aber nicht tun konnte, wollte er, dass sie weiterredete, damit er ihr Gesicht beobachten und ihrer beruhigenden Stimme zuhören konnte. „Dann erzähl mir mehr über einige meiner potenziellen Gegner. Man sollte ja schließlich vorbereitet sein."

Während Brenna ihm weiterhin Geschichten über ihre Clanmitglieder erzählte, wünschte er sich, er hätte einen Moment mit ihr allein. Aus irgendeinem Grund wollte er ihr versichern, dass der Kuss mit Georgiana nichts bedeutet hatte.

Und wenn er Brenna noch einmal küssen könnte, bevor sie bei ihrem Heimat-Clan ankamen, umso besser. Er wollte ihr keine Chance geben, noch einmal abzuhauen, wenn er es verhindern könnte. Er wollte sie als seine Gefährtin.

*Gut*, flüsterte sein junges Tier. *Ich mag sie.*

In der Zwischenzeit hörte er sowohl auf Brenna als auch seine Mutter. Er wollte seine Mutter nicht in Northcastle lassen, aber sie hatte ihre Wahl getroffen.

Nun war es an Killian, die Chancen zu nutzen, die sie ihm gegeben hatte.

# Kapitel Neun

Nach dem langen Besuch bei Killian, nachdem er das Bewusstsein wiedererlangt hatte, hatte Brenna Ausreden gefunden, sich für die drei Tage, die sie in Northcastle verbleiben würden, von ihm fernzuhalten. Mit Killian über ihre Clan-Mitglieder zu reden und zu scherzen, hatte sie, wenn auch nur kurz, alles vergessen lassen, was sich über ihren Köpfen zusammenbraute. Killian könnte nämlich immer noch zu seinem früheren Ich zurückkehren, und sie könnte den Mann verlieren, an den sie sich immer mehr gebunden fühlte.

Das einzig Gute an diesen drei Tagen war, dass sie von Cedric Templeton und seinem Schicksal erfahren hatte. Nach einer Reihe von Vergehen war er vors Kriegsgericht gestellt und in ein MDA-Gefängnis gesteckt worden, da die Armee keine Drachenwandler-Internierungen durchführte.

Seine Inhaftierung sollte sie glücklich machen, aber sie hätte lieber die Chance gehabt, den Mann zu konfrontieren, der sie in der Vergangenheit so ausgenutzt hatte. Vielleicht würde sie eines Tages die Gelegenheit dazu bekommen.

Nicht, dass sie nicht ohnehin schon genug zu tun hatte.

Auf dem Weg nach Liverpool trat sie hinaus auf das Deck der Fähre, schloss die Augen und ließ den Wind ihr Gesicht streicheln. Die Fähre war groß genug, dass sie sich von Killian fernhalten konnte. Schwierig wäre es, das die gesamte achtstündige Fahrt von Belfast aus zu tun.

Ja, sie war ein Feigling. Aber sie vermutete, dass der Schattendrache, den Killian beschrieben hatte, sein ehemaliges Ich war. Sie hatte so das Gefühl, dass, wenn er aus dem jetzigen Gefängnis entkäme, er mit Killian verschmelzen und ihn verändern würde.

Ihr Drache grunzte. *Es schadet nicht, mit ihm zu reden. Vor allem, weil Adrian und Cal seine ständigen Begleiter sind.*

*Er scheint mit Calvin, dem Pfleger, gut klarzukommen. Mir ist es lieber, Killian vergnügt sich, als dass ich bei ihm hocke und nur für Anspannung sorge.*

*Das alles ist also nur zu seinen Gunsten?*

*Nicht wirklich. Außerdem sehen wir auch bald Mum und Dad wieder, und ich muss mich darauf vorbereiten.*

Bram hatte gesagt, dass ihre Eltern sie begrüßen würden, sobald sie in Stonefire ankam. Nur wegen der verschiedenen Beschränkungen, die Drachenwandlern in oder in der Nähe von Großstädten in England auferlegt wurden, konnten sie sie nicht am Fährterminal begrüßen.

Jane und Rafe Hartley – ein Geschwisterpaar, das jeweils einen Stonefire-Drachenwandler gepaart hatte – warteten jedoch in Liverpool auf sie. Brenna hatte nicht viel mit beiden zu tun gehabt, aber wenn Bram ihnen vertraute, tat sie es auch.

Ein Mann mit nordirischem Akzent erschien an ihrer Seite. „Ein schöner Sommertag, um draußen zu sein."

Der Mann in seinen Zwanzigern hatte dunkle Haare und trug eine Brille. Er war jung und einigermaßen gutaussehend.

Das Gesicht eines anderen Mannes mit dunklen Haaren blitzte in ihrem Kopf auf. Das eines älteren Mannes, der keine Angst hatte, seine Gefühle zu zeigen, und dessen Küsse sie alles andere vergessen ließen.

Sie verdrängte Killian aus dem Kopf und lächelte den Menschenmann an. „Ich bin überrascht, dass nicht mehr Leute hier draußen sind, um es zu genießen, wenn ich ehrlich bin."

Er zuckte die Schultern. „Die Menschen lieben ihre Mobiltelefone und Tablets auf Reisen."

„Aber Sie nicht?"

Er deutete in Richtung der sich entfernenden

Küste Nordirlands. „Wie oft kann man einen solchen Anblick sehen?"

Ihr Drache gähnte. *Er ist langweilig.*

Sie ignoriert ihr Tier und öffnete den Mund, um zu antworten, als ein vertrauter irischer Akzent von hinten kam. „Da bist du ja, Liebling."

Killian.

Das Lächeln des Menschenmannes schwankte, als sein Blick über ihre Schulter wanderte, und er eilte davon. Brenna wirbelte herum, um Killian anzusehen. Sie ignorierte die Heftigkeit seines Blicks. „Du solltest nicht allein sein. Wo sind deine Wachen?"

„Ich sehe gerade einen von ihnen an."

Sie seufzte und sah wieder aufs Meer hinaus. „Was willst du?"

„Du gehst mir aus dem Weg. Das wird in Stonefire nicht gut funktionieren, da wir gepaart sind."

„Nicht alle Gefährten kleben an der Seite des anderen. Ich werfe dir bei Bedarf schmachtende Blicke zu."

Er nahm ihre Schultern und drehte sie sanft zu sich um. „Sprich einfach mit mir und hör auf, die Dinge zu verkomplizieren."

„Wenn ich rede, wird es nicht einfacher, und das weißt du."

Er lehnte sein Gesicht näher an ihres, und sein heißer Atem tanzte gegen ihre Wange. „Georgiana hat mir nichts bedeutet, und ich bin auf dem Weg zu deinem Clan. Was sonst soll ich tun?"

„Es ist nicht das, was du tun kannst oder nicht, Killian. Du hast jetzt einen Drachen, ja, aber wer kann schon sagen, dass nicht auch alles andere zurückkommen wird? Der Mann, den ich will, ist der vor mir, und wenn er verschwindet, wird es mich vernichten."

Killians Pupillen blitzten auf, bevor er leise feststellte: „Du willst mich."

„Natürlich tue ich das. Aber ich kann den Schmerz, der folgen könnte, nicht riskieren."

„Du wirst also dein ganzes Leben lang vorsichtig sein? Einige Risiken lohnen sich, Brenna. Ist das hier nicht eins davon?"

Als sie in seine grünen Augen starrte, versuchte sie, sich ein anderes Argument einfallen zu lassen.

Ihr Drache meldete sich zu Wort. *Hör auf, Ausreden zu suchen. Küss ihn und genieße den Moment. Sonst könntest du es für immer bereuen.*

Killian näherte sich ihr, bis nur ein Zentimeter sie voneinander trennte, und flüsterte: „Küss mich, Brenna, und dann sag mir, ob du weiter auf Nummer sicher gehen willst."

Sie schluckte. „Ein Kuss kann meine Meinung nicht ändern."

„Dann tu es und sag mir das nochmal. Ich gehe weg und halte Abstand, wie du willst."

Killians Geruch umgab sie, was es schwer machte, sich zu konzentrieren. Das Herz klopfte in ihrer Brust, als Hitze durch ihren Körper strahlte.

Sie starrte auf seine warmen, einladenden

Lippen und wusste schon, dass seine Küsse sie verrückt machten. Die einzige Frage war, ob sie nach nur einem Kuss aufhören konnte oder nicht. Sie mochten vielleicht keine wahren Gefährten sein, aber Begehren war von sich aus mächtig.

Killian legte eine Hand an ihren unteren Rücken und streichelte den Bereich in langsamen Kreisen. Bevor sie es sich anders überlegen konnte, schloss sie den Abstand zwischen ihren Lippen.

Sobald ihre Lippen seine trafen, strömte Lust durch ihren Körper. Sie musste ihn ausziehen und ihn immer und immer wieder nehmen.

Ihr Drache summte. *Ja, fick ihn jetzt! Und mach weiter, bis wir sein Kind tragen!*

Nur aufgrund ihrer jahrelangen militärischen Ausbildung und Disziplin konnte sie den Kuss unterbrechen und Killian wegstoßen. Er landete auf seinem Po, aber sie achtete kaum darauf. Stattdessen hockte sie sich hin und rollte sich zu einer Kugel zusammen.

Ihr Drache brüllte. *Warum hast du ihn weggestoßen? Er gehört uns und wird immer der unsere sein. Geh zu ihm. Nimm ihn. Er muss von uns beansprucht werden.*

In ihrem Kopf ertönten die Warnglocken. Der Kuss mit Killian hatte den Gefährtenrausch ausgelöst. *Warum jetzt?*

*Red nicht. Hör auf zu widerstehen und zieh ihn aus. Du willst ihn genauso sehr wie ich. Er sollte uns gehören, immer. Schieb ihn nicht fort.*

Killians Stimme drang durch ihr inneres Gespräch. „Was ist los, Brenna?"

*Dreh dich um und zieh ihn aus. Fick ihn mit dem Wind auf unseren Körpern.*

Sie packte ihren Kopf fester. „Geh einfach."

„Was? Warum?"

Ein weiterer Hauch von Lust schoss durch ihren Körper. Durch zusammengebissene Zähne flüsterte sie: „Rausch. Geh! Hol Adrian!"

Während sie sich darauf konzentrierte, in einer kauernden Position zu bleiben, damit sie nicht in Versuchung kam, den Forderungen ihres Drachen nachzugeben, machte sie sich daran, ein Gefängnis für ihren Drachen zu errichten. Aber jedes Mal, wenn sie kurz vor der Fertigstellung des Metallgeräts stand, schwang der Drache seinen Schwanz und zerstörte es.

Ihr Tier schrie: *Nein, nein, NEIN! Ich will unseren wahren Gefährten! Küss ihn! Fick ihn! Beanspruche ihn. Er sollte uns gehören.*

Adrian fluchte und sagte: „Brenna, komm mit mir."

Killian fragte: „Geht's ihr gut? Ich habe sie schon mal geküsst, also verstehe ich das nicht."

Adrian antwortete: „Wahrscheinlich hat es was mit dem Drachen in deinem Kopf zu tun. Geh zu Cal. Ich sorge dafür, dass Brenna sicher im Auto verstaut ist."

Killian knurrte. „Denk nicht daran, sie anzufassen, Adrian."

„Ich bin ja kein verdammter Idiot. Ihr Drache würde mich in diesem Zustand in Stücke reißen. Und jetzt geh, Killian. Wenn du bleibst, wird ihr das nur noch mehr Schmerz bereiten."

Ihr Drache breitete die Flügel aus und zischte. *Warum lässt du ihn gehen? Stoß Adrian über Bord und geh Killian hinterher. Er ist unser Gefährte, und er wird uns ein Junges geben.*

*Nein, nicht mit so vielen Menschen in der Nähe.*

*Sie sind unwichtig. Wenn wir ihn gehen lassen, wird eine der anderen Frauen ihn beanspruchen.*

Etwas pikste ihre Haut, und Adrians Stimme drang an ihr Ohr. „Ein Beruhigungsmittel. Tut mir leid, Brenna, aber es ist das Beste, was ich tun kann. Jetzt komm. Ich muss dich zum Auto bringen, damit ich dir die zweite Dosis geben und dich damit umhauen kann."

Ihr Drache tobte. *NEIN! Unser Gefährte ist in der Nähe. Ich will ihn. Ich brauche ihn.*

Brenna biss die Zähne zusammen und schaffte es aufzustehen. Es brauchte jedes Stück Willensstärke, das sie besaß, um der Lust und Begierde zu widerstehen, die ihr Drache ständig in ihren Körper ausstrahlte.

Sie lehnte sich an Adrian und setzte einen Fuß vor den anderen, bis sie schließlich am Auto ankamen. Sobald sie auf dem Rücksitz war, gab Adrian ihr noch eine Spritze.

Als die Droge zu wirken begann, wurden ihre Augen schwer, und sie sagte: „Lass mich bewusstlos sein, bis wir in Stonefire sind. Und lass Bram es wissen."

Adrian nickte, als die Welt verblasste und sie in das Vergessen driftete.

Killian ging auf dem gesamten Seitendeck auf und ab und gab sein Bestes, herauszufinden, was zum Teufel passiert war.

Ein Rausch begann, wenn ein Drache seinen wahren Gefährten fand. Killian hatte sie jedoch schonmal geküsst, ohne Probleme. Etwas hatte sich verändert.

Der junge Drache saß hinten in seinem Kopf, zu einer Kugel zusammengerollt. Killian lockte ihn, *Es ist okay. Komm raus. Ich muss mit dir reden.*

*Ich habe Angst. Warum hat sich Brenna so seltsam verhalten? Geht's ihr gut?*

Er wusste nicht viel über den Gefährtenrausch, aber er beschloss, zu fragen. *Fühlst du dich irgendwie zu ihr hingezogen?*

*Sie ist nett, und ich mag sie. Aber ich bin zu jung, um jemanden so zu wollen. Ich musste mich umdrehen, als du sie geküsst hast, weil, na ja, ich lieber spielen würde.*

Er fuhr mit der Hand durch sein Haar und wollte seinen Drachen weiter befragen, als Cal das Wort ergriff. „Ich dachte mir schon, dass dein neu gefundener Drache die Dinge verändern könnte, aber ich gebe zu, dass ich das nicht kommen gesehen habe."

Er starrte den rothaarigen Mann finster an. „Das ist nicht gerade hilfreich. Kann ich irgendwas tun, um Brennas Schmerz zu lindern?"

„Wenn du dich nicht ausziehst und sie in einem Auto nimmst, dann nein."

Er fluchte. „Dann lass mich sie wenigstens sehen. Schließlich hast du gesagt, sie sei bewusstlos."

Cal verschränkte die Arme vor der Brust. „Nein, das können wir nicht riskieren. Dein Drache spürt den Zug vielleicht jetzt nicht, aber das könnte sich im Handumdrehen ändern."

Killian knurrte und schlug auf die Reling. „Es ist, als könnte ich nicht gewinnen, egal, wie sehr ich es versuche."

„Hör zu, Kumpel, das hättest du nicht kontrollieren können. Der Gefährtenrausch ist instinktiv. Egal, wie sehr du es willst oder nicht, es wird dich treffen."

„Hast du ihn durchgemacht?"

„Nein, und ich bezweifle, dass ich es jemals tun werde. Aber ich habe es schon Dutzende Male zu Hause gesehen, und es ist nicht immer zum Besten."

Er musterte Cal. „Wovon sprichst du?"

Cal blickte zum Wasser. „Mein Bruder hat den Rausch durchgemacht. Kurz darauf verließ seine Gefährtin ihn und ihre Tochter, um mit einem anderen Drachenwandler in der Nähe von Dublin zu leben." Er begegnete wieder Killians Blick. „Aber es gibt einen Unterschied in eurem Fall, da ihr beide einander mögt."

Er leugnete es nicht. „Die Dinge sind kompliziert."

Cal lächelte. „Da ich dein Pfleger in Northcastle war, verstehe ich das. Trotzdem, Brenna könnte dem zustimmen, sobald ihr auf dem Land ihres Clans seid."

Er grunzte und wechselte das Thema. „Solltest du nicht bei Brenna sein? Ich bin mir nicht sicher, ob ich Adrian mit den Beruhigungsmitteln vertraue."

„Alle Beschützer können mit Beruhigungsmitteln umgehen. Wenn sie auf einer Mission sind und was schiefgeht, müssen sie schließlich in der Lage sein, einen ihrer Brüder zu beruhigen." Cal schüttelte den Kopf. „Weißt du, ich hätte nie gedacht, dass ich mal mit einem Kerl aus Glenlough ein vertrauliches Gespräch führen würde."

„Sagen wir einfach, ich neige dazu, das Unerwartete hervorzubringen." Er seufzte. „Ich wünschte nur, ich würde damit Brenna nicht wehtun."

„Du hast zwei Möglichkeiten bei ihr. Erstens, ihr beide stimmt dem Rausch zu und bekommt schließlich ein Kind."

„Wenn man bedenkt, dass ich nicht weiß, wer verdammt nochmal ich bin, ist das wahrscheinlich nicht die beste Idee."

„Dann ist deine zweite Möglichkeit, dich von Brenna fernzuhalten und sie betäubt sich wochenlang oder bis der Gefährtenrausch nachlässt."

Sein Drache meldete sich zu Wort. *Ich mag nicht, dass Brenna Schmerzen hat.*

*Ich auch nicht. Aber ich bin mir nicht sicher, was ich sonst tun kann.*

Killian legte beide Hände auf die Brüstung und blickte über das Wasser. Er fühlte sich Caitlin schon nach dieser kurzen Zeit nahe und begann, sie als seine Mutter zu betrachten. Wenn sie nur da wäre, könnte sie andere Vorschläge haben.

Sein Tier meldete sich wieder. *Wir können versuchen, sie anzurufen, wenn wir die Gelegenheit bekommen. Stonefire ist Brennas Heimatclan. Sie werden tun, was sie können, um dir zu helfen, denn das bedeutet, ihr zu helfen.*

*Ich hoffe, du hast recht.*

*Gemeinsam werden wir einen Weg finden. Da bin ich mir sicher.*

Er lachte erstickt in seinem Kopf. *Du bist ein optimistischer kleiner Drache.*

*Und du bist ein mürrischer, wütender Mann.*

Da sein junges Tier recht hatte, begnügte er sich damit, das Auf und Ab des Wassers um die Fähre herum zu beobachten. Er sehnte sich danach, Brennas Gesicht zu sehen, aber in ihrer Nähe zu sein, würde ihr nur schaden.

Trotz seiner besten Absichten sah es also so aus, als müsste er Abstand zu ihr wahren. Vielleicht sogar für den Rest ihres Lebens.

Caitlin O'Shea war vielleicht nie Clan-Anführerin oder Beschützerin gewesen, aber sie war auch nie eine untätige Person gewesen. Zuerst hatte sie zwei Kinder großgezogen und dann, als sie erwachsen waren, leitete sie Clan Glenloughs Kindertagesstätte. Sie hatte immer eine Aufgabe gehabt und war froh gewesen, sich um andere zu kümmern.

Als sie jedoch aus dem Fenster ihrer vorübergehenden Residenz im Clan Northcastle schaute, war sie kurz davor, die Wände hochzugehen. Killian war vor über zwei Stunden mit Brenna aufgebrochen, und sie hatte nichts zu tun, bis Lorcan sein Meeting beendete und sie besuchte.

Ihr Drache meldete sich zu Wort. *Es gibt viel zu tun. Lesen, Filme ansehen oder sogar backen. Du sagst doch ständig, dass du mehr backen willst.*

*Es ist schwer, sich zu entspannen, wenn die Zukunft so ungewiss ist.*

*Du könntest Teagan anrufen und hören, was los ist.*

*Ich würde lieber nach Lorcans Besuch mit ihr reden. Sie hat heute ein Treffen mit dem Clan Seagale geplant und braucht alle Zeit, die sie bekommen kann, sich darauf vorzubereiten.*

Seagale, der irische Clan im Connemara-Nationalpark, war Teagans erstes Ziel für ihren irlandweiten Friedensvertrag. Wenn Teagan nicht alle Clans in Irland dazu bringen würde, zuzustimmen und zu unterschreiben, könnte das Ministerium für Drachenangelegenheiten das Einreiseverbot für ausländische Drachenwandler in die Republik zu besuchen, niemals aufheben.

Ihr Drache schnaubte. *Menschen haben dumme Regeln. Das MDA sollte wissen, dass ein Verbot die Menschen nicht davon abhält, einen Weg hinein zu finden.*

*Ich weiß, Liebes, aber sie nicht zu verärgern, wäre zu unserem Vorteil.*

*Wenn wir nur zu den Zeiten zurückkehren könnten, als Drachen die Insel regierten.*

*Richtig, und die Menschen uns wieder bis zum Aussterben jagen lassen? Ich glaube nicht. Es muss so sein.*

Ihr Drache schnaubte und verstummte.

Da Caitlin sonst nichts zu tun hatte, betrachtete sie das Gelände vor dem Reihenhaus, in dem sie zur Zeit wohnte. Die angeschlossenen Unterkünfte wurden für alleinstehende Erwachsene genutzt. Da Caitlin Lorcan noch nicht gepaart hatte, entsprach sie dem Kriterium.

Bei dem Wort „paaren" schloss sie die Augen und atmete tief durch. Um ehrlich zu sein, sie hatte nicht gedacht, dass sie jemals wieder einen Partner haben würde, nachdem Kieran gestorben war. Jemanden kennenzulernen, war in ihren späten Teenagerjahren lustig gewesen, aber mit Mitte fünfzig war es eine ganz andere Geschichte.

Sie wusste, dass die meisten ihrer Freunde ihre Gefährten immer noch genossen, auch körperlich.

Der Gedanke an einen nackten Mann über ihr ließ eine Welle der Sehnsucht über sie hereinbrechen.

Ihr Drache knurrte. *Hättest du es uns nicht so viele Jahre verweigert, würdest du dich jetzt nicht so sehr nach ihm sehnen. Er könnte das gegen uns verwenden.*

*Ich hatte eben viel zu tun. Seit Teagan Clanführerin geworden ist, braucht sie meine Unterstützung. Ich konnte auch nicht riskieren, dass ein Mann mich umwirbt, nur um an sie ranzukommen.*

*Manche könnten argumentieren, dass Lorcan genau das tut.*

*Da bin ich anderer Meinung.*

*Egal, warte nur nicht zu lange, um ihn zu küssen und zu beanspruchen. Genieße das Leben im Moment. Killians Zustand sollte dich das geleert haben.*

Sie öffnete die Augen und sah ein junges Paar vorbeigehen. Die Frau lachte über etwas, das der Mann sagte, und er runzelte sofort die Stirn.

Vielleicht wäre sie eines Tages genauso mit Lorcan.

Als ob ihre Gedanken ihn heraufbeschworen hätten, kam Northcastles Anführer um die Ecke und den Fußweg zu ihrem Wohnbereich hinauf. Der Drachenmann ging mit gerader Wirbelsäule und einer Leichtigkeit, die sagte, dass er sich selbst kannte und akzeptierte.

Mit anderen Worten, ein Mann mit dem Selbstvertrauen, das mit dem Alter kam.

Sein Blick fand ihren und schickte ihr eine Röte auf die Wangen. Es war etwas an seinem Selbstvertrauen, das sie ansprach.

Als er sich der Tür näherte, ging sie hin und öffnete sie. Lorcan lächelte. „Du wartest auf mich, wie ich sehe."

Sie runzelte die Stirn. „Was habe ich sonst zu tun? Meine Anweisung lautete, dieses Haus nicht zu verlassen."

Lorcan ging an ihr vorbei, und sie schloss die Tür. „Na, na, Caity, du weißt, dass ich keine Wahl hatte. Bis wir die Paarungsdokumente unterschreiben, bist du illegal hier. Manche werden dich immer als Feind sehen, egal, was ich sage oder tue. Wenn du außer Sichtweite bleibst, ist das zu deiner eigenen Sicherheit."

Und doch soll ich den Rest meines Lebens hier verbringen. Ich hoffe, das bedeutet nicht, dass ich für immer gefangen sein werde."

„Du wirst nicht gefangen sein." Er machte einen Schritt auf sie zu, seine Nähe ließ ihr Herz einen Schlag aussetzen. „Ich bin sicher, deine Tochter versteht es, da ihr Gefährte Engländer ist. Solange die Mehrheit des Clans einen fremden Gefährten akzeptiert, sollte alles in Ordnung sein. Niemand wird immer von allen gemocht, das ist nun mal eine Tatsache im Leben."

„Nun, wenn es mehr Vermischung und Verpaarung zwischen den Clans gäbe, denke ich, gäbe es auch weniger Vorurteile und Hass."

„Dem stimme ich zu." Er sah zu ihren Koffern im Flur. „Bedeuten die, du bist bereit, bei mir einzuziehen?"

Sie ließ den Themenwechsel zu. Schließlich hatte sie den Rest ihres Lebens, um Lorcan davon zu überzeugen, sich ihrem Clan zu öffnen. „Du sagtest, heute Abend wäre der früheste Zeitpunkt, dass wir uns paaren könnten, also bin ich bereit."

Er musterte sie eine Sekunde, bevor er eine Hand ausstreckte und ihr Kinn sanft mit dem Finger streichelte. „Bist du wirklich bereit, Caity?"

Als er weiter ihre Haut streichelte, ergriff ihr Drache das Wort. *Küss ihn!*

Lorcans Flüstern erfüllte ihre Ohren. „Sprich mit mir und nicht mit deinem Drachen. Ich kann mich nicht um dich kümmern, wenn du nicht deine Meinung äußerst."

Auf seine Worte hin wollte sie nur noch mehr, dass die Paarung funktionierte. Ihre Tochter mochte vielleicht darüber witzeln, umsorgt zu werden, selbst wenn ihr Gefährte das jetzt manchmal tat, aber Caitlin vermisste es, dass jemand sich um sie kümmerte.

Sie räusperte sich und antwortete: „Ja, ich bin bereit, bei dir einzuziehen. Küss mich noch mal, vielleicht glaubst du mir dann."

Lorcans Pupillen blitzten. Seine Stimme war belegt, als er antwortete: „Dich allein zu küssen, im Privaten, ist gefährlich, Liebes."

„Warum?"

„Weil ich nicht sicher bin, ob ich aufhören kann, deine Lippen zu küssen."

Das Herz trommelte in ihrer Brust. Sie konnte ihm sagen, dass sie nach draußen und auf Nummer sicher gehen könnten.

Aber das war nicht das, was sie wollte.

Es war Zeit für Caitlin, ein wenig zu leben, also lehnte sie sich gegen ihn und schlang ihre Arme um seinen Hals. Sie lächelte, als Lorcan einatmete. „Das könnte der beste Weg sein, um herauszufinden, ob wir zueinander passen, denke ich."

Er schmiegte sich an ihre Wange und bemerkte: „Mir gefällt, wie du denkst, Frau."

Bevor sie mehr tun konnte, als ihren Mund zu öffnen, drückte Lorcan seine Lippen auf ihre und schob seine Zunge hinein. Sie stöhnte, als jeder Zungenschlag jedes noch verbleibende Zögern wegwischte.

Sie wollte Lorcan Todd, und ausnahmsweise wollte sie an ihre eigenen Bedürfnisse anstatt die irgendeines anderen denken.

Er strich eine Hand an ihrem Rücken hinunter, um ihre Pobacke zu packen. In der Sekunde, in der er sie noch fester an sich zog, stöhnte sie bei dem Gefühl seiner Härte.

Sie war dumm gewesen, so lange zu warten, um wieder Sex zu haben.

Lorcan hatte bald beide Hände an ihrem Po und hob sie hoch. Sie schlang ihre Beine, ohne zu zögern, um seine Taille, fast verzweifelt bemüht, seine harten Muskeln unter ihren Oberschenkeln zu spüren.

Sie bemerkte kaum die Wand an ihrem Rücken, als Lorcan eine Hand bewegte, um die Seite ihres Gesichts zu berühren und sie dann in ihr Haar gleiten zu lassen.

Gerade als sie seine Hand zu ihren Brüsten führen wollte, klingelte ein Handy. Sie hatte kaum bemerkt, dass es nicht ihres war, bevor Lorcan den Kuss beendete und fluchte. „Das ist Adrians Klingelton. Da muss ich rangehen."

Da es in der Nachricht um ihren Sohn gehen konnte, nickte Caitlin und erlaubte Lorcan, sie auf den Boden zu stellen.

Er zog das Handy heraus und fragte: „Was?" Er sah Caitlin an. Die Sorge in seinen Augen sandte ihr ein Prickeln durch das Herz.

Trotzdem hatte sie mit genug Clan-Führern zusammengearbeitet, um zu wissen, dass Warten der schnellste Weg war, um Informationen zu erhalten. Sobald er auflegte, sagte Lorcan ohne Umschweife: „Killians Kuss hat Brennas Drachen in den Gefährtenrausch gebracht."

Sie blinzelte. „Warte, was? Sie haben sich schon vor dem ganzen Clan Glenlough geküsst, ohne dass das passiert ist."

„Ich weiß es nicht. Adrian meint, es könnte daran liegen, dass Killian keine ganze Person ohne inneren Drachen war. Und sobald der Drache zurück war, erkannte ihn Brennas Tier."

„Hat Killian dem zugestimmt?"

Lorcan schüttelte den Kopf und ging zur Tür. „Nein, sie ist sediert, und Adrian hält sie voneinander getrennt." Er blieb stehen und drehte sich zu ihr um. „Ich muss weiter versuchen, Stonefires Anführer zu erreichen." Er beugte sich vor und küsste sie schnell. „Wir werden das später zu Ende bringen müssen."

„Natürlich."

Er streckte ihr seine Hand entgegen. „Aber du kannst mit mir kommen, wenn du willst, und sehen, wie die Dinge funktionieren."

„Ich dachte, ich sollte außer Sichtweite bleiben?"

„Zu dieser Zeit sollten nicht viele Leute unterwegs sein, und meine Beschützer sind loyal."

Sie legte ihre Hand in seine und sagte: „Dann lass uns gehen. Wenn Stonefire deinen Anruf aus irgendeinem Grund nicht entgegennimmt, kann ich Teagan anrufen und sie so kontaktieren."

Er küsste ihren Handrücken. „Und die große Allianz beginnt."

Sie machten sich auf den Weg zur Kommandozentrale der Beschützer. Auch wenn sie über die Unterbrechung enttäuscht war, strich sie sie schnell beiseite. Brenna hatte so viel für Killian getan, nachdem sein Gedächtnis verschwunden war. Caitlin würde alles tun, um ihr zu helfen, selbst wenn es bedeutete, Killian zurückzuholen und ihn für immer von Brenna fernzuhalten, wenn sie den Rausch nicht wollte.

# Kapitel Zehn

Die Fahrt mit der Fähre nach Liverpool waren die längsten Stunden seines Lebens.

Zumindest kam Killian es so vor, da er sich an nichts von vor ein paar Wochen erinnern konnte.

Adrian und Cal hatten abwechselnd auf Brenna aufgepasst. Killian war mehrmals zum Auto gegangen, um sie zu sehen, aber er wurde jedes Mal abgewiesen. Niemand wollte riskieren, dass der Rausch auch in ihm ausbrach.

Nicht, dass der kleine Drache gefährdet schien. Er war mehr besorgt, dass das Boot untergehen könnte und sie nach England schwimmen müssten, als Brenna nackt ausziehen und sie nehmen zu wollen.

Trotzdem hatten sie keine andere Wahl, als dass jeder im selben Auto fuhr, um die Fähre zu verlassen und sich mit den Stonefire-Mitgliedern zu treffen.

Adrian hatte Killian den Beifahrersitz gegeben, aber er sah immer noch über seine Schulter auf Brennas bewusstlose Gestalt, die sich auf dem Rücksitz gegen Cal lehnte. Killian runzelte die Stirn. „Das sollte ich da hinten sein."

Adrian antwortete: „Und riskieren, dass dein Duft ihr Tier aufweckt? Ich glaube nicht. Außerdem sind wir fast am Treffpunkt. Dann können wir euch beide zwischen diesem und ihrem Wagen aufteilen, das macht die Reise für alle leichter."

Sein Drache knurrte. *Ich will sie nicht bei Fremden lassen.*

Er ignorierte sein Tier und sah zu Adrian auf dem Fahrersitz hinüber. „Vom Gesetz her sollte ich als ihr Gefährte das letzte Wort zu ihrer Obhut haben."

Der Beschützer von Northcastle grunzte. „Scheiß auf das Gesetz. Du kannst dich nicht erinnern, wie Drachenwandler funktionieren. Du könntest ihr schaden, ohne es überhaupt zu wissen."

Killian hasste es, dass der große Bastard recht hatte.

Anstatt es zuzugeben, sah er aus dem Fenster. Vielleicht würde der Stonefire-Lehrer, den Brenna erwähnt hatte, Tristan MacLeod, ihm eine kurze Einführung in die Grundlagen eines Drachenwandlers geben. Dann könnte er Entscheidungen treffen und sich pflichtgemäß um Brenna kümmern.

Sein Drache meldete sich erneut. *Ich weiß mehr als du, aber du fragst ja nie.*

*Du bist so jung.*

*Und? Ich bin mit Wissen aufgewacht, ähnlich wie du. Ich hätte dir sagen können, dass dein Duft ihren Drachen wecken würde.*

*Was noch?*

*Das hängt davon ab. Wirst du mir zuhören?*

Das Auto fuhr von der Fähre hinunter. *Denk an alles, was dir einfällt, und sag es mir, sobald wir einen Moment haben. Ich darf mich nicht ablenken lassen, wenn ich die Stonefire-Menschen in Augenschein nehme.*

*Du musst aufhören, jeden für einen Feind zu halten.*

*Das ist eine Vorsichtsmaßnahme. Außerdem wird uns ein schwacher erster Eindruck wahrscheinlich später beim englischen Drachen-Clan schaden.*

Sein Tier schlug mit den Flügeln und ordnete sie auf seinem Rücken neu an. *Wie? Wir kämpfen nicht gegen sie.*

*Es könnte zu einem Streit um Brenna kommen, wenn sie uns nicht mit ihr reden lassen und uns wegschicken. Ob wir bleiben oder gehen, sollte Brennas Entscheidung sein. Und jetzt sei still, bis wir die Menschen kennengelernt haben.*

Ob es wegen Killians Tonfall oder der Neugier seines Drachen auf das bevorstehende Treffen war, er wusste es nicht, aber der Kleine verstummte.

Adrian fuhr eine Straße hinunter und dann noch eine, bis sie ein Parkhaus erreichten. Jane und Rafe Hartley sollten im obersten Stock auf sie warten.

Brenna rührte sich auf dem Rücksitz, aber sie beruhigte sich wieder, bevor er sie auch nur noch einmal ansehen konnte. Rational gesehen hatte er immer gewusst, dass sie um gute zehn Jahre jünger war als er, aber da ihr Gesicht durch die Bewusstlosigkeit ganz schlaff war, sah sie noch unschuldiger und weicher aus, als er sie je gesehen hatte. Sie nahm viel auf sich für jemanden in ihrem Alter.

Er hoffte, derjenige zu sein, der ihr half, es langsamer angehen zu lassen.

Vorausgesetzt, sie könnten einen Weg finden, den Rausch zu umgehen. Er stellte sich vor, eines Tages vielleicht ein Kind zu haben, aber sein Leben war zu unberechenbar, um auch noch die Sorge um ein hilfloses kleines Wesen auf sich zu nehmen. Oder, schlimmer noch, sein Zustand brachte ihn am Ende um, und Brenna würde das Kind allein großziehen müssen.

Und das brauchte sie definitiv nicht, da es sie wahrscheinlich zwingen würde, ihren Platz als Beschützerin aufzugeben.

Wenn Killian sich nur um jemanden kümmern und demjenigen nicht wehtun könnte, dann wäre er ein glücklicher Mann.

Adrians Stimme füllte den Wagen. „Da sind sie ja."

Ein dunkelhaariger Mann lehnte sich beiläufig an einen SUV, während eine dunkelhaarige Frau nicht weit von ihm stand und auf ihr Handy hinunterschaute. Der Mann sagte etwas, und die Frau sah auf.

Als Adrian in die Parklücke neben ihnen bog, konnte Killian die Ähnlichkeit zwischen den beiden erkennen: Dunkles Haar, größer als die meisten Menschen, und ähnlich geformte Augen, obwohl die der Frau blau und die des Mannes grün waren.

Killian öffnete die Tür, als Adrians Stimme ertönte. „Versuch, dich zu benehmen. Denk dran, sie sind hier, um euch beiden zu helfen."

Grunzend verließ er das Auto. Jane war die Erste, die sprach, dazu lächelte sie. „Du bist also Brennas geheimnisvoller Gefährte."

Er runzelte die Stirn. „Woher weißt du, dass ich es bin?"

„Groß, dunkle Haare, grüne Augen. Du bist der Einzige im Wagen, der auf die Beschreibung passt", erklärte Jane. „Und der Akzent bestätigt es."

Ihr Bruder Rafe verdrehte die Augen. „Fang erst gar nicht mit Akzenten an, sonst muss ich es vielleicht bei Kai erwähnen."

Sie zuckte die Schultern. „Kai wird das egal sein. Er weiß, dass ich nur Augen und Ohren für ihn habe."

Rafe ignorierte seine Schwester und musterte Killian, aber Adrian schloss sich ihnen an, bevor der Menschenmann etwas sagen konnte. „Ihr habt später noch genug Zeit, es euch gemütlich zu machen." Adrian zeigte zum Auto. „Brenna ist da drin."

Jane neigte den Kopf. „Wie ich sehe sind die Gerüchte, du seist charmant, unbegründet."

Adrian zuckte mit den Schultern und lächelte. „Du bist gepaart, warum also die Mühe verschwenden? Vor allem, wenn dein Gefährte Kai Sutherland ist. Ich habe ihn noch nicht getroffen, aber er hat einen guten Ruf."

„Mehr als das." Jane steckte das Handy in eine Tasche und klatschte in die Hände. „Gut, kommen wir zum Geschäft. Rafe wird mit euch fahren und Killian mit mir."

Killian blickte in das Auto, wo Brenna sich gegen Cal lehnte. „Mir wäre lieber, wenn sie mit dir und deinem Bruder führe."

„Weil mein Bruder gepaart ist, habe ich recht?", fragte Jane, und in ihren Augen tanzte Belustigung. Killian hatte keine Gelegenheit zu antworten, bevor sie fortfuhr: „Ihnen wird es gut gehen. Ein Drache mitten in einem Gefährtenrausch ist nicht jemand, den man verärgern will. Ihr Drache will dich und wird wahrscheinlich jeden von ihnen kastrieren, wenn sie etwas versuchen."

„Gut", sagte Killian.

Jane musterte ihn kurz, bevor sie die Fahrertür des SUV öffnete. „Dann lasst uns mal los. Wir haben zwei Stunden Autofahrt vor uns. Je eher wir Brenna nach Stonefire bringen, desto eher können wir uns überlegen, was wir als Nächstes tun sollen."

Er sah wieder auf Brennas Gesicht zurück, und sein Drache ergriff das Wort. *Jane hat recht. Je schneller wir sie nach Stonefire bringen, desto schneller können sie ihr helfen.*

Killian sagte laut: „Aber was, wenn ich wieder das Bewusstsein verliere? Dafür sollte Cal eigentlich hier sein."

Jane tippte den Finger gegen die Autotür. „Zu schade, dass Holly schwanger ist, sonst hätte ich sie runterfliegen und uns begleiten lassen. Sie hätte sich um dich kümmern können, anstatt Cal. Obwohl sie Hebamme ist, ist sie auch Krankenschwester."

Er verzog das Gesicht. „Wer? Und wovon sprichst du überhaupt?"

Jane schüttelte den Kopf und antwortete: „Ich will dich nicht mit zu vielen Namen überfordern, denn du wirst viel über Stonefire lernen müssen. Cal kann in unserem Auto fahren, aber auf dem Rücksitz. Ich möchte auf der Fahrt mit dir reden."

Rafe meldete sich zu Wort. „Sei vorsichtig, Killian. Sie ist berüchtigt dafür, Fragen zu stellen und Geheimnisse aufzuspüren."

Jane zuckte mit den Schultern. „Ich bin Reporterin. Genau das mache ich eben."

*Verdammt fantastisch.* Er würde die nächsten zwei Stunden damit verbringen, verhört zu werden.

Da er die Fahrt hinter sich bringen wollte, ging er zur Beifahrertür, hielt aber inne, um Adrian noch einmal in die Augen zu sehen. „Ruf uns an, wenn irgendwas passiert."

„Natürlich", antwortete Adrian, ohne zu zögern.

Er hatte keinen Grund, dem Drachenmann nach

so kurzer Zeit zu vertrauen, aber sein Bauch sagte ihm, der Mann würde es durchziehen.

Er schlüpfte ins Auto und legte schnell den Sicherheitsgurt an. Jane und Cal taten das Gleiche, und sie waren bald auf dem Weg.

Jane verlor keine Zeit. „Du hast also deinen Drachen verloren, ihn aber jetzt wieder, oder?" Er grunzte. „Du wirst mir schon mehr Details als das geben müssen. Vertrau mir, ich kann unaufhörlich Fragen stellen, bis du irgendwann sowieso nachgibst. In den nächsten zwei Stunden kannst du nirgendwo hin."

Er sah die große Frau an. „Du bist ziemlich fordernd für einen Menschen."

„Oh, du solltest mal meinen Gefährten kennenlernen. Er ist der oberste Beschützer und ziemlich knurrig. Im Vergleich zu Kai bist du einfach."

Da Kooperation ihn in ein positives Licht rücken würde und ihm eine bessere Chance gäbe, Brenna in Stonefire zu sehen, seufzte er. „Schön, was möchtest du wissen?"

Als Jane mit ihrer Befragung begann, sah Killian auf die Uhr. Das würde eine lange Autofahrt werden.

Adrian Conroy war dankbar, dass er nicht mit der Reporterin fahren musste. Ihr Bruder hatte ihn von

Zeit zu Zeit auf der Reise nach Stonefire gemustert, aber wenig gesagt.

Was durchaus einen Sinn ergab. Stonefire hatte sich zweifellos schon alle Akten über ihn und Cal zukommen lassen.

Das gab ihm Zeit, sich auf ihre Ankunft vorzubereiten. Auch wenn Reisen von einem Teil des Vereinigten Königreichs in den anderen erlaubt waren, entsandte das MDA oft Inspektoren, um die Interaktionen zu überwachen. Vor allem zwischen zwei Clans, die im Klinsch gelegen hatten, wie seiner und Stonefire. Er musste seinen ganzen Charme bemühen und den Inspektor davon überzeugen, dass er nicht auf einen Kampf oder Ärger aus war.

Sein Drache meldete sich zu Wort. *Dein Charme funktioniert vielleicht nicht. Die in Nordirland waren immer gegen unseren Charme gefeit.*

*Aber es soll eine englische Frau sein. Ich bin sicher, ich kann mich poetisch über unseren Clan äußern, und sie könnte darauf reinfallen. Schließlich ist das MDA dafür berüchtigt, keine Informationen zwischen Zweigstellen auszutauschen.*

*Ich weiß nicht. Seit der Einführung der neuen MDA-Direktorin haben sich die Dinge langsam geändert.*

Vor nicht allzu langer Zeit war der ehemalige Direktor des MDA in einen Skandal verwickelt gewesen, der mit Mord und Inhaftierung einherging. Rosalind Abbott hatte seinen Platz übernommen und für tiefgreifende Veränderungen in Politik und

Personal gesorgt. Das meiste davon war erst später in Nordirland angekommen als in England, Wales und Schottland.

Adrian antwortete: *Hör auf, so pessimistisch zu sein. Wir bekommen das schon hin.*

*Wenn du nicht zuerst ein paar Stonefire-Drachen schlägst.*

*Ich werde sie nicht schlagen.*

*Sagst du.*

Adrian ignorierte seinen Drachen und fuhr um die letzte Kurve. Als sie die lange, einspurige Fahrbahn hinunterfuhren, musste er zugeben, dass die Gipfel und Täler anders waren als die in der Nähe von Northcastle aussahen. Er liebte sein Zuhause, aber der Lake District war auf eine andere Weise wunderschön.

Da Jane Hartleys Auto vor seinem war, öffneten sich die Tore automatisch, und Adrian folgte. Sie fuhr an den Rand. Rafe meldete sich schließlich zu Wort. „Park neben ihr."

Es lag Adrian auf der Zungenspitze, eine spitze Bemerkung zu machen, aber er widerstand: Sein Hauptanliegen war, der Frau auf dem Rücksitz neben Rafe zu helfen.

Er kannte Brenna Rossi nicht so gut, aber niemand hatte es verdient, unter Drogen gesetzt zu werden, um einen Rausch zu verhindern. Adrian wusste das aus Erfahrung.

Er wollte nicht an seine Vergangenheit denken, stellte den Motor ab und verließ das Auto. Er wollte

Rafe helfen, aber der Mann war schon draußen, mit Brenna in den Armen.

Eine schwangere, für eine Drachenwandlerin etwas kleine Frau mit dunklem Haar eilte zu Rafe. „Geht's ihr gut? Sid ist drinnen."

Rafe verlagerte Brenna in seinen Armen. „Ich weiß nicht, ob gut das richtige Wort ist, Nikki, aber sie hat keine Schmerzen. Zeig mir, wo Sid wartet."

Killian trat an Rafes Seite, aber die Frau namens Nikki stieß ihn weiter weg. „Tut mir leid, aber du musst dich vorerst fernhalten. Unser oberster Beschützer, Kai, bringt euch drei an einen sicheren Ort."

Adrian wollte gerade fragen, warum Kai nicht da war, als eine vertraute weibliche Stimme seine Ohren füllte. „Adrian? Bist du das?"

Sowohl Mensch als auch Tier wurden munter, wenngleich aus unterschiedlichen Gründen.

Sein Drache knurrte. *Das ist sie!*

In der Hoffnung, dass sein Tier sich irrte, drehte sich Adrian langsam um und fand eine kleine, kurvige Menschenfrau mit braunen Haaren und einer Brille über ihren ebenfalls braunen Augen.

Es war Elsie Day.

Sein Drache brüllte. *Sie gehört uns!*

*Nicht das schon wieder. Das ist Jahre her. Die Anziehung hätte nachlassen sollen.*

*Sie ist nicht mehr so stark, aber ich will sie immer noch.*

*Nein. Ich werde das nicht zulassen.*

Da Adrian seinen Drachen nicht in Versuchung führen wollte, schoss er in die entgegengesetzte Richtung. Er erwartete einen Tadel und wollte gern die Konsequenzen tragen. Was er nicht riskieren durfte, war, dass der Gefährtenrausch wieder losging.

Er schaffte es etwa sechs Meter weit, bevor ihn eine große, muskulöse Gestalt von hinten überfiel. Mit seinem Drachen, der weiter darüber lamentierte, er solle zu Elsie zurückkehren, entglitt ihm seine Konzentration, und die muskulöse Person drückte ihn zu Boden. Ein nordenglischer Akzent erfüllte seine Ohren. „Was denkst du eigentlich, wohin du da gehst?"

Janes Stimme wurde vom Wind getragen. „Tu ihm nicht weh, Kai."

Kai. Das bedeutete, dass Stonefires oberster Beschützer ihn zu Boden gedrückt hatte.

Da Ehrlichkeit zu diesem Zeitpunkt seine beste Wahl war, drehte er den Kopf zurück und sagte: „Diese Frau, Elsie, hat vor Jahren einen Gefährtenrausch ausgelöst. Ich darf nicht riskieren, dass es wieder explodiert."

Kai bewegte sein Gesicht weiter nach unten und runzelte die Stirn. „Die MDA-Inspektorin?"

Er wollte fragen, seit wann Elsie MDA-Inspektorin war, aber er konzentrierte sich auf das, was wichtig war. „Ich muss nur von ihr wegkommen."

Er schwor, dass Verständnis in Kais Augen dämmerte. Der Mann stand auf, und Adrian sprang auf die Füße. Kai legte eine Hand auf Adrians

205

Schulter und benutzte die andere, um Jane ein Zeichen zu machen, zu ihnen zu kommen. In der Sekunde, in der sie an ihrer Seite war, befahl Kai: „Bring ihn zu uns nach Hause und pass auf ihn auf. Ich schicke so schnell wie möglich Zane rüber, damit er hilft." Kai hielt Adrian mit einem finsteren Blick fest. „Lege einen Finger an meine Gefährtin, und ich werde das nächste Mal nicht so verständnisvoll sein."

„Ich habe kein Interesse daran, irgendwem zu schaden. Deshalb habe ich ja versucht, Elsie zu entkommen."

Kai sah aus, als wollte er etwas fragen, drehte sich aber zu Elsie und Cal zurück und warf über seine Schulter: „Wir reden später weiter, aber ich sorge dafür, dass sie wegbleibt."

Adrian riskierte einen Blick auf Elsie.

Sie starrte ihn direkt an. Ihr Haar war länger, und sie hatte eine andere Brille, aber sie sah aus, als wäre sie in den dazwischen liegenden Jahren gar nicht gealtert.

Sein Tier knurrte. *Warum machst du das so schwierig? Sie will eindeutig mit uns reden.*

*Du willst mehr tun als nur reden.*

*Ich kann mich kontrollieren. Der Drang, sie zu beanspruchen, ist im Vergleich zu früher schwach. Ich will sie, aber ich würde uns ihr nie aufzwingen.*

*Ich riskiere das nicht, Drache.*

Obwohl er es hasste, sein Tier einzudämmen, baute Adrian schnell ein mentales Gefängnis und warf es hinein.

Dann wandte er sich von Elsie ab und sah zu Jane. „Lass uns gehen."

Er folgte ihr und hoffte, sie würde ihn in Ruhe lassen, aber sie fragte: „Woher kennst du sie?"

„Das ist eine lange Geschichte für ein anderes Mal."

„Vielleicht vertraust du mir eines Tages genug, um es mir zu erzählen."

Jane beschleunigte ihr Tempo, und sie gingen den Rest des Weges schweigend.

Das hätte ihm die perfekte Zeit geben sollen, einen Plan zu entwickeln, aber das Bild der heutigen Elsie blitzte immer wieder in seinem Kopf auf.

Angesichts dessen, was zwischen ihnen passiert war, hätte er nie erwartet, dass sie Inspektorin des MDA würde. Er sehnte sich danach, den Grund herauszufinden, wusste aber, dass das unklug wäre.

Das Beste, was er tun konnte, war, sich zurückzuhalten, bis er nach Northcastle zurückkehrte und erneut die Irische See zwischen sie brachte.

# Kapitel Elf

Feuer lief durch Brennas Körper, und ihre Augen öffneten sich, während sie keuchte. Eine vertraute, strenge Stimme erfüllte den Raum – Dr. Sids. „Brenna, wer hat die Kontrolle?"

Ihr Drache brüllte und sprach laut. „Ich bin es. Wo ist er? Ich will Killian. Er muss von mir beansprucht werden."

Sid fluchte, und Brenna versuchte, die Kontrolle über ihren Verstand zu übernehmen. Ihr Drache musste jedoch eine Art unsichtbares Gefängnis gebaut haben, weil ihre Hände auf eine Barriere stießen, die sich weigerte nachzugeben. *Lass mich raus!*

*Nein. Du wirst ihn entkommen lassen.*

Sids Stimme unterbrach ihre Antwort. „Tut mir leid, Brenna. Aber wir haben keine andere Wahl."

Etwas pikste ihren Arm. Ihr Drache versuchte, sich aufzusetzen, aber etwas hielt seinen Körper zurück.

Mit jeder Sekunde, die verging, wurde ihr Drache schwächer. Als er völlig verstummte, versuchte Brenna noch einmal, gegen die Barriere zu drücken und ihre Hände bewegten sich frei. Nachdem sie kurz nach ihrem schnarchenden Drachen gesehen hatte, übernahm sie wieder die Kontrolle über ihren Körper und sah Sid an. „Danke!"

„Ich ziehe es vor, Drachen nicht durch Medikamente zum Schweigen zu bringen. Tut mir leid, dass ich nicht vorher um deine Erlaubnis bitten konnte."

Brenna wusste, dass, da Sids Drache durch eine Überdosis mehr als zwanzig Jahre lang zum Schweigen gebracht worden war, sie immer vorsichtig war, wenn es darum ging, Medikamente einzusetzen.

Sie erwiderte: „Ist okay, Sid. Das musste getan werden." Sie hob eine Hand an ihre Stirn. „Obwohl ich jetzt schreckliche Kopfschmerzen habe."

„Du bist ein wenig dehydriert, aber wir werden das beheben. Geht's dir gut genug, um mir zu erzählen, was passiert ist? Ich habe zwar einen Bericht aus zweiter Hand erhalten, aber du hast vielleicht Details, die sie ausgelassen haben."

Auf Sids Frage hin warf Brenna einen Blick durch den Raum. „Wo ist Killian? Sie haben ihn aber nicht zurück nach Irland geschickt, oder?"

Sid musterte sie und schüttelte den Kopf. „Nein, er ist gerade bei Kai und Bram. Was ist passiert? Schließlich war das nicht dein erster Kuss mit ihm.

Warum ist der Rausch also jetzt ausgebrochen? Ein paar Drachen können die Anziehung vor ihren menschlichen Hälften verstecken, aber du warst immer offen mit deinem."

Ihr erster Impuls war, ihren Drachen zu fragen, aber die schlafende Gestalt in ihrem Kopf erinnerte sie daran, dass es ein oder zwei Tage dauern würde, bis ihre andere Hälfte wieder wach wäre.

Sie versuchte, sich aufzusetzen, aber die Lederfesseln gruben sich in ihre Haut. Sid fügte hinzu: „Sie werden bald abkommen. Ich will nur sicherstellen, dass dein Drache eine Weile ausgeschaltet ist. Und jetzt beantworte meine Frage."

Brenna seufzte und sah an die Decke. „Ich bin nicht sicher. Ich hab' ihn ein paarmal geküsst. Der einzige Unterschied ist, dass das Drachenbaby jetzt bei ihm ist." Sie begegnete Sids Blick. „Könnte das die Ursache sein?"

„Möglich. Drachen legen nicht viel Wert auf Erinnerungen, aber ein Drachenwandler ohne Drachenhälfte ist eine unvollständige Person. Es ist wahrscheinlich, dass dein Drache ihn erst als deinen Gefährten erkannt hat, als sein Drache zurückgekehrt ist."

Sie runzelte die Stirn. „Aber wie ist das möglich? Ich habe in den Monaten, in denen ich mit ihm gearbeitet habe, bevor er sein Gedächtnis verloren hat, nie diese Anziehung gefühlt."

Nachdem Sid ein paar Dinge auf das Klemmbrett in ihrer Hand geschrieben hatte, sagte sie:

„Weibliche Drachen bemerken erst nach einem Kuss einen wahren Gefährten. Es ist durchaus möglich, dass der Gefährtenrausch angefangen hätte, wenn er dich damals geküsst hätte."

Dr. Gregor Innes, Sids Gefährte und ehemaliger Lochguard-Arzt, betrat den Raum und sagte: „Oder vielleicht auch nicht. Nach Dr. Silvers Notizen aus Killians Zeit in Northcastle wird der kleine Drache als blau mit weißen Flecken beschrieben. Killian war vorher ein blauer Drache. Vielleicht ist eine neue Drachenpersönlichkeit entstanden."

Sid sprang auf. „Es sei denn, sie hat sich gespalten, wie wir vorhin besprochen haben."

Brenna sah jeden einzelnen an. „Wovon sprecht ihr?"

Gregor drehte sich zu ihr um. „Es ist nur eine Vermutung, aber ich denke, der Schattendrache und der Babydrache bilden ein Ganzes, und zusammen sind sie Killians ehemaliger Drache. Welche Drogen auch immer bei Killian eingesetzt wurden, könnte sie gespalten haben. Die eine Hälfte hat seine Erinnerungen und die Hauptwirkung der tierischen Persönlichkeit seines Drachen, und die andere ist unschuldiger und ruhiger. Ihr Ziel könnte sein, einen Weg zu finden, die instinktivere Hälfte zu verbannen und nur die unschuldige Seite zu behalten. Ein weniger wütender und instinktiver Drache erleichtert den Fang."

„Um ihr Blut zu ernten", fügte Sid hinzu. „Obwohl ich nicht sicher bin, ob es die Drachenjä-

ger, Ritter sind oder ein ganz neuer Feind. Drachen-
blut wird auf dem Schwarzmarkt für ein kleines
Vermögen verkauft. Eine geschäftstüchtige Person
könnte allein dahinterstecken. Obwohl ich vermute,
dass derjenige, der an Drachen experimentiert, nicht
vollständig über Killians Fall Bescheid weiß, sonst
würde er mehr Drachenwandler entführen, um sie
als Versuchspersonen zu benutzen."

Trotz allem, was vor sich ging, setzte Brennas
Verstand alles zusammen. „Wenn der, der das getan
hat, herausfindet, dass es einen Drachen nicht vollständig tötet und seine Persönlichkeit erfolgreich
verändert, wird das nicht gut sein. Wenn genug
Drachen entführt werden, könnte es zu einem oder
mehreren Kriegen kommen, besonders, wenn das
MDA nicht wie nötig eingreift."

„Aye, das ist möglich", sagte Gregor. „Aber lass
uns und Kai uns darum kümmern. Die Frage ist: Wie
willst du mit deiner aktuellen Situation umgehen,
Brenna? Wenn du deinen Drachen wiederholt zum
Schweigen bringst, kann das auf lange Sicht euch
beiden wehtun. Killian wegzuschicken ist vielleicht
am besten, besonders wenn er nach Lochguard geht,
damit ich ihn einfach studieren kann."

Sid verschränkte die Arme. „Lass dich nicht von
Gregors Vorschlag in die eine oder andere Richtung
beeinflussen. Das hier ist deine Entscheidung,
Brenna. Ich kann weiterhin Drogen verabreichen,
wenn du darum bittest, aber es gibt Fälle, in denen
der Drache entweder ein wenig wahnsinnig wird

oder so wütend, dass eure Beziehung für Jahre holprig wird. Gregors Vorschlag ist die zweite Option. Die Dritte ist, den Rausch zuzulassen. Und du musst die Entscheidung bald treffen. Sonst könnte Bram es für dich tun."

Den Rausch durchzumachen wäre die einfachste Wahl. Sie müsste Killian nicht aufgeben, und ihr Drache würde sich freuen.

Aber ein Kind zu haben, nur, weil es für alle einfach war, war keine gute Entscheidung. Brenna war einundzwanzig und wollte weiterhin Beschützerin sein. Wenn Killian weggeschickt würde oder im schlimmsten Fall starb, wäre sie auf sich allein gestellt. Eine alleinerziehende Mutter hätte es schwer, Beschützerin zu bleiben.

Es sei denn, sie bat ihre Eltern um Hilfe. Ihre Mutter würde diesen Moment genießen, da war sie sicher.

Gregor räusperte sich. „Du hast ein oder zwei Tage, um über alles nachzudenken. Ich sorge dafür, dass Bram so lange auf eine Antwort wartet."

Sid sagte gedehnt: „Weil Bram ja auch so gut auf dich hört."

„In medizinischen Angelegenheiten kann ich ihn dazu bringen, auf mich zu hören, Cassidy."

Sid schüttelte den Kopf und konzentrierte sich wieder auf Brenna. „Jetzt, da du die Fakten hast, sollte ich deine Eltern reinlassen."

Ihr Magen sackte tiefer. „Sie sind hier?"

„Natürlich. Sie warten schon, seit sie erfahren

haben, dass du zur Krankenstation gebracht wurdest."

Ein Teil von ihr wollte sie fernhalten, aber bei allem, was zwischen ihr und Killian vor sich ging, ganz zu schweigen von dem drohenden Rausch und dem unnatürlichen Schweigen ihres Tiers, musste sie die Angelegenheit mit ihren Eltern klären. Es wäre eine Sache weniger, um die sie sich Sorgen machen musste.

Außerdem könnte sie den Rat ihres Vaters gebrauchen. „Lass sie rein. Je eher ich das hinter mir habe, desto eher kann ich darüber nachdenken, was ich in Bezug auf Killian tun soll."

Sid machte Gregor ein Zeichen, und er verließ den Raum. Sid verschwendete keine Zeit, entfernte die Gurte um Brennas Körper und sagte: „Ich darf nichts verraten, aber hör dir an, was deine Eltern zu sagen haben, Brenna. Um mehr bitte ich nicht."

Sie konnte sich kaum ein Stirnrunzeln bei Sids Worten verkneifen, als sich die Tür öffnete. Gregor führte Brennas Mum und Dad herein.

Ihre Mutter Sharon kam zuerst. Während ihre blonden Haare und braunen Augen die gleichen waren, gab es einen großen Unterschied: Sie musste im achten oder neunten Monat schwanger sein.

Brenna öffnete den Mund, aber ihr Vater Gabriele sagte mit starkem Akzent: „Wir beantworten deine Fragen, wenn es an der Zeit ist, *cara.*" Ihr Vater ging zu ihrem Bett und berührte sanft ihre

Wange. „Geht's dir gut? Die Ärzte waren vage darüber, was mit dir los ist."

Schließlich riss sie den Blick von ihrer schwangeren Mutter und begegnete den gütigen Augen ihres Vaters. Sie hatte ihren Vater nie angelogen und wollte jetzt nicht damit anfangen. „Ich habe einen Mann geküsst, und das hat den Rausch ausgelöst."

„Und doch siehst du unglücklich aus. Warum?"

Ein kleiner Teil von ihr wollte in die Arme ihres Vaters fallen und weinen. Aber sie weigerte sich, Schwäche vor ihrer Mutter zu zeigen, also setzte sie sich langsam auf und antwortete: „Es ist kompliziert. Die Kurzfassung ist, dass der Mann, der es ausgelöst hat, sein Gedächtnis verloren und erst kürzlich seinen Drachen wiedererlangt hat." Die Augenbrauen ihres Vaters zogen sich zusammen, aber Brenna fragte ihre Mutter eilig: „Warum hast du mir nicht gesagt, dass du schwanger bist?"

Sharon Rossi legte die Hände über ihren vorstehenden Bauch. „Da ich keine weiteren Kinder mehr bekommen sollte, war es eine Überraschung und ein hohes Risiko. Ich wollte nicht, dass du dir Sorgen machst."

„Ich bin kein Kind mehr, Mum. Du hättest es mir sagen sollen."

Ihre Mutter lächelte traurig. „Aber du bist kaum erwachsen, Brenna. Und du solltest nicht denken, dass ich dich ersetzen wollte."

Als sie noch darüber nachdachte, wie sie darauf reagieren sollte, meldete sich ihr Vater zu Wort.

„Bitte jetzt keinen Streit. Wir sind nach Stonefire zurückgekehrt, um näher bei dir zu sein, Brenna. Dein Bruder sollte seine Schwester kennen."

„Bruder?", wiederholte sie.

Ihr Vater richtete sich auf. „Ja, ich werde endlich einen Verbündeten haben."

Sie musste unwillkürlich lächeln. „Dieses Mal wirst du Mum zahlenmäßig überlegen sein, Papa. Schließlich werde ich nicht da sein."

„Aber ich hoffe, du kommst oft vorbei", sagte ihr Vater leise.

Bram hatte ihren Eltern wohl nicht erzählt, dass sie in Irland bleiben wollte. Obwohl Brenna bei den jüngsten Ereignissen nicht ganz sicher sein konnte, was sie in Zukunft tun würde.

Als sie jedoch ihre Mutter wieder ansah, beschloss sie, netter zu ihr zu sein. Es war fast ein Wunder, dass ihre Mutter ein Baby ausgetragen hatte; ihre Eltern hatten mehrere Fehlgeburten durchgemacht, nachdem Brenna geboren wurde und es schließlich um die Gesundheit ihrer Mutter willen nicht weiter versucht. Unabhängig von ihrer steinigen Vergangenheit wollte Brenna nicht die Ursache für irgendwelchen Kummer sein.

Obwohl die Tatsache, dass sie einen Bruder haben würde, der einundzwanzig Jahre jünger war, seltsam wäre. Nicht nur das, wenn sie den Rausch durchmachte, wären ihr Kind und sein Onkel ungefähr gleich alt.

*Der Rausch.* Sie hatte fast ihr eigenes, kompliziertes Leben vergessen.

Dr. Sid warf einen Blick in den Raum. „Es tut mir leid, dass ich störe, aber Bram will in etwa dreißig Minuten mit dir reden. Da ich noch ein paar Tests machen muss, Sharon und Gabriele, habt ihr noch fünf Minuten mit eurer Tochter."

Ihr Vater nickte. „Natürlich, Dr. Sid." Er richtete seinen Blick wieder auf Brenna. „Das sollte gerade genug Zeit sein, um uns zu erzählen, was so kompliziert ist, *cara.*"

Aus Erfahrung wusste sie, dass es sinnlos war, ihrem Vater eine Erklärung zu verweigern. Auch wenn Gabriele Rossi der gütigere, geduldigere Teil ihrer Eltern war, hatte er ein Rückgrat aus Stahl. Er könnte sogar etwas Dummes tun, wie Bram aus dem Zimmer zu sperren, bis Brenna die Situation erklärt hatte.

Seufzend erklärte sie die Ereignisse von ihrer Zeit in Glenlough bis zur Gegenwart so gut sie konnte. Als sie fertig war, fragte ihr Vater: „Und was willst du tun, Brenna?"

„Ich weiß es nicht. Eine Entscheidung kann mein Leben auf so viele Arten verändern."

Ihr Vater tätschelte ihre Hand und sagte: „Was auch immer du entscheidest, wir werden hier sein, um dir zu helfen."

Sie sah zwischen ihren Eltern hin und her. „Ihr kehrt nicht zum Clan LupoForesta zurück?"

Der Clan LupoForesta war einer der italienischen Drachenclans, der sich in den Abruzzen, dem Nationalpark Lazio e Molise, nicht weit von Rom, befand.

Ihr Vater schüttelte den Kopf. „Nein. LupoForesta sieht Stonefire in einem negativen Licht, nach dem, was mit Aaron Caruso und seiner Mutter passiert ist." Aaron war aus dem Clan geworfen worden, und seine Mutter war ihm gefolgt. „Und deine Mutter und ich wussten, dass wir unser zweites Kind hier in der Nähe seiner Schwester zur Welt bringen wollten. Also bleiben wir hier."

Brenna sah ihre Mum an. Die jahrelangen Auseinandersetzungen mit ihrer Mutter, die glaubte, Brenna sei nicht stark genug, um eine Beschützerin zu sein, schienen in den Hintergrund zu treten, als sie das blasse Gesicht ihrer Mutter und die dunklen Ringe unter ihren Augen wahrnahm.

Killians Zustand hatte ihr ein paar Dinge darüber beigebracht, im Jetzt zu leben, und sie hatte nicht vor, die Zeit mit ihrer Familie zu verschwenden, besonders wegen etwas, das als Beschützerinstinkt einer Mutter angesehen werden konnte.

Sie hob die Hand, und ihre Mutter kam und nahm sie. „Wir sollten später weiterreden."

Ihre Mutter lächelte. „Das fände ich schön. Wenn du mit jemandem über den Rausch reden musst, komm gern zu mir."

„Danke, aber ich glaube, mit Killian zu reden, wird helfen."

Ihre Mutter drückte ihre Hand. „Sobald ich

deinen Bruder habe und meine Kräfte wieder da sind, helfe ich dir, so gut ich kann, Brenna. Es tut mir leid, dass ich nicht früher an dich geglaubt habe. Ich hatte nur Angst, mein einziges Kind zu verlieren."

„Ich verstehe das jetzt irgendwie." Dr. Sid steckte den Kopf zur Tür herein und signalisierte damit, dass es Zeit für ihre Eltern war zu gehen. Brenna fügte schnell hinzu: „Ruh dich aus. Ich muss mit meinem Gefährten reden und herausfinden, was ich als Nächstes tun soll."

Als ihre Eltern sich verabschiedeten und gingen, wollte Brenna nichts anderes als mit ihrem Drachen über die Rückkehr ihrer Eltern sprechen. Die Stille in ihrem Kopf erinnerte sie daran, warum sie überhaupt in einem Krankenhausbett lag.

Die einzige Frage war, ob sie ihrem Drachen erlauben wollte, zurückzukommen und den Rausch durchzumachen, oder ihn monatelang weiter mit Medikamenten ruhigstellen sollte, bis der Gefährtenrausch verblasste.

Vielleicht würde das Gespräch mit Killian die Entscheidung erleichtern.

Killian O'Shea folgte Stonefires oberstem Beschützer in ein Cottage. Keiner sprach, als sie den Flur hinunter zu einer offenen Tür gingen, wo Stonefires Anführer Bram Moore-Llewellyn an einem Schreibtisch saß. Der dunkelhaarige Mann

deutete auf die beiden Stühle vor seinem Schreibtisch. „Setzt euch."

Obwohl er in Irland vielleicht mit Trotz durchge-
kommen war, war er dem englischen Drachenwandler völlig ausgeliefert. Ihn zu verärgern, war
keine Option, zumal es bedeuten könnte, Brenna nie
wiederzusehen.

Sein Drache meldete sich zu Wort. *Dann sei
nett.*

Bram hinderte Killian daran, seinem Tier zu
antworten. „Die Glenlough-Drachen wollen mir
offensichtlich das Leben schwer machen, indem sie
meine Clan-Mitglieder stehlen."

Killian runzelte die Stirn. „Wovon sprichst du?"

„Deine Schwester hat einen meiner Beschützer
genommen, und jetzt versucht ihr Bruder dasselbe."

„Ich habe nicht –"

Bram hob eine Hand. „Ich weiß. Das nennt man
Necken. Du solltest dich besser daran gewöhnen."

Killians Drache meldete sich zu Wort. *Vielleicht
ist er doch nicht so beängstigend.*

*Meiner Erfahrung nach können sich die, die am
Anfang besonders nett sind, später als die mit dem
ausgeprägtesten Beschützerinstinkt herausstellen.*

*Und woher weißt du das?*

*Ich bin nicht sicher. Ich weiß es einfach.*

Er hatte kaum eine Sekunde, um sich zu fragen,
ob einige seiner Erinnerungen zurückkehrten, bevor
Brams Stimme den Raum wieder erfüllte. „Hör zu,
ich werde ehrlich sein – wenn es nur nach mir ginge,

würde ich dich nach Hause schicken und dich von Brenna fernhalten. Aber Teagan sagt, Brenna mag dich, also gebe ich dir eine Chance. Und da der Northcastle-Kerl gegen seinen eigenen Gefährtenrausch wegen der Menschenfrau zu kämpfen hat, habe ich viel am Laufen und werde dich Tristan MacLeod anvertrauen. Du wirst bei seiner Familie wohnen."

Er runzelte die Stirn. „Dem Lehrer?"

„Aye, und er wird dir helfen. Ich kann nicht riskieren, dass dein neu gefundener Drache einen Wutanfall bekommt oder abtrünnig wird. Tristan wird dafür sorgen, dass du dein inneres Tier in den Griff bekommen kannst. Und bevor du darüber nachdenkst, Tristan und seine Gefährtin zu überwältigen oder zu überlisten, solltest du wissen, dass verschiedene Beschützer dich schichtweise beobachten werden."

„Aber was ist mit Brenna? Wann kann ich sie sehen?", fragte Killian.

Bram grunzte. „Ich weiß es nicht. Vielleicht nie, wenn sie es so will."

Killian beugte sich vor, ignorierte seine Instinkte und knurrte: „Ich bin ihr Gefährte. Du kannst sie mir nicht verweigern."

Bram hob die Augenbrauen und lehnte sich zurück in seinen Stuhl. „Kann ich nicht?"

Sein Drache flüsterte, *Mach ihn nicht wütend. Sei nett, und er lässt uns sie vielleicht wiedersehen.*

Killian atmete tief durch und versuchte es noch

einmal. „Ich will sie selbst sehen und sichergehen, dass es ihr gut geht. Selbst wenn es mit einer Wache ist, ist es besser als nichts."

Nach ein paar Sekunden nickte Bram. „Ich könnte das arrangieren, vorausgesetzt, deine Lektionen bei Tristan laufen gut."

„Und wie soll ich mich konzentrieren, während Brenna leidet?"

Bram musterte ihn eine Sekunde lang. „Deine Schwester hat vielleicht recht damit, dass du Brenna magst."

Killian schlug eine Hand auf den Schreibtisch. „Natürlich liegt mir was an ihr! Sie hat mehr für mich getan als jeder andere. Warum kannst du das nicht glauben?"

„Du hast keine Ahnung, wer du wirklich bist, und vertraust dir selbst nicht. Wie soll ich dir dann vertrauen?"

Stonefires Anführer war aufmerksam.

Killian wollte es leugnen, aber Brams Beobachtung war richtig. „Weil Brenna, egal, was für ein Chaos ich bin, jetzt die eine gute Sache in meinem Leben ist. Ihr wehtun ist das Letzte, was ich will."

Brams Pupillen blitzten. „Ich denke, ich glaube dir. Trotzdem gehst du zu Tristans Haus und bleibst dort, bis du von mir oder einem meiner Beschützer hörst."

Die Dominanz in Brams Stimme sagte Killian, dass der Anführer nicht zurückweichen würde. Also fragte er: „Dann sag mir einfach, ob Brenna okay ist oder ob sie leidet."

Brams Blick wurde weicher. „Sid wird sich um sie kümmern. Vertrau mir!"

Das war keine große Antwort, aber Killian hatte das Gefühl, das war alles, was er bekommen würde.

Er dachte allmählich, es sei ihm egal, ob seine Erinnerungen jemals zurückkehrten, aber es schien, dass die Leute ihm nur vertrauen würden, wenn sie es taten.

Sein Drache meldete sich zu Wort. *Uns geht's gut, so wie wir sind. Und solange der Schattendrache wegbleibt, sind wir in Sicherheit.*

*Moment, wovon sprichst du überhaupt?*

*Ich weiß nicht, woher das gekommen ist. Aber irgendwie weiß ich, dass, wenn er aus dem Spiegelsee entkommt und hierherkommt, sich die Dinge ändern werden.*

Brams Stimme unterbrach seine Unterhaltung. „Kai bringt dich jetzt zu Tristan."

Killian stand nicht auf. „Was ist mit meiner Mutter und meiner Schwester? Kann ich bald mit ihnen sprechen? Und, nein, ich erinnere mich nicht an sie. Aber Caitlin O'Shea hat ihre Freiheit aufgegeben, um mir zu helfen. Das Mindeste, was ich tun kann, ist, nach ihr zu sehen."

„Du kannst später eine Videokonferenz abhalten, vorausgesetzt, der Anführer von Northcastle stimmt zu." Bram winkte ihn fort. „Bring ihn weg, Kai, und teile ihm einen Wächter zu."

Kai nickte und grunzte. „Lass uns gehen, O'Shea."

Killian wollte nicht die wenigen Privilegien riskieren, die er gewonnen hatte, und folgte Kai schweigend aus dem Cottage.

Als sie an verschiedenen Clanmitgliedern vorbeikamen, hielten sie jeweils inne, um Killian anzusehen. Manche flüsterten sogar so leise zu ihren Begleitern, dass er es nicht verstehen konnte.

Zum ersten Mal erkannte er, wie glücklich er in Glenlough gewesen war. Schon, er hatte vielleicht einige Einschränkungen gehabt, aber zumindest hatten ihn die meisten nicht mit Misstrauen oder Skepsis angesehen.

Sein Tier meldete sich zu Wort. *Aber hast du es nicht gehasst, wie sie versucht haben, dir Erinnerungen aufzuzwingen? Du bist nie glücklich.*

*Ich wäre glücklich, wenn ich Brenna an meiner Seite hätte und wir in einen ländlichen Ort fliehen könnten, wo uns niemand stören würde.*

*Und Mum?*

*Was soll mit ihr sein?*

*Sie führt jetzt ein neues Leben. Ein Sohn mit Amnesie würde dem nur Komplikationen und Trauer hinzufügen.*

*Ich wünschte, du würdest aufhören zu denken, dass wir für alle nur eine Last sind. Den Leuten liegt was an uns. Warum sie wegschieben?*

Er grunzte innerlich. *Und wie kann ein Drachenbaby solch ein Philosoph sein?*

*Ich bin* kein *Baby. Und ich bin clever.* Sein Drache hielt inne, bevor er hinzufügte, *Wenn sie es erlauben, könnten wir versuchen zu wandeln.*

*Ich denke, das erfordert Wissen und Praxis.*

*Also schließt du es nicht aus?*, fragte sein Tier eifrig.

*Schätze nicht. Aber Wandeln kann gefährlich sein. Ich möchte das nicht riskieren.*

*Und woher weißt du das? Wir haben es ja noch nie versucht.*

*Ich habe keine verdammte Ahnung. Ich weiß es einfach.*

*Du hast also aus dem Nichts mehr Wissen. Vielleicht sickert der Schattendrache langsam in unseren Geist.*

Kai hielt vor der Haustür eines Cottages an, und Killian sagte, *Wir werden später weiter darüber reden.*

Mit einem Schnauben setzte sich sein Tier hin und blieb still.

Kai hatte kaum angeklopft, als sich die Tür öffnete, um eine kleine, kurvige Frau mit einem Lächeln zu enthüllen. Ein Junge, der nicht viel älter als ein Jahr war, saß auf ihrer Hüfte. Die Frau sah Kai an und dann Killian. „Das ist also Killian O'Shea."

Der amerikanische Akzent der Frau ließ ihn blinzeln. „Sie sind Amerikanerin!"

„Nun, halbe Amerikanerin. Ich bin Melanie Hall-Leod, und ich finde, wir sollten uns duzen." Sie ließ den Jungen auf ihrer Hüfte hüpfen, und er kicherte. „Das hier ist mein Sohn, Jack. Tristan ist auch irgendwo. Sobald er Annabel eingefangen hat, kommt er zu uns." Sie trat zurück und deutete mit dem Kopf. „Kommt rein!"

Die Tatsache, dass die Frau einem Fremden vertraute, ihr Haus zu betreten und in die Nähe ihrer Kinder zu kommen, machte sie entweder dumm oder extrem nett.

Er war kaum im Cottage, als ein großer Drachenmann ein kleines Mädchen im gleichen Alter wie Jack durch den Flur trug. Er knurrte: „Du solltest sie noch nicht reinlassen, Mel."

Melanie zuckte mit einer Schulter. „Kai ist hier, und ich wollte sie nicht vor der Haustür warten lassen. Schließlich hat Killian auch so schon einen harten Tag."

Tristan starrte Killian finster an. „Wenn du irgendjemandem in diesem Haus schadest, wirst du mit Blut bezahlen."

Melanie machte Tss. „Tristan!" Sie sah zu den geweiteten Augen ihres Sohns. „Daddy wird niemandem wehtun. Kämpfen ist nicht immer die Antwort."

Annabel sang: „Bezahlen, bezahlen, bezahlen."

Melanie verdrehte die Augen und seufzte. „Ich vermute, sie wird bald durch das Haus laufen und sagen, dass die Leute mit Blut bezahlen."

Bevor Tristan antworten konnte, zeigte Jack auf Killian. „Wer das?"

Er stürzte sich auf die Ablenkung und lächelte den kleinen Jungen an. „Mein Name ist Killian."

„Kill!", rief Jack.

Melanie schnaubte. „Das ist ein unglücklicher Spitzname. Aber Killian ist ziemlich schwierig für jemanden, der noch nicht zwei ist." Sie drehte sich um. „Komm rein und mach es dir bequem. Ich bin sicher, du hast viele Fragen an Tristan."

Der Mensch schien eine seltsame Wahl für den knurrigen, finster dreinblickenden Drachenmann. Aber er wollte die Frau, die so nett zu ihm war, nicht beleidigen, also folgte Killian ihr. Tristan ging zwei Schritte hinter ihm.

Sobald sie sich alle in einem Stuhl oder auf dem Sofa im Wohnzimmer niederließen und die Kinder auf dem Boden spielten, sprach Melanie wieder. „Ich habe deine Geschichte gehört und möchte dich wissen lassen, dass du Tristan alles fragen kannst, ohne dich dumm dabei zu fühlen. Trotz seines knurrenden Äußeren hilft er Schülern mit ihren inneren Drachen. Vertrau ihm, und du wirst bald einen gut erzogenen Drachen haben."

Sein Tier schnaubte. *Ich bin schon gut erzogen.*

*Sei nicht beleidigt. Sie versucht nur zu helfen.*

*Trotzdem muss ich nicht viel eindämmen.*

*Was ist mit dem Wandeln? Ich habe keine Ahnung, was ich zu erwarten habe.*

*Dann frag ihn.*

Killian begegnete Tristans Blick. Die Warnung von vorhin war verschwunden und durch Neugier ersetzt worden. Tristan sprach, bevor er es konnte. „Ich habe noch nie einen erwachsenen Mann mit einem jungen inneren Drachen gesehen. Erklär mir, was er weiß oder nicht, und wir können von dort aus eine Strategie formulieren."

Es lag ihm auf der Zungenspitze zu fragen, warum Tristan seine Hilfe so bereitwillig anbot, aber er widersetzte sich. Killian erzählte über den jungen Drachen, den Schattendrachen, und dass sowohl er als auch seine neue Drachenhälfte beide Kenntnisse zu besitzen schienen, ohne sich daran zu erinnern, wie sie sie gewonnen hatten.

Als er fertig war, grunzte Tristan. „Du bist in viel besserer Verfassung als Sid es war. Ich denke, wir sollten mit Kooperationsübungen beginnen und uns bis zum Wandeln von Körperteilen, wie Hand oder Fuß, hinaufarbeiten, bevor wir den nächsten Schritt machen."

Die kleine Annabel stand auf und schrie: „Bezahlen!", und versuchte, ihren Bruder anzurempeln.

Melanie und Tristan hatten gerade jeweils ein Kind genommen, als Kais Stimme den Raum erfüllte. „Das war Bram am Handy. Ich muss dich zurück zur Krankenstation bringen, Killian."

Er sah den obersten Beschützer an. „Was? Warum hat er es sich anders überlegt?"

Kai zuckte mit der Schulter. „Brenna will dich sehen."

Er stand auf und sah den obersten Beschützer an.

„Sie ist wach?" Kai nickte, und Killian fragte: „Aber wird nicht, wenn ich in ihrer Nähe bin, der Rausch wieder aufgewirbelt?"

„Ihr Drache wurde unter Medikamente gesetzt und wird für ein paar Tage bewusstlos bleiben."

So gern er mehr darüber erfahren wollte, ein Drachenwandler zu sein, aber Brenna war wichtiger. „Dann lass uns gehen."

Kai konzentrierte sich auf Tristan und Melanie. „Jemand wird ihn bald wiederbringen. Das wird euch mehr Zeit geben, euch um diese beiden Unruhestifter zu kümmern."

Melanie grinste. „Du weißt, dass Annabel schon eine Ausbildung zum Beschützer anfangen will, oder? Vielleicht solltest du sie mitnehmen."

„Guter Versuch, Mel. Deine lebhafte Tochter ist euer Problem." Kai deutete auf die Tür. „Lass uns gehen."

Als sie zügig zurück zur Krankenstation gingen, steigerte sich Killians Herzfrequenz. Das bevorstehende Gespräch mit Brenna war kein leichtes. So oder so musste er einen Weg finden, um bei ihr bleiben zu können. Ein Kind zu haben erschreckte ihn, aber Brenna nie wiederzusehen, machte sein Herz schwer.

Sein Drache meldete sich zu Wort. *Ich bin sicher, dass wir einen Weg finden, bei ihr zu bleiben.*

*Wie? Du sagst, du besitzt Wissen, aber das scheint unwahrscheinlich.*

*Lass mich darüber nachdenken.*

Als sie die Krankenstation erreichten, hatte sein Tier noch nichts weiter gesagt.

Bevor er es wusste, öffnete Kai bereits die Tür zu Brennas Zimmer. Killian eilte hinein, und Brenna sah ihm sofort in die Augen.

Auch wenn sie körperlich dieselbe war, mit ihrer schönen getönten Haut und ihren kurzen Haaren, die ihre Wangenknochen und vollen Lippen betonten, schien etwas an ihrem Blick anders zu sein. Er fragte sich, ob es mit ihrem vermissten Drachen zu tun hatte.

Sein eigener ergriff das Wort. *Wo ist ihr Drache? Ohne ihn scheint sie anders zu sein.*

*Er wird wiederkommen.*

*Bist du dir sicher? Mir gefällt das nicht. Vielleicht sollte ich versuchen, ihn zurückzubringen, wie der Kuss mit Georgiana mich zurückgebracht hat.*

*Sie jetzt zu küssen, ist eine schlechte Idee. Ich vermute, selbst unter Drogen könnte ihr Drache es spüren und vielleicht aufwachen.*

Sein Tier schnaubte. *Ich werde mich vorerst zurückhalten, aber ich werde an Lösungen arbeiten, während ihr redet.*

Brennas Stimme hinderte ihn daran zu antworten. „Ist okay, Killian. Komm, setz dich neben mich."

Dr. Sid fügte hinzu: „Aber weder küssen noch umarmen. Wir dürfen nicht riskieren, dass der Drache die Medikamente frühzeitig abstößt."

Killian grunzte zustimmend, ging hinüber und setzte sich auf Brennas Bettrand. Als sie einander in die Augen starrten, wollte er nichts anderes, als sie an sich ziehen, sich an ihren Hals schmiegen und sich ein paar Sekunden Zeit nehmen, um sich ihren femininen Duft zu merken. Schließlich könnte dies das letzte Mal sein, dass er sie jemals sah.

*Nein.* Er weigerte sich, dieses Ergebnis zu akzeptieren, bis Brenna ihn ausdrücklich ablehnte.

Killian räusperte sich und beschloss, das Gespräch hinter sich zu bringen. „Nun, es scheint, als hätten wir einige Entscheidungen zu treffen. Beginnen wir mit der wichtigsten: Was möchtest du hinsichtlich des Rauschs unternehmen?"

# Kapitel Zwölf

Brenna wollte Killians Hand nehmen, ballte aber schnell die Finger zu einer Faust. Ihn zu berühren war eine schlechte Idee, egal, wie sehr sie sich danach sehnte, seine warme Haut zu spüren. Manche mochten es mit dem Gefährtenrausch in Verbindung bringen, aber Brenna wusste es besser. Killians Anwesenheit hatte schon immer eine Wirkung auf sie gehabt.

Was sie tun musste, war, sich auf den größeren Zusammenhang zu konzentrieren. Und sie hatte nicht vor, vor Publikum eine Entscheidung über ihr Leben zu treffen. Ohne den Blick von Killian zu wenden, fragte sie: „Kannst du uns kurz allein lassen, Sid?"

Nachdem die Ärztin den Raum verlassen hatte, nutzte sie die Gelegenheit, sich Killians Gesichtszüge einzuprägen. Soweit sie wusste, konnte dies ihre letzte Chance sein, das zu tun.

Sein kantiger Kiefer mit den dunklen Stoppeln und seine gerade Nase mochten einige einschüchtern, aber alles, was es bei ihr bewirkte, war, dass sie sich danach sehnte, diesen Kiefer zu küssen und seine vollen Lippen zu nehmen. Als sie jedoch wieder in seine grünen Augen sah, erinnerte sie die Sorge in ihnen an das, was wichtig war. Egal, wie es ausging, sie wollte es nicht länger herauszögern. „Das letzte Mal, dass wir eine lebensverändernde Entscheidung getroffen haben, habe ich dich um Hilfe gebeten. Diesmal werde ich fragen, was du tun möchtest, und ich werde mich bemühen, mich daran zu halten."

Er hob eine Braue. „Direkt auf den Punkt, wie ich sehe."

„Darum herumzutanzen lässt das Problem nicht verschwinden, Killian."

Er bewegte seine Hand näher und hielt inne, bevor er ihre Finger berührte. Trotz des winzigen Abstands zwischen ihnen konnte sie die Hitze spüren, die von seiner Haut ausstrahlte.

Sie blickte hinab auf ihre Hände und fragte sich, ob ihr Leben immer so sein würde wie in diesem Moment. Nahe, aber nie zusammen, wie sie es wollte.

„Sieh mich an." Sie begegnete seinen grünen Augen und atmete tief durch, als sie die Heftigkeit in ihnen sah. Er fuhr fort: „Dich zu wollen, ist hier nicht das Problem. Die Tatsache, dass mein ehemaliges Ich nie gesehen hat, wie schön und stark du bist, sagt mir, dass er ein Idiot war. Ich will dich mit jedem Atemzug, und dich jetzt nicht berühren zu können, bringt mich um."

Beinahe wäre sie seinen schönen Worten erlegen, aber sie beugte sich zurück und atmete tief durch. „Anziehung reicht nicht, um ein Zuhause zu schaffen und ein Kind großzuziehen."

„Dann sprich mit mir, Brenna. Erzähl mir von dir. Ich verspreche, deine albernste Angst oder deine größte Schwäche werden mich nicht vertreiben."

Sie sah ihm in die Augen und platzte heraus: „Willst du überhaupt ein Kind?"

Er hielt eine Sekunde inne, bevor er antwortete: „Etwas sagt mir, dass ich nie gedacht hätte, ich könnte eins haben. Und jetzt mache ich mir Sorgen, dass ich in fünf Jahren als eine völlig andere Person aufwache, mit intakten Erinnerungen. Oder schlimmer noch, mein Zustand bringt mich um. Beide Situationen würden bei einem Kind lebenslang Narben hinterlassen."

Sie riskierte es, seine Hand zu nehmen und ignorierte das Gefühl der Richtigkeit, das bei dem Kontakt aufkam. „So wie ich das verstehe, je länger dein Gedächtnis verschwunden ist, desto geringer ist die Wahrscheinlichkeit, dass es wiederkehrt. Aber selbst, wenn es so wäre, hättest du die Erinnerungen aus der Zeit, seit du mit Amnesie aufgewacht bist. Und ich garantiere dir, dass Dr. Sid und ihr Gefährte alles in ihrer Macht Stehende unternehmen werden, um dich am Leben zu halten, damit du noch lange Zeit bei uns bleibst."

Er musterte ihre ineinanderliegenden Hände. „Auch wenn ich es zu schätzen weiß, dass du mich trösten willst, aber was ist mit dir?" Er begegnete erneut ihrem Blick. „Was willst du, Brenna? Meine Rolle in der ganzen Sache ist kurz. Du wirst neun Monate leiden und den Rest deines Lebens mit einem Kind umgehen müssen, wenn ich sterbe oder den Verstand verliere."

Sie zwang sich zu lächeln und drückte seine Hand. „Lass uns hoffen, dass es nicht so weit kommt."

„Aber das könnte es. Meine Mutter hatte Schwierigkeiten, als sie mit mir schwanger war."

Er bemerkte es vielleicht nicht, aber Killian hatte sich an etwas erinnert.

Vorsichtig darauf bedacht, die Überraschung aus ihrer Stimme zu halten, fragte Brenna langsam: „Wie das?"

Für eine Sekunde dachte sie, dass seine kurzzeitige Erinnerung ihn wieder verlassen habe. Doch schließlich sprach er wieder. „Sie hatte die ganze Zeit über extreme Morgenübelkeit und hat mehr Tage im Bett verbracht als auf. Nach meiner Geburt sagte mein Vater, sie sollten keine Kinder mehr haben, weil er es nicht ertragen konnte, sie leiden zu sehen."

Irgendwie plätscherten einige von Killians Erinnerungen zurück.

Sie wollte nach Dr. Sid schreien und sehen, was sie dazu zu sagen hatte, aber sie entschied, dass es besser wäre, sich für den Moment weiter mit Killian zu unterhalten. „Was war, als sie deine Schwester bekam?"

„Da ging es ihr gut. Meine Mutter hat immer Witze darüber gemacht, dass ich von Anfang an der Unruhestifter war. Ich glaube, ein Grund dafür, dass ich Beschützer werden wollte, war, dass ich ihr das Gegenteil beweisen wollte."

Ihr Herz schlug doppelt so schnell, und sie beschloss, ihn ein wenig weiter zu befragen. „War das der einzige Grund, weswegen du Beschützer wurdest?"

Er schüttelte den Kopf. „Nein. Ich wollte meine Familie beschützen, nachdem mein Vater gestorben war." Er runzelte die Stirn. „Warum siehst du mich so an?"

„Weil du mir gerade was über deine Vergangenheit erzählt hast, etwas, von dem ich nicht glaube, dass jemand es dir gegenüber erwähnt hat."

„Das ist unmöglich."

„Aber es stimmt."

Eine nicht zu benennende Emotion blitzte in seinen Augen auf. „Frag mich noch was."

„Ich bin mir nicht sicher, was. Was ist mit deiner frühesten Erinnerung?"

Er antwortete, ohne zu zögern. „Irgendwas mit einem Spielzeugschwert und einem Schild. Vielleicht zu meinem Geburtstag?"

„Und was ist mit deinem Erwachsenenleben? Woran erinnerst du dich da?"

„Ich ... ich weiß nicht. Es scheinen nur einzelne Details zu funktionieren."

Sie lehnte sich einen Bruchteil nach vorn. „Erinnerst du dich daran, wie du mich zum ersten Mal getroffen hast, vor der Amnesie?"

Er schüttelte den Kopf. „Nein. Ich kann mich nicht an dich erinnern, bevor ich aufgewacht bin und das Tattoo von meinem Arm verschwunden war."

„Ich bin mir nicht sicher, ob ich mich freuen oder besorgt darüber sein sollte, dass einige deiner Erinnerungen wiederkommen. Es könnte bedeuten, dass du dich erholst, aber es gibt noch viele unbekannte Variablen. Was sagt dein Drache?"

Killians Pupillen wurden zu Schlitzen. Jede Sekunde, die verstrich, ließ ihr Herz nur kräftiger schlagen.

Sie war sich nicht sicher, ob sie all seine Erinnerungen zurückbringen wollte oder nicht. Aber sie war kein Egoist und würde alles Erdenkliche tun, um ihm dabei zu helfen, die neuen Grenzen seines Geistes auszuloten.

Als Killian jedoch seinen Kopf packte und grunzte, drückte sie sofort die Ruftaste, nur für alle Fälle. „Was ist los? Sag mir, wie ich helfen kann."

Als er nicht reagierte und weiter seinen Kopf hielt, füllte die Angst ihren Bauch. Beim letzten Mal, dass Killian bewusstlos geworden war, war Blut aus seinem Ohr geronnen. Sie hatte keine Ahnung, was als Nächstes passieren könnte.

Jetzt war er so weit gekommen und konnte immer noch sterben.

Und das erschreckte sie mehr als alles andere.

In seinem Kopf drehte sich ein dunkler, schattenartiger Wirbel um Killians menschliche Gestalt. Jeder Durchgang der Dunkelheit schoss einen weiteren Schmerz durch seinen Körper.

Sein Drache schrie, *Ich kann es nicht aufhalten! Gib dir mehr Mühe!*

Eine Pause, und dann *Tut mir leid. Das hier ist meine Schuld.*

Es wurde immer schwieriger, sich zu konzentrieren, als der Schmerz durch seinen Körper strömte, aber er brachte durch zusammengebissene Zähne hervor, *Was meinst du damit?*

*Ich habe ständig an den unsichtbaren Wänden gekratzt und mich gefragt, ob ich zurück zum See gehen und dir etwas Zeit mit Brenna allein geben könnte.*

Sein Drache war ein Kind, und es fehlte ihm an einem erwachsenen Verstand.

Bevor Killian mehr von ihm erfahren konnte, packte die Schattensubstanz seine Mitte und zog ihn auf etwas zu.

Er wurde ohnmächtig und erlangte das Bewusstsein neben dem Spiegelsee wieder.

Mit einem Stöhnen setzte er sich langsam auf und bemerkte den großen Riss in der Oberfläche des Sees. Was wie schwarzer Dampf aussah, der aus ihm emporstieg, bewegte sich langsam und sammelte sich um Killians Körper.

Ob das ein weiterer Traum war oder er in einem anderen Teil seines Geistes gefangen war, er hatte keine Ahnung. Aber irgendwas sagte ihm, dass er den kleinen Drachen finden musste, wenn er jemals zurück zu Brenna wollte.

Killian biss die Zähne zusammen, stand langsam auf und betrachtete die Gegend. Während sich die Schattenwolke um seinen Körper weiter verdickte, konnte er so gerade die Hügel in der Nähe erkennen. Auf einem von ihnen saß der kleine blau-weiße Drache.

Killian musste ihn erreichen.

Er drückte gegen die Wolkenhülle, und sofort strahlte der Schmerz in seinen Arm.

Er biss erneut die Zähne zusammen und legte den Arm an die Seite. Wenn ihn die Dunkelheit verzehrte, würde er es nie auf den Hügel schaffen. Das ließ nur noch eine Option übrig: Der junge Drache musste zu ihm kommen. Die Frage war, wie er ihn erreichen sollte.

Eine Idee blitzte auf. Da es immer geklappt hatte, in seinem Kopf mit ihm zu reden, versuchte es jetzt. *Kannst du mich hören?*

Die Stimme des Drachen zitterte, als er antwortete: *Ja.*

*Dann komm zu mir. Ich brauche dich.*

*Aber ich habe Angst. Der Schattendrache kommt raus und will mich fressen.*

*Bitte, wenn du Brenna noch einmal zum Lächeln bringen willst, brauche ich deine Hilfe. Ich kann hier nicht allein rauskommen.*

Die Dunkelheit baute sich weiter um ihn herum auf, bis er seine Umgebung nicht mehr sehen konnte.

Als sich die wirbelnde Schwärze um ihn herum schloss und zu schrumpfen begann, war Killian gezwungen, in die Hocke zu gehen, um nicht damit in Berührung zu kommen. Jedes Mal, wenn er es riskierte, den schwarzen Nebel zu berühren, versengte er seine Haut daran. Falls er keinen Ausweg finden konnte, könnte er sterben.

Und dann hätte er nie mehr die Gelegenheit, Brenna zu halten und sie zum Lachen zu bringen.

Denn in diesem Moment wurde ihm klar, dass er, egal, wie unsicher seine Zukunft war, so viel Zeit wie möglich mit seiner schönen Frau verbringen wollte. Er hatte bereits zu viel Zeit verschwendet. Zeit, in der er ihr den Hof hätte machen und Brenna kennenlernen können, anstatt mürrisch zu sein und gleichgültig zu tun.

Killian musste für das kämpfen, was er wollte, selbst wenn er dabei sterben könnte.

Das bedeutete, dass er der Dunkelheit entkommen musste. Gerade als er es riskieren wollte aufzustehen, stürzte der kleine Drache durch den wirbelnden, dicken Nebel. In Sekundenschnelle wurde die Wolke breiter und zog sich ein kleines Stück zurück. Der kleine Drache stand vor Killian und breitete seine Flügel aus. „Tu ihm nicht weh."

Die Schwärze wandelte sich in die Gestalt eines Drachen. Eine tiefe Stimme dröhnte: „Ohne ihn kann ich nicht überleben. Du und ich müssen eins werden."

Etwas an der tiefen Stimme kam ihm bekannt vor, aber Killian verdrängte das Gefühl. Es mochte zwar nur kurz gewesen sein, aber der kleine Drachen war ihm ans Herz gewachsen. Er konnte ihn nicht sterben lassen.

Killian rief: „Lass ihn in Ruhe und nimm mich!"

„Nein", antwortete der Schattendrache. „Ich kann auch ohne den Kleinen nicht überleben."

Bevor er noch etwas anderes sagen konnte, stürzte der Schattendrache auf sie zu und in die Brust des Babydrachen. Der Kleine schrie, als die Wolke in seinen Körper eindrang, dann brach er zusammen.

Er kniete sich neben sein Tier und tastete instinktiv nach der Arterie am Hals des Kleinen. Beim sanften Klopfen unter seinen Fingern stieß er einen Atem aus. „Du lebst noch." Der Ansatz des kleinen Drachenhalses vibrierte. „Was zum Teufel?"

Killian trat einen Schritt zurück und sah zu, wie etwas aus der Haut des Drachen wuchs. Zuerst in Form einer neuen Knospe oder des neuen Zweiges eines Baumes, bis es fast so lang war wie der Hals des Drachen, und dann erschien ein weiterer Kopf.

Sobald der Kopf des schwarzen Drachen seine Augen öffnete, drang ein Ansturm von Erinnerungen in sein Gehirn.

Killian, der vom Tod seines Vaters erfährt und schwört, seine Mutter zu beschützen.

Wie er in einem gesicherten Cottage um sich schlägt, um seine Distanz zu Georgiana zu wahren.

Wie er Aaron Caruso anknurrt, weil er seine Schwester umwarb.

Brenna, die mit ihm an der Sicherheit und an Übungen in Glenlough arbeitete.

Wie er auf einem Tisch angekettet aufwacht, während Menschen ihn mit Drogen vollpumpen.

Der schwarze Drachenkopf knurrte. „Jetzt sind wir eins."

Im nächsten Augenblick öffnete der blau-weiße Drachenkopf seine Augen. Und bevor er irgendetwas tun konnte, flog der zweiköpfige Drache durch den Himmel zu einem Ausstiegspunkt, und Killian verlor das Bewusstsein.

Brenna stand an der Seite des Raumes, als Sid und Gregor Killians schlaffe Gestalt auf dem Krankenhausbett untersuchten.

Sie hasste es, so nutzlos zu sein. Brenna war aus vielen Gründen Beschützerin, aber einer davon war, dass sie gern handelte. Sei es, den Clan vor zukünftigen Angriffen zu schützen oder an der Suche nach einem vermissten Clan-Mitglied teilzunehmen, sie wollte etwas tun.

Und doch stand sie hier, an der Seite und rang die Hände.

Es kostete sie all ihre Kraft, nicht um ein Update zu bitten. Killian war zwar blass, aber er lebte und blutete nicht aus den Ohren oder sonst wo. Sie hoffte nur, dass das ein gutes Zeichen war.

In Momenten wie diesen half ihr Drache für gewöhnlich, sie zu trösten. Das unnatürliche Schweigen in ihrem Kopf machte die Sache nur noch schlimmer.

Wäre nicht die empfindliche Gesundheit ihrer Mutter gewesen, würde sie sich an ihre Eltern wenden. Brenna hatte zwar versucht, so zu tun, als wäre sie erwachsen und brauchte die Unterstützung ihrer Eltern nicht, doch sie vermisste die sanften Umarmungen ihres Vaters.

Stattdessen umarmte sie ihren Oberkörper und sah Sid und Gregor bei der Arbeit zu. Die beiden waren Gefährten, aber sie waren auch in jeder anderen Hinsicht Partner und arbeiteten nahtlos zusammen.

Nach einer gefühlten Stunde drehte sich Sid zu Brenna um und näherte sich ihr. „Er ist stabil, aber in seinem Geist geht zweifellos irgendwas vor."

Gregor schloss sich ihnen an. „Aye, es erinnert mich an das Video eines Patienten, das ich mal gesehen habe, ein Kind, das mit seinem bösartigen Drachen kämpfte." Er deutete auf Killian, der immer noch von einer Krankenschwester namens Ginny überwacht wurde. „Er leidet alle paar Minuten an Mini-Anfällen."

Sie sah zu Killian. „Werden sie ihn töten?"

Gregor schüttelte den Kopf. „Derzeit glaube ich das nicht. Aber wir müssen ihn genau beobachten und sicherstellen, dass sie sich nicht intensivieren."

Brenna bemerkte, dass Killians Gesicht ein paarmal zuckte, bevor sein Körper wieder erschlaffte. Sie sah zu den Ärzten. „Ich weiß ja wenig darüber, was man bei bösartigen Drachen tut, abgesehen davon, dass man ihm Medikamente verabreicht und ihn langsam unter der Betreuung eines Experten wieder eingewöhnt. Aber glaubst du, ein Kuss von seiner wahren Gefährtin könnte helfen?"

Sid sah ihr in die Augen. „Bevor ich antworte: Willst du das? Killian zu helfen ist edel, aber es wird Konsequenzen haben, Brenna. Solche, die wahrscheinlich zu einem Kind führen."

Sie sah zwischen Sid und Gregor hin und her und antwortete: „Gregor hat dasselbe mit deinem Drachen getan, Sid. Bereust du es?"

„Nein", sagte sie langsam. „Aber die Situation war anders. Ich wollte Kinder, dachte aber, ich könnte niemals welche bekommen. Schließlich hatte ich solche Angst, den Verstand zu verlieren. Du bist eindeutig abgeneigt."

„Wenn es Killian helfen kann, dann tue ich es.

Außerdem habe ich immer noch die Wahl, das Kind zur Adoption freizugeben, wenn sich Killians Zustand verschlechtert und er mich braucht."

Gregor meldete sich zu Wort. „Du bist bereit, ganz schön was für einen Mann zu tun, den du kaum kennst."

Sie richtete sich auf. „Ich bin seine Gefährtin, was bedeutet, dass er meine Verantwortung ist."

Sid tauschte einen Blick mit Gregor aus, bevor sie ihren Kopf zurück in Richtung Brenna wandte. „Wenn du ihn küssen und den Rausch auslösen willst, würde ich es eher früher als später tun. Es ist zwar unwahrscheinlich, aber er könnte einen größeren Anfall erleiden, der dauerhaften Schaden anrichtet." Sie nickte, und Sid fügte hinzu: „Wir bleiben anfangs, um sicherzustellen, dass nichts schiefgeht, und wenn der Rausch ausbricht, lassen wir euch in Ruhe. Wenn sich jedoch was ändert oder außer Kontrolle gerät, musst du die Ruftaste drücken."

Sie atmete tief durch und sah Killian an. „Okay. Gibt es irgendwas, das du mir geben kannst, um meinen Drachen aufzuwecken?"

Gregor antwortete: „Der Kuss allein bewirkt das. Wenn nicht, können wir ein Stimulans ausprobieren, aber es ist nicht garantiert, dass es wirkt."

Brenna ging zu Killians Bett. Sie fuhr mit den Fingern durch sein kurzes Haar und hoffte, dass es funktionierte. Selbst wenn er danach nichts mit ihr zu tun haben wollte, war das in Ordnung. Es bedeutete, dass Killian die Chance hätte, seine Familie zu Hause zu beschützen, so wie er es geschworen hatte, als sein Vater gestorben war.

Sie war sich nicht sicher, warum das so wichtig war, vielleicht war es einfach ihr Mitleid für einen Mann, der in so kurzer Zeit so viel ertragen hatte.

Ihr Herz donnerte in ihrer Brust, als sie sich hinunterbeugte und ihre Lippen auf Killians drückte. Er reagierte nicht.

Nachdem eine Minute vergangen und bei ihm oder ihrem Drachen nichts passiert war, stand sie auf. Sie weigerte sich zu glauben, dass es das war. Sie sah zu den Ärzten und fragte: „Könnt ihr mir das Stimulans geben? Mein Drache rührt sich nicht."

Gregor desinfizierte schnell eine Stelle an ihrem Oberarm und spritzte ihr etwas. Ein Adrenalinstoß rauschte durch ihren Körper. Ihre Herzfrequenz stieg an, und nach ein paar Sekunden sprach eine verschlafene Stimme in ihrem Kopf. *Was ist passiert?*

*Das erkläre ich später. Ich brauche dich nur wach.*

Bevor ihr Tier sie weiter befragen konnte, küsste Brenna Killian erneut.

Sie erwartete, dass ihr Drache Killians Schwanz verlangen würde und ihn reiten wollte.

Er gähnte jedoch nur und streckte die Flügel aus. *Warum hast du mich geweckt? Ich möchte weiterschlafen.*

*Ich verstehe das nicht. Wir haben ihn vorhin geküsst und du hast gesagt, er sei unser wahrer Gefährte.*

*Wen auch immer du gerade geküsst hast, ist anders. Ich will schlafen.*

Sie richtete sich auf und fragte: „Was passiert mit dir, Killian?"

Gregors schottischer Akzent füllte den Raum. „Es gibt keinen Rausch?"

„Nein. Mein Drache sagte, er sei anders."

Gregor erschien an ihrer Seite und starrte Killians Gesicht an. „Vielleicht hat ihn der Schattendrache nun doch umarmt. Das könnte ihn zu einem anderen Mann gemacht haben."

Da sie sich nicht mit der Tatsache zufriedengeben wollte, dass der alte Killian zurückgekehrt war, fragte sie: „Warum hat er dann Anfälle, als wäre sein Drache noch abtrünnig?"

„Soweit wir wissen, könnten die beiden Drachenpersönlichkeiten verschieden sein und in seinem Geist miteinander kämpfen."

Sie ballte eine Faust über ihrem Herzen. „Also, was machen wir?"

Gregors leise Stimme füllte den Raum. „Ich empfehle, Killian aufzuwecken. Dann kann Tristan mit ihm daran arbeiten, seinen Drachen oder seine Drachen zu zügeln. Je eher wir versuchen, die bösartige Präsenz in Killians Verstand zu zähmen, desto besser ist unsere Chance, seinen Verstand zu bewahren."

„Ich werde Tristan sofort kontaktieren", sagte Sid, während sie den Raum verließ.

Gregor legte eine Hand auf ihre Schulter und

drückte sie. „Wir werden unser Bestes tun, um ihn zu retten, Brenna. Aber du musst dich auf das Schlimmste gefasst machen. Ich habe noch nie von einem Mann mit zwei Drachenpersönlichkeiten in einem Gehirn gehört. Es könnte zu viel sein. Einer allein kann schon anstrengend sein. Zwei würden unglaubliche Stärke erfordern."

Sie nahm Killians Hand und verflocht ihre Finger mit seinen. „Wenn jemand stark und dickköpfig genug wäre, diese Herausforderung zu bestehen, dann Killian O'Shea."

„Das ist die richtige Einstellung, Mädel. Unter solchen Umständen stark zu sein, ist nicht einfach, besonders, wenn dir jemand wichtig ist, derjenige aber vielleicht nicht genauso empfindet. Egal, Killian hat eine Bindung zu dir aufgebaut. Hoffentlich reicht das aus, was immer auch passiert ist, damit er bereit ist, sowohl um seinen Verstand als auch sein Leben zu kämpfen."

Sie hielt seine Hand fester und hoffte das auch.

# Kapitel Dreizehn

Killian konnte nichts sehen, aber er hörte zwei Stimmen – die des Babydrachens und die des Schattendrachens.

Der Schattendrache knurrte. „Ich bin älter und erfahrener. Ich habe das Sagen."

„Nein, das ist mein Körper, und du bist in ihn eingedrungen. Ich habe das Sagen."

„Ich werde dir wehtun."

„Ich habe keine Angst. Wenn du mich tötest, wird dich das wahrscheinlich auch töten."

Die Dunkelheit verblasste, bis sie durch die neutralen Grau- und Brauntöne seines Geistes ersetzt wurde. Weder der Spiegelsee noch die sanften Hügel waren irgendwo zu sehen.

Aber anstatt seine richtigen Augen öffnen und die wirkliche Welt sehen zu können, war er mit einem zweiköpfigen Drachen in seinem Gehirn gefangen.

Der schwarze Drachenkopf sah ihn direkt an. „Du erinnerst dich jetzt an mich und weißt, was ich tun kann. Sag dem Baby, es soll mir zuhören."

Der blau-weiße Drache streckte seinen Hals. „Ich bin jung, kein Baby. Und ich habe ihm beigestanden, als du gegangen bist."

„Ich hatte keine Wahl", knurrte der schwarze Drache.

Killian schloss die Augen und öffnete sie, aber der zweiköpfige Drache stand immer noch unweit von ihm. Der Körper blieb blau, mit weißen Flecken, die den schwarzen Hals und den Kopf betonten und ihn fast unheilvoll erscheinen ließen.

Killian legte eine Hand an seine Stirn und sagte: „Ich weiß nicht, was passiert. Niemand sollte zwei Drachen im Kopf haben. Vielleicht bin ich tot."

Der schwarze Drachenkopf ergriff das Wort. „Ich glaube nicht. Du bist einfach bewusstlos."

„Und woher weißt du das?", fragte er.

Der schwarze Drache schnaubte. „Weil ich gelinst habe, als du da gelegen hast."

Killian sah auf. „Warte, was?"

„Jemand hat unser Auge geöffnet, und ich habe die Kontrolle übernommen."

Der Schattendrache knurrte. „Das ist mein Körper. Ich sollte immer die Kontrolle haben."

Die beiden Drachenköpfe schnappten nacheinander, jeder versuchte, den Hals des anderen zu packen. Als sie es schafften und beide einander gleichzeitig festhielten, zuckte Killians ganzer Körper, bis sie losließen.

Als er zu Atem kam, stand er auf und benutzte seine strengste Stimme. „Hört auf! Wenn ihr so weitermacht, bringt ihr uns alle um."

Der kleine Drache sagte: „Er hat angefangen."

Der schwarze Drache kniff die Augen zusammen und bleckte seine Zähne. Beide Drachen griffen erneut an, als etwas durch die Gegend huschte und Killian seine Augen zu einem Raum voller Menschen öffnete.

Brennas Gesicht war am nächsten. „Killian? Kannst du mich hören?"

Er öffnete den Mund, um zu antworten, aber der zweiköpfige Drache schleuderte ihn in den Hinterkopf. Die Stimme des schwarzen Drachen antwortete ihr: „Ich bin hier."

Eine höhere Stimme kam von Killians Lippen. „Nein, ich bin hier."

Stirnrunzelnd sah Brenna zu den Ärzten und zurück zu ihm. „Wer ist da?"

„Wir sind alle Killian", sagte die tiefere Stimme.

Gregor fragte langsam: „Wie viele von euch sind da?"

„Drei."

Die knurrige Stimme Tristan MacLeods erfüllte den Raum. „Das ist neu."

Die tiefere Drachenstimme sprach. „Wir möchten wandeln. Ich war viel zu lange gefangen und möchte den Rausch des Windes an meiner Haut spüren."

Killian konnte nichts anderes tun, als von seinem mentalen Gefängnis aus zuzusehen, wie der schwarze Drache die Kontrolle behielt, sich aufsetzte und die Fesseln ihrer menschlichen Gestalt zerriss.

Alle im Raum wurden aktiv, außer Brenna, die sich nicht rührte. Sie fragte langsam: „Kann ich mit Killians menschlichem Teil reden?"

Die tiefere Stimme des schwarzen Drachen antwortete: „Nein. Er will mich verbannen." Der Babydrache drängte sich nach vorn, und seine höher klingende Stimme knurrte: „Wir beide wollen, dass du verschwindest. Das ist mein Körper."

„Ich verstehe deine letzte Aussage nicht. Teilt ihr euch einen Körper?", fragte Brenna.

„Nein", antwortete der Babydrache. „Ich kann ihn anscheinend nicht loswerden, und jedes Mal, wenn ich angreife, tut es unserem menschlichen Teil weh."

Der schwarze Drache gewann wieder die Kontrolle. „Du wirst mich nie loswerden. Ich bin stärker und dominanter. Akzeptiere, dass du mir untertan bist."

Die beiden Drachenköpfe schnappten in seinem Kopf nacheinander. Wieder zuckte sein ganzer Körper hin und wieder, als sie sich gegenseitig an die Gurgel gingen.

Irgendwas pikste seinen Arm, und das Zittern

hörte glücklicherweise auf. Doch die Welt wurde erneut schwarz.

Sobald Killian wieder bewusstlos war, strich Brenna ihm die Haare von der Stirn. Er mochte leben, aber Killian war kurz davor, den Verstand zu verlieren, vorausgesetzt, seine kämpfenden Drachen töteten ihn nicht zuerst. Zweifellos konnte eine ständige Flut von Anfällen nicht gut für seine Gesundheit sein.

Tristans Stimme brach das Schweigen. „Ich sage es nur ungern, aber wir müssen ihn vielleicht einsperren und so weit wie möglich überwachen. Ein Drache ist schwer genug zu trainieren, aber zwei, die einander hassen, werden eine monumentale Aufgabe sein."

Brenna riss ihren Blick los und sah Tristan in die Augen. „Lass mich wissen, wie ich helfen kann."

Tristan grunzte. „Ich bin mir nicht sicher, ob du das kannst. Seine Mutter könnte eine bessere Hilfe sein, da sein Drache es sich zweimal überlegen würde, ihr wehzutun."

Sie hasste es, als beinahe Fremde angesehen zu werden, aber Brenna konnte nicht zulassen, dass ihre Gefühle Killians Genesung behinderten. „Hat sie den Anführer von Northcastle schon gepaart? Wenn ja, sollte sie frei sein, hierher zu reisen, vor allem, wenn die MDA-Inspektorin noch da ist."

„Die Inspektorin ist noch da", sagte Sid. „Was

Killians Mutter angeht, ich habe keine Ahnung, ob sie Lorcan Todd gepaart hat oder nicht. Aber jemand sollte bald kommen, um Adrian zu holen. Er muss nach Nordirland zurück, wenn er dem Rausch mit der MDA-Inspektorin aus dem Weg gehen will."

Bei all dem Aufruhr um Killian hatte sie Adrian und Elsie Day ganz vergessen. „Vielleicht sollte ich mit Bram reden und sehen, ob er Killians Mum hierher einladen würde."

Die Stimme des Clan-Anführers kam von der Tür. „Ich bin bereits hier, Mädel."

Sie drehte sich um und sah Bram den Raum betreten, gefolgt von seiner Gefährtin, Evie Marshall, und einer Frau, die sie nicht kannte, mit dunklen Haaren und blauen Spitzen.

Bram ergriff erneut das Wort. „Das hier ist Dr. Alice Darby. Sie ist Evies Freundin und weiß einiges über Drachenwandler, was ich nicht weiß."

Sie begegnete dem braunäugigen Blick der Frau. „Wie?"

Alice hob die Augenbrauen. „Ich bin nicht bereit, Informationen an Leute weiterzugeben, die ich nicht kenne. Wie heißen Sie?"

Brenna musste der Menschenfrau Anerkennung dafür zollen, dass sie ihr die Stirn bot. „Brenna Rossi." Sie sah wieder zu Bram. „Was macht sie hier?"

Brams Gefährtin Evie antwortete: „Alice könnte Killian helfen." Evie richtete ihren Blick auf Dr. Sid.

„Sie kann das jedoch nicht tun, ohne zu wissen, was los ist. Du hast nur gesagt, es sei dringend."

Sid zögerte nicht. „Wir glauben, dass zwei Drachenpersönlichkeiten in seinem Kopf leben, die ständig gegeneinander kämpfen. Hast du schon mal von zwei Drachen in einem Kopf gehört, Alice?"

Die Menschenfrau musste schon länger in Stonefire sein, als Brenna bemerkt hatte, wenn Sid ihr so bereitwillig Fragen stellte.

„Nur einmal, und das war Teil einer Legende, also weiß ich nicht, ob es wahr ist", antwortete Alice, als sie auf die andere Seite von Killians Bett ging.

Während der Mensch Killians Gesicht musterte, entschied sich Brennas Drache, erneut zu sprechen. *Sie steht ihm zu nahe.*

*Was hast du denn? Ich dachte, du willst ihn nicht als Gefährten.*

*Das habe ich nicht gesagt. Nur, dass es keinen Gefährtenrausch gibt. Außerdem habe ich noch halb geschlafen. Killian gehört uns.*

Da sie nicht über die Aussage ihres Drachen nachdenken wollte, antwortete sie: *Schön. Aber sei jetzt still. Dieser Mensch könnte uns vielleicht helfen.*

Brenna fragte Alice: „Worum ging es in der Legende?"

Der Mensch nahm nicht die Augen von Killians Gesicht. „Kurz nachdem der spanische Eroberer Francisco Hernandez de Cordoba während seiner unglücklichen Expedition 1517 im heutigen Mexiko gegen die Mayas gekämpft hatte, erschien ein zweiköpfiger Drache unweit des Kampfes. Die Bestie wütete gegen die menschlichen Mayas in der Gegend. Sie töteten ihn schließlich. Verlässliche Berichte sind spärlich, aber eine in der alten Drachensprache der Gegend geschriebene Aufzeichnung erwähnt, dass der zweiköpfige Drache etwas gegessen hatte, das er aus den Vorräten der Spanier gestohlen hatte, und das habe Albträume, wie niemand sie je gesehen hatte."

Brenna unterbrach sie. „Weißt du, was er gegessen hat?"

Alice schüttelte den Kopf. „Nein. Da die geschnitzte Tafel kaputt war, haben wir nicht die ganze Geschichte. Aber viele haben spekuliert, dass das, was er den Spaniern gestohlen hat, seinen Drachen dazu gebracht haben könnte, bösartig zu werden."

Brenna musste dem Menschen erneut Anerkennung zollen. Alice schien viel über die Drachengeschichte zu wissen. Brenna hatte als Schülerin in ihrem Geschichtsunterricht nie etwas davon gehört.

Sid fragte: „Existiert eine Möglichkeit, die Substanz einzugrenzen? Selbst einfache Vorräte oder Aufzeichnungen aus dieser Zeit könnten uns einen Anhaltspunkt geben."

Alice antwortete: „Das Beste, was jemals jemand tun konnte, war, die Logbücher des Schiffes aus dieser Zeit zu durchkämmen. Aber selbst dabei kam nichts Ungewöhnliches zutage."

„So oder so, wenn du diese Logbücher finden

und teilen kannst, kann ich vielleicht was Nützliches darin entdecken, das andere übersehen haben", sagte Sid.

Alice nickte. „Ich werde mich bemühen. Obwohl es einige Tage dauern kann, die Informationen zu finden und eine Übersetzung zu erhalten."

Brenna sollte ihren Mund geschlossen halten, aber sie kannte alle anderen im Raum gut genug, dass sie herausplatzte: „Woher weiß ein Mensch so viel über Drachenwandler?"

Alice zuckte mit den Schultern. „Ich war schon fasziniert davon, seit ich ein Kind war. Und da ich nicht mit der Drachenwandler-DNA kompatibel bin und daher nicht am Opferprogramm teilnehmen kann, habe ich beschlossen, mein Lebenswerk so viel wie möglich auf das Lernen zu konzentrieren."

Evie fügte hinzu: „Und sie hat viele andere Leute mit ähnlichen Interessen gefunden. So haben wir uns über ein Online-Forum kennengelernt."

„Und doch hast du dieses Wissen nicht mit den Drachen geteilt?", fragte Brenna.

Alice antwortete: „Es gibt keine zentrale Drachenautorität, und nur wenige kommunizieren miteinander. Ich wollte keinen dem anderen bevorzugen und riskieren, dass sie die Informationen nutzen, um einen Krieg zu beginnen." Sie deutete auf Bram. „Obwohl Evies Gefährte mir Hoffnung macht, dass die weltweite Zusammenarbeit zwischen den Drachenclans eines Tages Wirklichkeit werden könnte."

Bram grunzte. „Ich denke, das wird es. In der Zwischenzeit ist Alice hier, um unseren Clan zu beobachten und dem MDA über allgemeine Praktiken zu berichten. Das mag ihr legitimer Grund sein, hier zu sein, aber sie und Evie haben Pläne, die noch nicht einmal mir bekannt sind."

Evie lächelte zu ihrem Gefährten auf. „Ich sage es dir bald, Liebster. Du hast schon genug um die Ohren."

Er schüttelte den Kopf und rieb Evies Rücken. „Sagt die Frau, die an Morgenübelkeit leidet. Eine Schwangerschaft so kurz nach der letzten ist nicht gut."

Evie lehnte sich an Brams Seite. „Mir wird es schon gut gehen. Immerhin sind Hollys Experimente mit Lochguard gut gelaufen."

Brenna wusste nicht, welche Experimente durchgeführt wurden, aber sie war gerade auch nicht daran interessiert. Sie brachte sie zum Thema zurück. „Während Alice Sids Bitte nachkommt, was ist mit Killians Mum? Glaubst du, Northcastle lässt sie kommen?"

Bram runzelte die Stirn. „Wahrscheinlich nicht allein. Ich vermute, Lorcan wird sie begleiten. Und so sehr ich auch spezielle Abendessen für Gäste hasse, wir müssen vielleicht eines durchführen, um Northcastles Anführer zu erfreuen."

Brenna neigte den Kopf. „Kommt Northcastle nicht besser mit Finn Stewart aus? Warum laden wir nicht den schottischen Clan-Führer ein?"

„Er wird die Dinge nur noch schlimmer machen", brummte Bram.

Evie tätschelte seine Brust. „Na, na, Finn einzuladen, kann nicht schaden. Es wäre auch schön für uns, Arabella und ihre Babys zu sehen. Wenn er ihnen zu kommen erlaubt."

„Sie sind noch nicht mal zwei Monate alt, also bezweifle ich, dass er reisen will", sagte Bram.

Brenna warf ein: „Trotzdem solltest du jemanden von Lochguard einladen, um zu helfen. Ich weiß, dass sich einer ihrer obersten Beschützer noch von seinem jüngsten Angriff in Irland erholt, aber sicher haben sie jemanden, der als diplomatischer Gesandter fungieren kann."

Bram grunzte. „Ich werde sehen, was ich arrangieren kann."

Sid klatschte in die Hände. „Gut, wenn das dann alles geklärt ist, muss ich so viele wie möglich von euch loswerden, damit ich mit Tristan einen Plan ausarbeiten kann."

Bram nickte. „Wir werden gehen. Und, Brenna, komm mit uns. Ich brauche deine Hilfe, wenn ich Northcastle kontaktieren und mit Adrian reden will. Du hast Erfahrung mit beidem."

Sie wandte ihren Blick zu Killians Gesicht und rang mit sich, ihn zu verlassen. Aber wenn Killian wach und geistig gesund wäre, würde er wollen, dass sie ihre Pflichten erfüllte. Vor allem, wenn es bedeutete, seine Mutter an seine Seite zu bringen.

Sie küsste seine Wange und sagte sanft: „Ich

werde bald zurück sein", bevor sie aufstand und an Brams Seite trat.

Dann warf sie einen letzten Blick auf Killian und verließ den Raum. Sie mochte hilflos sein, wenn es darum ging, seine Drachen zu kontrollieren und seine Anfälle zu stoppen, aber sie konnte auf andere Weise helfen. Und wenn sie persönlich nach North-castle gehen müsste, sie würde Caitlin an die Seite ihres Sohnes bringen.

# Kapitel Vierzehn

Caitlin O'Shea stand neben Lorcan auf einer Bühne vor dem gesamten Clan und gab sich Mühe, nicht von einem Fuß auf den anderen zu treten.

Die Paarungszeremonie war vor ein paar Minuten beendet worden, aber Lorcan hielt noch eine Rede über mehrere Punkte. Einer davon betraf ihre Zukunft im Clan.

Als sie Lorcans starkes Profil betrachtete, war sie sowohl nervös als auch freudig aufgeregt, das zu beenden, was sie in ihrer vorübergehenden Wohnung begonnen hatten. Eine Clanangelegenheit nach der anderen war aufgekommen und hatte verhindert, dass sie zu viel Zeit allein hatten. Aber während einige Frauen über solche Angelegenheiten verärgert gewesen wären, verstand Caitlin Clanführer und deren Pflichten.

Doch als die Nachricht kam, dass Adrian gegen

einen Gefährtenrausch kämpfte und Killians Zustand sich verändert hatte, war alles, was ihr wichtig war, die Paarungszeremonie zu beenden, damit sie Lorcan nach Stonefire begleiten konnte. Sie mussten die Paarung vollenden, damit sich ihnen keine Herausforderungen in den Weg stellten, aber morgen früh würden sie die Reise über die Irische See antreten.

Lorcan sah sie an und lächelte. Er wollte ihre neuen Pflichten vorstellen, also erwiderte sie das Lächeln und konzentrierte sich erneut auf den Clan vor ihnen.

Die Stimme ihres Gefährten dröhnte in der großen Halle. „Auch wenn es ein Segen ist, eine schöne Frau an meinem Arm zu haben, hat sie auch ein Gehirn und wird den Lehrern des Clans helfen. Wenn die Allianz funktionieren soll, müssen wir anfangen, das Misstrauen und die Gerüchte um Glenlough auszulöschen." Es folgte ein Murren in der Menge, aber Caitlin hatte das Gefühl, dass wirklicher Ärger erst später kommen würde. Lorcan fuhr fort: „Jetzt, da ich meine Ankündigungen beendet habe, genießt die Feier. Es ist eine Weile her seit unserer letzten, und wir könnten alle unsere Tanzkünste ein wenig aufpolieren."

Er machte demjenigen, der für die Musik zuständig war, ein Zeichen, und wenige Sekunden später füllte eine Melodie den Saal.

Lorcan nahm ihre Hand und führte sie die Treppe vom Podest hinunter. Er verschwendete keine Zeit, sondern führte sie zum Tanzbereich und zog sie an sich. Sie war froh, dass sie den Tanz so gut kannte, sonst wäre sie gestolpert, so nah wie Lorcans harter Körper an ihrem war; der dünne Stoff ihres Kleides trug wenig dazu bei, seine Hitze abzuschirmen.

Er senkte den Kopf zu ihrem Ohr und flüsterte: „Du siehst wunderschön aus, Caity. Das konnte ich dir nicht früher sagen."

„Da ich eine Stunde für meine Haare gebraucht habe, hoffe ich, dass ich schön aussehe, sonst wäre es vergebene Liebesmüh."

Ihr Gefährte streichelte sanft ihren Hals. „Aber später wirst du deine Haare öffnen. Ich will, dass sie in meinem Bett deinen Körper bedecken."

Sie sollte sich schuldig fühlen, da ihr Sohn Hunderte von Meilen entfernt zu kämpfen hatte, aber sie konnte ohnehin nichts tun, bis sie einen Fuß auf Stonefires Land setzte. Also beschloss sie, dass der Abend ausnahmsweise ihr gehörte. „Geduld, Lorcan. Zeit mit dem Clan zu verbringen ist genauso wichtig wie die Verpaarung."

„Ich könnte dich dafür verfluchen, dass du so gut weißt, wie Clan-Führer ticken, aber ich muss zugeben, dass es meine Arbeit erleichtert."

Sie sollte sich einfach an ihn schmiegen und den Tanz genießen. Aber sie konnte nicht anders, als zu sagen: „Ich hoffe, die Lage beruhigt sich bald. Denn wenn ich ehrlich sein darf, arbeitest du zu viel."

„Dem werde ich nicht widersprechen. Obwohl

die Allianz mit Glenlough und jetzt vielleicht Stone-fire mir das Leben leichter machen sollte."

Ihr neuer Gefährte wirbelte sie von sich und zurück. Sobald Lorcan die Drehung beendet und sie an sich gezogen hatte, fragte Caitlin: „Gibt es noch jemanden in Northcastle, der mich vertreiben will?"

Lorcan hatte ihr mitgeteilt, dass einige der hartnäckigeren Clanmitglieder, die nichts mit anderen Clans zu tun haben wollten, mit ihrem Gemurmel auf offene Ohren gestoßen waren.

Ihr Gefährte schüttelte den Kopf, sein kräftiger Kiefer streichelte dabei ihre Wange. „Ich denke, die meisten, wenn nicht alle, wurden ausfindig gemacht und gründlich befragt. Ich kann es im Moment nicht riskieren, jemanden zu verbannen, sonst würden sie vielleicht entweder bei der abtrünnigen Drachengruppe in der Wildnis Schottlands enden, oder sie könnten entführt werden und aufwachen wie Killian, ohne Erinnerung und schließlich mit zwei Drachen."

Bei der Erwähnung ihres Sohnes schloss sie die Augen und gab sich im Tanz Lorcans Führung hin. „Niemand sollte ohne einen Drachen sein, geschweige denn mit zwei Drachen zu tun haben. Und doch musste Killian beides in so kurzer Zeit durchmachen."

„Ich weiß, Caity. Und obwohl ich deine Familie nicht gut kenne, schmerzt es sowohl Mann als auch Tier, dich traurig zu sehen." Er berührte ihre Wange, und sie öffnete die Augen, um sein Gesicht zu sehen.

„Ich werde dir helfen und alles in meiner Macht Stehende tun, um das in Ordnung zu bringen."

Die Überzeugung in Lorcans Stimme brachte Tränen in ihre Augen. „Danke!"

Er küsste sie vorsichtig. „Du musst mir nicht danken. Das sollte ein Stiefvater tun, aber ich gebe zu, dass es schwierig sein wird, die Gunst zweier erwachsener Kinder zu gewinnen."

Sie lächelte. „Vor allem, wenn eins von ihnen selbst ein Clanführer ist. Wenn es jemals ein Stiefkind gegeben hat, das einem Stiefelternteil das Leben nicht leicht machen würde, dann eine leidenschaftliche Anführerin wie Teagan."

„So ist sie nun mal, Caity. Ich würde nichts anderes wollen."

Da dies seit einer Weile die längste Zeit war, die sie mit ihrem neuen Gefährten einfach geredet hatte, riskierte sie zu fragen: „Wie geht's deiner Tochter damit?"

Er wirbelte sie fort und zurück. „Georgiana ist eine schwer lesbare Frau. Sie ist still, aber intelligent. Sie hatte nie wirklich eine Mutter, da ihre so jung gestorben ist. Um ehrlich zu sein, wird sie wahrscheinlich gar nicht wissen, wie sie mit dir umgehen soll. Obwohl es nicht in ihrer Natur liegt, grausam zu sein."

„Das weiß ich bereits. Schließlich hat sie viel riskiert, um Killian zu helfen. Dafür werde ich alles tun, um sie besser kennenzulernen."

Er strich mit dem Daumen über ihre Wange und

sagte: „Das ist schön, mit dir zu tanzen und zu reden. Ich wünschte, wir hätten uns schon vor Jahren paaren können."

Ein kleiner Teil von ihr trauerte, Lorcan nie ein Kind schenken zu können, aber sie schob es schnell beiseite. „Es hätte nie funktioniert, und das weißt du. Unabhängig davon, was du von mir gehalten hast, Teagan hat mich in den letzten fünf Jahren gebraucht, als sie zu ihrer Rolle als Clanführerin heranwuchs. Und dein Clan hat dich auch gebraucht, nach der Inkompetenz deines Vorgängers."

Er lächelte. „Du hast mich schon, Caity. Keine Schmeichelei nötig."

Sie hob die Brauen. „Es stimmt aber. Der ehemalige Anführer hätte fast einen Krieg begonnen. Northcastle hat dringend deinen vernünftigen Verstand gebraucht."

„Dagegen werde ich nichts einwenden. Der langfristige Frieden zeichnet sich jedoch am Horizont ab, mehr denn je. Außerdem sind all unsere Kinder erwachsen. Sobald es Killian besser geht, kann ich darüber nachdenken, in den Ruhestand zu gehen."

Sie sah ihm in die Augen. „Bist du dir sicher, Lorcan? Du bist noch nicht sechzig und dazu ein gesunder Mann."

„Ich könnte mich an deine Komplimente gewöhnen, Caity."

„Nun, ich werde noch eine Weile hier sein. Aber

du solltest wissen, dass ich nur wahre Komplimente mache."

Lachend rieb er ihr den unteren Rücken. Ohne nachzudenken, schmolz Caitlin gegen Lorcans Körper. Sein Atem kitzelte ihr Ohr, als er sagte: „Das werde ich mir merken. Aber ich meine es ernst mit dem Ruhestand. Bei all den Veränderungen könnte ein jüngerer Mann es besser machen."

„Oder eine Frau."

„Ich habe nichts dagegen, aber ich bin mir nicht sicher, ob Northcastle dazu bereit ist. Schließlich haben wir keine weiblichen Beschützer."

„Dann musst du das ändern, bevor du in den Ruhestand gehst. Das wird eine meiner Forderungen."

„Forderungen, Aye?"

Da sie keine Spannung in Lorcans Körper spürte, gab sie nicht nach. „Ja."

Er küsste ihren Hals und sagte: „Gut, dass ich dringend ein paar Einschränkungen brauche. Das Leben eines Junggesellen ist eher zur Routine geworden." Er küsste noch einmal ihren Hals, und sie seufzte. „Ich werde nicht in Ruhestand gehen, bis alles geklärt ist. Aber ich freue mich darauf, mir Zeit für uns zu nehmen. Ich wollte schon immer reisen und in einem wärmeren Ozean mit einer wunderschönen Frau herumtollen, sowohl in menschlicher als auch in Drachengestalt."

Lorcans warmer Daumen an ihrer Wange entlockte ihr ihre Vergangenheit. „Ehrlich gesagt, als ich jünger war, hatte ich Angst zu reisen. Großbritannien und Irland waren nicht die Einzigen, die sich mit wechselnden Zeiten und Machtverhältnissen in den menschlichen Regierungen auseinandersetzen mussten. Ich habe Geschichten über ausländische Drachen gehört, die irische angegriffen haben. Aber jetzt bin ich klüger und weiß, dass es immer Gerüchte über die geben wird, die in anderen Ländern leben. Es ist zwar unwahrscheinlich, dass wir jedes Land besuchen können, aber ich möchte es gern ausprobieren. Das Problem wird sein, die Erlaubnis des MDA zu bekommen."

Lorcan drückte sie näher an seinen Körper, und Caitlin atmete tief ein. Seine tiefe Stimme rollte über sie. „Sobald ich in Ruhestand bin, können wir das zu unserer Lebensaufgabe machen, mehr Freiheit zwischen den Clans zu erreichen."

Sie lachte. „Das klingt nicht sehr nach Ruhestand. Dafür musst du vielleicht noch mehr arbeiten, als du es als Clan-Führer tust."

Er grinste. „Vielleicht, aber es bedeutet auch, dass wir reisen können. Und mit dir an meinem Arm klingt das himmlisch."

Hitze strömte in ihre Wangen. „Mach weiter so, und bald gehen dir die Komplimente aus."

„Niemals, Caity." Er bewegte sich zu ihrem Ohr, und sein heißer Atem kitzelte ihre Haut, als er hinzufügte: „Wir können noch ein paar Tänze machen, aber dann bringe ich dich in mein geheimes Zimmer in der großen Halle. Ich hatte Jahrzehnte, um von dieser Nacht zu träumen."

Lorcans grollende Stimme ließ ihren Bauch kribbeln. „Achte nur darauf, dass es nichts ist, wobei du dir einen Muskel zerrst, sonst müsstest du morgen nach Stonefire hinken."

Er versetzte ihr einen Klaps auf den Po. Hitze strahlte von seiner Berührung aus und breitete sich zwischen ihre Oberschenkel aus. Sie musste sich zusammenreißen, um sich auf' Lorcans Worte zu konzentrieren. „Ich wette, ich kann länger als so mancher Junge in seinen Zwanzigern. Sag mir nur Bescheid, wenn du aufhören willst, Caity. Ich spüre, dass dir die Bedürfnisse anderer wichtiger sind als deine eigenen. Aber wie bereits erwähnt, habe ich vor, mich um dich zu kümmern, und ich kann das nicht tun, wenn ich nicht weiß, worauf ich achten muss."

Sie nickte, als das Lied zu Ende ging.

Ihr Drache meldete sich zu Wort. *Er wird gut für uns sein. Aber ich werde meine endgültige Entscheidung erst treffen, wenn ich ihn nackt sehe.*

*Das musstest du ja sagen.*

Ihr Tier grunzte. *Er hat ganz schön geprahlt. Ich will sehen, ob er dem auch gerecht wird. Denn wenn ja, werde ich vielleicht ausprobieren, ob ich seine Drachenhälfte müde bekomme.*

Sie lachte, und Lorcan hob seine Augenbrauen. Als sie wieder zu Atem kam, sagte sie: „Ich hoffe, dein Drache mag Herausforderungen. Meiner ist bereit, länger durchzuhalten als deiner."

Er schnaubte. „Weibliche Drachen sind noch geiler ..."

Sie schlug auf seine Brust und beugte sich näher. „Ermutige ihn nicht auch noch."

Grinsend trat er zurück und verbeugte sich, als die letzten Noten des Liedes im Raum verhallten.

Irgendwie schaffte es Caitlin, ein paar weitere Tänze zu überleben, ohne sich um Dinge zu sorgen, die außerhalb ihrer Kontrolle lagen, die leichte Unterhaltung zu genießen und sich von ihrem neuen Gefährten necken zu lassen.

Es war noch früh, aber Caitlin begann zu denken, dass ein Leben mit Lorcan gut für sie sein könnte. Er versuchte nicht, sie dazu zu zwingen, jemand zu sein, der sie nicht war – im Gegensatz zu ihrer Mutter. Und sie musste nicht immer stark sein – wie bei ihren Kindern. Sie war einfach Caitlin Todd.

Und ihr gefiel, wie sich das anhörte.

Nachdem wer weiß, wie viel Zeit vergangen war, endete das letzte Lied, und Lorcan zog sie an den Rand der Halle. Er flüsterte: „Ich habe meine Pflichten erfüllt. Jetzt sollten wir uns verdrücken und uns Zeit für uns nehmen. Bist du bereit, Caity?"

Ihre Herzfrequenz stieg bei seinen Worten an, und noch weiter, als er über die nackte Haut ihres Arms streichelte.

Ihr Drache meldete sich zu Wort. *Ja, ich bin bereit. Lass uns gehen.*

Sie nickte. Lorcan verflocht die Finger einer Hand mit ihren und führte sie langsam aus der großen Halle, blieb aber hier und stehen, um einzelne Clan-Mitglieder zu begrüßen.

In Vorfreude auf den nächsten Teil des Abends mit Lorcan begannen ihre Handflächen zu schwitzen. Das letzte Mal, dass sie das getan hatte, war vor über einem Jahrzehnt gewesen.

*Keine Sorge. Ich kann jederzeit übernehmen und ihn hart reiten.*

*Nein, Liebes. Ich will das erste Mal. Du wirst in Zukunft noch viele Male haben, vorausgesetzt, er hält sein Versprechen ein.*

Ihr Drache schnaubte. *Wir werden sehen. Die meisten Männer prahlen gern, scheitern aber in der Realität.*

Lorcan führte sie durch eine geheime Tür, die sie in der Wand nicht bemerkt hatte, und eine Treppe hinauf. Der darauffolgende Korridor war mit alten Wandteppichen bedeckt, was die Kälte des alten Gemäuers fernhielt. Er blieb schließlich vor einer massiven Holztür stehen. „Bist du bereit, Caity? Denn wenn wir erst einmal drinnen sind, werde ich keine Zeit mit schönen Worten verschwenden."

Sie atmete einmal tief durch und antwortete: „Ich bin bereit. Außerdem werden mich hübsche Worte nur nervöser machen. Ich kann es nicht abwarten, dich nackt zu sehen."

„Eine Frau, die weiß, was sie will. Du gibst mir immer wieder Gründe, dich anzubeten."

Sie konnte nicht verhindern, dass Farbe in ihre Wangen strömte. „Lass uns einfach hineingehen."

Bevor sie mehr als nur blinzeln konnte, hatte Lorcan die Tür geöffnet, zog sie hinein und schloss die Tür wieder. Er zog sie an seinen Körper und seufzte: „Meine allerliebste Caity. Du wirst es nicht bereuen, mich gepaart zu haben."

„Ich dachte, es gäbe keine schönen Worte?"

Mit einem Knurren nahm er ihre Lippen in einem groben Kuss. Sie öffnete sofort ihre eigenen, um ihm Zugang zu gewähren. Der Schlag seiner Zunge gegen ihre sandte Feuer durch ihren Körper.

Er packte ihre Pobacken, hob sie mühelos hoch und trug sie zum Bett, während er nicht davon abließ, ihren Mund zu erobern und zu erforschen.

Sie spürte seine harte Brust und sehnte sich nach der Berührung jedes weiteren Zentimeters seiner Haut an ihrer. Gerade als sie ihre Beine um seine Taille schlingen wollte, unterbrach Lorcan den Kuss und legte sie vorsichtig auf das große Bett. „Ich hoffe, du hängst nicht allzu sehr an diesem Kleid."

Sie hatte kaum den Kopf geschüttelt, als er es in der Mitte zerriss und den Stoff beiseite warf. Seine Pupillen blitzten wiederholt auf, während er langsam ihren Körper betrachtete.

Caitlin war vielleicht keine zwanzig mehr, aber ihr war weder ihr Körper noch ihr Alter peinlich.

Beide erzählten ihre Lebensgeschichte, und sie hätte es nicht anders gewollt.

Lorcan strich einen Finger über die Mitte ihrer Brust bis zu ihrem Bauch und hielt an, bevor er zwischen ihre Oberschenkel gelangte. „Meine schöne Frau."

„Ich kann über dich noch kein Urteil abgeben, solange du nicht nackt bist."

Schmunzelnd ließ es sie los und zog sich schnell aus. Ihre Augen blickten auf seinen harten Schwanz, dick und bereit für sie.

Ihr Drache schnaubte. *Das sollte er auch besser sein.*

Er hob die Arme zur Seite und hinderte Caitlin daran zu antworten. „Soll ich mich für die Dame umdrehen?"

Sie biss sich auf die Lippe und nickte.

Lorcan drehte sich langsam um, und ihre Augen bewunderten seine große, schlanke Gestalt, die harten Muskeln und den herrlich runden Po. Es war ein Wunder, dass der Mann noch nicht weggeschnappt worden war.

Als er sich jedoch zu Ende gedreht hatte, bedeckte Lorcan ihren Körper und nahm ihr Gesicht in die Hände. Sie musste sich zusammenreißen, um sich auf seine Worte zu konzentrieren, da sein Schwanz jetzt zwischen ihren Schenkeln lag. Er sagte: „Ich werde es später mit meiner Zunge zwischen deinen Beinen wiedergutmachen, aber jetzt kann ich nur daran denken, in dir zu sein."

„Dann nimm mich, Lorcan!" Sie hob ein Bein und legte es um seine Hüfte. „Ich bin mehr als bereit."

Sie bewegte die Hüfte, und er ächzte. „Ich spüre, wie feucht du bist."

„Deine Zeit ist begrenzt. Normalerweise bin ich für alles zu haben, aber jetzt will ich dich. Lass uns nicht die kostbare Zeit, die wir zusammen haben, verschwenden."

Lorcan positionierte seinen Schwanz an ihrer Öffnung. „Du gehörst mir, Caity. Und nach heute Nacht wirst du das gut verstehen."

Seine Worte sandten ihr einen Schauer über den Rücken, auf eine gute Weise.

In der nächsten Sekunde drang er in sie ein, bis er sie bis zum Anschlag füllte. Sie stöhnte und schloss die Augen bei dem Gefühl.

„Sieh mich an, Liebes."

Sie zwang ihre Augen auf, und die Zärtlichkeit und das Verlangen in Lorcans Blick machten sie sprachlos.

Es gab eine Million Gründe, warum es zwischen ihnen über die Jahrzehnte nie geklappt hätte. Aber jetzt, in diesem Moment, waren sie zusammen. Und Caitlin hatte so das Gefühl, dass sie den Mann über sich für den Rest ihres Lebens genießen würde.

Lorcan bewegte seine Hüften, und sie verlor bald jeden Gedanken außer der Lust, die er ihr brachte. Bei keinem von ihnen dauerte es beim ersten Mal lange, aber Lorcan wurde dem, was er gesagt hatte, leicht gerecht. Am Ende der Nacht war Caitlin befriedigt, fühlte sich, als hätte sie keine Knochen mehr und war glücklicher, als sie es seit langer Zeit gewesen war. Als sie Lorcans Herzschlag unter ihrem Ohr lauschte, hoffte sie nur, dass alle, die ihr wichtig waren, bald so glücklich sein würden, wie sie es in diesem Augenblick war.

Doch da sie nicht über die nahe Zukunft nachdenken wollte, schloss sie die Augen und schlief in den Armen eines Mannes, der ihr das Gefühl gab, sicher und geschätzt zu sein.

# Kapitel Fünfzehn

Killian hatte keine Ahnung, wie viele Stunden oder Tage vergangen waren, aber irgendwann später war er in einer Gefängniszelle und gab sich Mühe, ein mentales Gefängnis für seinen zweiköpfigen Drachen zu errichten, bevor sie anfingen, einander wieder anzugreifen.

Das Problem war, für jeden Kopf eine Trennwand und einen eigenen Raum zu erstellen. Denn sie zusammen zu halten, würde nur zu weiteren Anfällen und möglicherweise zu seinem Tod führen.

Schließlich war Dr. Sid unverblümt gewesen – wenn er keinen Weg finden konnte, dass die Drachen sich vertrugen, musste er sie getrennt halten, bis sie es taten. Denn der ständige Kampf würde ihn eher früher als später umbringen.

Er positionierte den letzten Stab und hielt den

Atem an. Jeder Drachenkopf schlug gegen sein Gefängnis, aber es hielt.

Um sie auseinander zu halten, nannte er die Drachen Black und Blue, entsprechend ihrer Farbe. Das passte auch dazu, dass sein Geist sich durch ihre Kämpfe blau und schwarz geprügelt anfühlte.

Blue meldete sich zu Wort. *Das ist ungerecht. Warum sollte ich hier drin sein? Leg ihm einfach einen Maulkorb um, und es geht uns gut.*

Black knurrte. *Du bist der junge, ungeschulte. Du solltest einen Maulkorb bekommen. Dann kann ich Killian mit seinen Pflichten helfen.*

Tristan MacLeods Stimme unterbrach das Gespräch in Killians Kopf. „Und?"

Killian seufzte. „Sie sind eingedämmt, streiten sich aber immer noch. Ich bin mir nicht sicher, wie ich das unterbinden soll."

„Sie voneinander getrennt zu halten, ist der erste Schritt. Sie zur Zusammenarbeit zu bringen, wird einige Zeit in Anspruch nehmen."

Killian fuhr mit der Hand durch sein Haar und begegnete dem Blick des Drachenmanns. „Das sagen alle ständig. Aber wenn mir jemand die Wahrheit sagt, dann denke ich, bist du es. Werde ich jemals hier rauskommen und ein normales Leben führen?"

Tristan grunzte. „Ich denke, die Chancen stehen besser, dass du erfolgreich bist, als dass du scheiterst. Bei einer jugendlichen Drachenwandlerin in Wales hatte dieselbe Droge eine etwas mildere Wirkung. Ihr Drache ist ebenfalls viel jünger zurückgekehrt, aber er holt langsam ihr normales Alter ein. Jetzt, wo du deine Drachen zügeln kannst, denke ich, müssen wir uns auf die Ausbildung des jüngeren konzentrieren. Wenn sie sich annähernd wie Gleichaltrige benehmen, kommen sie vielleicht besser miteinander aus."

Jeder seiner Drachen starrte den anderen finster an, aber Killian ignorierte sie. „Heißt das, ich komme aus diesem Gefängnis heraus?"

„Wenn du keine Gefahr mehr für andere bist, lassen wir dich raus. Nicht vorher." Tristan nahm sein Handy heraus, und sein Gesicht wurde kurz weicher, bevor es wieder seinen normalerweise mürrischen Ausdruck annahm. „Wir müssen hier jetzt vorerst aufhören. Meine Tochter macht Chaos, und meine Gefährtin braucht mich. Ich komme morgen wieder."

Tristan verließ den Raum, bevor Killian noch etwas sagen konnte.

Er saß auf dem Bett in seiner Gefängniszelle, schloss die Augen und verstärkte sein mentales Gefängnis weiter. Ehe der ganze Scheiß mit den Drogen und der Amnesie passiert war, war Killian geschickt darin gewesen, seinen Drachen bei Bedarf unter Kontrolle zu halten. Er hoffte nur, er könnte es im Griff behalten.

Schließlich musste er sich bemühen, wach zu bleiben. Seine Träume quälten ihn nur mit dem, was er nicht haben konnte: seine Familie an seiner Seite und Brenna in seinem Bett.

Blue meldete sich zu Wort. *Warum hat sie uns nicht besucht? Ich dachte, sie mag uns.*

Black antwortete: *Wir sind instabil, weil du dich immer wieder gegen mich wehrst. Natürlich bleibt sie da weg.*

*Nein, ich glaube, es ist deinetwegen. Schließlich hast du sie nicht bemerkt, als du der Einzige hier warst.*

Killian griff ein. *Genug! Sie bleibt wegen euch beiden weg. Wenn ihr nie zusammenarbeitet, verrotten wir für den Rest unseres Lebens in dieser Zelle. Wir werden nie in der Lage sein, unserer Familie oder Brenna zu helfen, wenn das passiert.*

Beide Drachenköpfe schwiegen.

Nachdem er wer weiß wie lange, jedes Stück seines mentalen Käfigs getestet und daran gerüttelt hatte, drang eine vertraute Stimme an seine Ohren – die seiner Mutter. „Killian."

Er sah auf, erhob sich und trat an die Gitterstäbe. Seine Mutter berührte sein Gesicht. „Müssen sie dich wirklich hier drin behalten?"

Wie immer war seine Mutter mehr um ihn besorgt als um alles, was mit ihr zu tun hatte. „Mir geht's gut, Mam. Es ist so schön, dich wieder-zusehen."

Sie sah ihn stirnrunzelnd an. „Ist doch selbstver-ständlich, dass ich zu dir komme. Und nicht nur, weil dein Gedächtnis zurückgekehrt ist. Du magst erwachsen sein, aber du wirst immer mein Sohn sein, Killian."

„Mam ..."

Ein männlicher, nordirischer Akzent ergriff das Wort. „Außerdem war es an der Zeit, mindestens eines meiner neuen Kinder zu treffen."

Er riss den Blick von seiner Mutter, um Lorcan Todd nicht weit hinter ihr zu sehen. „Nachdem nun all meine Erinnerungen zurück sind, bin ich mir nicht sicher, was ich davon halten soll, dass du meine Mutter gepaart hast."

„Killian", sagte seine Mutter, ihre Stimme warnend. „Lorcan ist mein Gefährte, und ich will nicht, dass du respektlos bist. Zumindest nicht, wenn es nicht gerechtfertigt ist."

Lorcan schnaubte. „Ich werde mich benehmen, wenn er es tut."

Seine Mutter blickte über ihre Schulter und teilte ein Lächeln mit Lorcan. Killian sollte sich Sorgen machen; schließlich war Lorcans Clan schon eine Weile mit seinem eigenen verfeindet. Aber ausnahmsweise würde Killian das Glück seiner Mutter für bare Münze nehmen, versuchen, sie nicht zu bevormunden, und dem Mann eine Chance geben. „Ich werde dasselbe tun."

Caitlin strahlte. „Die beiden wichtigsten Männer in meinem Leben kommen miteinander zurecht. Das ist ein guter Tag."

Killian verdrehte die Augen. „Wir sind erwachsene Männer. So schwierig ist das nicht."

Sie schnalzte mit der Zunge. „Eigentlich ist es sogar ziemlich schwierig. Alpha-Drachenmänner sind von der temperamentvollen Sorte. Deshalb habe ich noch eine Frau mitgebracht, um die Zahlen auszugleichen."

Er runzelte die Stirn. „Teagan ist zu beschäftigt, um nach Stonefire zu kommen."

Brennas Stimme unterbrach ihn. „Nein, nicht Teagan."

Sein Blick schoss sofort zu Brenna. Beide Drachen sagten gleichzeitig, *Sie ist es.*

Er sehnte sich danach, ihr Gesicht zu berühren und ihren Duft zu genießen.

Aber das war im Moment nicht möglich, wenn überhaupt jemals. Also räusperte Killian sich. „Ich war mir nicht sicher, ob du mich je besuchen würdest."

Brenna schüttelte den Kopf und antwortete: „Natürlich komme ich. Ich hatte viel zu tun, und Tristan hat mir keinen Besuch gestattet. Und du kennst ihn vielleicht nicht gut, aber mit ihm will man sich lieber nicht anlegen. Er ist ein sanfter Riese bei seiner Gefährtin und seinen Kindern, aber er kann ziemlich knurrig und einschüchternd sein, wenn man versucht, ihn bei seiner Arbeit zu stören."

Er und Brenna starrten einander an. Es gab so viel, was er sagen wollte, und doch wusste er nicht, wo er anfangen sollte.

Caitlin meldete sich zu Wort. „Jetzt, da ich weiß, dass es meinem Sohn gut geht und er nicht den Verstand verloren hat, denke ich, Lorcan und ich werden uns hier einrichten und Bram besuchen. Ich bin mir sicher, dass du und Brenna einiges zu besprechen habt."

Das Ehrenwerte wäre gewesen, seiner Mam zu sagen, dass es ihm gut ging und er Zeit mit ihr verbringen wolle, nach allem, was sie für ihn getan hatte.

Aber als er in Brennas braune Augen starrte, konnte er die Worte nicht finden.

Seine Mutter tätschelte sein Gesicht ein letztes Mal, bevor sie zu Lorcan ging. „Ich werde später nach dir sehen, Killian."

Lorcan brummte: „Ich glaube, er hat vergessen, dass wir hier sind. Er scheint an Schwanzblindheit zu leiden."

„Lorcan!", knurrte Caitlin.

Aber sie waren weg, bevor er hören konnte, was sie als Nächstes sagten.

Sobald sie allein waren, machte Brenna einen Schritt in Richtung seiner Zelle. „Es gefällt mir nicht, dass sie dich so eingesperrt haben."

Black grunzte. *Mir auch nicht. Im Moment geht's uns vollkommen gut. Kein Bedarf für eine Zelle.*

Killian seufzte innerlich. *Bis die Trennwand runterkommt, und dann werdet ihr wieder streiten.*

*Nicht, wenn Brenna im Raum ist. Ich möchte mit ihr reden*, sagte Black.

Blue meldete sich zu Wort. *Ich auch. Ich vermisse sie.*

Bevor er zu viel über ihre Äußerungen nachdenken konnte, verhinderte Brennas Stimme seine Antwort. „Wie geht's den Drachen?"

„Es ist eine komplizierte Situation."

Sie trat an die Zelle und lächelte ihn an. „Ich höre."

Er hob eine Hand und wollte ihr Gesicht berühren, hielt aber abrupt inne. Er ballte die Finger zu einer Faust und legte sie wieder an seine Seite. „Warum bist du hier?"

„Was meinst du damit, warum ich hier bin? Ich bin deine Gefährtin."

Er schüttelte den Kopf. „Nicht in Wirklichkeit. Du bist nicht verpflichtet, mir beizustehen und nett zu sein."

Sie runzelte die Stirn. „Bitte sag mir nicht, dass Killian, das pflichtbewusste Arschloch, zurück ist."

„Ich bin kein Arschloch. Ich bin ehrlich."

Sie bewegte ihr Gesicht genau vor die Lücke zwischen den Stäben und knurrte: „Ich bin hier, weil ich es will. Es gibt keinen Grund, mit dem selbstaufopfernden Schwachsinn fortzufahren."

„Das sagst du jetzt, aber ich habe einen doppelköpfigen Drachen in meinem Kopf und jedes Mal, wenn sie streiten, habe ich einen Anfall. An meiner Seite zu stehen, wird kein Spaziergang im Park sein."

Sie deutete an ihre Seite. „Einfach ist langweilig. Außerdem bin ich so lange bei dir geblieben."

„Wer ist jetzt selbstaufopfernd? Verdammt, wir hatten noch nicht mal Sex."

„In einer Beziehung geht's um mehr als nur Sex,

Killian O'Shea. Aber wenn du zwei männliche Drachen im Kopf hast, ist das vielleicht alles, woran du jetzt denkst."

Blue meldete sich zu Wort. *Daran denke ich noch nicht. Ich mag nur ihre Stimme.*

Black grunzte. *Es würde mir nichts ausmachen, sie zu ficken, aber ausnahmsweise stimme ich dem Baby zu. Ich mag ihre Stimme auch.*

*Das Einzige, worüber ihr euch einig seid, ist, dass ihr Brennas Stimme mögt?*

Blue sah Black an. *Ich bin sicher, es gibt auch noch andere Dinge, die wir gemeinsam haben. Ich mag Essen.*

*Und ich Nickerchen.*

Killian warf ein: *Können wir uns dieses Gespräch für später aufheben? Wenn Brenna weg ist?*

Beide Tiere grunzten und schwiegen.

Als er Brennas neugierigem Blick begegnete, sagte er: „Du willst nicht wissen, was meine Drachen denken."

Sie nahm seine Hand. Die warme Weichheit ihrer Haut brachte ihn dazu, die Gitter beiseite biegen und sie an sich ziehen zu wollen.

Ihre Stimme war leiser, als sie sagte: „Aber ich will es wissen. Hör auf, mich auszuschließen, Killian. Ich werde dich nicht drängen. Wenn du eine Chance bei mir willst, dann rede mit mir. Sonst gehe ich weg und komme nie wieder."

Das Ehrenhafte wäre, Brenna von der Paarung

zu befreien und ihr zu erlauben, einen gesunden, stabilen Mann zu finden.

Aber der Gedanke, dass jemand anderes sie küsste oder ihre nackte Haut streichelte, ließ seinen Magen vor Wut aufwirbeln.

Zum ersten Mal seit langer Zeit wusste Killian, was er wollte.

Er wollte Brenna.

Beide Drachen brüllten ihre Zustimmung.

Er drückte ihre Hand und beugte sich näher an die Stäbe und Brennas Gesicht. „Ich muss mich nicht mehr verstecken." Er beugte sich ein Stückchen vor. „Weil ich dich will, Brenna Rossi. Und wenn ich einen Weg finde, meine Drachen zu zähmen, werde ich dir eines Tages zeigen, wie sehr."

Sie steckte ihr Gesicht ein paar Zentimeter weiter zwischen die Gitterstäbe und küsste ihn.

Als er seine Lippen bewegte und an ihren knabberte, strömte ein Gefühl der Richtigkeit durch seinen Körper. Sie hatte schon vorher fantastisch geschmeckt, aber mit seinen zwei Drachen, die zufrieden summten, war sie verdammt unglaublich.

Es war nicht genug Platz, um den Kuss zu vertiefen, also begnügte er sich mit Lecken und Knabbern und damit, sich jedes Seufzen und Stöhnen zu merken, um es später wieder aus ihr hervorzulocken.

Schließlich fand er die Kraft, sich von ihr zu lösen. „Ich wünschte, diese verdammten Stäbe wären nicht hier."

Sie hob eine Hand, berührte seine Wange und

strich langsam mit dem Daumen über seine Haut. „Dann sag mir, was mit deinen Drachen los ist, damit ich helfen kann. Es muss einen Weg geben, dich hier rauszuholen."

Er drehte sein Gesicht in ihrer Hand und nahm sich eine Sekunde Zeit, um in ihrer Wärme und ihrem Duft zu schwelgen. Nachdem er ihre Handfläche geküsst hatte, bewegte er seinen Kopf und antwortete: „Du weißt von der ständigen Streiterei. Ich habe gelernt, wie man ein Gefängnis baut, doch ich weiß nicht, wie lange ich es halten kann. Aber so kitschig es klingt, sie beruhigen sich, wenn du in der Nähe bist."

Sie hob die Brauen. „Dann sollten wir vielleicht testen, welchen Einfluss meine Anwesenheit sonst noch auf sie hat."

„Wie?"

Brenna zog einen Schlüssel aus ihrer Tasche. „Als Beschützerin habe ich Zugang zu den Schlüsseln der Zellen."

Seine Herzfrequenz steigerte sich, als er daran dachte, Brenna in den Armen zu halten. „Aber ich dachte, du wolltest Tristan nicht verärgern. Zu mir hier hereinzukommen, wird das auf jeden Fall tun."

Einer ihrer Mundwinkel hob sich. „Ich versuche, es nicht zu tun, aber ich kann mich später gegen ihn behaupten."

Er sah ihr in die Augen. „Bist du dir auch sicher deswegen? Dich hier mit mir einzusperren, könnte gefährlich sein."

Ich glaube nicht, dass du mir wehtun wirst, Killian. Und wenn ich was tun kann, um endlich zu helfen, nachdem ich Däumchen gedreht habe, wer weiß wie lange, dann werde ich es tun. Nicht nur aus Verpflichtung, sondern auch so, also verbann den Gedanken ganz schnell aus deinem Kopf!" Die Hand an seiner Wange bewegte sich, um ihm das Haar von der Stirn zu streichen. „Ich fühle mich zu dir hingezogen, Killian. Und ich würde endlich gerne sehen warum."

Brenna trat zurück, schloss die Außentür zu dem Raum ab und drehte sich ihm wieder zu. Sie hielt den Schlüssel hoch. „Bist du bereit?"

Er sagte schnell zu seinen Tieren, *Und? Seid ihr?*

Blue sprach zuerst. *Das bin ich. Ich sehe beim Küssen vielleicht weg, aber ich verspreche, mich zu benehmen.*

Er konzentrierte sich auf Black. *Und du?*

*Ich werde mir die Augen für nichts zuhalten. Aber ja, ich werde mich benehmen. Ich bin neugierig, wie sie schmeckt.*

Killian nickte. „Ich bin bereit. Sag es, und ich versuche, das mentale Gefängnis zu zerstören."

Brennas Herz trommelte in ihren Ohren. Nicht, weil sie Angst hatte, sondern sie war eher nervös vor dem, was als Nächstes käme. Schließlich hatte sie wenig Erfahrung mit Sex. Ganz zu schweigen davon, dass der Kerl, mit dem sie geschlafen hatte, den Sex gegen sie eingesetzt hatte, um sie zu manipulieren.

*Nein.* Killian war nicht Cedric und würde sie nie so benutzen. Killian hatte sie fast weggestoßen, um sie zu beschützen. Er war ein Ehrenmann, im Gegensatz zu Cedric, dem Arschloch.

Sie atmete einmal tief durch und versuchte, ihren Kopf und ihr Herz zu beruhigen.

Ihr Tier meldete sich zu Wort. *Warum bist du so nervös? Du warst bereit, den Rausch mit ihm durchzumachen. Das hier ist nichts im Vergleich.*

*Er hat sein Gedächtnis und seine Drachen wieder. Das hier ist also etwas endgültiger.*

*Und? Ich freue mich darauf. Immerhin hat er zwei Drachen, die ich zähmen kann.*

Brenna lächelte über den Kommentar ihres Drachen, und Killian fragte: „Was jetzt?"

„Tut mir leid, mein Drache ist ein bisschen notgeil." Sie ging zu seiner Zelle und steckte den Schlüssel ins Schloss. Ohne den Blick von seinem zu wenden, drehte sie ihn und öffnete die Tür.

Killian griff gleich nach ihr und zog sie gegen seinen Körper. Sie hielt den Atem an, als seine harten Muskeln gegen ihre Brust trafen.

Er lachte leise. „Wenigstens ist etwas bei all den Veränderungen konstant geblieben." Seine Hand bewegte sich ihren Rücken hinunter zu ihrem Po. „Du passt immer noch perfekt an meinen Körper."

Sie hob eine Braue. „Dein ursprüngliches Ich hat mich nie gehalten, woher weißt du das also?"

„Doch das habe ich. Wir haben einmal getanzt, kurz nachdem du in Irland angekommen bist."

Sie durchforstete ihre Erinnerungen, und ein trübes Bild von Killian, der sie so weit wie möglich von seinem Körper entfernt hielt, füllte ihren Geist. „Wenn ich mich recht erinnere, hast du alles getan, um Distanz zwischen uns zu wahren."

„Das ist deine Seite der Geschichte. Möchtest du gern meine hören?"

Sie neigte den Kopf und fragte: „Nun?"

Sie gab sich Mühe, sich auf seine Worte zu konzentrieren und nicht auf die langsamen Kreise, die er an ihrem Po rieb. „Ganz zu Beginn des Tanzes haben sich unsere Körper berührt. Blut ist in meinen Schwanz gerauscht, und ich habe dich gleich auf Armlänge gehalten und alles Erdenkliche getan, damit man es mir nicht ansehen konnte."

Sie runzelte die Stirn. „Warum?"

„Weil ich entschlossen war, meiner Schwester zu helfen und sie vor allem zu beschützen. Du bist intelligent, hübsch und stark. Ich wusste, dass, wenn ich nachgäbe, ich es nicht zwanglos würde halten können. Ich wollte mehr."

„Du hast also von Anfang an dieselbe Anziehung wie ich gespürt?"

Er nickte. „Aye. Aber sowohl Mensch als auch Tier waren mehr um die Pflicht besorgt." Er hielt seine Hand an und drückte sie näher gegen sich. „Jetzt aber hat der Gedanke an Pflicht und nichts anderes seinen Reiz verloren. Es sollte ein gesundes

Gleichgewicht geben. Die Loyalität einer bestimmten Frau hat mich langsam für sich gewonnen und mir das beigebracht."

Sie wollte, dass seine Worte das Ende waren. Sie könnten einander küssen, miteinander schlafen und versuchen, eine Zukunft zu haben.

Aber Brenna brauchte das ganze Bild. Sie wollte nicht, dass sich Zweifel in ihren Kopf schlichen. „Im Moment sind wir in Stonefire, weit weg von deinem Haus und deinen Pflichten. Um ehrlich zu sein, die ganze Situation ist unwirklich. Was passiert, wenn wir wieder in unser gewohntes Leben zurückkehren? Dein Drache und deine Erinnerungen sind zurück, also wirst du nicht wieder in deine alten Routinen zurückfallen?"

Seine grünen Augen blieben neutral, die einzige Veränderung war das gelegentliche Blitzen seiner Pupillen zwischen rund und geschlitzt.

Sie konnte sich nicht vorstellen, wie es wäre, zwei Drachen zu haben. Aber sie waren ein Teil von ihm und bildeten ein Ganzes. Sie würde das nicht ändern.

Ihr Tier gähnte. *Das ist langweilig. Warum küsst du ihn nicht einfach und fickst ihn? Das wird viel interessanter sein.*

Zum Glück meldete sich Killian zu Wort und verhinderte Brennas Antwort auf ihren Drachen. „Ich glaube nicht, dass ich wieder die Person sein kann, die ich früher war, Brenna. Der junge blau-weiße Drache braucht Aufmerksamkeit und Training, was bedeutet, dass ich mich mehr auf andere verlassen muss. Ich weiß nicht einmal, ob meine Zukunft in Glenlough liegt, um ehrlich zu sein."

Ihr Herz setzte einen Schlag lang aus. „Was meinst du damit?"

„Jeder in Glenlough erwartet, dass ich mich auf eine bestimmte Art und Weise benehme, während ich mit einer neuen Persönlichkeit in meinem Kopf fertig werden muss. Hier habe ich zumindest die Freiheit, das neue Ich zu sein, das eine Verschmelzung von Alt und Neu sein wird."

Sie sah ihm in die Augen und sagte: „Alles aufzugeben, was du kennst, scheint mir nicht die richtige Antwort zu sein."

Er schüttelte den Kopf. „Ich würde es nicht für immer aufgeben. Teagan wird die Verträge aufsetzen und mit dem irischen MDA neu verhandeln. Und selbst wenn das einige Zeit dauert, solange wir gepaart bleiben, können wir zwischen den beiden Clans reisen. Vielleicht nicht jeden Tag, aber oft genug."

Eine glückliche Zukunft mit Killian, in der sie auch Beschützerin sein und am Leben ihres bald geborenen Bruders teilnehmen konnte, war verlockend.

Nicht, dass sie die Einzige sein wollte, die gewann. Sie würde einen Weg finden, um sicherzustellen, dass Killian mit seiner Familie in Irland in Kontakt blieb und sie auch beschützte. Vielleicht würde seine Mutter in Northcastle gut zurechtkommen, auf halbem Weg zwischen Stonefire und Glenlough.

Ideen rasten durch ihren Kopf, aber sie verschob sie in den Hinterkopf. Die Zeit mit Killian war immer kurz, und sie wollte nicht mehr verschwenden.

Sie legte ihre Hand in seinen Nacken und kratzte an seiner Haut, als sie sagte: „Bevor wir langfristige Pläne machen, wie wäre es, wenn wir erst mal sehen, ob ich deinen Drachen helfen kann?" Sie trat von Killians Körper weg, schloss die Zellentür und warf den Schlüssel außer Reichweite.

Killian knurrte hinter ihr. „Warum hast du das getan?"

Sie drehte sich noch einmal zu ihm um. „Ich vertraue dir, Killian. Und nur so kann ich wirklich beurteilen, ob sich deine Drachen in meiner Gegenwart benehmen werden. Es gibt kein Entkommen, keinen Weg hinaus. Es gibt nur dich und mich in dieser Zelle." Sie streckte ihre Arme aus. „Wie wäre es also, wenn wir aufhörten, Zeit zu schinden und anfangen? Niemand sollte für mindestens eine Stunde kommen, und ich habe darum gebeten, die Sicherheitskameras für diese Zeit ausgeschaltet zu lassen."

Killian blickte auf die montierte Kamera am anderen Ende des Raumes. „Woher weißt du, dass sie auf dich hören werden?"

„Weil ich es mit Kai geklärt habe und niemand ihn missachtet, außer vielleicht seine Gefährtin und seine Schwester." Sie trat einen Schritt näher. „Keine Ausreden und kein Zögern mehr. Es wird Zeit, deine Drachen freizulassen."

Und was dann?"

Sie machte einen weiteren Schritt und legte eine Hand an seine Brust. „Dann sehen wir, was passiert und lassen die Dinge laufen, wohin sie mögen."

Er legte eine Hand auf ihre. „Wenn die Situation außer Kontrolle gerät, versprich mir, dass du mich bewusstlos schlägst."

Einer ihrer Mundwinkel hob sich. „Du hast eine Menge Zeit unserer Bekanntschaft bewusstlos verbracht, aber ich werde mir die Gelegenheit nicht entgehen lassen, dich absichtlich in den Zustand zu versetzen, falls erforderlich. Diesmal versuche ich auch, nicht deine Eier zu treffen."

Sie hoffte auf ein Lächeln, aber Killian atmete nur tief durch. „Dann lass uns anfangen."

# Kapitel Sechzehn

K illian konnte immer noch nicht glauben, dass Brenna ihm vertraute, aber er wollte sie nicht weiter befragen. Es war an der Zeit zu sehen, wie seine Drachen reagierten.

Er sagte schnell zu seinen Tieren, *Denkt daran, Brenna ist hier.*

Black knurrte. *Ich mag nicht, was du damit andeutest.*

Blue fügte hinzu, *Es wird ihr gut gehen. Ich werde nicht zulassen, dass irgendjemand oder etwas ihr wehtut.*

Die Köpfe der beiden Drachen schauten einander an, und Killian schwor, dass beide den Bruchteil einer Sicherheit nickten.

Stück für Stück zerlegte er das mentale Gefängnis. Zuerst die Stäbe oben drüber. Gefolgt von denen hinten und vorn.

Bis jetzt blieben beide Drachen an Ort und

Stelle und machten keine plötzlichen Bewegungen. Der knifflige Teil würde als Nächstes kommen.

Killian nahm noch einen tiefen Atemzug und entfernte die Teile, die die Trennwand bildeten, und dann die letzten Teile an der Seite und am Boden.

Sein zweiköpfiger Drache blieb an Ort und Stelle stehen. Black sprach zuerst. *Brenna wartet.*

Nach einer letzten Überprüfung sah Killian Brenna an. Sie hob die Brauen. „Willst du einfach dastehen?"

Ohne Zeit zu verschwenden, überwand Killian die Distanz zwischen ihnen und nahm Brennas Gesicht in seine Hände.

Black ergriff das Wort. *Küss sie. Dann zieh sie aus und fick sie. Wir haben lange genug gewartet.*

Killian küsste Brenna vorsichtig ein-, zwei-, dreimal, bevor er sich zurückzog. Er musste sich zusammenreißen, nicht an seinen hartwerdenden Schwanz zu denken oder Brennas Lippen anzustarren. „Wie möchtest du vorgehen?"

Sie legte ihre Hände an seine Brust und strich damit bis zu seinen Schultern. Jedes Mal, wenn sie mit weicher Haut über seine glitt, brachte ihn das zum Stöhnen.

Black warf ein: *Worauf wartest du noch? Wirf sie aufs Bett und koste sie. Wir haben uns lange genug gefragt.*

Blue schloss einfach die Augen. *Das kannst du ohne mich tun.*

„Warum runzelst du die Stirn?", fragte Brenna.

Er wollte ihr mit Lippen und Zunge antworten, aber sein blauweißer Drachenkopf, der sich hinunter und gegen seinen Bauch beugte, half ihm, sich zu konzentrieren. „Ich will dich so sehr, dass mein Schwanz weh tut, aber ich bin mir nicht sicher, ob ich das mit einem jungen Drachen im Kopf durchziehen kann. So sehr Black und ich bereit sind, Blue ist immer noch ein Kind."

Ihr Gesichtsausdruck wurde sanfter. „Die Tatsache, dass dir der Kleine so wichtig ist, hat meine Wertschätzung für dich gerade noch mehr erhöht." Sie hielt eine Sekunde inne, und Angst wuchs in seinem Herzen durch ihr Schweigen.

Auch wenn Killian alles tun wollte, um seinem blau-weißen Drachenkopf beim Reifen zu helfen, wusste er nicht, wie lange es dauern würde. Das Warten könnte zu viel für Brenna sein.

Brenna nahm sein Kinn zwischen die Finger und ihre von Dominanz gefüllte Stimme drang an seine Ohren. „Hör auf, so besorgt auszusehen. Wenn du alles hinterfragst, wird das nie funktionieren, Killian. Die eigentliche Frage lautet also – bist du bereit, mir zu vertrauen?"

Er zögerte nicht. „Das bin ich. Aber –"

„Kein ‚Aber' erlaubt." Sein blauer Drache kicherte, als Brenna fortfuhr: „Wir werden gemeinsam eine Lösung finden."

Bei der Überzeugung in ihrer Stimme wurde ein Gewicht von Killians Schultern genommen. „Hast du also eine?"

„Ja, aber ich bin mir nicht sicher, ob sie dir gefallen wird. Ich denke, du musst deine Drachen die Kontrolle übernehmen lassen, damit ich mit ihnen reden kann."

Sein erster Instinkt war es, es kategorisch abzulehnen. Aber er würde sein Wort halten und ihr vertrauen. „Und was, wenn ich die Kontrolle nicht zurückerobern kann?"

Sie zuckte mit der Schulter. „Ich weiß, wie ich Black ablenke. Das sollte reichen, bis jemand kommt, um nach uns zu sehen."

Er sprach mit seinen Tieren. *Könnt ihr euch benehmen und versprecht ihr, ihr nicht wehzutun?*

Black antwortete zuerst, *Ich will, dass sie mich ablenkt, also werde ich mich nicht mit dir darum streiten, dass du mir nicht traust.*

Er wollte keine weitere Auseinandersetzung und konzentrierte sich auf Blue. *Wird es dir gut gehen?* Der Drache nickte, und Killian fügte hinzu, *Ihr müsst teilen. Sie möchte mit euch beiden sprechen. Und wenn wir sie als unsere Gefährtin behalten wollen, müssen wir diesen Test bestehen.*

*Sagt wer?*, verlangte Black zu erfahren.

*Sage ich. Denn wenn die Dinge außer Kontrolle geraten, werde ich es mit ihr beenden. Das bedeutet, dass wir sie nie wieder sehen. Denkt daran.*

Er konzentriert sich wieder auf Brenna. „Lass uns das probieren." Er küsste sie langsam und kostete jeden Zentimeter ihres Mundes, bevor er sich zurückzog. „Viel Glück!"

Killian zog sich in den Hinterkopf zurück und ließ seine Drachen die Kontrolle übernehmen.

Da seine Pupillen geschlitzt blieben, solange seine Tiere vorn in seinem Geist waren, wusste Brenna, wann er den Drachen die Kontrolle übergeben hatte. Sie neigte den Kopf. „Mit wem rede ich zuerst?"

Black and Blue versuchten beide zu antworten, aber letztendlich war es Black, der sprach. „Ich bin Black, der reifere und hübschere der beiden Drachenköpfe."

Sie lächelte. „Ich werde mir jedes Urteil verkneifen, bis ich dich habe wandeln sehen."

Black knurrte. „Ich würde es ja jetzt tun, wenn nicht die Stahlbewehrung in den Wänden wäre und die Chance, dass das Baby den Wandel nicht vollenden kann, und vielleicht uns alle töten würde."

Blue schob sich schließlich nach vorn. „Ich werde es bald genug tun können. Im Gegensatz zu Black habe ich Geduld."

Sie streichelte seinen Bizeps und sagte: „Wir alle müssen zusammenarbeiten, Jungs. Sonst verlieren alle. Ich bleibe, solange ihr euch benehmt. Wenn ihr Killian Ärger macht, dann gehe ich vielleicht einfach."

Black gewann die Kontrolle zurück und grunzte. „Du klingst genau wie Killian."

Sie grinste. „Dann habt ihr jetzt einen doppelten Anreiz, euch zu verstehen." Ihr Gesicht wurde ernst.

„Ich weiß, dass das nicht einfach ist. Ich kann nicht ansatzweise verstehen, wie schwierig es sein muss, einen Geist durch drei zu teilen. Aber wenn wir jemals jemand anderem helfen wollen, müsst ihr zusammenarbeiten, nicht gegeneinander. Gibt es eine Möglichkeit, das zu erreichen?"

Killian widerstand dem Drang, von seinem Blickwinkel im Hinterkopf aus den Kopf zu schütteln. Es konnte doch sicherlich nicht so einfach sein, dass man sie darum bitten musste.

Black antwortete auf Brennas Frage. „Wenn Blue einfach auf meinen Rat hörte, wie man als Drache lebt, würde das schon helfen."

Brenna hob die Augenbrauen. „Die Frage ist, ob du wirklich helfen oder ob du nur das Sagen haben willst."

„Beides", sagte Black. „Aber ich *kann* helfen. Wenn er mir erlaubt, ihn zu trainieren, reift er vielleicht schneller. Dann würden wir uns alle besser verstehen. Buchstäblich zur Hälfte ein Kind und zur Hälfte ein Erwachsener zu sein, wird nur weiterhin Probleme verursachen."

Brenna sprach noch einmal. „Gut, was hat Blue dazu zu sagen?"

Ein paar Sekunden behielt Black die Kontrolle. Doch schließlich erlaubte er Blue zu übernehmen, und der junge Drache antwortete: „Ich würde gern lernen, aber ich mag es nicht, die ganze Zeit herumkommandiert zu werden. Wenn Black einfach

Vorschläge macht und mich bittet, dann könnte es besser funktionieren."

Brenna nickte. „Ich denke, das klingt vernünftig. Vielleicht sollten wir einen Probelauf machen. Bei welchem Thema brauchst du Hilfe, Blue?"

Killian saß mit offenem Mund da, während seine Drachen einfach so auf Brenna hörten. Sie musste eine Drachenflüsterin sein.

Black grinste ihn an. *Schließlich kann sie mir geben, was du nicht kannst.*

Innerlich verdrehte er die Augen. *Daran werden wir arbeiten müssen. Sonst wickelt sie dich im Hand- umdrehen um den kleinen Finger.*

*Und das ist so schlimm?*, fragte Black.

*Vielleicht, vielleicht auch nicht.*

Blue mischte sich ein. *Außerdem fragt sie und versucht, Kompromisse zu finden. Das gefällt mir besser, als herumkommandiert zu werden.*

Brennas Stimme unterbrach seine Antwort. „Blue? Bist du noch da?"

Blue wandte seine Aufmerksamkeit wieder Brenna zu und sagte: „Bin ich. Es ist manchmal schwer, sich hier drin zu konzentrieren, weil es so voll ist."

Brenna streichelte sanft seine Wange und lächelte. „Ich weiß, aber es bedeutet auch, dass du viel Gesellschaft hast. Ich vermute, eines Tages werdet ihr alle beste Freunde sein." Sie zog ihre Hand zurück. „Also, wobei brauchst du Hilfe, Blue?"

Der junge Drache dachte einen Moment nach,

bevor er antwortete: „Ich weiß nicht viel über das Wandeln. Das wäre eine gute Sache für den Anfang."

Brenna klopfte die Hand gegen ihren Oberschenkel und sagte: „Vorausgesetzt, ich kann die Erlaubnis bekommen, wie wäre es damit: Wir werden alle zusammenarbeiten, um Blue mit den Grundlagen des Wandelns zu helfen, aber ich will zuerst ein paar Stunden mit Killian, frei von Streitereien oder Anfällen. Wenn ihr zwei Drachen diese Abmachung einhalten könnt, dann wird das ein großer Schritt sein, um zu zeigen, dass man euch außerhalb dieser Zelle vertrauen kann. Also, was sagt ihr? Könnt ihr das tun?"

Als Black und Blue einander musterten, konnte Killian seinen Blick nicht von Brenna nehmen. Er hatte keine Ahnung, warum sie nur bei Blue in den Gefährtenrausch gekommen war, aber in seinem Kopf war sie verdammt perfekt für ihn. Wie er je gedacht hatte, dass er seine Pflicht immer über seine eigenen Wünsche stellen und ihr widerstehen könnte, Killian hatte keine Ahnung.

Als seine Tiere endlich laut sprachen, schwor er, dass sie es im Einklang taten. „Wir können das tun."

„Gut. Dann lasst mich Killian ein oder zwei Stunden für mich allein haben. Haltet euer Versprechen, und ich werde alles in meiner Macht Stehende tun, um uns wenigstens für eine kurze Zeit hier rauszuholen."

Seine Drachen traten zurück, und Killian nahm

ihren Platz ein. In der Hoffnung, dass Blue damit umgehen könnte, ging Killian zu Brenna. Und dann küsste er sie.

Killians Lippen auf ihren überraschten Brenna, doch sie lehnte sich bald gegen ihn und öffnete sie, um ihm den Zutritt zu ermöglichen.

Sein Geschmack machte süchtig, genauso wie sein harter, warmer Körper gegen ihren. Als er jedoch den Kuss unterbrach und sagte: „Das ist so ziemlich Blues Limit", verliebte sich Brenna ein wenig in ihn.

Sie seufzte: „Unter diesem muskulösen, stirnrunzelnden Äußeren ist ein Mann mit einem Herzen aus Gold."

Er grunzte. „Es ist nicht ganz edel. Schließlich ist es schwer, jemanden zu küssen, wenn ein Teil deines Bewusstseins sein Bestes tut, wegzusehen."

Sie lächelte. „Ja, das kann ich mir vorstellen."

Ihr Drache meldete sich zu Wort. *Es macht mir nichts aus, Geduld mit Blue zu haben, aber ich will nicht lügen – ich bin froh, der einzige Drache hier zu sein. Ich mag die ungeteilte Aufmerksamkeit.*

Als ihr Drache sich aufrichtete und seine Flügel spreizte, sich in diese und jene Richtung drehte, gab Brenna sich Mühe, nicht zu lachen. *Ich bin mir sowieso nicht sicher, ob ich stark genug wäre, mit zweien von deiner Sorte umzugehen.*

Killian strich ihr kurzes Haar aus der Stirn und erregte ihre Aufmerksamkeit. „Danke! Ich weiß, dass du wahrscheinlich sagen wirst, dass das selbstverständlich und deine Pflicht als Gefährtin ist, aber die Art, wie du mit meinen Drachen gearbeitet hast, war verdammt brillant."

Sie grunzte und strich mit ihrer Hand an seinem Arm auf und ab. „Ich habe während meiner Zeit in der Armee bei der Ausbildung neuer Rekruten geholfen. Diese Erfahrung war praktisch."

„Du hast mir nie von deiner Zeit in der Armee erzählt."

Brenna zögerte. Sie wollte ehrlich sein, aber sie war sich nicht sicher, ob sie ihre kostbare Zeit mit Killian mit Erinnerungen an eine der schlimmsten Phasen ihres Lebens verschwenden wollte.

Er legte einen rauen Finger unter ihr Kinn und hob es, bis sie ihm in die Augen sah. „Wie du schon erwähnt hast, haben wir einen Großteil unseres gepaarten Lebens entweder getrennt oder mit mir bewusstlos verbracht. Ich möchte dich kennenlernen, Brenna. Du kannst mir alles erzählen."

Ihr Drache grunzte. *Sag es ihm einfach. Er wird dich nicht als willensschwach oder albern abweisen, auch wenn du denkst, du bist beides. Wir waren nur jung und naiv.*

Als sie in Killians grüne Augen starrte, fand sie den Mut zu sagen: „Nun, als ich in die Armee eintrat, hatte ich einen etwas wackeligen Anfang. Meine Mutter wollte nicht, dass ich gehe, und stöhnte, dass sie ihr einziges Kind nicht in irgend-einem fremden Kriegsgebiet verlieren wollte. Mein Vater hat mich unterstützt, aber es war nach einem Vortrag von Nikki Gray darüber, was einen im Leben eines Beschützers erwartet, dass meine Entscheidung endgültig fiel. Sie erläuterte sämtliche Herausforde-rungen, aber auch die Belohnungen. Meine größte Sorge war, dass ich eine Frau bin, aber Nikki erzählte uns, dass es natürlich immer körperliche Unter-schiede zwischen männlichen und weiblichen Drachenwandlern geben wird – wir sind zum Beispiel kleiner in Drachengestalt –, aber diese Unterschiede können auch von Vorteil sein, und man kann sie nutzen, um das Leben in Stonefire zu einem besseren Ort für alle zu machen."

„Und so bist du weggelaufen, und hast dich der Armee angeschlossen", brummte Killian.

Sie nickte. „Ja. Auch wenn meine Mutter sich bis vor Kurzem geweigert hat, mit mir zu sprechen, konnte ich damit klarkommen. Aber nachdem ich die Grundausbildung beendet und meinen ersten offizi-ellen Job angetreten hatte, musste ich bald feststel-len, dass nicht alle Drachenwandler edel sind."

Killian knurrte. „Jemand hat dich verletzt, nicht wahr? Ich habe es schon in Glenlough gespürt."

Sie blinzelte. „Woher wusstest du das?"

„Selbst ohne meine Erinnerungen hatte ich immer noch die meisten meiner Fähigkeiten, darunter das Lesen von Menschen." Er rieb ihren

Bizeps. „Aber zurück zu deiner Geschichte. Was ist passiert?"

Nach Jahren, in denen sie die Erinnerungen weggesperrt hatte, ließ sie sie jetzt fließen. „Ich war mit der menschlichen 42. Brigade in den Fulwood Barracks in Lancashire stationiert. Ich hatte in meiner Ausbildung hervorragende Leistungen erzielt, also wurden mir zur Belohnung weitere Verantwortungen übertragen. Ich hatte die Aufgabe, aus einer Gruppe von Drachenwandlern in Fulwood einige auszuwählen und sie zu einem Team zusammenzustellen.

Mir hat es gefallen, Aufgaben zu übertragen und Teamübungen zu moderieren. Im Gegensatz zu dem, was ich während Nikkis Vortrag gehört hatte, gab es nicht viel Gegenwehr von den meisten männlichen Kandidaten. Einer stand sogar auf mich und hat mich gelobt, bis ich schließlich anfing, ihn zu daten und mit ihm zu schlafen."

Die ersten Tage mit Cedric waren wie ein Traum gewesen, im Dienst hatte er ihre Befehle entgegengenommen, ohne sie zu hinterfragen, aber sie geneckt, wenn sie allein waren.

Zu schade, dass alles eine Lüge gewesen war.

„Er war der Bastard, der dir wehgetan hat."

Bei der Wut in Killians Stimme begegnete sie wieder seinem Blick. „Ja. Nach der anfänglichen Lust-Phase bemerkte ich ein paar Dinge. Wie er immer wieder erwähnte, wie schwierig es für eine

Frau sein muss, die Leitung zu übernehmen, oder dass die Männer ihm gesagt hatten, wenn sie jemals mit mir in Übersee stationiert wären, würden sie ihre eigenen Pläne aufstellen und sie durchziehen, ohne sich um meine Befehle zu kümmern."

Sie hörte kaum Killians Grollen, als Cedrics Stimme in ihrem Kopf erneut all diese Warnungen aussprach. *Sie hören dir nur zu, weil die Menschen zusehen. In der Hitze des Gefechts nehmen sie keine Befehle von einer Frau entgegen. Die meisten Clans haben schließlich nicht viele weibliche Beschützer.*

Sie verdrängte die Worte und fuhr fort: „Ich wusste es damals nicht, aber er hat mir Zweifel in den Kopf gepflanzt und jede Gelegenheit genutzt, sie zu nähren, damit ich mich mehr an ihn klammerte. Ohne es zu merken, hatte ich mein ganzes Leben und meinen Standpunkt für ihn verändert, einfach weil ich glaubte, er liebt mich."

Ihr Drache schnaubte. *Ich will ihn immer noch finden und kastrieren.*

*Selbst wenn wir damit durchkommen könnten, er ist im Gefängnis.*

Killians Stimme unterbrach ihr Gespräch. „Was wurde aus dem Bastard? Weil ich ihm vielleicht eine Lektion erteilen muss, wie man eine Frau unterstützt und dass man ihr nicht wehtut."

Sie schüttelte den Kopf. „Keine Sorge, irgendjemand anderes hat seinen Charakter durchschaut, und er wurde dabei erwischt, wie er illegal Armeeausrüstung verkaufte. Er sitzt im Gefängnis."

„Er verdient eine weitaus schlimmere Strafe, aber wenigstens tut er niemandem mehr etwas an. Aber du hast deine Geschichte immer noch nicht beendet."

Sie seufzte. „Es ist kein Happy End. Nach einer Weile habe ich schließlich an mir gezweifelt, bis ich Cedric mehr und mehr Aufgaben übertrug. Als er unseren Vorgesetzten über meine Handlungen berichtete, entschieden sie, dass ich meine Pflichten vernachlässigt habe. Ich versuchte, mich dagegen zu verteidigen, aber Cedric erpresste mich mit Nacktbildern, die er ohne meine Zustimmung gemacht hatte. Ich hatte keine andere Wahl, als das Urteil zu akzeptieren, und Cedric übernahm meine Position. Sie schickten mich an einen anderen Ort, um dort sechs Monate lang Bauarbeit zu ertragen."

Ihr Drache schnaubte. *Ein Drache sollte nicht als Kran für Bauarbeiter benutzt werden.*

*Dem stimme ich zu, aber zumindest hat es uns körperlich stärker gemacht, was später praktisch war.*

Killian nahm ihr Gesicht zwischen seine Hände. „Wir machen alle dumme Dinge, wenn wir jung sind. Und bevor du protestierst, dass du nicht jung bist, einundzwanzig ist nicht gerade das Alter eines Rentners. Du bist reif, brillant und stark, aber glaub mir, ich habe meine eigenen Fehler im Laufe der Jahre gemacht. Alles, was wir tun können, ist, aus ihnen zu lernen."

Sie neigte den Kopf. „Wann hat denn der große Killian O'Shea einen Fehler gemacht?"

„An dem Tag, an dem ich entführt und unter Drogen gesetzt wurde, ist der letzte."

Sie musterte sein Gesicht und fragte: „Was meinst du damit? Du hast genau wie die anderen Beschützer die Umgebung erkundet."

„Aye, aber ich habe von allen anderen verlangt, paarweise zu gehen. Ich bin allein gegangen und habe gedacht, ich bräuchte keine Hilfe. Ich habe mir Sorgen um meine Schwester gemacht. Anstatt ihr zu vertrauen, bin ich ihr heimlich beim Wettkampf gefolgt. Die Angreifer müssen beobachtet haben, wie die Wettbewerbsplaner die Hinweise verteilten, und sie wussten, dass Glenveagh Castle eine der Halte- stellen sein würde. Als ich Teagan dorthin folgte, überraschte mich jemand, und das ist das Letzte, woran ich mich erinnere, bevor ich an einen Tisch geschnallt aufwachte und mit Drogen abgefüllt wurde."

Brenna runzelte die Stirn. „Doch warum hast du das getan? Du wusstest doch, dass Teagan auf sich selbst aufpassen kann."

„Aye, rational gesehen, wusste ich das. Aber sie ist meine Schwester, und ich wollte nicht, dass sich wiederholte, was mit meinem Vater passiert ist. Ich wollte sicherstellen, dass meine Mutter nicht noch jemanden verliert, den sie liebt."

„Killian", sagte sie leise.

„Du siehst also, wir können nur aus den Fehlern lernen. Ich denke, zum Teil war ich so wütend, als ich ohne Drachen und Erinnerungen aufwachte, weil ich tief in mir wusste, dass ich es versaut hatte."

„Und jetzt? Bist du immer noch wütend?"

Er lächelte. „Nein, ganz im Gegenteil. Denn aus diesem Fehler ist was Gutes entstanden." Er beugte sich ein Stückchen vor. „Du, Brenna."

Ihr Herz setzte einen Schlag lang aus. „Sei nicht albern."

Er knurrte. „Bin ich nicht. Du bist die ganze Zeit an meiner Seite geblieben und hast mit Händen und Füßen gekämpft, nicht nur, um mich zu beschützen, sondern auch, um einen Weg zu finden, meine Erinnerungen zurückzubringen. Selbst als du wusstest, dass ich dich am Ende vielleicht nie wieder will, hast du für mich gekämpft. Ich habe jetzt eine weitere Person, die ich mit meinem Leben beschützen will."

Sie sah ihm in die Augen. „Aber du kennst mich doch kaum."

Er schob eine Hand in ihr Haar. „Ich weiß genug über dich, um zu erkennen, dass jeder, der nicht für dich kämpft, ein Narr ist."

Killian gab ihr keine Chance zu protestieren und drückte seine Lippen auf ihre.

Bei dem Kontakt vergaß sie jeden Grund und jede Entschuldigung, warum es mit ihnen nicht funktionieren würde, und erwiderte einfach den Kuss. Jedes Knabbern, Lecken und Streicheln ließ Feuer durch ihren Körper rasen. Anziehung war nie ein Problem zwischen ihnen gewesen, aber zum ersten Mal begann Brenna zu glauben, dass mehr als nur bloße Lust im Spiel war.

Es könnte auch Gefühle geben.

Sie wollte den Moment nicht im Sande verlaufen lassen, sprang auf und schlang die Beine um seinen Körper. Killians Hände gingen sofort zu ihrem Po und schlugen auf eine Backe.

Ihr Drache zischte. *Ich möchte seine Hand auf unserer Haut spüren.*

Als sie sich gegen Killians Brust wand, machte die Reibung sie feuchter.

Mit einem Stöhnen bewegte Killian seine Lippen an ihren Hals und machte sich auf den Weg dorthin, wo ihr Hals auf ihre Schulter traf.

Eine seiner Hände bewegte sich zum Saum ihres Oberteils und schob es nach oben, um ein Körbchen ihres BHs freizulegen. Ihr Nippel schmerzte bei seinem Blick.

Killians Pupillen blitzten, und er knurrte: „Black will Blue für ein paar Minuten ablenken."

Bei der Erinnerung an den jungen Drachen füllte Schuldbewusstsein ihren Körper. Killian zog jedoch das Körbchen ihres BHs herunter und nahm ihren harten Nippel in den Mund. Er verbannte alles außer dem Gefühl seiner warmen, feuchten Zunge, während er sie leckte und sie um ihre harte Knospe kreisen ließ.

Sie strich ihre Finger durch sein Haar, stöhnte und rieb sich an seinem Schwanz. Als wäre es seine zweite Natur, ihre Zeichen zu lesen, biss er in ihre

Brustwarze und sandte mehr Nässe zwischen ihre Oberschenkel.

Was würde sie nicht geben, um seine talentierte Zunge weiter nach Süden zu bewegen.

Er ließ sie los und beugte sich zurück, um auf ihren vorstehenden Nippel und ihre kleine Brust zu starren. Eine Sekunde lang hielt sie den Atem an. Vielleicht hatte sein Drache genug, und sie müssten aufhören. Sie verstand, dass sie geduldig sein mussten.

Als er jedoch die empfindliche Haut an der Unterseite ihrer Brust nachzeichnete, sagte er: „Ich würde diese Brust stundenlang anbeten, wenn ich die Zeit hätte." Er begegnete erneut ihrem Blick. „Aber ich tue es nicht. Ich möchte dich schmecken, Brenna. Wirst du mich lassen?"

Sie zögerte nicht. „Ja."

Killian stieß ein tierisches Knurren aus, und er manövrierte sie zum Bett und legte sie hin. Seine Hände wanderten gleich an ihre Hose. Als er daran fummelte, sie zu öffnen, wünschte sie sich zum ersten Mal in ihrem Leben Röcke statt Hosen.

Aber Killian war entschlossen, und bald lag die Hose um ihre Knöchel. Anstatt ihr das Höschen runterzureißen, streichelte er ihren Schlitz durch den dünnen Stoff. Sie sollte sich zurückhalten, aber Brenna konnte nicht anders, als sich zu winden, und versuchte, seinen Finger dazu zu bringen, ihre Klitoris zu massieren.

Killian fuhr mit dem Finger nach oben, bis zum

Saum ihres Höschens. Er wanderte langsam nach unten. Sobald sie sich zu ihrer Hose gesellte, strich er mit seinen harten, warmen Händen ihre Beine hinauf bis zu ihren inneren Oberschenkeln.

Allein Killian dabei zu beobachten, wie er sie berührte, ließ ihr Herz pochen und ihre Pussy pulsieren. Vielleicht war es, weil sie einen Orgasmus wollte, aber sie hatte das Gefühl, dass es eher daran lag zu sehen, wie Killian sich Zeit nahm und ihren Körper wirklich verehrte, was sie heiß machte.

Seine Augen begegneten ihren, und das Verlangen dort verschlug ihr den Atem. „Hierbei geht's um dich und nicht um mich, Brenna. Es ist Zeit, dass du lernst, wie ein richtiger Mann ist."

Ihr Drache summte. *Jaaaa! Wurde auch Zeit.*

Als Killian ihre Öffnung neckte, flohen alle Gedanken aus ihrem Gehirn.

Seine Stimme war rau, als er sagte: „Ich wusste, dass du schön feucht für mich sein würdest."

Er drückte langsam seinen Finger in sie und zog ihn viel zu früh zurück. Dann steckte er den Finger in den Mund und stöhnte. „So verdammt süß."

Bevor sie mehr tun konnte als rot zu werden, beugte Killian sich vor und leckte ihren Schlitz, dann hielt er an ihrer Klitoris inne, um gegen ihr empfindliches Nervenbündel zu schnippen.

Ihre Beine spreizten sich einladend. Sie wollte, nein, brauchte Killians Berührung.

Er dehnte sie langsam. Dann seufzte er: „So

schön!", bevor er sein Gesicht senkte und seine Zunge in ihre Pussy tauchte.

Brenna bog bei dem Gefühl den Rücken durch. Cedric hatte sich nie die Mühe gemacht, sie mit seiner Zunge zu verwöhnen.

*Nein.* Sie wollte nicht zulassen, dass ihre Zeit mit Killian von diesem Arschloch verdorben wurde.

Sie packte sein Haar und konnte den Blick nicht von dem starken Mann wenden, während der ihre empfindlichsten Stellen leckte, in sie hineinstieß und sie liebkoste. Sie fragte sich, ob er etwas Ähnliches empfinden würde, wenn sie seinen Schwanz in den Mund nehmen würde.

Killian knabberte an ihrer Klitoris und schnaubte: „Hör auf zu denken, sonst kommst du nie."

Er konzentrierte seine Aufmerksamkeit auf ihre Klitoris, knabberte daran und ließ die Zunge um die harte Knospe kreisen. Hitze baute sich in ihrem Körper auf, aber als er einen Finger und dann zwei in ihre Pussy schob, beschleunigte sich ihr Atem.

Sie hatte plötzlich das Bedürfnis, sein Gesicht an sich zu drücken. Sie wusste, dass sie nahe an etwas war, das sie bislang nur durch ihre eigene Hand gespürt hatte. Vielleicht würde sie endlich ihren ersten Orgasmus von einem Mann haben

Killian stieß schneller zu, und jeder Stoß ließ den Druck in ihr ansteigen.

Sie keuchte vielleicht und stöhnte, aber Brenna war es egal. Nichts hatte sich je so gut angefühlt wie

Killians starke Finger, die sich zusammen mit seiner Zunge und seinen Zähnen an ihrer empfindlichen Klitoris bewegten.

Schließlich saugte er die kleine Knospe zwischen seine Zähne, und Lichtpunkte tanzten vor Brennas Augen, bevor die Lust durch ihren Körper schoss. Die Kombination aus Killians Fingern, die sich immer noch in ihr bewegten, und ihren inneren Krämpfen ließ sie alles außer den Empfindungen, die durch ihren Körper strömten, vergessen.

Als sie schließlich auf das Bett sank, zog Killian seine Finger aus ihr heraus und küsste die Innenseiten beider Oberschenkel, bevor er sich zu ihrem Bauch bewegte.

Sie musste die Augen geschlossen haben, doch sie spürte seine Stimme an ihrem Bauch. „Sieh mich an, Brenna."

Unfähig zu widerstehen, öffnete sie blinzelnd die Augen, um Killians erhitztem Blick zu begegnen. Als sie träge mit den Fingern durch sein Haar fuhr, sagte er: „Wenn es jemals etwas gibt, das ich anders machen soll, sag es. Eine der Grundlagen für eine stabile Paarung ist offene Kommunikation, ganz gleich, worum es geht."

„Unsere Paarung ist nicht –"

„Sag es nicht." Er kroch an ihrem Körper hoch, bis sein Gesicht über ihrem schwebte. „Für mich ist es echt." Er schmiegte sich an ihre Wange. „Ich möchte dem eine Chance geben, Brenna. Sag mir ehrlich, dass du es nicht tust, und ich ziehe mich zurück. Aber ich will dich unbedingt kennenlernen, Liebes. Gibst du mir die Gelegenheit?"

Das war es, der Punkt in ihrer Beziehung zu Killian, an dem sie sich entweder verpflichtete oder zurückzog.

Er war ein guter Mann. Ihre größte Angst war jedoch, dass sie sich langsam verändern würde, um seinen Bedürfnissen gerecht zu werden, und sich wieder verlieren würde.

Ihr Drache knurrte. *Hör auf! Er hat uns gerade einen Freibrief gegeben, um Vorschläge für den Sex zu machen. Wie viele Männer würden das tun?*

*Ich mache mir keine Sorgen um ihn, sondern um mich.*

Killian flüsterte ihr ins Ohr: „Sag mir, warum du zögerst, Brenna."

Ein Feigling würde Ausreden suchen und nicht antworten. Aber Brenna war kein Feigling. „Ich will nicht, dass mir das Gleiche passiert wie bei Cedric."

Killian begegnete wieder ihrem Blick, sein Ausdruck glühend. „Das Letzte, was ich will, ist ein Speichellecker, der mir mit großen Augen folgt. Gefährten machen Kompromisse, aber du wirst immer du selbst sein, Brenna. Selbst wenn ich ein paar Wochen oder Monate verschwinden muss, weil du es wünschst, kann ich das tun. Aber ich werde immer wiederkommen. Wenn es eine Sache gibt, die du über die O'Sheas wissen solltest, dann, dass wir sehr loyal sind."

Manche Männer würden alles sagen, nur um

eine Frau zu halten. Aber bei Killian dachte sie nicht, dass er Müll von sich gab, um sie in seinem Bett zu behalten.

Sie hob ihre Arme und legte sie um seinen Hals. „Dann lass es uns versuchen."

Gerade als Killian den Kopf senkte, um sie zu küssen, ertönte Dr. Sids Stimme im Raum. „Ich gebe euch einen Moment, um eure Kleidung zu richten, aber dann müssen wir reden."

# Kapitel Siebzehn

Killians Freude darüber, dass Brenna ihm eine Chance gab, war von kurzer Dauer. Er hatte kaum ihre Lippen geschmeckt, als die verdammte Stonefire-Ärztin den Befehl aussprach.

Black und Blue hatten das Spiel beendet, das sie hinten in seinem Kopf gespielt hatten, und Blue meldete sich zu Wort. *Dr. Sid hat uns geholfen. Sei nett zu ihr.*

Killian reagierte nicht auf sein Tier und half Brenna, ihr Höschen und Hose hochzuziehen. Er gab ihr einen letzten Kuss, bevor er sich neben Brenna auf das Bett setzte und fragte: „Was ist so verdammt wichtig, Dr. Sid?"

Sid drehte sich um, ihre Augenbrauen hochgezogen. „Wenn Sie meine Hilfe nicht wollen, kann ich gehen."

Brenna legte eine Hand auf Killians Oberschenkel. „Nein, nein, wir wollen, dass du bleibst, Sid. Hast du was Neues gefunden?"

Die Ärztin sah zwischen ihnen hin und her. „Sagen Sie mir zuerst, was mit Ihren Drachen passiert ist, Killian."

Er zuckte mit der Schulter. „Sie benehmen sich größtenteils, wenn Brenna in der Nähe ist. Wir haben Grenzen getestet."

„Und?"

Er musste der Ärztin zugutehalten, dass sie ihn nicht für sein Experiment rügte, sondern nur die Ergebnisse erfahren wollte. „Brenna hat Wunder bei ihnen bewirkt. Hoffentlich können wir es bald wagen zu wandeln, um zu beweisen, dass man ihnen auch außerhalb dieser Zelle vertrauen kann."

„Und genau deswegen bin ich hier", erwiderte Sid. Sie ging zu den Gitterstäben und blieb nur stehen, um den Schlüssel aufzuheben, den Brenna vorhin weggeworfen hatte. „Bram musste der MDA-Inspektorin sagen, was los ist, und sie will Sie sprechen."

Wütend auf Bram zu sein, weil er seinen Job gemacht hatte, würde nichts nützen. Seine Schwester hätte das Gleiche getan, wenn die Situation umgekehrt gewesen wäre. „Wissen Sie, warum?"

Sid entriegelte die Tür. „Wahrscheinlich, um festzustellen, ob Sie stabil sind, und um Ihre Situation festzuhalten. Miss Day will nicht sagen, ob es weitere Fälle wie Ihren gibt oder nicht. Ich kann jedoch so gut wie garantieren, dass Sie, wenn Sie sie angreifen, irgendwo in eine Forschungseinrichtung des MDA gebracht und möglicherweise nie wieder freigelassen werden."

Er legte einen Arm um Brennas Schultern und drückte sie an sich. „Ich gehe nirgendwohin."

Sid verdrehte die Augen. „Sie können so viel knurren und protestieren, wie Sie wollen, aber wenn Sie wirklich an Brennas Seite bleiben wollen, dann kooperieren Sie verdammt nochmal besser und beweisen, dass Sie keine Bedrohung sind. Sie können mit mir üben und mir erlauben, mit Ihren Drachen zu reden."

Brenna sprang ein. „Bevor du das tust, kannst du uns sagen, ob du etwas über ähnliche Fälle von Alice erfahren hast?"

„Nein, sie ist immer noch auf der Suche nach den Logbüchern und versucht herauszufinden, was der Drache aus dem 16. Jahrhundert zu sich genommen hat."

Da Killian sich nicht mit der Enttäuschung in seinem Bauch aufhalten wollte, sprach er mit seinen Tieren. *Könnt ihr allein mit Dr. Sid reden?*

Black knurrte. *Ich bin mehr als dazu imstande. Es ist der andere, um den du dir Sorgen machen musst.*

Blue grunzte. *Ich bin der Gute, aber ich habe das Gefühl, dass er nicht teilen und mir nicht erlauben wird, mit der Ärztin zu reden.*

Black nickte und antwortete, *Verdammt richtig, dass ich nicht teilen will. Du bist jung und unreif.*

*Wir haben bessere Chancen, irgendeine Art Test zu bestehen, wenn ich die Leitung übernehme.*

*Wenn es so schlimm ist, jung und unreif zu sein, warum hast du dann vor ein paar Minuten mit mir gespielt?*

Killian warf ein: *Ihr zwei müsst eure Differenzen beiseitelegen. Wenn wir es bei der MDA-Inspektorin vermasseln, sehen wir Brenna vielleicht nie wieder. Wollt ihr das?*

*Nein,* sagten beide.

Er fuhr fort, *Gut. Dann fangt an zusammenzuarbeiten. Das ist unsere einzige Chance für die Zukunft, die wir uns wünschen.*

Sids Stimme unterbrach seine Unterhaltung. „Ich sehe, dass du mit deinen Drachen sprichst, Killian. Was sagen sie?"

Er atmete tief durch, nahm seinen Arm von Brennas Schultern und stand auf. „Sie wollen versuchen, mit Ihnen zu reden."

„Gut, dann ist es wahrscheinlich am besten, wenn Brenna geht." Er öffnete den Mund, doch Sid unterbrach ihn. „Sie werden Ihre Gefährtin nicht immer an Ihrer Seite haben. Nur so lässt sich feststellen, ob wir Ihnen die MDA-Inspektorin anvertrauen können."

Brenna ergriff das Wort. „Aber was ist mit dir, Sid?"

Sid wandte den Blick nicht von seinem. „Ich bezweifle, dass selbst seine Drachen eine schwangere Frau verletzen würden, da sie nicht bösartig zu sein scheinen. Außerdem habe ich ein paar Tricks, um mich zu schützen, falls nötig."

Blue meldete sich zu Wort. *Natürlich würde ich ihr nicht wehtun. Ich will mit ihrem Baby spielen, wenn es alt genug ist.*

*Hoffentlich bist du bis dahin reif genug, das nicht mehr zu wollen,* sagte Black. *Aber sie hat recht, ich würde nie einer schwangeren Frau wehtun.*

Killian fragte: „Da eine Schwangerschaft eine Art Schutz ist, sollten wir es dann nicht stattdessen mit Ihrem Gefährten versuchen? Schließlich ist die MDA-Inspektorin nicht schwanger und wird diesen Schutz nicht haben."

Sid schüttelte den Kopf. „Nein, fangen wir erst einmal mit mir an. Wenn Sie das gut machen, versuchen wir es mit Gregor oder einem der Beschützer." Sie trat zur Seite und deutete auf den Ausgang. „Um das zu testen, musst du gehen, Brenna."

Brenna trat an seine Seite. „Sag mir Bescheid, sobald du fertig bist, Sid, damit ich wiederkommen kann."

„Das kannst du mit Bram und Kai klären. Sie haben einen Job für dich, und du sollst dich sofort in Brams Cottage melden."

Er konnte Brennas Zögern spüren, legte eine Hand an ihren unteren Rücken und sagte. „Geh nur. Deine Arbeit ist dir wichtig. Außerdem, wie willst du Bram dazu bringen, mich hier rauszulassen, wenn du ihn nicht triffst?"

Sie lächelte. „Es wird einfacher sein, ihn zu bezaubern, ohne dass du ständig knurrst ..."

Er gab ihr einen leichten Klaps auf den Po und sagte: „Ich mag diese freche Seite. Sie sollte öfter rauskommen."

Brenna grinste, und alles verschwand außer ihrem Lächeln.

Mit harter Arbeit und etwas Glück hoffte er, dieses Lächeln für den Rest seines Lebens jeden Tag zu sehen.

Anstatt darüber nachzudenken, wie richtig diese Zukunft klang, küsste er sie sanft und trat davon. „Geh, Liebes. Ich bin sicher, dass Sid sich um mich kümmern wird."

Bevor die Ärztin den Mund öffnen konnte, zwinkerte Brenna und verließ den Raum.

Sid wandte ihren Blick zu ihm. „In Ordnung, verschwenden wir keine weitere Zeit mehr. Ich möchte mit Ihren Drachen reden. Und der Einfachheit halber sollten wir zum Du übergehen."

Er warnte die beiden, *Denkt daran: Benehmt euch. Wenn ihr einander angreift und mich in einen weiteren Anfall zwingt, kommen wir hier nie raus.*

Sobald seine beiden Tiere zustimmend grunzten, zog sich Killian langsam in seinen Hinterkopf zurück. Wie es die Norm zu sein schien, sprach Black zuerst. „Hier spricht Black. Ich habe die volle Kontrolle und bin stabil."

Sid verschränkte die Arme vor der Brust. „Ach ja? Was, wenn du mitten im Flug wärst und etwas auftauchte? Würdet ihr zusammenarbeiten, oder würdest du einfach die Entscheidung treffen?"

„Die Entscheidung treffen. Ich habe mehr Erfahrung."

Sid zögerte nicht. „Lass mich mit Blue sprechen."

Innerlich vor sich hin murmelnd erlaubte Black Blue zu sagen: „Hallo, Dr. Sid. Ich glaube nicht, dass du so angsteinflößend bist."

Sid lächelte. „Das bin ich nicht, wirklich, solange die Leute Befehle befolgen. Aber Charme funktioniert bei mir nicht, Blue. Dieselbe Frage: Würdest du mit Black zusammenarbeiten, um eine Entscheidung im Sekundenbruchteil zu treffen? Oder würdest du es allein machen?"

„Ich weiß es nicht. Es kommt darauf an. Ich weiß einiges besser, und er auch."

„Dann bist du also der besonnenere." Sid öffnete die Arme und trat einen Schritt näher. „In einer kontrollierten Umgebung zivilisiert zu sein, ist gut und schön. Aber wir müssen euch gezielt testen. Ich werde sehen, was ich arrangieren kann."

Killian übernahm wieder die Kontrolle. „Und was mache ich bis dahin?"

„Du bleibst hier und trainierst deine Drachen." Sie deutete auf einen Stapel Bücher. „Tristan hat dir diese Bände aus gutem Grund gegeben."

„Ich kenne die meisten Informationen bereits", grummelte er.

„Wenn ich du wäre, würde ich all diese Hilfe

nicht für selbstverständlich halten, Killian O'Shea. Lies sie. Ich garantiere, dass es Dinge in diesen Büchern gibt, an die du dich nicht erinnerst. Verschaff dir so viel Informationen, wie du nur kannst. Schließlich bereitet dir Arroganz später nur Ärger."

Damit ging Sid aus der Zelle, schloss sie ab und verließ den Raum.

Seufzend schnappte Killian sich eines der Bücher und warf einen Blick auf den Titel: *Mit dem inneren Drachen leben lernen: Ein Leitfaden für Anfänger.*

Er öffnete es und begann zu lesen. Die Annahme, er wüsste alles, würde ihm beim Ministerium für Drachenangelegenheiten nichts nützen. Schließlich würde er, wenn sie ihn für eine Bedrohung hielten, lebenslang weggesperrt werden. Er bezweifelte, dass Bram das Interview mit der MDA-Inspektorin für mehr als ein paar Tage hinauszögern könnte, also müsste er das Beste aus seiner Zeit machen.

Blue meldete sich zu Wort. *Denk dran, das hier ist alles für Brenna.*

*Ja,* fügte Black hinzu. *Also versau es nicht!*

Er widerstand einem Seufzer. *Ich bin nicht das Problem. Dass ihr zwei euch vielleicht gegenseitig umbringt, ist es.*

Black schnaubte. *Wir werden sehen. Vielleicht kann ich lernen, mit ihm zu leben. Nicht, weil du mich darum gebeten hast, sondern für Brenna.*

*Ja, für Brenna* sagte Blue. *Der Rest liegt an dir.*

Anstatt darüber nachzudenken, wie seine Drachen die Situation zu seinem Problem gemacht hatten und nicht ihrem, unterbrach er ihr Murmeln und begann zu studieren.

Auf ihrem Weg zu Brams Cottage gab Brenna ihr Bestes, ihre Sorgen zu verdrängen. Sid würde sich und ihr ungeborenes Kind nie freiwillig in Gefahr bringen, was bedeutete, dass sie nie vorgeschlagen hätte, mit Killian allein zu bleiben, es sei denn, ihr Bauchgefühl sagte ihr, es sei in Ordnung.

Ihr Drache meldete sich zu Wort. *Hör auf, dich aufzuregen. Ich glaube, Killians Drachen haben einander einfach nur dafür gehasst, dass sie existierten. Aber nach dem letzten Anfall, denke ich, lernen sie jetzt, zusammenzuarbeiten.*

*Ich hoffe es.*

*Außerdem solltest du glücklich sein. Killian ist alles, was Cedric nicht war. Ihm liegt wirklich was an uns, und er denkt an uns, ohne Hintergedanken.*

Sie stimmte zu, aber anstatt Hoffnung erblühen zu lassen, zwang Brenna langsam alle Emotionen aus ihrem Gesicht und Geist. Wenn ihre Zukunft in Stonefire endete, musste sie Bram und Kai zeigen, dass sie immer noch besonnen und fähig war. Sonst könnte sie den Rest ihres Lebens an einem Schreibtisch hocken.

Allein der Gedanke, zehn Stunden am Tag drinnen zu sitzen, ließ sie erschaudern. Sie würde lieber jeden Tag in anderthalb Meter tiefem Schnee Wache stehen, als sowas über vierzig Jahre lang zu ertragen.

Sie kam an Brams Cottage an und hatte kaum ein paarmal geklopft, als Nikki Grays lächelndes Gesicht sie begrüßte. „Brenna!" Die dunkelhaarige, braunäugige Frau zog sie in eine Umarmung. „Schön, dich zu Hause zu sehen! Es gibt so wenige von uns Beschützerinnen, und ich könnte dich an meiner Seite gebrauchen."

Nikki ließ sie los, und Brenna antwortete: „Es sind noch mehr Frauen in der Ausbildung und sollten bald schon von der Armee nach Hause zurückkehren. Und genau wie ich haben sie das dir zu verdanken."

Nikki schüttelte den Kopf und deutete hinein. „Du musst mir nicht danken. Wenn Charlie nicht gewesen wäre, hätte ich nie daran gedacht, mich anzumelden. Sie ist diejenige, der wir die langsam wachsende Anzahl weiblicher Beschützer in Stonefire verdanken."

Charlie war Stonefires erste Beschützerin gewesen. Sie war durch die Hände von Drachenjägern gestorben, während sie Evie Marshall beschützen sollte.

Brenna nickte. „Sie war ein fantastisches Vorbild, und wir müssen die Erinnerung an sie am Leben erhalten. Vielleicht sollten die Beschützer ein jährliches Seminar in ihrem Namen veranstalten, um mehr Frauen zu ermutigen, sich uns anzuschließen?"

Nikki führte sie den Flur hinunter. „Das ist eine brillante Idee. Wenn es jemals weniger Angriffe oder Bedrohungen für den Clan gibt, können wir eine solche Veranstaltung vielleicht gemeinsam planen. Schließlich habe ich als stellvertretende Kommandantin der Beschützer ein bisschen Einfluss auf Kai."

Die andere Drachenfrau zwinkerte, und Brenna grinste. „Und wenn du Kais Gefährtin an Bord bekommst, hat er keine Chance."

Die Tür zu Brams Büro stand offen, und Kai sprach von der anderen Seite des Raums aus. „Ich wünschte, die Leute würden verdammt nochmal aufhören, hinter meinem Rücken Dinge mit meiner Gefährtin zu planen. Ich bin doch ein aufgeschlossener Kerl."

Nikki lächelte ihren Boss an. „Das bist du, aber es macht Spaß, dich hin und wieder auf die Palme zu bringen. Außerdem hält es Jane auf Trab."

„Was dann zu Ärger führt", brummte Kai, wenn auch mit Liebe in seinen Augen.

Bram saß an seinem Schreibtisch und hob eine Hand. „Genug davon. Wir haben im Moment wichtigere Dinge zu besprechen."

Er sah nacheinander alle drei im Raum an. „Dr. Sid hat einen Auftrag erwähnt, ist aber nicht näher darauf eingegangen. Ist was passiert, wovon ich nichts weiß?"

„Wie du weißt, hat Nikki die Position des Zwei-

tobersten übernommen und ihre alte Position unbe-
setzt gelassen", erklärte Bram. „Ich weiß, dass deine
Zukunft im Moment unsicher ist, aber vorerst
möchte ich, dass du die täglichen Kontrollen und die
Überwachung von Sicherheitsstörungen
übernimmst."

Sie runzelte die Stirn. „Ich wäre geehrt, aber gibt
es nicht andere, qualifiziertere Beschützer?"

Nikki schnaubte. „Du bist mehr als qualifiziert,
Brenna. Schließlich hast du Glenloughs Beschützer
eine kurze Zeit lang so gut wie geführt. Wenn überhaupt, dann ist das fast eine Degradierung."

Für Brenna fühlte es sich nicht wie eine Degradierung an, sondern eher eine gute Gelegenheit,
wenn man bedachte, dass sie am unteren Ende der
Leiter gewesen war, als sie das letzte Mal in Stonefire
gelebt hatte.

Ihr Herz setzte vor Freude einen Schlag aus, aber
sie musste ehrlich zu ihrem Clan sein. „Seid ihr euch
auch sicher deswegen? Bis die Dinge mit Killian
geklärt sind und es bestimmt keine weiteren Anfälle
mehr geben wird, bin ich vielleicht nicht so konzentriert wie üblich."

Kai meldete sich zu Wort. „Ich verstehe die
Sorge um deinen Gefährten. Schließlich erholt Jane
sich immer noch von dem Messerstich in ihre Schulter. Aber wie sie mir immer sagt, macht es sie nur
launischer, wenn ich nicht von ihrer Seite weiche.
Manchmal kann ein bisschen Distanz Wunder für
eine Beziehung bewirken."

„In Anbetracht dessen, dass Killian in letzter Zeit ziemlich oft bewusstlos war, steht Distanz nicht ganz oben auf meiner Liste", sagte sie gedehnt.

Bram warf ein: „Ich glaube, was Kai zu sagen versucht, ist, dass Tristan, Sid und einige der anderen Zeit mit Killian brauchen, um an der Kontrolle seiner Drachen zu arbeiten und zu beweisen, dass er stabil ist und keine Bedrohung. Ich kenne dich schon dein ganzes Leben, Brenna, und du hast nie gern tatenlos dagesessen. Zu arbeiten, während Killian bei den anderen ist, wird dir helfen, etwas von deiner überschüssigen Energie loszuwerden."

Nikki legte eine Hand auf ihre Schulter. „Außerdem wirst du es hauptsächlich mit rebellischen Teenagern zu tun haben, die versuchen, sich vom Land des Clans zu schleichen. Und ihnen ein oder zwei Lektionen zu erteilen, hilft dir, etwas von deinem Stress abzubauen. Ich werde diesen Teil vermissen, obwohl es auch seine Vorteile hat, erwachsene Beschützer zurechtstutzen zu können."

Kai hob eine Braue. „Sorg einfach dafür, dass dein Gefährte wegbleibt, Nikki. Die anderen halten sich zurück, weil er ein Mensch ist, aber wenn Rafe zu weit geht, wird das nicht gut enden."

Nikki verdrehte die Augen. „Ich kann nichts dafür." Sie legte eine Hand an ihren wachsenden Bauch. „Bis dieses Baby da ist, wird er wohl nur schlimmer werden."

Brenna sollte ihre Zunge hüten, aber sie platzte

heraus: „Ist es nicht eine Unannehmlichkeit für deine Karriere, schwanger zu sein?"

Nikki lächelte, während sie ihren Bauch rieb. „Ich dachte immer, es würde alles ruinieren, wofür ich gearbeitet hatte. Nicht an Brams und Kais Vertrauen in mich zu glauben, war einer der größten Fehler, die ich seit einiger Zeit gemacht habe. Wird es leicht sein, Elternschaft mit meinem Job in Einklang zu bringen? Nein. Aber mit der Hilfe des Clans schaffe ich es. Meine Eltern freuen sich schon darauf, so viel wie möglich die Babysitter zu spielen."

Bei der Erwähnung von Eltern erinnerte sich Brenna an ihre eigenen. Angesichts der Tatsache, dass ihre Mutter selbst schwanger war, dachte Brenna nicht, dass das eine Option wäre.

Ihr Drache meldete sich zu Wort. *Killian verlangt kein Kind. Wir haben reichlich Zeit.*

Brenna konzentrierte sich wieder auf Nikki und sagte: „Das werde ich mir merken."

Bram grunzte. „Also, wirst du dann den Auftrag annehmen?"

Sie nickte. „Für den Moment. Aber bevor ich einer langfristigen Verpflichtung zustimme, muss ich mit Killian über die Zukunft sprechen. Und ich möchte Teagan kontaktieren können, um ihr ein persönlicheres Update über ihren Bruder zu geben."

„Natürlich, solange du keine vertraulichen Informationen ohne Kais Zustimmung weitergibst", erklärte Bram. „Da das geklärt ist, kannst du sofort anfangen."

Sie blinzelte. „Was, wenn ich Nein gesagt hätte?"

Grinsend blätterte Bram durch die Papierstapel auf seinem Schreibtisch. „Ich wusste, dass du Ja sagen würdest."

Ihr Drache meldete sich. *So sehr ich Teagan auch bewundere, ich habe Brams Gutartigkeit vermisst.*

Der betreffende Mann hielt ihr ein Dokument hin. Sie nahm es und las die Überschrift „Sicherheitszone" und dann die Zusammenfassung:

*Auf Stonefires Land wird ein neutraler Treffpunkt benötigt, jenseits der Tore. Dafür ist ein leicht überwachbarer und kontrollierbarer Standort ausfindig zu machen und als Vorschlag einzureichen. Sobald das geschehen ist, müssen Sicherheitsprotokolle entworfen und getestet werden.*

Sie sah wieder auf und fragte: „Wozu ist das?"

Bram antwortete: „Clan Skyhunter hat jetzt bald seine Wettkämpfe um die Führungsposition. Sobald sie ihren neuen Anführer haben, möchte ich Kontakt aufnehmen und möglicherweise eine Allianz bilden. Aber angesichts dessen, wie die Dinge in diesem Clan in den letzten Jahrzehnten gelaufen sind, möchte ich vorsichtig sein. Wenn es irgendeine böswillige Absicht gibt, muss ich sicherstellen, dass unsere Clanmitglieder nicht in der Nähe sind."

Skyhunter war der Drachenwandler-Clan im

Süden Englands, der bis zur Inhaftierung ihres Anführers durch Angst und mit eiserner Faust regiert worden war. Sie waren derzeit ohne Anführer und wurden von einer Vielzahl von Aufpassern zusammengehalten.

Kai fügte hinzu: „Der neue Sicherheitsbereich wird auch für Treffen mit anderen Clanführern und Beamten genutzt werden. Wenn es strengere Sicherheitsmaßnahmen gibt, könnten mehr Leute bereit sein, mit unserem Clan zu reden."

Brenna schloss den Ordner. „Das ist eine brillante Idee. Eine, von der ich sicher bin, dass Lochguard sie nachahmen wird."

Bram murmelte etwas, aber Nikki meldete sich zu Wort. „Zurück zu deiner Aufgabe. Die Suche nach dem besten Standort ist dein Hauptanliegen. Sobald das erledigt ist, arbeitest du mit Nathan, Lucien und Blake hier in Stonefire zusammen, um alle Sicherheitsaspekte zu entwerfen, von physisch bis technologisch."

Nathan war der Leiter der IT-Abteilung der Beschützer und jemand, mit dem Brenna schon zusammengearbeitet hatte. Die anderen beiden kannte sie nur vom Namen und vom Sehen her. „Also wurde Lucien zum permanenten Ersatz-IT-Spezialist ernannt für alle Angelegenheiten, die nichts mit den Beschützern zu tun haben?"

Bram grunzte. „Aye. Und Blake hat ein Händchen dafür, Lösungen für knifflige technologische

Probleme zu entwickeln oder zu finden. Er ist ein bisschen schüchtern, aber extrem clever."

Abgesehen von Blakes Intelligenz hatte sie nur gehört, dass er in seiner Drachengestalt meist drinnen oder an abgelegenen Orten blieb.

Ihr Tier meldete sich zu Wort. *Ich mache ihm keinen Vorwurf dafür, dass er sich von anderen fernhalten will. Jeder macht so einen Wirbel darum, dass er ein weißer Drache mit einem schwarzen Fleck ist.*

*Selbst du warst neugierig, als wir Kinder waren.*

*Ja, aber Erwachsene sollten es besser wissen.*

Sie konzentrierte sich auf Kai. „Kannst du zwei oder drei Beschützer für mich erübrigen, denen du zutraust, bei der ersten Aufklärung zu helfen?"

„Das sollte im Moment in Ordnung sein", antwortete Kai. „Obwohl, wenn ein Notfall auftaucht, werdet ihr euch alle sofort melden, ohne Fragen zu stellen."

Ein aufgeregtes Summen rauschte durch ihren Körper. „Klingt gut für mich." Sie hielt inne und fragte: „Darf ich Killian davon erzählen?"

Bram und Kai sahen einander an, bevor Bram wieder sprach. „Noch nicht. Ich möchte ihm vertrauen. Er ist schließlich dein Gefährte. Aber bis er stabil ist, will ich nichts riskieren." Das verpasste ihrer Aufregung einen kleinen Dämpfer. Es musste sich in ihrem Gesicht gezeigt haben, denn Bram fügte hinzu: „Sobald Sid und Gregor ihn für stabil erklären, kannst du ihm von deinem Auftrag erzählen. Ich sollte auch hinzufügen, dass ich das nicht mit einem anderen Clan teilen möchte, außer einigen wenigen in Lochguard."

„Teagan hat dein Vertrauen verdient, Bram", betonte Brenna.

„Dass Aaron sie als seine Gefährtin ausgewählt hat, sagt mir das, aber angesichts der Anzahl von undichten Stellen und verärgerten Clan-Mitgliedern auf der ganzen Welt kann ich es jetzt nicht riskieren. Sonst sind wir den Drachenjägern oder Rittern nie einen Schritt voraus. Ich möchte nicht, dass sie vorab Informationen über unsere Sicherheitspläne bekommen, sonst ist das ganze Projekt für die Katz."

Brenna runzelte die Stirn. „Können sie uns nicht einfach mit Videodrohnen überwachen?"

„Blake hat bereits an einer temporären Lösung für dieses Problem gearbeitet und eine Art bewegliches Feld geschaffen, um Feeds und Netzwerke zu blockieren. Er kann es besser erklären als ich."

Nikki warf ein: „Das bedeutet, dass man sich auf ältere Kommunikationsformen verlassen muss, wie Läufer und Notruftelefone, die auf dem Land des Clans verteilt sind, um regelmäßig einzuchecken."

Brenna spürte, dass ihre Zeit bald um wäre. Und so eifrig sie auch war, sich wieder an die Arbeit zu machen, musste sie noch etwas fragen, daher spie sie aus: „Bevor ich anfange, habe ich eine Bitte, Bram." Er hob fragend seine Augenbrauen, und sie fuhr fort: „Ich möchte Killians Fähigkeit testen, sich in einer kontrollierten Situation zu wandeln. Aber es muss natürlich außerhalb der Gefängniszelle sein, da der kleine Raum gegen sich wandelnde Drachen bewehrt ist. Erlaubst du ihm, es zu versuchen?"

„Ich werde darüber nachdenken." Bram lehnte sich in seinem Stuhl zurück. „Nimm dir jetzt den Rest des Tages frei, um ihn mit deinem Gefährten zu verbringen. Melde dich morgen früh bei den Beschützern, sobald Tristan eintrifft, um Killian bei seinen Studien zu helfen."

Manche hätten vielleicht auf eine konkretere Antwort über Killian Wandeln gedrängt, aber Brenna kannte Bram gut genug, um zu wissen, dass er nicht nachgeben würde, bis alles an Ort und Stelle und sicher für alle war.

Sie sah nacheinander jede Person an. „Vielen Dank dafür. Ich war mir nicht sicher, ob du mir wieder vertrauen würdest, nach allem, was passiert ist."

Nikki wedelte mit einer Hand. „Was mit Killian passiert ist, war nicht deine Schuld. Und ja, du hast einige Zeit in Glenlough verbracht, aber ich denke, dass Austausch nützlich ist. Deshalb belästige ich Bram immer wieder damit, endlich jemanden zum Austausch aus Lochguard zu nehmen, wie er es Finn vor Ewigkeiten versprochen hat."

Bram seufzte. „Das steht auf meiner Liste der Dinge, die ich tun muss, aber es hat keine Priorität."

Nikki flüsterte laut: „Er will einfach nicht, dass der Austauschkandidat jemand wie Finn oder seine Cousins ist."

Kai grunzte. „Egal, es ist notwendig und überfällig."

Da Brenna da nicht hineingezogen werden wollte, machte sie einen Schritt zurück. „Ich sollte wohl mal nach Killian sehen. Ich melde mich morgen früh zur Arbeit."

Sobald Nikki mit dem Kopf bedeutete, Brenna könne gehen, begannen die drei Drachenwandler im Raum zu streiten.

Brenna verließ das Cottage und seufzte erleichtert. Sie hatte Brams Zögern in Bezug auf einen Lochguard-Austausch nie verstanden, aber wenn ihn jemand überzeugen könnte, wäre es Kai Sutherland.

Ihr Drache meldete sich zu Wort. *Ich freue mich über unseren neuen Job.*

*Ich mich auch, obwohl ich wünschte, Killian könnte ein Teil davon sein. Er ist brillant in Sachen Sicherheit.*

*Das braucht Zeit. Er ist noch nicht bereit, in den Dienst zurückzukehren. Außerdem wirst du dich nie voll konzentrieren können, wenn du dir immer Sorgen machst, dass Killian an deiner Seite bewusstlos werden könnte.*

*Ich weiß.* Brenna erhöhte ihr Tempo. *Aber ich kann es nicht abwarten, ihn wiederzusehen.*

*Wenn ich mir überlege, wie viel Zeit du in den letzten Wochen damit verschwendet hast, ihm aus dem Weg zu gehen! Du solltest auf mich hören. Ich habe einen tollen Instinkt.*

Da Brenna nicht mit ihrem Drachen streiten wollte, joggte sie den Rest des Weges dorthin, wo Killian auf sie warten sollte.

# Kapitel Achtzehn

Ivy Passmore saß auf dem feuchten Boden und hoffte, dass der Sommerregen bald aufhören würde. Sie hatte noch nie viel vom Wandern gehalten und doch war sie hier, wo zum Teufel auch immer im Lake District, und versuchte ihr Bestes, die Tore des Clans Stonefire zu erreichen.

Sie zog die Kapuze ihrer Jacke weiter über den Kopf und erinnerte sich daran, warum sie sich in der Wildnis verirrt und alles riskiert hatte, um eine Gruppe von Drachenwandlern zu erreichen.

Für Vergeltung.

Nicht gegen die Drachenwandler, sondern gegen die menschlichen Bastarde, die sie gezwungen hatten, für sie zu arbeiten. Sobald sie erfahren hatte, dass sie ihren Bruder und seinen Partner getötet hatten, war sie entkommen.

Ihr traten Tränen in die Augen, als sie an ihren Bruder Richard dachte. Sie hatte keine anderen

Geschwister, und sie würde nie wieder seine Witze hören, geschweige denn von seinem Traum, eines Tages Stand-up-Comedian beim Edinburgh Fringe Festival zu sein.

Rückblickend hätte sie ihn mehr unterstützen sollen, vielleicht hätte er dann diesen Traum vor seinem Tod Wirklichkeit werden lassen.

Wenn das nicht schon genug war, um ihr Herz in zwei Stücke zu reißen, hatte sie auch David, der seit zehn Jahren der Partner ihres Bruders gewesen war, wie einen zweiten Bruder geliebt.

Sie würde ihren Bruder oder David nie wieder sehen.

Und es war alles ihre Schuld.

*Nein.* sie würde diesen Weg jetzt nicht wieder gehen. Der USB-Stick in ihrer Tasche, geschützt in mehreren Plastiktüten, war ihre einzige Chance, sich an den Bastarden zu rächen, für das, was sie getan hatten. Und dafür brauchte sie Stonefires Hilfe.

Wenn sie jemals ihre verdammten Tore finden könnte. Wie konnte eine vollständig geschlossene Siedlung, die von nichts als der Natur umgeben war, so schwer zu finden sein?

Als sie zum Himmel aufblickte, sagte ihr das Licht, das durch die Wolken fiel, dass es bald Abend sein würde. Regen oder kein Regen, Ivy musste weitergehen, weil sie sich nicht sicher war, ob sie eine Nacht in der Wildnis ohne Unterschlupf und ohne Essen überleben könnte.

Sie stand auf und ignorierte die beißenden

Schmerzen in ihrem Bauch und ihre protestierenden Muskeln. Sie setzte einen Fuß vor den anderen und versuchte ihr Bestes, die Berge als Wegweiser zu nutzen. Bevor der Akku ihres Handys früh am Morgen den Geist aufgegeben hatte, hatte sie noch ein Navigationsgerät gehabt und genau darauf geachtet, wo die Hügel und Berge in Bezug auf ihre Position waren. Das war der einzige Hinweis, den sie hatte, um sicherzustellen, dass sie nicht im Kreis lief. Nicht absolut genau, aber sie hatte es genommen.

Ivy hatte keine Ahnung, wie lange sie schon gewandert war, als sie zu einer Lichtung kam, die zwischen zwei großen Hainen lag. Nicht, dass sie die Landschaft betrachtete. Ihre Augen konzentrierten sich auf die drei Drachen, die am Himmel schwebten. Sie mussten zu Stonefire gehören. Sie konnte sich nicht vorstellen, dass andere Drachen sich so nah an einen anderen Clan heranwagten.

Da ihr Kopf pochte und es so schwierig war, einen Fuß vor den anderen zu setzen, wusste Ivy, dass dies ihre letzte Chance auf Erlösung sein konnte. Die letzte Chance, alles wiedergutzumachen, was sie getan hatte.

Also sammelte sie ihre letzte Energie und schrie mehrmals: „Helft mir!", bevor ihr Sichtfeld verschwamm und sie ohnmächtig wurde.

Brenna hatte die meisten ihrer ersten Tage bei der Arbeit damit verbracht, über jeden Zentimeter von Stonefire-Land zu fliegen, und hatte ihre Liste möglicher Orte für den sicheren Treffpunkt auf drei reduziert.

Sie hatte das vielversprechendste Gebiet für den Schluss aufgehoben und schwebte gerade über der großen Lichtung zwischen zwei Wäldchen. Obwohl man es für eine schlechte Wahl halten könnte, das Gebäude im Freien zu platzieren, dachte sie, dass die dichten Baumbestände zu beiden Seiten reichlich Möglichkeiten für Fluchtwege und sogar versteckte Tunnel bieten würden. Außerdem war das freistehende Gebäude nur eine Scheinanlage, wobei der eigentliche Treffpunkt weiter im Wald oder möglicherweise unter der Erde versteckt war.

Gerade als sie den beiden Beschützern signalisieren wollte, dass sie zurückkehren sollten, hörte sie eine weibliche Stimme rufen: „Helft mir!"

Selbst bei Wind und Regen konnte Brenna die Quelle leicht ausmachen. Sie beobachtete, wie die Frau zu Boden fiel und nicht mehr aufstand.

Das konnte eine Falle sein, also signalisierte Brenna ihren Landsleuten, in der Luft zu bleiben und ein Auge offenzuhalten. Sie würde die Fremde allein überprüfen.

Sie tauchte hinunter und landete vorsichtig neben der Frau. Sie lauschte auf ungewöhnliches Grollen im Unterholz oder Stimmen in der Nähe, hörte aber nichts. Wenn die Frau Teil einer Falle war, in die andere involviert waren, war die Gefahr durch die Begleiter der Fremden nicht unmittelbar. Vor allem, da Blake eine Sicherheitszone in der Nähe ihrer drei Standorte eingerichtet hatte, um jede Art von Drohne am Fliegen und Angreifen zu hindern.

Brenna stellte sich vor, dass ihre Flügel in ihren Rücken schrumpften, ihre Schnauze zurück in ihre Nase und ihre Arme und Beine zu menschlichen Gliedmaßen wurden. Sobald sie fertig war, achtete Brenna kaum auf den Regen, als sie neben der Frau kniete.

Ihr rotes Haar war verfilzt, ihr Gesicht mit Schmutz beschmiert, und ihre Kleidung von Regen und Schlamm durchnässt. Brenna hatte keine Ahnung, wer die Frau war, obwohl sie aufgrund ihres Geruchs und ihrer kleineren Größe erkennen konnte, dass sie ein Mensch war.

Ihr Drache meldete sich zu Wort. *Wir sollten sie direkt in den Clan bringen. Wenn sie stirbt, erfahren wir nie, warum sie hier ist.*

*Ich weiß nicht, ob wir das riskieren können, aber ich lasse sie nicht sterben.* Brenna bedeutete dem roten Drachen zu landen und befahl: „Zain, bring einen der Ärzte in das verlassene Cottage nahe dem See. Ich werde die Menschenfrau dorthin bringen und auf dich warten."

Der rote Drache nickte, sprang in den Himmel und eilte davon.

Nachdem Brenna erneut signalisiert hatte, landete der verbliebene Drache, ein schwarzer, neben ihr. Brenna stand auf. „Sebastian, du musst die Frau und mich in die verlassene Hütte am See tragen. Ich möchte in menschlicher Gestalt bleiben, falls sie unterwegs aufwacht, um ihr zu erklären, was los ist."

Sebastian sprang auf und schwebte ein paar Meter über dem Boden. Brenna hob die kleine Frau hoch und half, sie in Sebastians linke Klauen zu legen. Dann legte er seine anderen Krallen vorsichtig um Brennas Mitte.

Als er aufstieg, bemerkte sie kaum die Höhenänderung oder den Wind. Auch wenn es kühl war, war sie mehr um die geheimnisvolle Frau besorgt. Menschen tauchten manchmal an den Toren eines Drachenclans auf, die einzige Frage war, ob die Frau Freund oder Feind war. Nach dem jüngsten Verrat in Irland war Brenna vorsichtig, jemandem zu vertrauen, den sie nicht kannte.

Binnen weniger Minuten hatte Sebastian Brenna neben das Cottage gestellt. Wieder auf dem Boden nahm Brenna die Frau in ihre Arme.

Das Cottage war absichtlich von wuchernden Büschen und kaputten Möbeln umgeben, um verlassen zu wirken. Doch drinnen stand immer ein Feldbett, und Vorräte waren in einem geheimen Fach im Boden versteckt.

Sobald sie die Frau auf dem Bett hatte, drehte sich Brenna zum Kamin. Dankbar, dass sie Holz und Anzünder daneben fand, obwohl es Sommer war, hatte sie bald Feuer gemacht.

Sie starrte auf den Menschen hinunter und fragte sich, woher die Frau gekommen war. Anders als Drachenliebhaber oder Leute von den Medien war sie zerzaust und schmutzig. Brenna vermutete, dass sie schon eine ganze Weile durch die Umgebung gelaufen war.

Sie durchsuchte den Menschen und fand einen USB-Stick, der in mehrere Schichten Plastik gewickelt war, sowie eine Handtasche. Auf ihrem Führerschein stand, dass ihr Name Ivy Passmore war und sie in Brighton lebte.

Was Brenna nicht verstand, war, warum Ivy, wenn sie einen Führerschein hatte, nicht nach Stonefire gefahren war. Die einzige Erklärung war, dass die Frau nicht verfolgt werden wollte, aber warum?

So viele Fragen, und so wenige Antworten.

Ihr Drache meldete sich zu Wort. *Und ich habe noch eine Frage: Warum ist sie hier? Brighton ist ziemlich weit vom Lake District entfernt. Selbst wenn man mal Skyhunter außer Acht lässt, da der Clan instabil ist, ist Snowridge in Wales näher.*

Brighton war eine Stadt an der Südküste Englands. *Ich weiß nicht, aber sie hat alles getan, um diesen USB-Stick zu schützen. Ich wette, er wird uns mehr sagen.*

Brenna hörte, wie ein Drache draußen landete, und kurz darauf kam Dr. Gregor Innes mit einer Arzttasche in der Hand in die Hütte. Da er vollständig bekleidet und durchnässt war, musste er sich dafür entschieden haben, getragen zu werden.

Er kniete neben dem Bett und fragte: „Ist sie aufgewacht?"

„Wenn ich wüsste, wie sie reagieren würde, hätte ich sie ausgezogen und in Decken eingewickelt. Aber angesichts der Tatsache, dass Menschen sich übermäßig Sorgen wegen der Nacktheit machen, und ich nicht wollte, dass sie durchdreht, war das Beste, was ich tun konnte, Feuer zu machen."

Gregor führte eine schnelle Untersuchung durch und griff in seine Arzttasche. „Meine erste Diagnose ist, dass sie erschöpft und dehydriert ist. Ich würde Ja sagen, bringt sie in ein Menschenkrankenhaus, aber angesichts ihres Zustandes und nach dem, wo du sie gefunden hast, würde ich sagen, dass sie nicht gefunden werden will."

„Dem stimme ich zu. Kannst du sie hier behandeln?"

„Es ist nicht die beste Situation, aber bis wir sie befragen können, bin ich vorsichtig, sie hinter die Tore des Clans zu bringen. Soweit wir wissen, könnte es ein Drachenjäger oder ein Ritter sein, der versucht, uns zu täuschen."

Sie nickte. „Ich lasse Zain und Sebastian hier, um auf sie aufzupassen, während ich Kai Bericht erstatte. Wenn sie aufwacht, kann Zain sie befragen."

Gregor sah sie an. „Behutsam, hoffe ich. Sie ist schwach und könnte krank sein. Ich will nicht, dass er es noch schlimmer macht."

„Zain weiß, was er tut, und hat noch nie die Gesundheit eines Menschen gefährdet." Brenna trat

345

näher und hielt den Stick hoch. „Ich bin am meisten besorgt darüber, was da drauf ist."

„Erkläre Cassidy die Situation und sag ihr, dass ich Flüssigkeit für eine dehydrierte Patientin brauche. Sie wird wissen, was sie nehmen und mir schicken soll. Stell einfach sicher, dass sie nicht versucht, selbst herzukommen."

„Ihre Schwangerschaft ist noch nicht so weit, Gregor."

„Ich weiß, aber sie war schon einmal ein Ziel, und bis wir wissen, wer dieses Mädel ist, bringe ich meine Gefährtin nicht wieder in Gefahr."

Da jede Sekunde, die sie mit Gregor stritt, Zeit war, die sie damit verbringen konnte, die Details des USB-Sticks herauszufinden, ging sie zur Tür. „Ich rede mit Kai, kontaktiere Sid und komme so schnell wie möglich zurück."

Nachdem sie Zain und Sebastian ihre Anweisungen gegeben hatte, steckte Brenna den Stick in die wetterfeste Tasche, die sie in ihrer Drachengestalt trug, und wandelte. Innerhalb von Sekunden war sie am Himmel und flog zurück nach Stonefire.

Ihr Drache grunzte. *Der Mensch sollte besser Freund sein und nicht Feind. So schon lässt sie uns auf Killian warten.*

*Killian hat viel um die Ohren. Sein Interview mit der MDA-Inspektorin ist morgen.*

*Trotzdem muss er eine Pause einlegen, um zu essen. Wir könnten ein wenig kuscheln. Vielleicht* sogar endlich Sex haben, den er aus irgendeinem Grund aufschiebt.

Wäre Brenna in menschlicher Gestalt gewesen, hätte sie gelächelt. *Da ist aber jemand nicht nur ungeduldig, sondern ihm auch immer mehr zugetan.*

*Und du nicht?*

Der Landebereich kam in Sicht, was ihr eine Ausrede gab, um die Frage nicht beantworten zu müssen.

Sobald sie am Boden war, bemerkte sie Bram und Kai an der Seite, wo sie auf sie warteten. Schnell wandelte Brenna in ihre menschliche Gestalt zurück und eilte zu ihnen.

Bram hob die Brauen. „Was ist los?"

„Ich bin mir nicht sicher, aber das hier könnte es uns erzählen." Sie nahm den USB-Stick heraus, der noch in Plastiktüten gehüllt war, und hielt ihn hoch.

Bram nahm ihn. „Der Mensch hatte den dabei?"

„Ja. In Anbetracht ihres Zustandes hat sie sich wirklich Mühe gegeben, um ihn auf jeden Fall trocken zu halten. Ich glaube, er ist wichtig."

Kai sprang ein. „Dann bringen wir ihn zu Nathan."

Nathan war verantwortlich für die Technologie der Beschützer.

Alle drei joggten zur Kommandozentrale, die nur etwa drei Minuten vom Landeplatz entfernt war.

Kai verschwendete keine Zeit und eilte hinein. Einen Fuß hinter der Tür nahm Brenna eines der Ersatzgewänder, die sie dort für diejenigen, die schnell wandeln mussten, verwahrten, und warf es sich über. Sie hatte gerade den Knoten gebunden, als sie das Rechenzentrum erreichten.

Nathan saß an einer Reihe von Computerbildschirmen. Kai meldete sich zu Wort. „Ich muss wissen, was hier drauf ist."

Nathan drehte sich um, und seine braunen Augen trafen auf Kais, bevor sie auf den Stick in Brams Fingern blickten. „Woher kommt der?"

Bram reichte ihn ihm. „Von einem Menschen, den Brenna in der äußeren Umgebung gefunden hat."

Nathan wandte sich wieder seinem Computerterminal zu. „Lass ihn mich zuerst schnell auf Viren überprüfen."

Da Nathan seit Jahren für die Technologie der Beschützer verantwortlich war, stellte niemand seine Entscheidung infrage oder bellte, er solle sich beeilen.

Brenna tippte mit der Hand gegen ihren Oberschenkel, während Nathans lange Finger über die Tastatur tanzten. Nach gefühlten Jahren brummte er: „Verdammt!"

Bram beugte sich vor. „Was ist das?"

„Ich muss mir einige Daten von Dr. Sid bestätigen lassen, aber ich bin mir ziemlich sicher, dass es sich um einen gestohlenen Cache mit Dateien der Drachenritter handelt."

Brenna versuchte herauszufinden, was auf dem

Bildschirm war, aber der Text bewegte sich zu schnell. „Bist du dir sicher?"

Nathan hörte auf zu scrollen und deutete auf eine Blaupause. „Das hier ist eines ihrer Versammlungshäuser." Er verließ den Bildschirm und rief einen anderen auf. „Und das ist eine Art chemische Formel."

„Vielleicht hängt es mit dem zusammen, was bei meiner Schwester verwendet wurde", sagte Kai.

„Oder sogar Killian", fügte Brenna hinzu.

Bram nahm sein Handy heraus, drückte jemandes Nummer und hielt es sich ans Ohr. „Sid? Ich brauche dich in der Kommandozentrale."

Da Brenna übersensibles Gehör hatte, hörte sie Sids Antwort: „Was ist mit Gregor? Was ist passiert?"

„Brenna ist hier und kann Gregors Nachrichten weitergeben, wenn sie welche hat. Komm zur Kommandozentrale, und wir informieren dich über alles." Bram beendete den Anruf. „Nathan, stell sicher, dass du all diese Daten an einen sicheren Ort kopierst. Ich möchte, dass du es durchkämmst und eine Zusammenfassung dessen erstellst, was du findest. Wenn was Wichtiges dabei herauskommt, dann lass es mich wissen."

Nathans blonder Kopf nickte. „Ich erstelle bereits eine Sicherungskopie, aber es kann eine Weile dauern, bis ich alles gesichtet habe."

„Aye, ich weiß. Du kannst Lucien zur Unterstützung holen." Bram blickte zu Brenna. „Bis wir mehr über diesen Menschen wissen und was die Frau hier tut, werde ich dein aktuelles Projekt auf Eis legen."

„Das hatte ich bereits vermutet", antwortete Brenna. „Ich kann sofort zurückfliegen und den anderen sagen, was wir wissen. Wenn Ivy wach ist, weiß Zain, was er sie fragen soll."

Kai warf ein: „Ich werde auch die Patrouillen erhöhen. Ich werde nichts riskieren, bis wir genau wissen, was los ist."

Da fiel Brenna etwas ein. „Was ist mit der MDA-Inspektorin? Sie ist noch ein paar Tage hier und wird wahrscheinlich die zusätzlichen Patrouillen bemerken."

„Sie ist nur hier, bis sie Killian befragt hat und Lorcan entweder abreist oder einem Vertrag zustimmt. Glaubst du, Killian ist bereit, schon heute Abend mit der Inspektorin zu reden?"

Sie zuckte mit den Schultern und antwortete: „Obwohl es besser wäre, mehr Zeit für die Vorbereitung zu haben, denke ich, dass er es gut machen sollte. Schließlich benehmen sich seine Drachen die meiste Zeit." Sie sah auf die Uhr an der Wand. „Er sollte gerade sein erstes vollständiges Wandeln versuchen."

Bram nahm sein Handy wieder hoch. „Dann werde ich sehen, was ich wegen Lorcan tun kann. Mit etwas Glück wird Miss Day morgen früh abreisen, dann können wir herausfinden, wer Ivy Passmore ist und was sie vorhat, ohne, dass das MDA sich einmischt. Wenn der Mensch der Schlüssel zur

Zerstörung der Drachenritter in Großbritannien ist, dann werde ich alles tun, um das zu erreichen." Bram sah zu Kai. „Überbringe Zain und Sebastian die Neuigkeiten selbst, dann kann Brenna Killian von der veränderten Lage berichten und ihn entsprechend unterstützen."

Andere wären wegen der Änderung der Aufgaben verärgert gewesen, aber Brenna hielt es für genauso wichtig, Killian zu helfen, wie jede andere Pflicht in Stonefire.

Sie teilten sich auf, um ihre jeweiligen Aufgaben zu erledigen. Als Brenna aus der Kommandozentrale stürzte, hoffte sie nur, dass Killian bereits sein erstes Wandeln geschafft hatte. Das war das Einzige, was bei seinen inneren Tieren ungewiss war, und doch war es das Wichtigste. Ein außer Kontrolle geratener zweiköpfiger Drache würde eine Panik auslösen wie kein anderer.

Killian sah zu, wie seine Krallen zum fünften Mal zu Fingern wurden, während Black versuchte, Blue zu trösten. *Ich weiß, du willst das unter Kontrolle haben, aber vertrau mir. Ich kann dich dadurch führen.*

Blue schnaubte. *Ich glaube, ich weiß, was ich tue.*

*Nicht gut genug. Wenn wir das Wandeln nicht richtig hinkriegen, könnte es schlimm enden.*

Tristan MacLeod kam zu ihm. „Was ist diesmal passiert?"

„Sie streiten immer noch."

„Wenn du das nicht hinkriegst, wirst du nie vom MDA freigesprochen."

„Du glaubst, ich weiß das nicht?", brachte Killian zwischen zusammengebissenen Zähnen hervor.

„Hör zu, ich weiß, es dauert normalerweise Monate, wenn nicht Jahre, bis ein junger Drache sich wohlfühlt und informiert genug ist, um zu wandeln. Aber wir haben nur noch Stunden, höchstens einen Tag. Also klär das!"

Killian atmete tief durch und sprach mit seinen Drachen. *Genug!* Bei der Dominanz in seinem Tonfall verstummten sie. Erst dann sprach er weiter, *Blue. Ich weiß, du willst beweisen, dass du so geschickt bist wie Black. Und ich bin zuversichtlich, dass du eines Tages die Führung übernehmen wirst. Im Moment jedoch liegt dein Hauptfokus darauf, mit ihm zusammenzuarbeiten und sicherzustellen, dass dein eigener Kopf so wächst, wie er es sollte.*

Der junge Drache zögerte. *Ich weiß nicht. Wenn ich Black nachgebe, beweist ihm das nur, dass er immer das Sagen haben sollte.*

Killian sprach, bevor Black es konnte. *Ich habe letztendlich das Kommando, zumindest bis ihr beide lernt, zusammenzuarbeiten. Ich verspreche dir, dass du an der Reihe bist, sobald du bereit bist. Mit etwas mehr Übung kannst du es sicher meistern. Findest du das nicht auch, Black?*

Für ein paar Sekunden blieb Black still. Aber er seufzte schließlich. *Ich glaube, Blue hat Potential, ja.*

*Auch wenn er unaufhörlich optimistisch bei allem ist. Und viel zu nett.*

Killian ignorierte die Beleidigungen und konzentrierte sich auf den blauen Drachenkopf. *Also versuchen wir es noch einmal, okay?*

*Okay*, grummelte Blue.

Killian verdrängte alle anderen Gedanken und wollte gerade schon zurücktreten, um seinen Tieren die Kontrolle zu ermöglichen, als Brennas Stimme ihn aufhielt. „Killian, ich muss mit dir reden."

Tristan meldete sich zu Wort. „Wir sind beschäftigt, Brenna, komm später wieder."

Brenna eilte an Killians Seite. „Kann ich nicht. Etwas ist passiert, und Killian soll jetzt bald befragt werden."

Er legte einen Arm um Brennas Taille. „Sag mir, was los ist."

Während sie über den Menschen und die ersten Befunde von dem USB-Stick berichtete, vertieften sich die Furchen auf Killians Stirn. Als sie fertig war, fragte er: „Es ist also möglich, dass die Informationen auf diesem USB-Stick mit dem zusammenhängen, was bei mir verwendet wurde?"

Brenna nickte. „Ja, aber wir werden es nicht sicher wissen, bis Sid und die anderen Ärzte es sich genauer ansehen."

„Wenn es aber damit in Verbindung steht ..."

Sie beendete den Satz: „Dann könnten wir dich vielleicht in deinen Normalzustand zurückversetzen." Sie legte eine Hand an seine Wange und fragte: „Aber ist es auch das, was du willst?"

Er sollte Ja schreien, er würde gern wieder nur einen Drachen in seinem Kopf haben.

Doch während Black und Blue darauf warteten, was er sagen würde, konnte er sich nicht vorstellen, zwischen den beiden zu wählen, geschweige denn einen von ihnen aus der Existenz zu verbannen.

Brenna gewann erneut seine Aufmerksamkeit. „Dachte ich mir. Du hängst an beiden, nicht wahr?"

„Ich habe keine verdammte Ahnung, warum, aber ja."

„Dann musst du das Interview mit der MDA-Inspektorin bestehen. Bitte sag mir, dass du bereit bist."

Er sprach mit seinen Tieren. *Was meint ihr? Um euch beide zu behalten, müssen wir den Test bestehen. Könnt ihr zusammenarbeiten, um zu wandeln?*

Black hob seinen Kopf höher. *Ich bin bereit, es zu probieren.*

Blue nickte ein paarmal. *Ich auch.*

*Dann lasst es uns schnell vor dem eigentlichen Test probieren.*

Killian küsste Brenna kurz. „Geh ein Stück zurück. Ich werde zum ersten Mal versuchen, vollständig zu wandeln."

Sie gab ihm einen schnellen Kuss und stellte sich neben Tristan, am Rande des Platzes.

Killian zog sich in den Hinterkopf zurück und beobachtete seine Drachen. Black sagte, *Ich fange an.*

*Sobald sich unsere Gestalt ändert, konzentrier dich darauf, deinen Kopf hinauszudrücken. Den Teil kann ich nicht übernehmen.*

Black stellte sich vor, dass ihre Flügel aus dem Rücken sprossen, Arme und Beine sich in Gliedmaßen mit Krallen verwandelten und ihre Nase sich zu einer schwarzen Schnauze dehnte. Wahrscheinlich, weil Black die Kontrolle hatte, war die Hauptfarbe der Drachenhaut schwarz.

Obwohl Black sein Wandeln beendet hatte, kämpfte Blue noch darum. Nur eine winzige, blaue Knospe tauchte aus ihrem Hals auf.

Killian hatte sich noch nie mit sowas auseinandersetzen müssen, aber er sagte, *Du musst ihn länger wachsen lassen, bevor du dir deinen Kopf so vorstellst, wie er jetzt ist.*

Blue knurrte, und langsam tauchte eine lange, blaue Säule aus ihrem Hals auf. Es dauerte noch eine Minute, bis eine Schnauze, Ohren und Augen von oben geformt wurden.

Sobald Killian in seiner Drachengestalt dastand, mit zwei Drachenköpfen, stürmte Brenna zu ihnen. Beide Tiere senkten ihre Köpfe, damit sie sie hinter jeweils einem Ohr kratzen konnte.

Brenna schmunzelte. „Ihr habt es geschafft!"

Killian sprach mit seinen Drachen. *Tolle Arbeit, ihr beide!*

Beide Tiere summten nur zufrieden und beugten sich mehr zu Brennas Kratzen.

Blue war der Erste, der seinen Kopf gegen

Brennas Schulter stieß. Sie küsste die Schnauze des Drachen. „Auch schön, dich kennenzulernen." Dann wandte sie sich zu Black und wiederholte die Geste. „Und es ist eine Weile her, dass wir uns gesehen haben."

Die beiden Köpfe bewegten sich, um Brenna sanft zu umschlingen, und hielten sie fest. Sie lachte und erwiderte die Umarmung.

Wenn Killian nicht schon vorher in sie verliebt gewesen wäre, dann wäre es jetzt passiert. Sie hatte ihn nicht nur nie aufgegeben, sondern ihn auch so akzeptiert, wie er war. Er würde nie wieder eine Frau mit derselben Freundlichkeit, Tapferkeit und Klugheit finden. Es war höchste Zeit, ihre Paarung zu einer echten Paarung zu machen.

Blue meldete sich zu Wort. *Dann sorg dafür, dass sie bleibt.*

*Ja,* sagte Black. *Wir lieben sie auch.*

*Gut, dann lasst uns die Befragung des MDA bestehen. Und dann bitte ich Brenna um unser erstes richtiges Date.*

Black grunzte. *Und Sex. Ich will Sex.*

*Solange sie das auch will und Blue einen Weg findet, sich abzulenken, werden wir sehen.*

Blue hielt eine Sekunde inne, bevor er sagte, *Vielleicht ist es gar nicht so schlimm. Ich liebe Brenna. Dazu gehören auch Küsse und so.*

Killian hatte schon den Verdacht gehabt, dass Blue mit jedem Erfolg allmählich reifer wurde. *Okay, dann beweist, dass ihr ohne Probleme zurückwandeln* könnt. *Ich habe Brenna vor der Befragung noch ein paar Dinge zu sagen.*

Jemand keuchte, und eine unbekannte weibliche Stimme sagte: „Dann ist es wahr!"

Beide Drachen bewegten ihre Blicke zur Quelle. Die kleine, kurvige Gestalt von Elsie Day stand neben Tristan.

Blue meldete sich zu Wort. *Warum ist sie hier? Ich bin noch nicht bereit. Ich könnte einen Fehler machen, wenn ich versuche, zurückzuwandeln.*

*Wir schaffen das,* sagte Black leise. *Wir müssen. Mach es mir einfach nach.*

Die Drachen ließen Brenna los, und Elsie ging auf sie zu. „Sie sind großartig", sagte Elsie und starrte sowohl Black als auch Blue an.

Brenna legte eine beschützende Hand an seine Brust. „Ja, das sind sie."

Elsie räusperte sich und rückte ihre Brille zurecht. „Ich habe einen Deal mit Bram geschlossen, diesen Test lieber jetzt als später durchzuführen. Wie ich sehe, ist Killian zahm und hat sich erfolgreich in seine Drachengestalt gewandelt. Aber kann er so auch sicher fliegen?"

Tristan antwortete: „Das wird er bald genug."

Elsie streckte eine Hand aus und wartete. Blue stieß langsam seine Schnauze gegen ihre Handfläche.

Killian schnaubte. *Immer der Charmeur.*

*Es wird uns helfen, du wirst schon sehen.*

Elsie nahm ihre Hand herunter und sah jede

Person nacheinander an. „Genau genommen sollte er in der Lage sein, alle Aufgaben im Zusammenhang mit seinen Drachen gut zu erfüllen, um meine Zustimmung zu bekommen."

„Aber ...?", hakte Brenna nach.

„Vorausgesetzt, er kann sicher zurückwandeln und du tust mir einen Gefallen, werde ich ihn bis zu den Folgetests in ein paar Wochen für sicher erklären."

„Was für einen Gefallen?", fragte Brenna langsam.

„Ich will erst sehen, ob er sich zurückwandeln kann, und dann nenne ich dir meine Bitte."

Elsie zog sich zurück. Brenna drehte sich um und flüsterte leise genug, dass der Mensch es nicht hören konnte. „Du schaffst das. Ich habe Vertrauen in euch alle drei."

Sie umarmte die Brust des Drachen so weit wie möglich mit ihren menschlichen Armen und stellte sich neben die MDA-Inspektorin.

Black ergriff das Wort. *Mach es mir noch einmal nach. Kannst du das, Blue?"*

*Ich versuche es.* Blue hielt inne und fügte hinzu: *Danke, dass du zuerst gefragt hast.*

So sehr Killian seinen Drachen sagen wollte, sie sollten sich beeilen, der Prozess war zu wichtig, um eine Ablenkung zu riskieren. Also sah er einfach zu, ob sie es schaffen konnten oder nicht.

Black grunzte. *Ich glaube, es wäre das Beste, wenn du es zuerst machst, Blue. Ich denke, einen*

Drachenkopf einzuziehen und dann unsere ganze Gestalt in eine menschliche zu verwandeln, ist der beste Weg.

Blue versuchte, sich auf die gleiche Weise zurückzuwandeln, wie er gewachsen war, aber nur ein Ohr und ein Auge verschmolzen im übrigen Gesicht. Er konnte den Rest nicht bewegen.

*Nimm dir Zeit und mach die andere Seite,* wies Black ihn an.

Nach ein paar tiefen Atemzügen versuchte Blue es erneut. Das zweite Ohr zog sich zurück und dann das Auge. Seine Schnauze kam als Nächstes, und alles schien gut zu laufen, bis er den letzten blauen Hubbel nicht in den Drachenkörper ziehen konnte.

Blue knurrte. *Es ist zu schwierig.*

Brennas Stimme kam von der Seite des offenen Raums. „Macht es für mich, Black und Blue. Macht es für mich."

*Ich darf Brenna nicht enttäuschen. Sie sollte denken, dass wir stark sind,* sagte Blue.

Black antwortete: *Dann nur noch ein bisschen weiter, und ich kann den Rest erledigen. Stell dir vor, mich zu umarmen und einer zu werden.*

Für ein paar Sekunden änderte sich nichts. Dann verschmolz das letzte Stück Blue in den Hauptkörper des schwarzen Drachen.

Nachdem der schwerste Teil erledigt war, wandelte Black, wie er es im Laufe der Jahrtausende Male getan hatte. Langsam schrumpfte er in seine menschliche Gestalt zurück.

In der Sekunde, in der er fertig war, eilte Brenna hinüber und küsste ihn. „Ihr seid alle verdammt brillant!"

Beide Drache brüsteten sich in seinem Kopf.

Bevor er irgendetwas erwidern konnte, kam Elsie zu ihm. Man musste der Menschenfrau zugutehalten, dass sie den Blick auf seinem Gesicht hielt und seine Nacktheit ignorierte. „Gut, auch wenn das Wandeln etwas langsamer war als normal, hast du vorerst bestanden."

„Also, was ist das für ein Gefallen?", hakte Killian nach.

„Ich möchte Folgendes." Elsie holte einen versiegelten Umschlag heraus und hielt ihn hin. „Liefere das an Adrian Conroy."

Brenna nahm ihn langsam an. „Ist das alles?"

Sie schob ihre Brille an ihrer Nasenwurzel hoch. „Ja. Aber denk daran, wenn ich in einigen Wochen zurückkomme, musst du alle Aspekte mit Bestnoten bestehen, einschließlich Flugmanöver. Wenn du scheiterst, muss ich es dem MDA melden, was ich lieber nicht tun würde, da ich dich ungern eingesperrt sähe."

Es schien, als hätte die MDA-Inspektorin eine Schwäche für Drachen. Wenn man bedachte, wie unbedingt sie Adrian kontaktieren wollte, ergab das einen Sinn.

Killian hatte kaum „Danke" gesagt, bevor Elsie winkte und den Bereich verließ.

Tristan knurrte. „Gut, dann sind wir für den Tag

fertig. Lass mich wissen, wenn du bereit für mehr Training bist."

Der Drachenmann ging ohne ein weiteres Wort.

Als sie endlich allein waren, schmiegte Killian sich an Brennas Wange. „Ich denke, es ist an der Zeit, dass ich dich auf ein richtiges Date einlade, um zu feiern."

Sie fuhr mit den Händen über seine Brust und zu seinem Rücken. „Ich hoffe, wir gehen dieses Date von hinten an, denn ich will dich nackt und in meinem Bett, und dann können wir später essen." Er drehte den Kopf, um ihrem Blick zu begegnen, und sie fügte hinzu: „Solange Blue damit umgehen kann."

„Er fängt an, sich zu interessieren." Killian knabberte an ihrem Kiefer. „Also lass uns gehen, bevor er seine Meinung ändert."

Killian kümmerte sich nicht um seine Nacktheit, nahm Brenna hoch und legte sie in seine Arme. Mit ihrer Hitze und ihrem Duft um ihn herum war es schwierig, seinen Schwanz nicht hart werden zu lassen. Aber er nutzte jeden Trick, den er kannte, und rannte, als würde er von Drachenjägern gejagt.

# Kapitel Neunzehn

Mit jedem Schritt, den Killian machte, während er sie trug, stieg Brennas Herzfrequenz etwas mehr an. Sie würde endlich ihren Gefährten beanspruchen können.

Ihr Drache schnaubte. *Er gehört uns schon eine Weile.*

*Aber nicht in jeder Hinsicht. Nach heute werde ich gegen jeden kämpfen, der versucht, ihn uns zu nehmen.*

*Das habe ich schon bei der MDA-Inspektorin gespürt. Du hättest genauso gutsagen können: „Bleib weg von meinem Mann, du Schlampe!"*

*Das habe ich nicht absichtlich getan. Andere Frauen dürfen schauen, aber sie sollen ihn nicht anfassen.*

*Da klingt ja jemand wie ein Drachenwandler.*

*Weil ich einer bin.*

Killian erreichte das Cottage, das sie geteilt hatten, seit Bram ihm erlaubt hatte, die Gefängniszelle zu verlassen. Er verlagerte sie ein wenig, um die Tür zu öffnen, schloss sie mit einem Tritt und rannte die Treppe hinauf. Brenna lächelte. „Da hat es aber jemand eilig. Ich bin überrascht, dass du die Tür nicht eingebrochen hast."

„Und riskieren, dass jemand dein Stöhnen hört? Ich glaube nicht. Denn dann muss ich denjenigen vielleicht zu einem Kampf herausfordern."

Sie verdrehte die Augen. „Stonefire-Drachen lauschen nicht an offenen Türen, weil es eines Tages ihre eigene sein könnte und sie auf dieselbe Diskretion hoffen würden."

Er erreichte ihr Schlafzimmer und legte sie vorsichtig auf das Bett. Er verflocht seine Finger mit ihren, hob ihre Arme über ihren Kopf und hielt sie dort fest. „Lass uns jetzt nicht über andere Leute reden." Er schmiegte sich an ihre Wange, seine weichen Barthaare sandten einen Rausch von Hitze durch ihren Körper. „In diesem Moment möchte ich der Einzige sein, an den du denkst."

Sie schlang ein Bein um seine Taille. „Ach ja? Dann gib dir mehr Mühe, denn im Moment kann ich leicht an andere Männer denken, die ich gutaussehend finde."

Mit einem Knurren senkte er seinen Körper auf ihren, und sein köstliches Gewicht machte es schwieriger, an etwas anderes als seinen schlanken, muskulösen Körper zu denken. „Niemand gehört in diesen

Raum, außer dir und mir." Er stieß gegen sie, und Brenna hielt den Atem an. „Verstanden?"

Wären sie irgendwo anders als im Schlafzimmer gewesen, hätte sie eine Augenbraue hochgezogen und ihm gesagt, er solle auf seinen Tonfall achten. Die Dominanz in seiner Stimme machte sie jedoch feucht und begierig zu sehen, was er sonst noch tun konnte. Schließlich wusste sie, dass er eine talentierte Zunge hatte. Vielleicht hatte er noch mehr Talent mit seinem Schwanz.

Ihr Drache knurrte. *Warum spielst du diese Spiele? Reiß ihm die Klamotten runter, dreh ihn um und nimm ihn.*

*Er hält uns fest, denk dran.*

Killian knabberte an ihrem Hals. „Erzähl mir, was dein Drache gerade sagt."

Als er den leichten Stich mit der Zunge beruhigte, neigte Brenna ihren Kopf zur Seite, um ihm besseren Zugang zu ermöglichen. „Er will nur schneller machen."

Killian drückte ihre Hände mit seinen. „Er kann später einen schnellen Drachenfick haben. Im Moment möchte ich mit meiner Frau Liebe machen und sie verehren, wie sie immer verehrt werden wird, vorausgesetzt, sie will bei mir bleiben."

„Killian", sagte sie.

Als sie Killian kennengelernt hatte, hätte Brenna nie gedacht, dass er ihr diese Worte sagen würde.

Er bearbeitete eine Sekunde lang ihr Ohrläppchen und verdrängte ihre Gedanken. Dann ließ er ihre zarte Haut los und sprach wieder. „Es stimmt aber. Nur sehr wenige Frauen stehen einem Mann zur Seite, der regelmäßig ohnmächtig wird und am Rande des Wahnsinns steht." Er sah ihr wieder tief in die Augen. „Du hast all das getan und nie den Glauben an mich verloren. Selbst als du dich gegen das gewehrt hast, was zwischen uns war, hast du alles getan, um mir zu helfen."

„Jede anständige Person würde dasselbe tun."

„Es gibt keinen Grund zur Bescheidenheit, auch wenn das eines der vielen Dinge ist, die ich an dir so liebe."

Brenna hörte auf zu atmen. „Was?"

Er ließ eine ihrer Hände los, um ihre Wange zu liebkosen. „Ich liebe dich, Brenna Rossi. Nicht nur, weil du intelligent und schön bist, sondern ich wäre vielleicht nicht hier, wenn du nicht an mich glaubtest. Dazu kommt noch dein Humor und dass du meine beiden Drachen akzeptierst, und ich wäre ein Narr, dich nicht zu lieben."

Brenna sah ihm in die Augen und antwortete: „Ich liebe dich auch."

Mit einem Knurren bewegte Killian sein Gesicht näher, nahm aber nicht ihre Lippen. „Fühl dich nicht unter Druck, es erwidern zu müssen! Ich weiß, dass ich in Zukunft nur noch mehr Ärger mache. Aber für den Fall, dass mir was passiert, wollte ich sicherstellen, dass du weißt, was ich empfinde, weil du mir alles bedeutest."

Bei der Verletzlichkeit in seinen Augen

entschied sie, dass sie ihm klarmachen musste, dass sie das nicht gesagt hatte, um ihm einen Gefallen zu tun. Sie liebte Killian O'Shea und konnte sich ihr Leben ohne ihn nicht vorstellen.

Brenna nahm sein Kinn zwischen die Finger und streckte sich ein wenig. „Ich sage das nicht, weil ich mich unter Druck fühle, du Narr. Und dir wird nichts passieren, wenn ich es verhindern kann. Du bist mein Mann, und ich erwarte, dass wir eine lange, ereignisreiche Zukunft vor uns haben."

Da sie Killian keine Gelegenheit geben wollte, mehr Ausreden zu erfinden, küsste sie ihn.

Als Brenna ihn küsste, konnte Killian immer noch nicht glauben, dass sie seine Liebe erwiderte.

Black knurrte. *Wehr dich nicht dagegen! Sie gehört uns.*

*Ja*, fügte Blue hinzu. *Und hör auf nachzudenken. Ich mag ihre Küsse. Aber ich bin neugierig auf mehr.*

Da Killian nicht daran denken wollte, dass Blue wahrscheinlich in seinem notgeilen Teenagerstadium war, ließ er Brennas andere Hand los und schob seine Finger durch ihr Haar. Sie teilte die Lippen, und er nahm sich Zeit, die einzige Frau zu lecken, zu knabbern und zu probieren, die er für den Rest seines Lebens wollte.

Aber als sie ihren Unterkörper gegen seinen Schwanz bewegte, zischte er und unterbrach den

Kuss. „Dafür bin ich versucht, dir die Kleider runterzureißen."

Belustigung tanzte in ihren Augen, und sie
neigte den Kopf. „Nun, worauf wartest du dann
noch?"

Ohne Zeit zu verschwenden, lehnte er sich
zurück und riss ihr Oberteil und ihre Hose in Fetzen.
Ihren BH und das Höschen ließ er intakt. Sobald er
ihre Socken und Schuhe ausgezogen hatte, zeichnete
er Formen auf ihrem Bauch. „Ich hoffe, das war
schnell genug für einen der besten Beschützer von
Stonefire."

„Ich hoffe, nicht alles geht so schnell."

Er beugte sich hinunter und küsste ihre Brust,
direkt über ihrem BH. „Nicht dieses Mal, Liebes." Er
zog das Körbchen ihres BHs herunter und pustete
auf ihre Haut. „Du sollst merken, wie besonders du
bist."

Damit sie nicht widersprach, nahm Killian ihren
Nippel in den Mund und saugte daran.

Brenna bog ihren Rücken, was ihn nur dazu
brachte, in ihre harte Knospe zu beißen.

„Ja, mehr", sagte sie schließlich mit einem
Stöhnen.

Er nahm sich die Zeit, das geschwollene Fleisch
mit seiner Zunge zu verfolgen, zu knabbern und tief
einzusaugen. Als Brenna fast keuchte, machte er sich
an ihre andere Brust und tat dasselbe.

Black knurrte. *Beeil dich! Ich möchte sie ganz
sehen.*

Killian ignorierte sein Tier und küsste bis zu ihrem Brustbein. Ein Schlag seiner Kralle, und ihr BH fiel an die Seiten ihres Brustkorbs.

Er nahm einen Nippel zwischen Daumen und Zeigefinger und drückte ihn. Auf das Winden seiner Frau hin setzte er das fort, während er langsam ihren Bauch hinunter küsste.

Erst als er am oberen Rand ihres Slips ankam, ließ er sie los und blickte hoch.

Sosehr er Brennas kleine, feste Brüste liebte, so sehr konzentrierte er sich auf ihre halb geschlossenen Augen und ihre geröteten Wangen. Seine Stimme war rau, als er fragte: „War das zu schnell?"

Sie lächelte langsam und antwortete: „Nein."

„Gut." Er schlitzte die Seiten ihres Höschens auf, und die Reste fielen beiseite. „Es ist Zeit zu sehen, wie feucht und geschwollen du für mich bist, Liebes."

Er spreizte ihre Beine weit und bewegte sich, bis sein Kinn auf der Matratze zwischen ihren Beinen ruhte. Seine Frau, offen und verletzlich für ihn, brachte Killian nur dazu, ihr noch mehr Lust bereiten zu wollen.

*Dann koste sie*, befahl Black.

Blue war still, aber Killian spürte, dass er dasselbe wollte.

Trotzdem brauchte Killian einen Moment, um auf ihre heiße Pussy zu blasen. Brenna bewegte ihre Hüften, als sie die Laken auf dem Bett packte. „Hör auf, mich zu necken, Killian."

Mit einem Lächeln beugte er sich vor und leckte ihren Schlitz hinauf zu ihrer Klitoris und wieder zurück. So versucht er auch war, seine Zunge in ihre Pussy zu stoßen, er zog sich zurück.

Brenna knurrte. „Es gibt auch sowas wie zu langsam, Killian. Beeil dich, oder ich nehme die Sache selbst in die Hand."

Die Vorstellung, wie Brenna nackt mit sich selbst spielte, schickte mehr Blut in seinen Schwanz. „Darauf freue ich mich für später. Aber im Moment gehörst du mir."

Er trennte ihre Falten, leckte, trank und wirbelte und machte auf Brennas Zeichen hin immer schneller. Sie fing sogar an, sich gegen seine Zunge zu bewegen.

*Fuck!* Er würde nie genug vom Geschmack seiner Frau bekommen, oder von ihrer Kühnheit, ihn wissen zu lassen, was sie wollte.

Auf Brennas ungeduldige Laute hin senkte er seinen Mund auf ihre Klitoris. Er liebkoste den sensiblen Knoten, brachte sie damit zum Schreien und wusste, dass sie nah dran war.

Da Killian ihr den intensivsten Orgasmus bescheren wollte, den er ihr schenken konnte, drang er mit zwei Fingern in sie ein und stieß in einem gleichmäßigen Rhythmus zu, während er ihre Klitoris massierte.

Brenna stöhnte. „Nur ein bisschen schneller."

Er gehorchte, und Brenna kam, und ihre Pussy

packte seine Finger, während er ihre Klitoris weiter umkreiste und streichelte.

Als die Krämpfe aufhörten, entspannte Brenna sich gegen die Matratze. Killian leckte ein letztes Mal, bevor er sich langsam an ihrem Körper hinaufküsste, um an jedem Nippel zu knabbern und schließlich ihre Lippen in einem langen, langsamen Kuss zu nehmen.

Er wollte sich gerade schon auf den Rücken rollen und Brenna halten, als sie ihre Beine um seine Taille schlang, „Du bist dran" sagte und sie beide umdrehte, sodass sein Rücken auf dem Bett lag.

Vielleicht hätte eine andere Frau Killian die Kontrolle behalten und ihn tun lassen, was er wollte, aber das war nicht Brenna. Zweimal hatte er ihr einen Orgasmus geschenkt, aber er hatte noch keinen bekommen. Es war Zeit, etwas dagegen zu unternehmen.

Nachdem sie ihn umgedreht hatte, saß sie einen Moment lang rittlings auf seiner Taille und betrachtete Killians liebevollen Blick und seine blitzenden Pupillen. „Geht's Blue noch gut?"

Killian fuhr mit einer Hand zu ihrer Brust hinauf und massierte sie. „Beantwortet das deine Frage?"

„Also, nein?", neckte sie ihn.

Er kniff ihr in den Nippel. „Freche Frau!"

Brenna griff nach ihrem anderen Nippel, kniff

und rollte die harte Knospe. Killians Blick war auf sie gerichtet, aber sie hörte nicht auf. „Du hast mich noch nicht frech gesehen."

Er knurrte. „Ich habe halb im Sinn, dich umzudrehen und von hinten zu nehmen."

Sie hörte auf, mit ihrem Nippel zu spielen, und legte ihre beiden Hände auf Killians harte Brust. „Und später lasse ich dich." Sie wiegte mit den Hüften gegen seinen harten Schwanz, und er hielt den Atem an. „Aber im Moment gehörst du mir."

Ihr Drache meldete sich zu Wort. *Hör auf, ihn zu necken und reite ihn. Ich will ihn zu dem unseren machen.*

Als Brenna die Anstrengung in der Stimme ihres Tiers hörte, wusste sie, dass es versuchen könnte, die Kontrolle zu übernehmen, wenn sie nicht das tat, was ihr Drache verlangte. Und Brenna wollte das erste Mal mit dem Mann, den sie liebte, für sich.

Sie hob ihre Hüften hoch, griff zwischen sie und packte Killians Schwanz. Sie drückte zu, und Killian schloss die Augen.

Sie ließ los.

„Was zum Teufel, Brenna?"

„Ich möchte, dass du mir zusiehst."

Der Zorn verschwand aus seinen Augen, und sein Blick wurde heiß. „Dann sollte ich mein Bestes geben, um der Dame zu gefallen."

Bei seinem Blick fühlte sie sich wie die schönste Frau der Welt. An diesen Blick könnte sie sich gewöhnen.

Ihr Drache brüllte. *Hör auf, Zeit zu verschwen-den. Ich will ihn, und wenn du es nicht tust, werde ich es tun.*

Die Worte ihres Tiers ließen sie handeln. Sie nahm Killians langen, harten Schwanz und positionierte sich direkt über ihm.

„Warte, Brenna."

Sie runzelte die Stirn, als Killian nach etwas unter dem Kissen griff. Er präsentierte ein Kondom-Päckchen.

Selbst in der Hitze des Gefechts, als er nur Zentimeter davon entfernt war, in ihr zu sein, dachte Killian an ihre Zukunft. „Ich liebe dich", seufzte sie, als sie das Päckchen nahm, es aufriss und das Kondom langsam über seine Erektion hinunterrollte. Vielleicht könnte sie ihn, wenn sie irgendwann mehr Zeit hatten, in ihren Mund nehmen und ihn dazu bringen, so zu kommen.

Ihr Drache breitete die Flügel aus, und Brenna wusste, dass ihre Kontrolle kurz davor war, ihr zu entgleiten. Also verdrängte sie das Bild, wie sie Killian in den Mund nahm, und positionierte sich wieder. Diesmal sagte Killian kein Wort, als er zusah, wie sie ihn Stück für Stück aufnahm, bis er bis zum Anschlag in ihr war.

Sie legte ihre Hände an seine Brust und begann, sich zu bewegen. Zuerst langsam, dann aber immer intensiver und hin und wieder fügte sie ein Kreisen ihrer Hüften hinzu.

Killian wanderte mit den Händen an ihren

Seiten hoch, bis er ihre Brüste massieren und mit ihnen spielen konnte. Seine Zuwendung machte es ihr schwer, sich zu konzentrieren, also entschied sie, ihn abzulenken, indem sie mit einer Hand hinter sich griff und seine Eier streichelte.

Killian zischte und verstärkte seine Folter.

Brenna legte ihre Hand zurück zu der anderen auf seine Brust, machte langsamer und hob sich, bis Killian fast aus ihr raus war, dann stieß sie sich wieder hinunter.

„Scheiße, ja!", stöhnte Killian.

Sie hielt mit ihm in sich an, drückte ihre inneren Muskeln und beugte sich hinunter, um ihren Mann zu küssen. Schließlich zog sie sich zurück und flüsterte: „Warte, bis ich dich mit Mund und Zunge foltern kann."

„Du bringst mich noch um, Brenna."

Mit einem Lächeln lehnte sie sich zurück und bewegte ihre Hüften wieder, diesmal erhöhte sie ihr Tempo.

Er streichelte ihre Klitoris, sodass sie aus dem Rhythmus kam. „Lass uns zusammenarbeiten, Liebes. Ich will fühlen, wie du um mich kommst."

*Ja, ja, wir sollten das bekommen, was wir geben,* knurrte ihr Drache.

Sie entschied, dass sie Killian lange genug hingehalten hatte, und bewegte sich so schnell wie möglich, vorsichtig darauf bedacht, seinen Schwanz zu fassen. Trotz Killians schweren Atmens rieb und zwickte er ihre Klitoris.

Der Druck baute sich auf, aber Brenna biss sich auf die Lippe. Sie würde Killian nicht wieder hängenlassen. Er musste – nein, verdiente es – zu kommen.

„Lass dich gehen, Liebes. Und werde nach dir kommen!", befahl Killian.

Brenna war nicht daran interessiert, seiner Forderung nachzukommen, ließ aber die Lust über sie stürzen, was es schwer machte, weiter in Bewegung zu bleiben. Erst als Killian aufschrie und ihre Hüften festhielt, hörte sie auf.

Als ihr Orgasmus schließlich endete, brach Brenna auf Killians Brust zusammen und schmiegte sich an ihn.

Für ein paar Minuten lag sie einfach in seinen Armen, zufrieden damit, Killians Herz zu lauschen. Mehr als einmal hätte sie ihn fast verloren. Und doch, hier war sie, lag bei dem Mann, den sie liebte.

Obwohl sie ziemlich sicher war, dass Killians Drachen kein Problem mehr waren, hoffte sie, dass, was auch immer auf dem USB-Stick war, eine Formel enthielt, die sie zum Schutz verwenden könnten, und dafür, dass Killian oder irgendeinem anderen Drachenwandler, an dem ihr etwas lag, nichts weiteres Schlimmes zustieß.

Killian fuhr mit den Fingern ihre Wirbelsäule hinauf und hinunter und bemerkte: „Du bist angespannt. Woran denkst du?"

Sie sah auf und stützte ihr Kinn auf seine Brust. „Nur daran, dass ich mehr davon will und wir vielleicht bald die Informationen haben, die wir brauchen, um sicherzustellen, dass dir durch die Drogen, die sie dir eingeflößt haben, nicht noch mehr passiert. Soweit wir wissen, sind deine Drachen stabil. Aber die Drogen könnten noch viele andere Nachwirkungen haben."

„Solange ich dich habe, gehe ich nirgendwo hin. Dazu gehört auch, dass ich meinen Verstand bewahren und bei Bewusstsein bleiben will."

Sie verdrehte die Augen. „Es passiert nicht nur, weil du es willst."

Er hielt seine Hand auf ihrem Rücken an. „Dr. Sid hat bereits erwähnt, dass sie und die anderen Ärzte mehrere gute Ansätze für Präventionsformeln haben. Mit Geschick und etwas Glück müssen wir uns hoffentlich keine Sorgen mehr machen, dass Drachenwandler unter Drogen gesetzt werden."

Brenna öffnete den Mund, um dagegen etwas zu sagen, doch ihr Handy klingelte. Der Klingelton war derjenige der Krankenstation. „Das könnte Dr. Sid sein. Ich sollte da rangehen."

Killian stützte sich auf, um sie zu küssen, und rollte sie dann zur Seite. Er beugte sich hinunter und fischte ihr Handy aus den Resten ihrer Hose.

Brenna nahm es und meldete sich: „Hallo?"

Gregors Stimme kam über die Leitung. „Brenna, Mädel, du musst zur Krankenstation kommen. Deine Mutter ist in den Wehen und will dich sehen."

Ein schlechtes Gefühl breitete sich in ihrem

Magen aus. „Warum jetzt? Mein Vater sollte da sein."

„Das ist er, aber deiner Mutter geht's nicht gut. Sid tut alles, was sie kann, um sicherzustellen, dass sie es übersteht, aber ich schlage vor, du kommst so schnell wie möglich hierher."

Sie schaffte es zu krächzen: „Bin gleich da."

Sie schaltete das Handy aus und starrte auf den Bildschirm. Gregor musste übertrieben haben.

Killian fragte: „Was ist passiert?"

Sie begegnete seinem Blick. „Gregor hat angedeutet, dass meine Mutter sterben könnte."

„Brenna!"

Er zog sie an sich, und sie nahm sich einen kurzen Moment, um in Killians Hitze zu schwelgen. Dann atmete sie tief durch, zog sich zurück und stand vom Bett auf. „Aber das werde ich verdammt nochmal nicht zulassen."

Als sie sich neue Sachen anzog, tat Killian das Gleiche.

Brenna musste ihre Mutter sehen, und zwar schnell. Vielleicht brauchte sie nur zusätzliche Unterstützung.

Wenn überhaupt möglich, wollte Brenna ihrem Bruder nicht erlauben, ohne Mutter aufzuwachsen. Sie und ihre Mum hatten vielleicht eine harte Zeit über die Jahre gehabt, aber Brenna liebte sie. Und, verdammt, sie hatte Killian nicht gerade gerettet, um jemand anderen zu verlieren, den sie liebte.

# Kapitel Zwanzig

*Z*ain Kinsella starrte die rothaarige Frau an und fragte sich, wie ein so zarter Mensch so böse sein könnte.

Sein Drache meldete sich zu Wort. *Nur weil sie Informationen über die Ritter hat, heißt das nicht, dass sie böse ist.*

*Im Moment ist mir das egal. Obwohl die Drachenjäger diejenigen waren, die Charlie getötet haben, sind die Ritter nicht anders. Ich vermute, sie arbeiten oft zusammen. Und jeder, der sich mit diesen Bastarden zusammentut, ist böse.*

Charlie Wells hatte zur gleichen Zeit in der britischen Armee gedient wie Zain. Obwohl es nichts Romantisches zwischen ihnen gegeben hatte, war Charlie einer seiner besten Freunde gewesen.

Und die verdammten Jäger hatten sie, ohne darüber nachzudenken, ausbluten lassen, weil es ihnen nur darum ging, wie viel Geld sie verdienen würden, wenn sie ihr Blut auf dem Schwarzmarkt verkauften.

Die Frau bewegte sich im Schlaf und erregte wieder seine Aufmerksamkeit. Auch wenn sie attraktiv war, mit dem runden Gesicht und den vollen Lippen, war ihm das egal. Er wollte nur, dass der verdammte Mensch aufwachte, damit er sie verhören konnte.

Ein Klopfen war von der Eingangstür zu hören, und kurz darauf trat Dr. Gregor Innes mit seiner Arzttasche ein. Er fragte: „Irgendwelche Veränderungen?"

„Nein. Ich verstehe ja, dass sie erschöpft ist, aber hätte sie nicht längst aufwachen sollen?"

Gregor blieb neben ihm stehen. „Ich bin mir nicht sicher, ob sie jemals aufwachen wird."

Zain runzelte die Stirn. „Warum nicht?"

„Die anderen Ärzte arbeiten immer noch die feineren Details aus, aber ich glaube, sie wurde vergiftet und ins Koma gebracht."

„Wie? Sie mag ja mit den Drachenrittern zusammengearbeitet haben, aber ich glaube nicht, dass jemand in Stonefire das tun würde. Vor allem niemand, der in dieses Cottage durfte."

„Angesichts der Menge an Chemikalien in ihrem Körper, vermute ich, dass es lange vor ihrer Ankunft passiert ist."

Er grunzte. „Wie praktisch, dass sie hier bewusstlos geworden ist."

Gregor nickte. „Dem stimme ich zu. Es ist

möglich, dass ihr absichtlich ein Gift von denen verabreicht wurde, für die sie gearbeitet hat, und sie haben ihr jeden Tag ein Gegenmittel gegeben, um sie bei Bewusstsein und am Leben zu halten."

„Eine perfekte Art, Verräter davon abzuhalten, die Flucht zu ergreifen."

„Aye. Wir vermuten jedoch, dass sie nicht stirbt, sondern nur im Koma bleibt. Ich hoffe, wenn wir das richtige Gegenmittel finden, können wir sie wecken."

Zain verschränkte die Arme vor seiner breiten Brust und antwortete: „Du kannst nicht vorschlagen, dass wir sie bei uns behalten, bis du das Gegenmittel gefunden hast."

„Aye, und Bram hat es genehmigt. Solange wir sie vor dem MDA verstecken, sollte es möglich sein. Ich glaube nicht, dass sie gefunden werden will, also sollte niemand nach ihr suchen. Vor allem, weil Kai nach einer schnellen Datensatzsuche mitgeteilt wurde, dass ihre einzige Familie, ein Bruder, kürzlich getötet wurde."

Zain argwöhnte, dass das mit den Drachenrittern zu tun hatte, aber die Lebensentscheidungen der Frau und die daraus resultierenden Konsequenzen waren nicht seine Sorge. Er sah auf das blasse Gesicht der Frau. „Ich weiß nicht, ob sie es wert ist. Wenn das MDA herausfindet, dass wir sie geheim halten, könnte es alle Fortschritte hinfällig machen, die Melanie, Bram und die anderen mit dem Ministerium gemacht haben."

„Ich weiß, dass du etwas voreingenommen bist,

wenn man deine Geschichte bedenkt, aber wenn sie ein Überläufer ist, wäre es eine seltene Gelegenheit für Stonefire, endlich die Oberhand zu bekommen und vielleicht einen unserer großen Feinde zu zerschlagen, vielleicht sogar die Ritter und die Jäger. Bram und Kai glauben, dass es das Risiko wert ist."

Sein Drache meldete sich zu Wort. *Er hat recht. Und bis wir sicher wissen, dass sie für Drachenverletzungen oder -tode verantwortlich war, solltest du sie nicht vorverurteilen.*

Er ignorierte sein Tier. „Ich nehme an, das bedeutet, dass sie in den Mauern des Clans festgehalten werden soll."

„Aye. Du und Kai werdet die Sicherheits- und Wachrotation festlegen. Und auch wenn er dir persönlich mehr Informationen geben kann, hat er erwähnt, dass du ihre Hauptwache sein wirst. So kannst du, wenn sie nur für kurze Zeit aufwacht, deine Magie wirken lassen und ihr Informationen entlocken."

Gregor ging neben dem Bett in die Hocke und arbeitete seine Routineuntersuchung der Frau durch, überprüfte ihre Vitalwerte und Flüssigkeiten.

Während Zain zusah, sagte er zu seinem Drachen, *Ich kann nicht glauben, dass sie unsere neue Aufgabe wird.*

*Aber es ist eine wichtige. Sie könnte der Schlüssel zum Schutz von Stonefire sein, den wir in den letzten Jahren nie haben gewährleisten können.*

*Ich werde nur sagen, dass sie die Mühe besser wert sein sollte. Und wenn ich herausfinde, dass sie auch nur tangential dafür verantwortlich ist, eines unserer Clan-Mitglieder verletzt zu haben, dann werde ich alles in meiner Macht Stehende tun, um sicherzustellen, dass sie die Strafe bekommt, die sie verdient.*

*Du solltest dich nicht zu sehr da reinsteigern. Schließlich haben wir keine Ahnung, wie lange sie weg sein wird.*

Vielleicht, wenn er Glück hatte, würde sie nie aufwachen, und was immer auf dem USB-Stick war, würde ausreichen, um sich um einige oder sogar all ihre Feinde zu kümmern.

Es brauchte jedes bisschen Disziplin, das Brenna besaß, um nicht den Flur runterzustürzen und alle und alles aus dem Weg zu schieben. Soweit sie wusste, konnten die Leute auf dem Weg sein, ihrer Mutter zu helfen.

Als sie endlich den richtigen Raum erreichte, öffnete sie vorsichtig die Tür. Sid saß zwischen den gehobenen Beinen ihrer Mutter und Ginny, Stonefires vertrauenswürdigste Schwester, stand neben einigen Überwachungsmonitoren. Eine weitere Schwester eilte an Brenna vorbei.

Sie blockierte alles außer ihrer Mum, die blass und fast leblos auf dem Bett lag. Ihre Augen waren offen, und sie atmete, aber selbst für sie war klar, dass Mums Kampf um ihr Leben nachließ.

Ihr Dad sah auf, aber er hörte nicht auf, seiner Gefährtin die Stirn zu wischen. „Brenna, komm."

Irgendwie brachte sie ihre Füße dazu zu reagieren, und sie blieb neben ihrem Vater stehen. „Papa, was ist denn los?"

Die schwache Stimme ihrer Mutter gewann ihre Aufmerksamkeit. „Brenna!"

Brenna legte ihre Hand über die ihres Dads, der bereits die ihrer Mutter hielt, und beugte sich hinunter. „Mum, du musst weiterkämpfen. Es tut mir leid, was ich über die Jahre gesagt habe. Ich war wütend und habe es nicht so gemeint. Du musst leben. Ich liebe dich."

Ihre Mum lächelte schwach. „Streiten war immer unser Weg und unsere eigene Art der Liebe."

„Mum", sagte sie, als sich Tränen in ihren Augen sammelten.

„Schh, Brenna. Egal, was passiert, ich weiß, du wirst die beste große Schwester der Welt für deinen kleinen Bruder sein."

„Sprich nicht so. Du wirst da sein, um ihn aufzuziehen und mich zum Babysitten zu zwingen."

„Das würde ich gern."

Die Augen ihrer Mum schlossen sich, und einer der Monitore zeigte eine flache Linie. Ihr Dad schrie zur gleichen Zeit, als Sid bellte, „Raus!" und dann eine Reihe von Befehlen an Ginny und die andere Krankenschwester gab.

Brenna und ihr Dad wurden aus dem Weg geschoben. Ginny zeigte zur Tür. „Geht, damit wir versuchen können, sie zu retten."

Nachdem Brenna noch eine Sekunde auf das Gesicht ihrer Mutter gestarrt hatte, atmete sie tief durch und führte ihren Vater zur Tür hinaus.

Als sie im Flur waren, umarmte sie ihren Dad, und ein erwürgtes Schluchzen entkam ihm. Sie umarmte ihn noch fester und wünschte sich, es würde ihrer Mutter gut gehen.

Sie hatte keine Ahnung, wie lange sie dastanden, aber irgendwann erfüllte Killians Stimme ihr Ohr. „Komm, Liebes. Warten wir im privaten Wartezimmer. Sid und Ginny werden uns so schnell wie möglich mitteilen, was los ist."

Ihr Dad übergab sie langsam an Killian, und sie klammerte sich an ihren Gefährten. Ihr Dad sagte: „Ich warte hier. Ihr zwei geht."

Sie sah ihren Dad an. „Aber Papa ..."

„Nein, Brenna. Wir können nicht alle bleiben, sonst verstopfen wir den Flur, aber ich will hier sein, falls deine Mutter mich braucht." Er berührte ihre Wange. „Ich lasse dich wissen, wenn sich was ändert."

Sie öffnete den Mund, um zu protestieren, aber Killian sagte: „Komm, Liebes."

Emotional erschöpft erlaubte Brenna Killian, sie wegzuführen. Sobald sie den privaten Warteraum erreichten, setzten sie sich, und sie schmiegte sich an seine Seite. Sie kämpfte gegen ihre Tränen, aber als

Killian flüsterte: „Lass sie raus, Liebes. Ich bin hier", ließ sie los und weinte.

Plötzlich schmolzen all die Jahre der kleinlichen Streitigkeiten und des Grolls. Brenna würde alles dafür geben, ihre Mutter bei sich zu behalten, damit sie sie wirklich besser kennenlernen könnte.

Während Killian seine Gefährtin beruhigte, kontrollierte er seine Emotionen. Nach dem, was er von einer Krankenschwester erfahren hatte, hatte das Herz ihrer Mutter aufgehört zu schlagen, und die Ärzte mussten eine Wahl treffen – die Mutter oder das Baby.

Wenn aber Brennas Mum befohlen hatte, auf jeden Fall das Baby zu retten, müssten die Ärzte dem folgen.

Drachenwandler kamen nicht gut mit Betäubungsmitteln zurecht, was Kaiserschnitte erschwerte. Gelegentlich überlebte ein Drachenmann oder eine -frau die Anästhesie, aber die Chancen waren gering. Wenn Brennas Mutter wirklich wollte, dass das Kind gerettet wurde, würde Sid es unter Narkose zur Welt bringen.

Das würde Brennas Mutter fast sicher den Tod bringen, wenn man bedachte, wie zerbrechlich sie war.

Blue meldete sich zu Wort. *Das gefällt mir nicht. Nach all dem verdient Brenna ein Happy End.*

Killian antwortete, *Das wünsche ich ihr auch. Aber das Leben funktioniert nicht immer so.* Black schwieg, also hakte Killian nach, *Geht's dir gut?*

Black grunzte. *Mir gefällt diese Situation nicht. Es erinnert mich nur daran, was passieren könnte, wenn wir je ein Junges mit Brenna haben.*

Killian verdrängte schnell alle Visionen von Brenna, die in einem Krankenhausbett starb. *Über die Brücke gehen wir, wenn wir dort ankommen. Im Moment müssen wir nur für Brenna hier sein. Und ich meine uns alle. Sie wird wissen, wenn einen von euch beiden was stört.*

Beide murmelten ihre Zustimmung.

Er hatte keine Ahnung, wie lange er mit Brenna auf dem Sofa saß, sie hielt und in langsamen Bewegungen ihren Rücken rieb. Aber schließlich klopfte die Krankenschwester namens Ginny an und trat mit einem unlesbaren Ausdruck ein.

Brenna setzte sich auf und fragte: „Und?"

„Du hast einen hübschen kleinen Bruder."

Killian hielt den Atem an, als Brenna fragte: „Und meine Mutter?"

Ginnys Augen wurden mitleidig. „Es tut mir leid, Brenna. Sid und Gregor haben alles getan, was sie konnten, aber sie hat es nicht geschafft."

Er sah seine Gefährtin an, die unnatürlich unbeweglich neben ihm saß. Killian berührte ihre Wange. „Brenna?"

Als die Sekunden verstrichen, begann er, sich Sorgen zu machen.

Dann stand sie auf und drehte sich zu Ginny um. „Ich will meinen Bruder sehen. Er soll wissen, dass ich ihn beschützen werde."

Er erhob sich. „Ich komme mit dir."

„Nein, ich muss das allein machen, Killian. Ich komme danach zu dir."

Als Brenna den Raum mit der Krankenschwester verließ, ballte Killian eine Faust. Vielleicht reichte seine Liebe zu Brenna nicht. Nachdem ihre Mutter nun nicht mehr war, brauchte ihr Bruder sie, was bedeutete, dass sie vielleicht keine Zeit für einen verkorksten Mann wie ihn hatte.

Seine Drachen protestierten, aber er baute schnell einen mentalen Käfig, um sie in Schach zu halten.

Alles, was er tun konnte, war abwarten, ob Brenna zurückkommen würde.

Er musste sich einen Weg überlegen, um sie davon zu überzeugen, dass er helfen konnte und keine Last sein würde. Das Problem wäre, es zu beweisen.

Er holte sein Handy heraus und kontaktierte den dritten Arzt, der an seinem Fall arbeitete, Dr. Trahern Lewis. Trahern stammte ursprünglich vom Clan Snowridge in Wales, war aber nach Stonefire gewechselt.

Und er war jemand, der die Wahrheit sagte, ohne sie zu beschönigen.

Nachdem er die Nummer gewählt hatte, kam Traherns Stimme über die Leitung: „Hallo?"

„Dr. Lewis, Killian O'Shea hier. Ich bin derzeit auf der Krankenstation und möchte mit Ihnen reden. Wo sind Sie?"

„Worüber wollen Sie reden? Ich bin beschäftigt."

„Über die Formeln. Ich möchte wissen, was Sie gefunden haben und ob sie helfen können."

„Ich weiß nicht, warum wir uns dafür persönlich treffen müssen. Wir können das am Telefon besprechen. Emily und ich haben Fortschritte gemacht. Und wenn Sie wollen, haben wir bis morgen ein Testserum bereit."

Dr. Emily Davies war eine menschliche Wissenschaftlerin, die derzeit mit den Stonefire-Drachen arbeitete.

„Nur um es klarzustellen – es wird meine Drachen nicht beeinflussen, richtig?"

„Soweit wir wissen, wird es das nicht. Aber ich kann es nicht garantieren."

Seine Tiere schlugen in ihren Käfigen um sich und protestierten so gut sie konnten. „Können Sie mir ein paar Stunden Bedenkzeit geben?"

„Natürlich."

Trahern beendete den Anruf, und Killian starrte auf sein Telefon. Er könnte entweder das Serum nehmen und vielleicht eine stabile, gesunde Zukunft haben, aber möglicherweise einen oder beide seiner Drachen verlieren. Oder er könnte es ablehnen und einen weiteren Anfall riskieren, der ihn das Leben kosten konnte.

Nichts davon war die Zukunft, die Brenna

verdient hatte, aber die Frage war, welche würde er wählen?

Ginny führte Brenna in einen kleinen Raum für Neugeborene. Sie blieb vor der Tür stehen, dankte der Krankenschwester und beobachtete ihren Vater durch das kleine Fenster in der Tür.

Seine Augen waren rot und geschwollen, aber er hielt seinen kleinen Sohn in den Armen und sang eine Melodie, die sie aufgrund der schallisolierten Wände nicht hören konnte.

Tränen traten ihr in die Augen. Sie musste für ihren Vater und ihren Bruder stark sein, aber alles, was sie tun wollte, war, zurück in Killians Arme zu kriechen und zu weinen.

Ihr Drache meldete sich zu Wort. *Es ist okay, bei der Familie Schwäche zu zeigen.*

*Aber Papa braucht uns.*

*Ich bin mir sicher, er wird es verstehen.*

Ihr Vater bemerkte sie durch das Fenster und bedeutete ihr mit dem Kopf hereinzukommen.

Sie atmete einmal tief durch, drehte den Knauf und ging hinein.

Sobald sie an seine Seite kam, flüsterte ihr Vater: „Brenna, sag deinem Bruder Ethan Hallo."

Als sie auf das kleine Bündel in den Armen ihres Vaters hinabblickte, lächelte sie über das winzige, schlaffe Gesicht, das im Schlaf verloren war. „Mama hat diesen Namen immer geliebt. Sie hat mir oft gesagt, dass, wenn ich ein Junge gewesen wäre, sie mich so genannt hätte."

Ihr Vater krächzte: „Ja."

Sie nahm ihren Blick nicht von ihrem Bruder, legte einen Arm um die Seite ihres Vaters und lehnte sich an ihn. „Ich werde dir auf jede erdenkliche Weise helfen, Papa. Ich hoffe, du weißt das."

Seine Antwort war so leise, dass sie sie kaum hören konnte. „Ich weiß, *cara*." Er räusperte sich und fuhr fort: „Als deine Mutter und ich den Clan Lupo-Foresta verließen, hat eine deiner Cousinen, Serafina, angeboten, mitzukommen. Damals hielten wir es für das Beste für sie, in Italien zu bleiben. Aber sie hat uns ständig gebeten, sie hierher einzuladen, also tue ich das vielleicht. Sie kann helfen, wenn du es nicht kannst, da du deinen Beschützerpflichten nachgehen musst."

In all dem Ansturm der Ereignisse hatte Brenna nicht einmal daran gedacht. „Ich kann mir eine Auszeit nehmen, um dir zu helfen, Ethan einzugewöhnen. Bram würde es verstehen."

Ihr Dad schüttelte den Kopf. „Nein, die Arbeit wird dir helfen, genauso wie es mir helfen wird, mich um Ethan zu kümmern. Deine Mutter hätte gewollt, dass du deine Arbeit weiter machst. Sie war zuerst dagegen, aber sie hat dich bewundert, weil du etwas getan hast, wozu sie nie die Kraft gehabt hätte."

„Das hat sie gesagt?"

„Ja, das hat sie. Sie war stolz auf dich, Brenna. Denk immer daran."

„Ich —" Sie hielt inne und fuhr fort: „Ich wünschte, sie wäre hier."

„Ich auch, Liebes, ich auch."

Unfähig, sich zurückzuhalten, drehte Brenna den Kopf an die Schulter ihres Dad und ließ die Tränen fließen.

Sie war eine Idiotin gewesen, schlicht und einfach. All die Jahre, in denen sie ihre Mutter hätte erreichen können, hatte sie es nicht getan. Und jetzt würde sie nie mehr die Gelegenheit zurück-bekommen.

Ihr Drache meldete sich zu Wort. *STOPP! Wir haben uns am Ende versöhnt, und sie wusste, dass wir sie liebten. Wir haben jetzt Killian und Ethan. Und wir dürfen sie nicht übersehen, weil wir uns fragen, was wäre wenn?*

*Manchmal bist du zu pragmatisch. Wir haben gerade unsere Mutter verloren. Ich möchte weinen.*

*Dann weine. Aber Mum hat sich immer auf das konzentriert, was zu tun war. Wir müssen dasselbe tun.*

Ihr Vater begann, eine Melodie zu singen, die er als Kind für sie komponiert hatte. Als sie seiner tiefen Stimme lauschte, legte Brenna eine Hand auf Ethans Kopf und schwor, ihren Bruder mit ihrem Leben zu beschützen.

Caitlin Todd rannte fast den Korridor der Krankenstation hinunter, in den dritten Raum auf der rechten Seite. Sie vertraute darauf, dass Lorcan ihr auf den Fersen folgen würde. Sie konnte nur daran denken, an die Seite ihres Sohnes und ihrer Schwiegertochter zu kommen.

Als Caitlin den richtigen Raum erreichte, spähte sie durch das kleine Fenster in der Tür und ermahnte sich, nicht zu weinen.

Brenna, Killian und Brennas Vater – Gabriele Rossi – standen neben einem Bett, in der die reglose Gestalt von Sharon Rossi lag.

Sharon war fast fünfzehn Jahre jünger als sie gewesen, obendrein mit einem neuen Baby, und doch lag sie in der Stille des Todes da.

Es kam ihr unfair vor.

Ihr Drache sagte leise: *Wir können sie nicht wieder zum Leben erwecken. Alles, was wir tun können, ist, Brenna zu lieben, als wäre sie unsere eigene, und ihr auf jede erdenkliche Weise zu helfen.*

Lorcan blieb hinter ihr stehen und legte einen Arm um ihre Taille. Er sagte nichts, aber sie lehnte sich zum Halt an ihn.

Sie standen da und beobachteten die Familie in dem Zimmer, als Brams Stimme hinter ihr sagte: „Ich denke, es ist an der Zeit, dass wir hineingehen und sie trösten."

Stonefires Anführer hatte nicht zweimal geblinzelt, als er die Verhandlungen mit Lorcan verschoben hatte. Ihm lag wirklich etwas an seinem Clan.

Lorcan zog sie zur Seite, damit Bram zuerst eintreten konnte, und dann folgten sie.

Bram legte eine Hand auf Gabrieles Schulter. „Wenn ich irgendwas tun kann, Gabriele, sag es mir. Du gehörst zum Clan, und wir passen aufeinander auf."

Gabriele nickte. „Danke, Bram."

Bram ergriff erneut das Wort. „Evie und ich bestehen darauf, dass du mindestens ein paar Tage bei uns bleibst. Wir können dir helfen, den kleinen Ethan zu versorgen, während du dich um die Trauer-arrangements kümmerst."

Gabriele schluckte, weinte aber nicht. Brenna hingegen war blass wie ein Laken, die arme Liebe.

Caitlin berührte Lorcans Seite, und er ließ sie los. Sie ging zu Brenna. „Mein Beileid, Brenna. Ich weiß, das bedeutet wenig, aber du wirst mich immer haben, wenn du eine mütterliche Person brauchst, mit der du sprechen kannst."

Brenna drehte sich um und lächelte ein wenig. „Danke, Caitlin."

Sie umarmte sie, und Caitlin hielt sie fest. Brenna war zumindest erwachsen, aber als sie ihren kleinen Bruder ansah, erinnerte es sie zu sehr an ihre eigenen Kinder, die schon früh ihren Vater verloren hatten.

Nachdem Brenna sie losgelassen hatte, umarmte auch Bram die Frau.

Killian berührte ihre Schulter, und Caitlin umarmte ihren Sohn für einige Augenblicke. Mehr denn je war sie entschlossen, das Beste aus der Zeit zu machen, die ihr auf Erden blieb, und es nie als selbstverständlich hinzunehmen. Es wäre ihr Ziel, ihre Kinder, deren Gefährten und ihre Familien wieder an einem Ort zusammenzubringen. Selbst wenn sie sich an die verschiedenen Drachenclans in Irland wenden müsste, würde sie es tun, um ihr Ziel zu erreichen.

Ihr Drache meldete sich zu Wort. *Lass Teagan sich darum kümmern.*

Killians Stimme hinderte sie daran zu antworten: „Ich hoffe, ihr versteht, dass wir unsere Dinnerpläne für heute Abend absagen müssen."

Sie berührte seine Wange. „Natürlich verstehe ich das. Deine Gefährtin und ihre Familie brauchen dich. Du bist immer für diejenigen da, die dich brauchen." Ungewissheit blitzte in seinen Augen auf. Sie stand auf ihren Zehenspitzen und flüsterte ihm ins Ohr. „Du bist immer noch zuverlässig, Killian O'Shea. Es mögen ein paar Hindernisse kommen, aber du liebst heftig und tief. Du wirst keinen von uns im Stich lassen."

„Sie hat recht", warf Brenna ein.

Killian sah seine Gefährtin schuldbewusst an. „Ich kann es nicht garantieren, Brenna. Das weißt du. Aber ich überlege, Traherns Angebot anzunehmen, als Testperson zu fungieren."

Wut blitzte in Brennas Augen auf. „Denk nicht einmal daran. Ich werde dich nicht auch noch verlieren."

„Aber –"

„Kein Aber. Ich liebe dich, Killian O'Shea, und das bedeutet alles, was damit einhergeht. Die Frage ist, ob du mich genug liebst, um eine Zukunft mit mir zu versuchen, anstatt eine eigene Entscheidung zu treffen."

Caitlin hatte keine Ahnung, was in letzter Zeit zwischen ihrem Sohn und Brenna passiert war, aber sie hielt den Atem an, während sie auf seine Antwort wartete. Sie hoffte nur, dass er kein Narr wäre, um edel zu sein, und nicht seine Chance auf Glück wegwarf.

Er antwortete schließlich: „Dann zusammen."

Brenna nickte. „Gut." Sie seufzte und ein Teil ihrer Streitlust verschwand aus ihrer Haltung. „Dann ist das Erste, dass wir alle nach Hause gehen und uns um Ethan kümmern. Wir können morgen in die reale Welt zurückkehren." Sie sah zu Bram. „Ich hoffe, es ist okay, wenn wir auch bei euch bleiben?"

Er nickte. „Natürlich." Er wandte seinen Blick zu Caitlin. „Ihr könnt auch kommen, solange dein Gefährte verspricht, mich nicht im Schlaf zu töten."

Lorcan grunzte, aber Caitlin kam ihm mit der Antwort zuvor. „Ich werde ihn die ganze Nacht festhalten. Ich schließe sogar die Tür ab und verstecke den Schlüssel, wenn es hilft."

„Gut, dann geben wir Gabriele ein bisschen mehr Zeit allein, und ich helfe Evie, alles vorzubereiten." Bram sagte zu Brenna: „Bring die anderen, wenn sie bereit sind."

Brenna nickte, und Bram drückte Gabriele noch einmal die Schulter, bevor er hinausging.

Caitlin schob ihren Arm durch Killians und drehte ihn zur Tür. „Ich nehme deinen Gefährten kurz mit, Brenna. Lass dir Zeit und komm zu uns, wenn du bereit bist. Wir sind im privaten Wartezimmer."

Killian küsste Brenna, und Caitlin führte ihren Sohn zur Tür, Lorcan dicht auf ihren Fersen.

Im Wartezimmer setzte sie sich und bedeutete Killian und Lorcan, links und rechts von ihr Platz zu nehmen.

Sie nahm von jedem eine Hand, drückte sie und sang eine Melodie, die von dem Verlust sprach, den jeder von ihnen über die Jahre ertragen hatte.

Aus diesem Verlust wollte sie jedoch eine bessere Zukunft schmieden. Zusammen, da war sie zuversichtlich, konnten sie es schaffen.

# Kapitel Einundzwanzig

A drian Conroy saß auf dem Bett seiner vorübergehenden Residenz in Stonefire und starrte auf den Brief, den Caitlin Todd ihm von ihrem Sohn übergeben hatte.

Den Brief von Elsie Day.

Wenn sein Drache nicht immer noch von der Betäubung leise gewesen wäre, hätte sein Tier verlangt, den verdammten Brief zu öffnen und zu sehen, was der Mensch zu sagen hatte.

Er schnippte mit dem Daumen gegen eine Ecke des Umschlags und überlegte, was zu tun sei. Wenn die Frau ihn sehen wollte, würde es seinen Drachen nur ermutigen, dem Menschen nachzugehen.

Und aus vielen Gründen konnte Adrian das nicht tun. Der geringste davon war die Geschichte zwischen seiner und ihrer Familie. Sie mochten jetzt in verschiedenen Ländern leben – seine Familie in Nordirland und ihre in England – aber die Days und die Conroys waren vor dem Zweiten Weltkrieg Nachbarn gewesen.

Sein Großvater hatte sogar daran gedacht, einen von ihnen vor dem Verrat zu paaren.

Nein, Adrian musste die Bindungen trennen, was bedeutete, den Brief nicht zu lesen. Er ging in die Küche, zündete den Gasbrenner an und hielt den Umschlag ans Feuer. Sobald er Feuer fing, warf er ihn ins Spülbecken und sah zu, wie die Flammen das Papier verzehrten.

Was auch immer Elsie Day ihm hatte sagen wollen, würde seine Meinung nicht ändern.

Zumindest redete er sich das ein.

Lorcan und Caitlin würden am nächsten Tag nach Northcastle abreisen, und Adrian würde sich ihnen anschließen, nach Nordirland zurückkehren und musste die Frau nie wieder sehen.

Denn wenn er allein wäre, mit ihren schönen Augen und Kurven, um sie zu halten, könnte seine Stärke nachlassen, und er würde sie wahrscheinlich küssen. Das bedeutete einen Gefährtenrausch.

Was nie passieren durfte.

Sobald die Flammen starben, drehte er den Wasserhahn an und spülte die Asche weg. Als der Rest davon im Abfluss verschwand, empfand er ein Gefühl des Abschlusses. Elsie Day sollte nicht ihm gehören. Niemals.

Brenna stand neben ihrem Vater und Bruder, mit Killian auf der anderen Seite, und starrte auf die mit einem Leichentuch bedeckte Gestalt ihrer Mutter auf dem Scheiterhaufen.

Einige sagten, dass Drachenwandler im 18. Jahrhundert damit begonnen hätten, ihre Verstorbenen einzuäschern, um zu verhindern, dass Menschen die Leichen für Forschungszwecke ausgruben. Aber egal, wie es dazu gekommen war, die Tradition war in ihrer Lebensweise verankert. Die Einäscherung eines geliebten Menschen bedeutete das Ende eines Kapitels und den Beginn eines anderen.

Caitlin und Lorcan hatten darum gebeten, für die Zeremonie bleiben zu dürfen, und Caitlin hatte die Aufgabe bekommen, das traditionelle Klagelied zu singen, da Brennas Vater es als der Trauernde nicht schaffte. Als Caitlins Sopranstimme die letzten Töne hervorbrachte, drückte Brenna Killians Hand. Es war Zeit.

Als ältestes Kind hatte sie eine Pflicht zu erfüllen. Brenna ließ die Hand ihres Gefährten los und marschierte zu Bram, der eine nicht brennende Fackel hielt. Er hielt sie hoch und sagte die traditionellen Worte: „Sharon Rossi mag von der Erde verschwinden, aber sie wird für immer ein Teil unseres Clans sein und helfen, die Bäume zu ernähren, die uns alle bewachen."

Er zündete ein Feuerzeug an, und die Fackel brannte bald lebhaft. Als Brenna sie nahm, antwortete sie: „Ich werde ihr Vermächtnis fortführen, durch Blut und Erinnerung."

Da sie sich in den letzten beiden Tagen ausgeweint hatte, atmete Brenna tief durch und wandte sich mit neutralem Ausdruck dem Scheiterhaufen zu.

Sie nahm sich eine Sekunde Zeit, um sich den Moment zu merken. Das weiße Grabtuch war mit einem großen Bild des Stonefire-Wappens bestickt: ein Drache, der einen Schild und die beiden Stücke eines gebrochenen Schwertes umklammerte. Um das Wappen herum waren Rosen, die Lieblingsblume ihrer Mutter. Jedes Mitglied des Clans hatte mindestens einen Stich zum Entwurf beigetragen; das Aussehen war nicht das wichtigste. Nein, ein gefallenes Clanmitglied mit willkürlichen Mustern auf den Weg zu schicken, bedeutete wenig, verglichen mit dem Gefühl von Clan und Zusammengehörigkeit. Es spielte keine Rolle, dass ihre Mutter Zeit in Italien verbracht hatte. Sie war Stonefire, für immer und ewig.

Ihr Drache sagte leise: *Es ist Zeit.*

Brenna war sich bewusst, dass der gesamte Clan sie beobachtete, und hielt ihren Kopf hoch und die Schultern zurück. Als sie den Scheiterhaufen erreichte, schickte sie ein letztes *Ich liebe dich* an ihre Mutter, bevor sie die Fackel auf das Holz senkte, das unter der bedeckten Gestalt gestapelt war. Sie ließ die Fackel im dafür vorgesehenen freien Raum liegen und trat zurück, um sich ihrem Vater anzuschließen.

Caitlin begann ein weiteres Lied darüber, dass das gefallene Mitglied nicht vergessen werden würde, als die Flammen leckten und dann den Leichnam ihrer Mutter verzehrten.

Ihr Vater schlang einen Arm um ihre Schultern, und sie standen wer weiß wie lange da und beobachteten die tanzenden Flammen. Sie würden nicht die ganze Zeit bleiben, da es Stunden dauern würde, bis der Scheiterhaufen vollständig abgebrannt und ausgelöscht war. Aber als die Flamme toste und ihre Mutter verbarg, sah Brenna zu ihrem Dad auf. „Sie wurde geehrt.“

Bram nahm das als Stichwort und erhob seine Stimme. „Die Gedenkfeier geht in der großen Halle weiter. Wir haben Sharon Rossis Passage betrauert und werden nun ihr Andenken mit einer Feier ehren.“

Als die Mitglieder gingen, sang Caitlin ein letztes Lied über das Fördern der nächsten Generation und die gegenseitige Unterstützung, wenn die Zeiten hart wurden.

Erst als alle außer Brennas Familie und Bram gegangen waren, nahm sie ihren kleinen Bruder von ihrem Vater und sagte: „Wir sollten auch gehen.“

Ihr Vater starrte die Flammen an. „Ich komme gleich. Ich will nur ein letztes Lied allein für Sharon singen.“

Brenna schluckte die Emotion in ihrem Hals herunter und nickte. „Komm zu mir, wenn du bereit bist. Ich werde bis dahin auf Ethan aufpassen.“

Ihr Vater küsste ihre Wange, schüttelte Brams Hand und ging näher an den Scheiterhaufen.

Als sie die Silhouette ihres Vaters sah, drohten erneut Tränen zu fallen.

Ihr Drache meldete sich zu Wort. *Wir müssen stark für Ethan sein.*

Sie blickte auf ihren Bruder hinunter und zog seine Decke zurecht. *Ich weiß, aber manchmal kann Trauer nicht so leicht eingedämmt werden, egal, wie sehr ich mir wünschte, ich könnte das tun.*

Killian legte ihr eine Hand an den Rücken. „Du hast das brillant gemacht, Liebes."

Sie rutschte ihren Bruder in den Armen zurecht und lehnte sich gegen Killians Seite. „Es ist einfacher, wenn man älter ist. Ich kann mir nur vorstellen, wie schwer die Trauerzeremonie eures Vaters für dich und Teagan gewesen sein muss, als ihr Kinder wart."

Er grunzte. „Ja und nein, ich habe mir geschworen, nicht zu weinen, weil ich stark für meine Familie sein musste."

„Da warst du nicht einmal zehn."

„Das spielte keine Rolle für mich. Ohne meinen Dad oder einen meiner Großväter am Leben, war es an mir als einzigem Mann in der Familie, stark zu sein und mich um meine Mutter und Schwester zu kümmern."

Sie lächelte. „Selbst in dem Alter hat Teagan das sicher nicht so gut aufgenommen."

„Nein, ich vermute, wenn es ein anderer

Umstand gewesen wäre, hätte sie mich herausgefordert und gewonnen. Aber Dads Tod hat sie noch härter getroffen als mich. Es hat Jahre gedauert, bis sie wieder lächelte." Er streichelte sanft ihre Wange. „Aber das hier ist anders. Du hast mich. Und selbst wenn es bedeutet, Blue zu erlauben, dich zu bezaubern, möchte ich unser Leben von jetzt an glücklicher machen. Das heißt nicht, deine Mutter zu vergessen, aber es gibt andere Wege, jemanden zu ehren, als mit Tränen."

Ihr Drache meldete sich erneut zu Wort. *Er hat recht. Stonefire zu schützen bedeutet, jeden zu schützen, den wir lieben. Mum hätte dem zugestimmt, glaube ich.*

*Wenn das, was Dad gesagt hat, richtig ist, dass sie stolz war, dann denke ich das auch.*

Als sie auf das schlafende Gesicht ihres Bruders blickte, wünschte sie, sie könnte Killian einfach küssen und die Feier genießen, die zur Erinnerung an ihre Mutter abgehalten wurde.

Aber das wäre die Art und Weise, wie ein Feigling mit den Dingen umginge. Es gab noch eine Sache, die sie Killian erzählen musste, bevor sie irgendwelche Pläne mit ihm machte.

Der schwere Teil war, dass es ihn vertreiben könnte.

*Nein.* Sie hatte es lange genug aufgeschoben.

Also brachte sie den Mut auf zu sagen, was sie in den letzten beiden Tagen zu sagen versucht hatte. „Ich weiß, dass ich früher nach Glenlough zurückkehren wollte, aber das kann ich nicht mehr." Sie sah zu Killian auf. „Mein Bruder und mein Vater brauchen mich hier. Ich verstehe, wenn es zu viel verlangt ist, darum zu bitten, deine Familie und alles, was du kennst, aufzugeben, und dass du lieber nach Irland zurückgehst."

Er runzelte die Stirn. „Warum sollte ich ohne dich nach Glenlough zurückkehren? Du bist meine Zukunft, Brenna. Ich dachte, wir sollten das gemeinsam entscheiden."

„Du wirst es vielleicht bereuen, hierzubleiben."

Er blieb stehen und legte ihr seine Jacke über die Schultern. „Warum? Weil ich so behandelt werden kann wie jetzt, mit zwei Drachenpersönlichkeiten und ohne Vergangenheit, die mich binden könnte? Wenn überhaupt, ist es eine Art Segen. Ich werde meine Schwester vermissen und hoffe, wir können sie oft besuchen, aber Glenlough ist ihr Zuhause und ihre Zukunft. Stonefire ist meine."

Sie hielt den Atem an und versuchte zu sehen, ob er ihr etwas vorspielte.

Aber es gab nur Wahrheit und Liebe in seinen Augen.

Sie stieß den Atem aus und flüsterte: „Oh, Killian."

Er berührte ihre Wange. „Es ist die Wahrheit. Und wenn es nicht Grund genug ist, mit dir zusammen sein zu wollen, dann sollst du wissen, dass Black and Blue Tristan und Dr. Sid auch gernhaben. Selbst ohne eine Art Heilmittel gegen weitere

403

Anfälle denke ich, dass ich die beste Chance habe, der Mann zu sein, den du verdienst, hier in Stonefire."

„Du bist der Mann, den ich verdiene, und vielleicht mehr als das."

Er lächelte. „Ich werde nicht darüber streiten, wer wen mehr verdient hat. Wie wäre es, wenn wir uns einfach darauf einigen, über Entscheidungen zu sprechen, die unser Leben betreffen, damit wir gemeinsam eine stärkere Zukunft schaffen können?"

„Das höre ich gern."

„Richtig, dann offene Kommunikation, unabhängig vom Thema. Und lass mich damit beginnen, dir zu sagen, wie sehr ich dich liebe, Brenna Rossi."

„Wenigstens hast du keinen Wettstreit darüber angefangen, mich mehr als ich dich zu lieben."

„Brenna!", knurrte er.

Bei seinem Tonfall und seinem mürrischen Ausdruck tat sie etwas, das sie seit Tagen nicht getan hatte – sie lachte.

Sein Stirnrunzeln verschwand bei dem Geräusch. „Ich habe dieses Lachen vermisst. Ich hoffe, es ist das erste in einer langen Reihe von welchen, die kommen."

„Vielleicht. Es kommt darauf an, ob du amüsant bist oder nicht."

„Du willst mich nicht herausfordern, Brenna."

„Will ich nicht? Drachenwandler-Männer mögen Herausforderungen. Es ist sogar noch besser, wenn ich sie bei den genannten Herausforderungen übertreffe."

Er bewegte sein Gesicht näher an ihres. „Dann wird dir diese Herausforderung gefallen – sehen wir uns an, wie wir unsere Zukunft von jetzt an möglichst glücklich machen können."

„Da bin ich dabei."

„Nun, nach allem, was wir beide durchgemacht haben, denke ich, dass wir uns eine glückliche Zukunft verdient haben."

Ihr Bruder wand sich ein wenig und sagte ihr damit, dass er in den nächsten Minuten aufwachen würde. „Dann küss mich schnell, damit es anfangen kann, denn Ethan wird bald gefüttert werden müssen."

Ihr Gefährte gehorchte, nahm langsam ihre Lippen und verweilte so lange wie möglich. Erst als Ethan seinen ersten Schrei ausstieß, zog er sich zurück.

Brenna und Killian beschleunigten ihr Tempo und erreichten so schnell wie möglich die große Halle. Sie hatte kurz ein Fläschchen für ihren Bruder aufgewärmt und setzte sich mit Killian neben sich an den Rand des Raums.

Während sie sich gegen ihren Gefährten lehnte und ihren Bruder dabei beobachtete, wie er herzhaft aß und sich zwischen den Geräuschen ihrer Clanmitglieder um sie herum wohlfühlte, war Brenna optimistisch. Sie hatte vielleicht nicht gedacht, dass Stonefire der Ort war, wo sie hingehörte, aber jetzt konnte sie sich nicht mehr vorstellen, woanders zu sein. Sie würde ihre Zeit in Irland immer schätzen, besonders, weil sie so viel von Teagan gelernt und Killian dort kennengelernt hatte, aber Stonefire war ihre Zukunft. Und sie würde alles Erdenkliche tun, um ihren Clan, ihren Gefährten und ihre Familie zu schützen, um jedem das Happy End zu geben, das er verdient hatte.

# Epilog Eins

*Ein paar Monate später*

Killian saß in einem der Untersuchungsräume in Stonefires Krankenstation und widersetzte sich dem Drang, aufzustehen und im Raum auf- und abzugehen.

Black ergriff das Wort. *Ist doch erst fünf Minuten her. Und wenn ich daran denke, dass du mich für ungeduldig hältst.*

Blue nickte. *Er hat recht. Gute Dinge kommen zu denen, die Geduld haben. Das Warten bedeutet nur, dass Dr. Sid gründlich ist.*

Black grunzte. *Ich dachte, wir haben über deinen Optimismus gesprochen und darüber, dass du ihn etwas runterfährst?*

Blue hob den Kopf. *Das hier bin ich. Und ich weiß, dass du mich mittlerweile liebst, was bedeutet, dass deine Drohungen mich nicht mehr erschrecken.*

Black murmelte ein paar Flüche, aber Killian mischte sich ein. *Ich weiß nicht, warum ich mir überhaupt die Mühe mache, aber werdet ihr beide jemals aufhören zu streiten?*

Beide Drachen schüttelten den Kopf.

Black sagte, *Warum machst du dir eigentlich solche Sorgen? Wir haben die zweite Befragung des MDA bestanden und unsere Fähigkeiten mit fliegenden Farben unter Beweis gestellt.*

Blue schnaubte. *Mit fliegenden Farben! Das ist lustig.*

*Nicht, wenn du es kommentierst, dann nicht.*

*Wenn du keine Komplimente magst, werde ich keine machen.*

Als seine Tiere weiter zankten, seufzte er. Er mochte darüber gegrummelt haben, Brenna nicht bei ihren Beschützeraufgaben und ihrem geheimen Projekt helfen zu können, aber er würde gern noch einige Wochen warten, um die Freigabe zu erhalten, wenn das bedeutete, dass seine Drachen für ein oder zwei Tage aufhören würden zu streiten.

Er baute schnell ein mentales Gefängnis, um die Mauer zwischen den beiden Drachenköpfen zu verstärken. Er war kaum fertig, als Sid und Gregor das Zimmer betraten.

Killian hob die Augenbrauen und bellte: „Und?"

Gregor verzog das Gesicht. „Sei nett. In Cassidy wächst ein neuer Drachenwandler heran."

Sid verdrehte die Augen und reichte Killian ein Blatt Papier. „Ich habe mich im letzten Monat einmal übergeben. Mir geht's gut." Mit einer Hand zeigte sie auf das Papier und legte die andere auf ihren geschwollenen Bauch. „Soweit wir das sehen können, sind die Anomalien, die wir vor Monaten festgestellt haben, nicht mehr da. Wir glauben, das heißt, dass das Serum funktioniert."

Der USB-Stick, den Brenna bei dem Menschen gefunden hatte, hatte tatsächlich verschiedene Formeln für die Drogen enthalten, die Drachen-wandlern in Großbritannien und Irland Schaden zugefügt hatten. Was gut war, da Alice' Suche nach den alten Logbüchern gescheitert war. Es hatte Monate gedauert, aber die Ärzte hatten an einem Gegenmittel gebastelt. Die Ergebnisse, die er in der Hand hielt, waren die Ersten, die sauber zurückkamen.

Gregor ergriff das Wort. „Wir müssen es jedoch eingehender testen, um sicherzugehen, bevor wir dich wieder für die Arbeit freigeben."

Er sah zu dem Arzt auf. „Du meinst, meine Drachen sollen einander angreifen, um zu sehen, ob ich einen Anfall bekomme."

„Aye. Ich weiß, dass es nicht die einfachste Bitte ist, aber wenn sie es tun und nichts passiert, können wir endlich empfehlen, dass du wieder aktiv Beschützerdienst übernimmst."

Was bedeutete, dass Killian endlich den Stonefire-Beschützern beitreten und seiner Gefährtin helfen konnte. Nikki Gray kam ihrem Entbindungstermin immer näher, was bedeutete, dass Brenna bald die Position der zweiten Kommandantin der Beschützer für sie übernehmen würde, bis Nikki ihr Baby hatte und wieder zum Dienst freigegeben wurde.

Killian legte das Papier nieder und sagte: „Keine Sorge. Lass es mich probieren."

Er zerlegte schnell das mentale Gefängnis. Beide Drachen sahen ihn finster an, aber er redete schnell, bevor sie es konnten. *Ihr könnt euch später beschweren. Im Moment müssen wir testen, ob wir wirklich geheilt sind oder nicht. Ihr beide müsst miteinander kämpfen.*

Black schnaubte. *Jetzt willst du, dass wir kämpfen? Du musst dich schon entscheiden, Mensch.*

*Provozier mich nicht, Black. Es sei denn, du willst Brenna nicht helfen, unser neues Zuhause zu beschützen?*

Black schnaubte. *Ich habe dich nur necken wollen. Du musst an deinem Sinn für Humor arbeiten.*

Blue hatte auf Black abgefärbt, so schien es.

Bevor Killian jedoch antworten konnte, bewegte Black seinen Kopf schnell an Blue Hals und biss ihn. Mit einem Brüllen tat Blue dasselbe.

Trotz der Bissschmerzen, die seinen Körper überschwemmten, spürte Killian nichts anderes. Nach wer wusste, wie langer Zeit, erfüllte Sids Stimme endlich wieder den Raum. „Das sollte reichen. Benehmt euch, Drachen."

Black und Blue entfernten sofort ihre Zähne und kehrten in ihre jeweiligen Positionen zurück.

Außer auf Brenna hörten seine verdammten Tiere mehr auf Dr. Sid als auf jeden anderen. Sogar mehr als auf ihn.

Glücklicherweise ergriff Sid das Wort, bevor seine Drachen sagen konnten, warum sie es taten. „Ich denke, wir müssen dich noch vierundzwanzig Stunden im Auge behalten, nur um sicher zu sein, aber ich bin mir zu 98 Prozent sicher, dass du stabil bist und das auch bleiben wirst. Danach werde ich mit Bram reden, aber solange nichts passiert, solltest du innerhalb dieser Woche wieder offiziell mit den Beschützern zusammenarbeiten können."

Seine beiden Drachen brüllten in seinem Kopf, aber Killian schob den Lärm beiseite und antwortete: „Danke, Sid, Gregor. Ich weiß, dass ihr einen großen Teil eurer Freizeit geopfert habt, um mir und den anderen zu helfen, und ich werde für immer in eurer Schuld stehen."

Gregors Mundwinkel zuckte hoch. „Wir kommen darauf zurück, sobald das Kleine geboren ist. Wir könnten immer einen guten Babysitter gebrauchen."

Sid schüttelte den Kopf, aber Killian ergriff das Wort. „Wird erledigt!" Er erhob sich. „Wenn es

nichts anderes gibt, möchte ich Brenna die Neuigkeiten erzählen."

„Nein, geh nur und erzähl es deinem Mädel. Ich
bin mir sicher, dass sie dich für die Neuigkeiten
belohnen wird", sagte Gregor und zwinkerte.

Killian murmelte noch einmal seinen Dank,
bevor er in den Warteraum hinausging. Er sah sich
um, aber Brenna war nirgendwo in Sicht.

Der Mann am Empfang, Leo, winkte ihn zu sich.
Als Killian ihn erreichte, sagte er: „Brenna wollte,
dass du sie in der Nähe von Stonefires Hintereingang
triffst."

Er runzelte die Stirn. „Stimmt was nicht? Ein
weiterer Angriff?"

Leo schüttelte den Kopf. „Irgendwas mit einer
Überraschung für dich, die sie dir hier nicht geben
kann und dass du dir keine Sorgen machen sollst."

Sie hätte ein paar Minuten auf ihn warten
können, aber Killian schob diesen Gedanken
beiseite. „Danke, Leo."

Winkend rannte Killian von der Krankenstation
und joggte zum hinteren Eingang. Früher hatte er
Überraschungen gehasst. Und auch wenn Brenna
manchmal zu weit ging – etwa, als sie eine traditionelle irische Tanzparty in der großen Halle organi-
siert hatte –, hatte er die meisten von ihnen immer
mehr gemocht.

*Vor allem, wenn sie dabei nackt ist*, sagte Black.

*Hoffen wir, dass sie nicht nackt ist, wenn sie am
Hintereingang steht*, sagte Killian gedehnt.

Es dauerte nicht lange, bis er den letzten Weg zu seinem Ziel erreichte. Er entdeckte Brenna, die gerade an einem großen, mit einem Laken bedeckten, rechteckigen Objekt zupfte. Da es nicht einmal ihre Schultern erreichte, konnte es kein Auto sein.

Als er nur wenige Meter von ihr entfernt war, lächelte sie ihn an. „Und? Was haben sie gesagt?"

Er überwand die Distanz zwischen ihnen und zog sie an sich. „Alles sauber. Ich muss noch vierundzwanzig Stunden warten, bevor sie es unterzeichnen, aber wenn der nächste Tag ohne Zwischenfall verläuft, bin ich geheilt."

Sie quietschte, bevor sie seinen Kopf für einen Kuss hinunterzog.

Er nahm sich Zeit, seine Frau zu genießen und zu kosten, bevor er den Kuss beendete. „Also, was ist das für eine Überraschung?"

„Oh, nur was, um deine Genesung zu feiern."

„Ich habe es doch gerade erst erfahren. Hat Dr. Sid schon vorher was über die Ergebnisse durchsickern lassen?"

Sie schüttelte den Kopf. „Nein, aber ich hatte das Gefühl, dass es diesmal gut gehen würde, und ich wollte vorbereitet sein. Kai hat mir sogar den Nachmittag freigegeben."

„Heißt das, du wirst mich den ganzen Nachmittag damit quälen, was da drunter ist?"

„Natürlich nicht. Was da drunter ist, ist das, was wir heute Nachmittag tun werden." Sie trat zurück und deutete darauf. „Öffne es und sieh es dir an."

Die rechteckige Form sagte ihm wenig darüber, was es sein könnte. Er riss das Laken schnell herunter und seufzte. „Du hast auch noch eine Kiste darüber gestülpt?"

Sie grinste. „Ein bisschen Spannung kann die Belohnung später versüßen, wie du mich oft erinnerst."

Ein Bild von Brenna, nackt in seinem Bett, stöhnend, während er langsam zwischen ihren Oberschenkeln leckte, blitzte in seinem Kopf auf. „Und daran werde ich dich später auch erinnern. Ich habe vor, unseren Nachmittag gut zu nutzen."

Sie deutete auf die Kiste. „Eins nach dem anderen. Beeil' ich und mach es auf!"

Er machte sich daran, das Band durchzuschneiden, aber die Kiste bewegte sich. Sie hatte keinen Boden, also hob er sie hoch und keuchte.

Es war ein Motorrad. Eine Kawasaki Ninja ZX-6R, um genau zu sein.

Brenna meldete sich zu Wort. „Ich konnte mir keine neue leisten, aber ich hab' Blake gebeten, es sich mit mir anzusehen. Anscheinend liebt er Motorräder auch so sehr. Du solltest mal mit ihm fahren."

Er strich mit der Hand über den einen Griff und dann über den anderen. „Ich liebe sie!" Er sah seine Gefährtin an. „Und meine erste Fahrt wird mit dir sein, sobald wir Helme haben."

Sie küsste ihn schnell, bevor sie hinter einen Busch stürmte und zwei Helme hervorholte. „Daran habe ich auch gedacht. Bin noch nie auf einem gefahren. Vielleicht kannst du es mir eines Tages beibringen, aber im Moment will ich einfach nur mitfahren."

„Das könnte ich tun. Aber es hat einen Preis."

„Killian O'Shea –"

Er brachte sie mit einem langen, langsamen Kuss zum Schweigen, bevor er endlich seine Stirn an ihre legte. „Wenn du glaubst, ich fahre mit dir und finde keinen Ort, um dich unterwegs zu lieben, dann kennst du mich nicht gut genug."

„Eines Tages wirst du von so viel Sex müde sein", neckte sie.

„Mit dir, nie." Er küsste sie auf die Nase. „Ich liebe dich, Brenna, und werde dich das nie vergessen lassen."

Sie neigte den Kopf. „Daran könnte ich mich gewöhnen."

Er versetzte ihr einen Klaps auf den Po. „Gut, denn dich in meinem Leben zu haben, ist ein Schatz, den ich nie für selbstverständlich nehme." Er nahm ihr einen der Helme aus der Hand, setzte ihn auf Brennas Kopf und befestigte ihn. „Das ist mal ein sexy Anblick."

Sie verdrehte die Augen und hielt den zweiten Helm hin. „Ich ziehe die Grenze, wenn ich beim Sex einen Helm tragen soll, Killian."

Er zog seinen eigenen fest. „Warum sollte ich dich darum bitten? Das Ausziehen ist der lustige

Teil." Er setzte sich rittlings auf das Motorrad und klopfte hinter sich. „Lass uns fahren. Ich verspreche dir, dass es vom Gefühl her dem Fliegen am nächsten kommt, auch wenn wir am Boden sind."

Brenna stieg hinter ihm auf und legte ganz eng ihre Arme um ihn. Er nahm sich eine Sekunde Zeit, um sich ihre Hitze, ihren Duft und ihren trainierten Körper an seinem Rücken zu merken, bevor er das Motorrad startete. Als es zum Leben erwachte, kam ein Gefühl des Friedens über ihn. Es war zu lange her, seit er gefahren war, und seine Gefährtin hinter sich zu haben, machte es perfekt.

Black knurrte. *Ja, ja, es ist schön. Jetzt fahr los. Ich fahre gern und möchte den Wind wieder spüren.*

Killian fuhr langsam zum Tor und sah auf die versteckte Überwachungskamera. Ein paar Sekunden später öffnete sich das Tor, und er sagte: „Halt dich fest!", bevor er Gas gab.

Brenna hielt sich zunächst fester, wenn er die Kurven nahm und die Maschine in anmutigen Bewegungen führte. Als sie schrie: „Fahr schneller!", liebte er sie nur noch mehr.

Killian erhöhte seine Geschwindigkeit, und die Vibrationen des Motorrads zwischen seinen Oberschenkeln ließen seine Herzfrequenz ansteigen.

Motorradfahren durch den Lake District mit der Frau, die er liebte, hinter sich war fast zu gut, um wahr zu sein. Er war weit gekommen, nachdem er mit einer Amnesie aufgewacht war und sich immer gefragt hatte, ob er eine Zukunft hätte. Er wusste vielleicht nicht alles, aber mit Brenna an seiner Seite wäre es eine verdammt gute. Und ein Mann konnte sich nichts mehr wünschen.

# Epilog Zwei

*Viele Monate später*

Am Rande des Hauptlandeplatzes von Glenlough wartete Caitlin Todd darauf, dass Lorcan sich nach dem Wandeln anzog. Sie sollte sich schuldig fühlen, da Georgiana sich nicht gut genug gefühlt hatte, mit ihnen zu kommen. Doch obwohl ihre Stieftochter krank war, war es einige Wochen her, seit Caitlin ihre Familie besucht hatte, und sie wollte unbedingt ihre Kinder und ihre Mutter wiedersehen.

Ihr Drache meldete sich zu Wort. *Wäre es dir lieber, wenn Lorcan da nackt hineinspazierte?*

*Nein, er gehört mir.*

*Genau. Also hab ein wenig Geduld.*

Sobald Lorcan sein kiltähnliches Kleidungsstück

418

fertig zurechtgerückt hatte, trat er an ihre Seite. „Du kannst jetzt aufhören, mit den Fingern zu trommeln, Caity."

„Ich kann nichts dafür. Das ist die erste Feier nach Teagans Schwangerschaftsankündigung. Ich will sichergehen, dass es ihr gut geht und niemand versucht, eine Art Revolte zu organisieren."

Als er seinen Arm durch ihren schob, führte er sie zum Ausgang des Landeplatzes. „Killian und Brenna sollten schon hier sein. Obwohl ich glaube, dass Teagan mehr als in der Lage ist, auf sich selbst aufzupassen."

Sie sah zu ihrem Gefährten hinüber und lächelte. „Du hast in deiner Position einen weiten Weg bei Frauen hinter dir."

Er hob die Brauen. „Hatte ich eine Wahl? Mit deiner Mutter und deiner Tochter ist mir öfter ein schlechtes Gewissen eingeredet worden, als je von meiner eigenen Gran, als ich ein Junge war. Ich habe hauptsächlich die Politik geändert, um endlich etwas Ruhe und Frieden zu haben."

Lorcan neckte sie, aber Caitlin wusste, dass er heimlich die Veränderungen genoss, die einige weibliche Beschützer entschlossen waren, in den Clan zu bringen, sobald sie ihre Zeit bei der britischen Armee beendet hatten.

Sie tätschelte seinen Arm und sagte: „Da ich glaube, dass die Veränderungen uns nur näher an deinen tatsächlichen Ruhestand bringen, werde ich meiner Familie diesmal dafür danken, dass sie ständig davon geredet haben."

„Weil das ja auch nicht nach hinten losgehen wird", sagte er gedehnt.

„Ach, hör auf. Das ist ihre Art, Liebe und Akzeptanz zu zeigen. Wenn sie dich nicht mögen würden, gäbe es nur Stille und viele finstere Blicke."

„Du erwähnst Stille, als wäre es was Schlechtes."

Sie seufzte. „Lorcan."

Er zwinkerte. „Du weißt, dass ich scherze. Ich mag nur deine geröteten Wangen und genieße die Gelegenheit, sie zu sehen, wenn ich kann." Er beugte sich zu ihrem Ohr und flüsterte: „Und andere gerötete Teile deines Körpers."

Seine Worte ließen ihr Gesicht nur heißer brennen.

Ihr Drache lachte. *Wenn du nicht aufhören kannst, in unserem Alter zu erröten, glaube ich nicht, dass es jemals passieren wird. Mach dich darauf gefasst, dass Mam uns necken wird.*

Sie näherten sich dem letzten Wegstück zur großen Halle. *Sie wird zu sehr damit beschäftigt sein, in der Nähe von Teagan und Aaron zu sitzen und den Rest des Clans finster anzusehen, um es zu bemerken.*

*Sie mag ja schon älter sein, aber ihr Sehvermögen ist so scharf wie eh und je. Du wirst schon sehen.*

Ein paar von Glenloughs jüngeren Beschützern standen am Eingang. Caitlin ignorierte ihren Drachen und lächelte die Beschützer der Reihe nach an, bevor sie die große Halle betrat.

Banner in den Farben von Glenloughs Verbündeten säumten die Seiten des Raumes. Nicht nur waren alle Clans Irlands vertreten, sondern auch die von Nordirland, Wales, Schottland und beide englischen. Die Vielzahl der leuchtenden Farben, von Blau über Grün bis Rot, machte Caitlin stolz. Ihre Tochter war maßgeblich daran beteiligt gewesen, für jeden Clan einen Ehrenplatz in der Halle zu sichern.

Am hinteren Ende befand sich ein erhöhtes Podest mit einem langen Tisch und einer Reihe von Stühlen. Teagan saß neben Aaron und flüsterte etwas. Brenna und Killian sprachen auf der unteren Ebene mit Lyall O'Dwyer, dem Leiter von Glenloughs Beschützern, und Dr. Ronan O'Brien. Sie hatte gerade begonnen, nach ihrer Mutter zu suchen, als deren Stimme ihre Ohren erfüllte. „Meine Tochter ist die Letzte, die ankommt. Ich muss zugeben, das ist neu."

Sie öffnete den Mund, um etwas darauf zu erwidern, aber Lorcan kam ihr zuvor. „Du willst nicht wissen, warum wir zu spät kommen, Orla. Glaub mir."

Ihre Mutter stützte sich auf ihren Stock. „Ach, Aye? Du hast sie wieder entehrt, nehme ich an."

„Mutter!"

Orla zwinkerte. „Es gibt nichts, wofür du dich schämen müsstest. Ich hatte mein eigenes geheimes Rendezvous in deinem Alter. Die Jungen denken, wir hören mit vierzig auf. Ich glaube, sie können einfach nicht mit der Wahrheit umgehen."

Sie seufzte. Können wir bitte über was anderes reden? Wie geht's Teagan?"

Ihre Mutter winkte das mit der Hand ab und antwortete: „Gut, gut. Obwohl Caruso sie noch dazu bringen wird, ihre Position aufzugeben und wegzulaufen, wenn er nicht lernt, sich zurückzuhalten."

„Die meisten Männer sind so. Er wird es lernen. Schließlich ist Teagan nicht jemand, der mit Worten hinterm Berg hält."

„Bekomme ich ein Mitspracherecht darüber, wie sich Männer verhalten?", fragte Lorcan.

„Nein", antworteten Caitlin und ihre Mutter einstimmig.

Lorcan seufzte und schüttelte den Kopf. Caitlin wollte sie gerade von ihrer Mutter entschuldigen, als Molly Caruso, Aarons Mutter, ihr ins Auge fiel und winkte.

Caitlin sah zu Orla und sagte: „Tut mir leid, Mam, aber ich habe Molly versprochen, ein paar Dinge mit ihr zu besprechen. Wir sprechen uns später."

„Ich schätze schon." Ihre Mutter durchbohrte Lorcan mit einem Blick. „Versuch zu gehen, ohne dich zu verabschieden, und ich finde einen Grund, zu Besuch nach Northcastle zu kommen und wochenlang zu bleiben."

Lorcan hob die Brauen. „Was, und deine Fähigkeit aufgeben, jeden zu kritisieren und Befehle zu erteilen, wenn du Lust darauf hast? Das bezweifle ich irgendwie."

„Frecher Kerl", sagte Orla mit einem Lächeln. „Dann geh schon."

Sie und Lorcan traten an Mollys Seite. Als Caitlin die andere Drachenfrau umarmte, sagte sie: „Es ist schön, dich zu sehen."

Molly ließ sie los. „Ich mag keine großen Versammlungen, aber ich wusste, dass du hier sein würdest. Ich möchte auch Aaron im Auge behalten, falls er anfängt, Teagan zu verärgern."

Sie sah zu ihrer Tochter und deren Gefährten. Zurzeit lachten sie. „Vielleicht ist es jetzt ein guter Zeitpunkt, ihnen Hallo zu sagen, während sie so gut gelaunt sind. Und vielleicht unterwegs Killian und seine Gefährtin zu entführen, damit wir alle unsere Kinder für einen kurzen Moment zusammen haben können."

Molly nickte. „Dann können wir uns in eine Ecke des Raumes schleichen und Ideen für die Babyparty besprechen."

Obwohl Babypartys eher eine menschliche Sache waren, hatte Molly die für Evie Marshall in Stonefire erwähnt, und beide Frauen hielten es für eine gute Möglichkeit, ihr erstes Enkelkind zu ehren.

Caitlin musste Lorcan nicht mal ansehen, um zu wissen, dass er ihr folgen würde. Ihm waren Babyfeiern und die Bastelarbeiten egal, die sie dafür machen wollte, er wollte nur Zeit mit ihr verbringen.

Ihr Drache meldete sich zu Wort. *Zu schade, dass Georgiana krank ist, sonst hätten wir alle an einem Ort.*

*Ich weiß. Aber das gibt mir nur eine Ausrede, Teagan, Killian und ihre Gefährten nach Northcastle einzuladen.*

Als sie sich Killian und Brenna näherten, legte Lorcan einen Arm um Killians Schultern und zwang ihn zum Gehen. „Komm, mein Sohn. Deine Mutter will alle zusammen haben."

„Sie wird aber nicht wieder ein Familienfoto machen, oder?", fragte Killian misstrauisch.

Caitlin warf ein: „Diesmal nicht. Aber wenn das Wetter besser wird, will ich eins mit uns allen in unseren Drachengestalten."

Brenna schmunzelte. „Ich halte das für eine brillante Idee. Vielleicht könnten wir es sogar als Werbefoto verwenden, um zu zeigen, wie eine Familie in drei Clans zurechtkommt."

Killian seufzte. „Ich kann jetzt schon sagen, dass Proteste auf taube Ohren fallen werden."

Lorcan klopfte Killian auf die Schulter. „Du bist noch jung, aber du wirst bald genug lernen, deine Kämpfe zu wählen."

Killian grunzte, aber zum Glück wandte er nichts dagegen ein. Ihr Sohn und Lorcan hatten in den letzten Monaten widerwillig gelernt, einander zu respektieren. Sie vermutete, dass sie eines Tages sogar die Gesellschaft des anderen genießen könnten.

Als Caitlin die Treppe zum Podest hinaufstieg, beschleunigte sie ihr Tempo. Sobald Teagan ihre

Ankunft sah, stand sie auf. Caitlin zog ihre Tochter an sich und sagte: „Wie fühlst du dich, Liebling?"

„Mir geht's gut, Mam." Teagan ließ sie los. „Noch hat mich niemand herausgefordert, und ich bin entschlossen, meine Position auch nach der Geburt des Babys zu behalten."

Aaron grunzte. „Verdammt richtig, das wirst du tun."

Killian nickte. „Sag nur was, und ich bin zurück, um deinen Platz zu verteidigen."

Teagan verdrehte die Augen. „Ich bin ziemlich gut in dieser Clan-Führer-Sache." Sie lächelte. „Aber wenn ich Hilfe brauche, werde ich dich auf jeden Fall bitten."

Als Aaron und Killian begannen, Pläne zu schmieden, was sie mit jedem Herausforderer machen wollten, lächelte Caitlin nur und lehnte sich gegen Lorcans Brust. Seine Arme legten sich automatisch um sie herum, und sie war zufrieden damit, schweigend zuzusehen und sich in der Wärme und Liebe ihres Gefährten zu sonnen.

Die jahrelangen Sorgen um ihre Kinder waren verschwunden. Sie hatte zwei brillante, wilde Drachenwandler großgezogen, die jetzt ihre eigenen Pflichten und Gefährten hatten, um die sie sich kümmerten. Was bedeutete, dass sie den Rest ihrer Tage damit verbringen konnte, Enkelkinder zu verwöhnen und mit ihrem Gefährten zu reisen, sobald er in Rente war.

Caitlin hatte nie gedacht, dass sie eine zweite Chance auf Glück mit einem Mann finden würde, den sie liebte. Auch wenn ihr erster Gefährte, Kieran, immer einen besonderen Platz in ihrem Herzen einnehmen würde, verehrte sie auch Lorcan. Wahrer Gefährte oder nicht, sie liebte ihn und freute sich darauf, in Zukunft viele neue Erinnerungen zu sammeln.

# Skyhunter gewinnen

## Stonefire Drachen Universum #1

*Mehr als ein Jahrzehnt lang hat Clan Skyhunter unter einem grausamen, machthungrigen Führer gelitten, der alles darangesetzt hat, um seine eigene Agenda voranzutreiben. Schließlich jedoch wurde er bei einem illegalen Skandal erwischt und landete im Gefängnis, daher ist der Drachenwandler-Clan im Süden Englands jetzt bereit für einen neuen Anführer. Und so beginnen die Prüfungen ...*

Asher King war unter dem ehemaligen Clan-Führer eingesperrt worden, weil er sich gegen dessen Grausamkeit ausgesprochen hatte. Jetzt wieder frei, will er den Wettkampf gewinnen und seinen Clan in eine bessere Zukunft führen. Doch da er der Neffe des ehemaligen Anführers ist, ist das nicht einfach, und wenn dieses Hindernis nicht schon hoch genug ist, erholt er sich immer noch von der Folter, die er ertragen musste, während er inhaftiert war.

Trotzdem ist er entschlossen, zu gewinnen, damit sein Clan nicht von den Menschen aufgelöst wird, auch wenn das bedeutet, gegen seine Ex-Freundin anzutreten und zu leugnen, wie sehr er sie immer noch will.

Honoria Wakeham, gerade erst von ihrem Aufenthalt in Amerika zurückgekehrt, stellt sich als Kandidatin für die Führung des Clans auf. Nicht jeder befürwortet eine Frau als Teilnehmerin, aber das macht ihr nichts aus. Der alte Clan-Anführer hat ihre Eltern getötet, und um vollständig zu heilen, will sie den Clan zusammenbringen und seine Praktiken ins einundzwanzigste Jahrhundert befördern. Womit sie nicht gerechnet hat, ist, Asher King zu treffen, den Mann, den sie vor über einem Jahrzehnt geliebt hat, bevor sie weggeschickt wurde, um in Sicherheit bei ihren amerikanischen Verwandten zu leben.

Es dauert nicht lange, bis Asher und Honoria ihrer Anziehung nachgeben, und dem entspringt eine Idee, die vielleicht die beste von allen ist. Können sie die Führungsprüfungen gewinnen und ihren Clan zusammenhalten? Oder wird einer der anderen Kandidaten gewinnen und versuchen, Skyhunter in der Vergangenheit zu halten?

# Den Drachen überzeugen

## Die Stonefire-Drachen #12

Vor fast einem Jahr ist eine verletzte menschliche Frau auf dem Stonefire-Land mit einem USB-Stick voller Informationen aufgetaucht, die sie den Drachenrittern gestohlen hat. Bevor Zain Kinsella sie jedoch verhören konnte, ist sie ins Koma gefallen und seitdem nicht mehr aufgewacht. Nachdem seine anfängliche Wut verschwunden ist, fragt er sich, ob das dünne, blasse Mädchen jemals wieder aufwachen wird. Und wenn sie es tut, ist es an ihm, sie zu bewachen und sie stark genug zu machen, um sich einigen Fragen zu stellen. Er sollte auf keinen Fall ihre köstliche Hitze oder die Traurigkeit in ihren Augen bemerken. Sie ist eine Gefangene und darf nicht mehr sein.

Ivy Passmore findet sich in einem Drachenwandler-Krankenhaus wieder, bettlägerig und kaum in der Lage, sich aufzusetzen. Trotz der überwältigenden

Trauer über den Tod ihres Bruders ist sie entschlossen, alles in ihrer Macht Stehende zu tun, um für ihre Unterstützung der Drachenritter zu büßen und den Mord an ihrem Bruder zu rächen. Sie ist bereit, den Drachen alles zu erzählen. Als ein großer, stiller Beschützer einen Deal vorschlägt – sie erträgt seine Physiotherapie, und er hilft, die Mörder ihres Bruders aufzuspüren – hat Ivy keine andere Wahl, als zuzustimmen. Langsam ändert sich ihre Vorstellung von den Drachenwandlern, besonders bei einem bestimmten Drachenmann.

Als zwei ehemalige Feinde sich in etwas mehr verwandeln, finden die Drachenritter Ivys Standort heraus und bieten eine Belohnung für ihren Tod oder ihre Gefangennahme an. Wird Stonefire gezwungen, sie aufzugeben, um den Clan zu schützen? Oder werden Zain und Ivy einen Weg finden, die Ritter zu besiegen und zusammen sein zu können?

# Über die Autorin

Jessie Donovan hat mehr als eine halbe Million Bücher verkauft, Hunderttausende weitere kostenlos an ihre Leser*Innen verschenkt und es sogar auf die Bestsellerlisten der *NY Times* und *USA Today* geschafft. Sie ist vor allem für ihre Drachenwandler-Serie bekannt, schreibt aber auch über Elfenhexen, Vampire, Alien-Krieger und hat sogar eine verrückt-komische Liebesromanreihe aufgelegt, die in Schottland spielt. Wenn sie nicht gerade ein Buch liest, auf ihrem Laufband joggt oder mit nur wenigen Groschen in der Tasche durch ein fremdes Land reist, findet man sie oft auf Facebook oder TikTok, wo sie mit ihren Lesern interagiert. Sie lebt in der Nähe von Seattle. Dort regnet es zwar oft, doch der Regen macht auch alles grün.

Besuchen Sie ihre Website unter: www.JessieDonovan.com